刀客

曹保明◎著

时代文艺出版社

图书在版编目（CIP）数据

刀客 / 曹保明著.—长春：时代文艺出版社，2020.9

ISBN 978-7-5387-6278-5

Ⅰ. ①刀… Ⅱ. ①曹… Ⅲ. ①短篇小说－小说集－中国－当代 Ⅳ. ①I247.7

中国版本图书馆CIP数据核字（2020）第012807号

出 品 人　陈　琛
产品总监　邓淑杰
责任编辑　王　峰
助理编辑　王金弋
封 面 图　王　公
封面设计　孙　利
排版制作　隋淑凤

刀　客

曹保明 著

出版发行 / 时代文艺出版社
地址 / 长春市福祉大路5788号　龙腾国际大厦A座15层　邮编 / 130118
总编办 / 0431-81629751　发行部 / 0431-81629755　北京开发部 / 010-63108163
官方微博 / weibo.com / tlapress　天猫旗舰店 / sdwycbsgf.tmall.com
印刷 / 三河市天润建兴印务有限公司
开本 / 710mm × 1000mm　1 / 16　字数 / 307千字　印张 / 22
版次 / 2020年9月第1版　印次 / 2020年9月第1次印刷　定价 / 48.00元

图书如有印装错误　请寄回印厂调换

目　录
CONTENTS

001　刀客

059　风起水走

090　棺材匠

135　情系科尔沁

146　人参朝贡道

193　源头记录

219　最后一个皮匠

279　白山道骨

318　黑鱼捎书

347　后记

刀　客

秋风一刮，草枯黄了，大地亮堂了，大雁嘎嘎叫，往南飞。荒原上来了瞎子说书艺人，他老了，头发花白了，边走边低声地唱着乌力格尔（一种蒙古族的曲艺说书形式）。拉棍儿领道的孩子一只胳膊没了，只有空袖筒在寒凉的秋风中左右飘荡，棍儿拴在他的裤腰上，如岁月的晴雨表。瞎子和孩子，年年在这季节穿越地球北部的这片苇甸子。植物死了，种子把它的生命传下来，还是一代一代地长下去，成为永远苍苍茫茫的大地。这个最典型的传承生命之地，就在东北；而最具有这种生命特征的植物，就是芦苇。芦苇年年割，年年长，割也割不尽，春季，冰雪一消融，冬季那些干枯的河床就被冰凉的闪亮的河水充实起来，于是万物复苏，大地、山川、峡谷、戈壁、平原呈现出一片生机。其实，季节性河流可以让大地展示出自己独有的特色。霍林河是伊勒呼里山流出的水，这使它具有了季节性特征。早春，当伊勒呼里山的冰雪融化，霍林河上流的河床被冰水冲开、扩开，雪水形成的巨流滔滔而下，滋养着内蒙古的昭乌达草原、兴安盟草原、呼伦贝尔草原和南部的大片草甸，最后流入了科尔沁草原。这时，春末夏初到了，霍林河在此时，仿佛已流累了，当霍林河进入科尔沁以北，呼伦贝尔以南，兴安盟以南时，大片的碱滩、碱地就出现了，这儿就是历史上人们所称的八百里瀚海。瀚海，又叫“旱海”，是一片干旱和饥渴的土地，大片的盐碱地、盐坑、碱泡子、沙土、荒漠，使得霍林河流着流着就不知不觉地渐渐消失在茫茫的科尔沁草原上了。八百里瀚海的科尔沁是自然史上出名的干涸之地。不单霍林河，许多条河流——洮儿河、文牛格尺河、大沼河、小沼河、马西河、马后河、小三河、吴兰前泡子河、西三千河都在流淌之间，不知不觉无影无踪。它们都哪里去了，最终都如遇到海绵一样，被干涸的科尔沁八百里瀚海吞噬得无影无踪。科尔沁像是一个永远也喝不饱的饥渴的大汉，他疯了一样，千百年来，日夜奔走在茫茫的荒原和瀚海上，与无数的植物争夺着生命。

湿地、草甸子、苇甸子，等到老秋，甸子上的草先熟了，人们先是打草，把草一甸甸割完，堆成堆，草甸上日夜飘荡着牧草的气息。然后，牧民们把草打成草捆，一捆捆码起来，垛起来，留冬日做牲口的牧草或者远销，牛心套保一带的牧草远销北土各个牧场，包括蒙古草原和南方等地。这儿的苇子早已出名，那些产苇的甸子，专门有大院的各苇子东家来管理，称为苇霸。在牛心套保，大小苇霸不计其数，而真正的苇霸，其实只有一人……

割苇人普遍被称为刀客，是指他们擅于使刀去苇塘和甸子上割苇，在每年的割苇之前，各刀客人家要先派人去探甸子。探甸子，就是要到苇甸子深处去验看当年苇子的长势、水势、茬口、根口，以便决定使用哪种刀去割。割苇极讲究使刀。而苇子在每片地其实都不一样，每年的长势也不尽相同，这使得刀客们必须在下甸子割苇之前先去探甸子，这才能保证活儿干得快，干得利索，不“滞”刀、钝刀、迟刀、缓刀统称为“打刀”。打刀指割苇时苇刀的刃被苇根和苇茬所损坏。这种打刀，是经常的事。如果刀客没有事先探好苇甸的苇茬，贸然下刀，便会出现打刀的事了，一旦苇刀被打了，这一则说明刀客不是好刀客，水准差远去了，二则会传出这刀客手艺不精，苇子因此就卖不出价。因“打刀”的苇，苇根部往往被割劈割裂，不出货。所以，一般的“打刀”货，收苇人不愿收货，往往堆弃，烧火都没人要。所以，探甸子要非常有眼力和技艺。

探甸子的人，一般两个人以上，往往是父子或甥舅，再就是最亲近的人。因进到荒无人烟的苇甸，不但需要时时有人去商量事情，还得有胆量，有谋略，能处理随时发生的各种意外。各刀客人家上甸子去探甸子，往往都秘密出发，以免摊上差事。当年，各刀客家摊上最难办的差事，就是替官府打探苇甸里绺匪驻地的情况。

刀客，一般都是当地的老户，受朝廷管制，不为朝廷去打探各绺子在苇塘中的方位或假报匪绺方位都要受到朝廷的处罚。可是，一旦如实禀报各绺子的地点、方位，那些绺子的大柜或绺子的弟兄们就会与刀客结仇。生活中，谁也不愿意结仇，而且甸子上的绺匪往往与刀客人家都有着或多或少的关系，甚至不少都是自己的亲戚、朋友、哥们儿、乡邻，刀客怎么能把他们“递”出去呢？一旦弄不好，就称为“踩响了”。

“踩响了”是牛心套保当地民间最禁忌的一句话，就如踩上地雷一样，是指进入苇地探甸子的刀客有意或无意间暴露了人家绺子的地盘、人马、方位情况，而一旦“踩响了”就要出天大的事。

康熙十二年（1673年）冬，刀客大背架子马老四马福田探甸子，就“踩响了”天恩绺子。官兵在围剿天恩队之前的一天夜里，天恩绺子先去血洗了牛心套保西江甸子刀客马福田家。那场面惨不忍睹！马福田刀客是回族人，一大家子四十多口人，从康熙初年就在牛心套保当刀客，可是，无意间“踩响了”天恩绺子，一家人全让天恩绺子给“看天”了。看天就是把那四十多口人，不计男女、老幼，一律扒光衣裳，将一棵棵小树，削去树梢，插进被害人屁股里，然后一松手，那些人就“坐”在树上，活活插死。

刀客割苇子都格外加小心。刀客出屯探甸子一定要保密，谁也不愿摊上麻烦，“踩响了”绺子，谁不想消停、平安地过日子啊。

在牛心套保，最大的绺子是天虎绺子，天虎是蒙古族人，开始他是昭乌达盟王爷府的一个放马人，后来，因不满达尔罕王爷对牧民的欺压，就拉起一伙人马立局起事，报号天虎，使得达尔罕王爷对他毫无办法，后来，他被草原上的另一股武装白音仓布收编，成为蒙古草原上一支强大的队伍，真正令朝廷感到了威胁，到光绪年间，朝廷加大了对这股武装的围剿、追堵，最后在光绪三十年（1904年）终于把白音仓布部追撵至乌兰巴托一线，而天虎绺子在中途“刺”（逃）出主绺，只身进入了科尔沁以北的卜奎（白城）一带，如今就活跃在茫茫的牛心套保，这使得朝廷非常头疼。初年，蒙古王爷组织阿拉坦兵丁联合昭乌达、哲里木、锡林郭勒、科尔沁、呼伦贝尔王爷出兵，多次剿天虎，无奈天虎依据茫茫的苇甸与其周旋，王爷府一直无法剿灭。到清末民初，朝廷和东北军指令各地县府驻兵轮流分头联合剿天虎，各县大队年年分派任务，凡在牛心套保周边县府都有追剿天虎的差事。于是，牛心套保周边的长岭府、通榆府、洮安府、乾安府、卜奎府、兴安府，甚至外围的扶余府、隆安府、公主岭府，类似榆树、舒兰、伊通、小四平、辽北和辽东各府，包括昌图、开原、金山、八面城一带，也都接到上司指令，定要剿灭天虎。

当年，天虎为了生存，也多次“降”入各地驻防兵队。民国十六年（1927年），天虎曾降到了老怀德（今公主岭）张全胜大队名下，任大队副。其实，天下兵匪是一家，这张全胜本是老怀德县令张绪凌的表侄。张绪凌在任时，一边剿天虎，也一边拉拢天虎，表面收编天虎，名义上是“投靠”，可是一来二去的就连张绪凌也公一半私一半地与天虎明来暗去，终于触犯了东北剿匪总司令张作霖，他一怒之下，查撤了张绪凌的官职，贬回山东老家莱芜。而他的侄子张全胜却成了地面上的红人，黑白两道之人，表面上维持地面平安，向各地百姓收取治安费，暗中收编天虎。他这么干，自己两面荣光，天虎活得难受。于是于1928年彻底脱离了张全胜大队，又领着弟兄们回到了他的老卧子牛心套保苇甸子。从此，踪迹皆无，各方人马再也打听不到天虎的任何消息和踪迹了。于是，为了摸清天虎的去向，各县大队首先看重的是“刀客”的本领，他们常年在苇甸上行走，能不知天虎的踪迹吗？

而这一年，定要剿灭天虎的重任轮流坐庄又轮到了老怀德县大队张全胜大队长的名下了，他为了争得头功，也是为了洗清自己当年所谓的私交天虎的“罪名”，他在奉天将军府请命，一定要拿住天虎。他的决心一下，别的县大队的人表面祝贺，实则暗中是看笑话，他们也明白，你张全胜是明一套，暗一套，黑的白的都是你，人们心想，走着瞧吧。而其实，张全胜也不白给，他把追剿天虎的宝一下子押在了牛心套保唐瘸子身上了。唐瘸子，名唐聚伍，祖上于清康熙年间闯关东来到了北土，当年落脚在柳条边卡的“锅伙屯”开垦旗荒。到了道光年，旗荒大片开放，唐家先期进入蒙地租种王爷府的老荒，并买下多片荒片，又租给后来的闯关东人，一点点地成了荒地“揽头”（荒地小业主），家业越来越大。可是，光绪年之初，其祖上的开荒农耕之业逐渐由家族分而治之，土地资源一分，再大的家业也不行了。到了唐聚伍爷爷这一辈上，唐家几乎沦为了“长工”，不得不靠给郭尔罗斯王爷放牧为生。可是，由于唐家为人忠恳，人缘也好，王爷看准了他的人气，就让唐家管理草原上的苇甸子，这一下干大了，他成了草原上的苇霸。

北土草原上，土有土霸，水有水霸，苇有苇霸。这苇霸就是管理科尔沁草原上的苇甸子，南到老怀德、玻璃城子、八面城子，东到舒兰、法特哈、青山、弓棚子，北到卜奎、龙沙、莫里、底失卜、哈尔套等大片地域，所有的苇子都归唐瘸子管。何时割？何时开刀？何时探甸子？何时拉苇？何时打大捆？何时开称？一切都由总苇霸唐聚伍定。唐聚伍之下，又有若干小苇霸，管着各处的苇塘、苇甸、苇片；而最大的苇片牛心套保，那是唐聚伍的天下。唐聚伍外号“唐瘸子”或“唐矬子”，其实他不太矬，有点儿瘸，只不过个子矮点儿，骨骼精壮。有一回，他在甸子上脚让狼咬了一口，从此走起路来一摇一摆，故而得名。由于他掌管着这里大片的苇原，这使得他与镇上、分屯的各种买卖、作坊、炉匠、铁匠、木匠、绳匠、皮匠、烧锅、油坊、粉坊、纸坊等多种艺人、把头都是哥们儿，既有买卖生意上的过往，又有私人交情。那一年，还是老怀德县令张绪凌在任时，唐家就与各条道上的“朋友”打成一片。有一次，官兵追剿北土著名的绺子“黑手”，唐聚伍的父亲唐老疙瘩就把绺子大柜“黑手”藏在了自己在兴隆镇上的西烧锅“福兴源”的柴火垛里。张绪凌的驻兵就驻扎在“福兴源”的烧锅院子里，硬没发现“黑手”。每天，唐老疙瘩让自己的妹子唐丫亲自去抱柴火，不让别人动柴火垛。这曾引起张绪凌的疑心，他问唐老疙瘩：“唐把头，你妹子平素也不干活儿呀？”

“干哪，干活儿。”

“这么大户人家，妹子这么勤快，真是难得。”

唐老疙瘩吓出了一身冷汗。

事情过去之后，唐老疙瘩的妹子名声在外，难怪后来张绪凌内室死后，硬要设法娶唐老疙瘩妹子唐丫，可是唐丫早看好了老石家人，就把自己嫁给了查干淖尔的鱼把头老石头的儿子。到张全胜时，这股子恨还没完，因此，张全胜就盯上了唐苇霸家，非要把这探天虎绺子的“公差”交给老唐家不可。

苇霸其实心都挺齐，各大院的东家都叫什么什么店，什么什么窝棚，什么什么大院。姜家店紧靠着牛心套保苇甸，也是个大院套，说是紧靠，不如说就在苇甸子里头，由于姜家店地势微微高出苇甸子，所以东家姜泰来的大院就建在这苇丛子里。在北方，有许多这样的大院套就建在这种满眼荒凉的草甸、苇甸子上，没有办法呀！大院又叫围子。围子，言外之意，就是大院。在这里，敢于称为“大院”的人家，必有围子。围子指大院墙的四角筑有炮台。大院墙统统是由黄土“干打垒”堆砌，又高又厚，往往有两丈高，一丈厚，墙头上炮手可以骑马来回奔走“遛院”，也有的是三层院套，里一层，外一层，当间一层，供炮手骑马“遛院”。“遛院”就是在墙上观望，时刻注意草甸和苇甸上的动静，这是流动岗哨。院四角炮台里的炮手是固定哨，他们怀里时时抱着“家伙”（老洋炮、火枪），从炮台的枪眼儿向外瞭望，不带走神儿看错眼。炮台上的哨岗上有房盖，搭着低低的遮阳，人们在外边看不见什么动静，里边的人看外头那是一清二楚，这样的人家叫“响窑”。敢于立起“响窑”，在北土这绝不是一般人家。因为你一旦立起“响窑”，就等于告诉外界你家有钱、有财、有衣、有物、有粮、有肉，人们就会“盯”上你，而最能打你“大院”“响窑”主意的就是土匪（东北也称胡子、响马、马贼），他们专门攻打这类响窑，称为“砸响窑”。可是，“砸响窑”的土匪也是顾虑重重。你想啊，响窑为何称“响窑”，是因为这些大院的东家、掌柜的都花大价钱从东山里（长白山）雇来枪法好的“炮手”（也叫枪手）来护院，那都是一些打老虎、野猪、熊瞎子一枪一个立刻放倒的神枪手，而且个个是硬汉，说打鼻子不打眼睛，黑夜打香头，白天百步穿杨练出来的枪法，又会骑马，又会上树。你攻打人家大院的土匪是在外头，是明处，人家院套里的炮手都是在里头，在暗处，打你们那不是一枪揭一个脑壳吗？所以，土匪要想攻打大院，砸人家响窑，往往也要三思而行啊。不到万不得已，土匪不敢砸响窑。可是，响窑那又是一块大大的肥肉，哪个大当家的为了弟兄，为了前程不想去砸响窑呢。而且，没有砸过响窑的绺队不是好绺子，说明你无能、人臭、枪臭、局不红（队伍没有名）、管不亮（枪支没有谱），今后很少有人投靠。

在北土，当地人都知道，夏末秋初，雨季一过，湿地和苇甸子上有些地方开始干涸了。特别是寒风一起，往往在一夜间，苇甸上冰封雪冻，人可以上脚了，“连子”（马）可以走蹄了。这季节，人们知道土匪快来了。冬季，那是最难熬的季节，方方面面都需要物资，土匪们过冬要棉裤，黑话叫“棉叶子”，所以，他们必来砸响窑。这样的季节，各大户人家都是提心吊胆地过日子。

在东北，姜家大院那算是数得着的响窑，也是刀客中的头面人物。秋风一起，寒霜一下，老东家姜泰来立刻精神起来了。那一年，姜泰来七十二岁，可是，他的身子骨十分硬朗，大塔子个，猛一看上去，也就五十多岁，是个壮牤子，生荒子。当年，他爹随祖父从中原到北土蒙古王爷的地面跑马占荒，后来成了大户，这份家业是他爹留下的。后来，他成了指令五百号人的刀客，专门领人看守牛心套保西北这片苇甸，四个儿子：姜山、姜河、姜土、姜川，一律领刀手收苇、割苇。家里，他雇了二十八个炮手，专门守护着姜家大院。为了守好大院，姜泰来东家特意从东山里漫江（长白山南坡）的一个猎队里选来了外号“狗手”的老炮，专门带领这二十八个炮手护院，按二十八宿星象图，分配在各个炮台上下，看门护院。狗手，本来叫刘亮，又叫刘炮，可是他这个人，生下来右手掌就勾勾着，像狗爪子，拿不成弯，总是勾机打枪状。可是说也奇怪，他的枪法奇准，只要在他的视线内见物，他的勾手一动，物立刻倒下，大伙都叫他狗手炮头。一来二去的，他的真名反而被人们忘记了。

东家姜老爷子姜泰来大声交代炮手：“天冷了，下霜了，土匪红眼了。你们都给我精心点儿，别再看牌、推牌九了，一律上炮台，昼夜轮流值守，在炮台上吃饭，饭菜一律给你们端上去……”为了给炮手们往炮台上送饭，东家把全家人都动员起来了。姜东家有四房老婆，其中三老婆崔丫是洮南大烧锅“福源号”老掌柜崔明启的闺女，那年刚刚三十八岁，自从嫁到老姜家就没开怀。这个老婆还有个外号叫“虎丫”，屁股大，奶子大，总说当家的持护不上去，而且心中嫉恨当家的总往老四屋里跑，所以她心思根本没在这个家上。一听说要往炮台上送饭，她主动报号要上西炮台。在民间有一种说法，叫“出西门，过横道，枪一响，完蛋操”。在东北的各处大院，西炮台都靠西门一角，往往地处偏僻，炮手们谁也不愿守这里，都说西炮台不吉利，好摊上事。在姜家大院，守西炮台的炮手叫胡太，是老岭东红土崖来的炮手，那年五十八了，枪法好，生性，体格壮得好似一头牛犊子似的，只可惜没钱说媳妇，不得不四海为家，给人家看家护院。

那是今年夏天一天夜里，胡太从西炮台下来去自个儿窝棚里取药哈拉（装枪药的皮口袋），正好路过姜东家三姨太的屋子。下晚，天黑得早，三姨太崔丫没事干，就想睡觉。农村女子睡觉也有个习惯，都讲究大脱大睡，这三姨太崔丫一下子把自己脱个精光，着急忙慌连裤衩子和衬裤都缠在了一起，在胖屁股上干拽也拽不下来，两个奶子上下悠荡着。

正赶上这节骨眼儿，胡太路过窗前。

胡太盯着崔丫，这就迈不开步了。那能迈开步吗？

他忍不住在窗外说：“崔丫，我来帮你呀？”

胡太这本来是一句随便挑逗的话，屋里的崔丫却接了过去，说：“死样儿！你敢进来，我就让你脱！”

她这一句话，更是一种挑逗。这一下子把胡太说活了心。

在姜家大院，其实人人心里都明白，崔丫在姜东家的眼里不得烟儿抽。姜泰来的四个儿子没一个是崔丫的骨肉，人家老大、老二、老四各生有亲子，就她没开一朵花，因此，在家里没拿她当一回事。这样，也就使她野了心，可是，谁也不敢冲她下手。

你想啊，在姜家大院，长工、刀客、炮手不下几百，可能接触上的男人也不在少数，不过谁也不敢照量。但话又说回来了，好男架不住女逗，那女的一旦要对你有意，男人就没法不上手。

胡太再也忍不住了，他推门进屋就上了炕。

从此二人再也分不开，这也就成了姜东家下令家人都往炮台上送饭时崔丫举手要往西炮台送的原因。

在北方苇甸消息最不灵通的就属姜家大院姜东家这样的人物了。一是他日夜操劳家务，管理千头万绪的割苇、收苇、送苇事务；再就是，家里的许多杂事、碎事，大家往往也都瞒着东家，不让他知道太多，以免他分心操心。可是，奉天府万福麟督军传达张作霖大帅之命，让老怀德府衙大队张全胜大队长通知唐瘸子立刻进甸子“探甸子”，摸清天虎绺子的事，还是传到了姜泰来的耳朵里。

这天，上大安赶集的三儿子姜土从镇上回来，下了马就进了父亲的上屋，说：“爹，你听说了吗？”

姜泰来说：“何事？”

姜土说：“上峰让唐瘸子‘探甸子’！”

“探谁的甸子？”

“天虎的甸子。”

姜泰来说：“啊？天虎的甸子？这甸子是人探的吗？咱们吃苇子这口饭的人，躲天虎都躲不过来，一旦‘踩响了’，那可是吃不了兜着走！唐瘸子怎么说？”

姜土说：“听说唐瘸子也愁坏了，到底去不去呢？听说他现在愁得牙肿了，已经三天滴水不进了。”

姜泰来同情地说：“唉，这事谁摊上谁都得愁啊！这是要他唐瘸子的命啊。不行，我得去看看他，咱们都是吃苇子这口饭的人，唐瘸子一旦出事，咱们也完了！”于是他告诉儿子姜土说：“备马！”他要去唐瘸子的大院面见唐瘸子，嘱咐他无论如何不能去“踩甸子”“探甸子”，以免“踩响了”天虎的绺子，惹怒了天虎。

唐瘸子的唐家大院在离姜家大院三十六里远的唐家窝棚，这儿是牛心套保的中心地带，北部靠来福窝棚和乐胜窝棚，离烧锅镇不远，离西大洼和两家子窝棚足足有百十来里地，中间全是茫茫的苇甸子。此次姜家大院掌柜姜泰来外出看望唐瘸子，儿子们不放心爹一个人外出，就派三儿子姜土随爹同去，而且背上土炮，和炮手们一块儿保护爹的安全。

在北土，种大田庄稼的人家，一到了高粱稟子起来可以遮住马肚子的时候，或秋末冬初，开始下霜快割苇子的时候，都是土匪频繁出没的时候。外出的人，特别是当家的或家里的后代，都得小心了，不能随便出门。不是万不得已，一般当家的都不出门，就是出门，也必须派炮手和保镖紧护着，以免出现意外，被土匪绑了票（人质）那可就麻烦了。而且，凡出现什么新奇事、怪事，不要靠前，以免摊上事，必须躲开人群。俗话说，看见打架、杀人，都得远远躲开，以免溅身上血，就这样过日子还防不胜防呢。

远远地，唐家窝棚唐瘸子的唐家大院就出现在眼前了。这唐家大院，更是在当地有名的响窑，不但围子修得又高又大，而且讲究“走吉星”。“走吉星”又叫“走吉兴”，是指大院套的大门和墙头都有讲儿。一般是土墙八尺四，大门七尺七，也是三层院套，中间跑马巡逻，炮台炮楼起脊，都遮阳闪檐。而且，离唐家大院二里地的一片榆树林子边上就设了卡子，对方一见姜家父子和炮手，就问上了：“你是谁？”

姜士说：“我是我。压着腕！”

对方说：“闭着火。报报号？”

姜士说：“姜女送情蔓。”

对方说：“啊，是姜东家。何干？”

姜士说：“老爷子听说唐东家病了，特来探望……”

于是对方说：“您稍候。”

接着上来几个人，给姜东家一行人上了“蒙眼”（以一块黑布蒙上眼睛），然后由他们领着上路。

这是当地的规矩，凡是有人上他们姜家大院，也要如此办理，只不过姜家大院的外卡子没下这么远。而且，这一套办法本来是人家当地地方上的土匪惯用的办法，不知怎么的，后来北方的各村屯、地方、草甸、苇甸上的草户、苇户人家，特别是大户人家，也都使用开了。

来到唐家大院门前，只听引路人喊道："姜东家到——！"

立刻，唐瘸子迎了出来。几日不见，他瘦多了，而且，腮帮子肿起来老高，上面糊着大酱用来消肿。

见了姜泰来，唐瘸子抱拳施礼，说："哎呀，姜大哥，这么老远，怎敢劳您大驾来看我？"

姜泰来说："兄弟，我必须来，我不放心呀！朝廷逼你，也是逼咱们所有刀客，我不能不来。"

唐瘸子比姜泰来小十多岁，但唐瘸子是牛心套保苇甸的总苇霸，论资格，姜泰来他们还只是唐瘸子下边的分场子苇霸，所以见面往往都按年龄哥弟相称。唐瘸子见姜泰来看他，十分感动，于是打了个"唉"声说："大哥，到屋，进里边讲话。"

唐家大院在牛心套保是数一数二的大院，院子十分宽绰，正房八间，是唐瘸子的议事处。进了屋姜泰来才看见，原来各个分甸子苇场子的苇霸们也都来了。海坨子苇场甸子的"二舅母"（她是牛心套保苇甸唯一的一个女苇霸，是常本全屋里的，老苇霸常本全死后，她利手利脚，接替了海坨子苇甸的权柄。此人会使一手好"散花刀"打苇，在当地是出名的能人），西大洼苇甸的苇霸孙玉普，两家子苇甸的刀客同祥，四棵树苇甸的刀客郝利宝都在这儿，也都是来看望唐聚伍唐瘸子，怕他上火生病。

姜家店姜泰来年龄最大，大伙一见他来了，就都让他先表表态。

二舅母说："姜大柜，你说说你的主意？"

孙玉普说："姜大哥，就等你拿主意呀。"

同祥说："姜东家，眼下是火烧眉毛的时候了，咱们不能总听人家的摆布，得自个儿有个主心骨，你说呢？"

郝利宝说："姜老哥，天塌大家死，过河有瘸子，咱们为啥非得听他老怀德衙门的？"

该着姜泰来拿主意了。

儿子姜土给爹点上一锅烟泡，姜泰来抽了一口。他对唐瘸子说："大柜，我琢磨着，众位兄弟姐妹说的在理。你想想，咱们这些人，领着这些刀客，一辈辈、一代代就在这牛心套保活着，靠吃这些苇子而活。可是，咱们这些人，离不开这苇子，也离不开土匪。一是这些人虽然砸窑、绑票，但咱们自个儿把大院修起来，雇上炮手护院，出门带上炮手保镖，也就过得去。土匪过土匪的，咱们割苇子的刀客过咱们的，互不相干。再说，有土匪藏在苇甸子里，兵反而不敢来这一带打扰，地方上更安静，少是非。什么匪，什么兵，有时兵比匪还可恶，是不是这么个理儿？所以，干脆咱们不理他这个茬儿，不去探甸子，不然一旦踩响了天虎，咱们不是没事找事吗？"

大伙也都说："对对，姜大哥说得对。无论如何，咱们不能答应上峰。如果官方有能耐，他们自个儿剿去呀！让咱们探什么甸子！"

各个刀客、把头、苇霸的意思很明确，剿匪本来就是朝廷的事，与百姓无干。你们官府、朝廷养着军队，本来就应该是保一方平安，这剿匪、除匪是你们应该办的，干什么非要扯进我们这些祖祖辈辈割苇子为生的人呢？一年到头，俺们躲土匪都躲不过来，现在却让我们去碰他们，这事就是说下大天来也不能干。

唐聚伍听了大家的话，"唉"了一声，说："弟兄们，我也是这么想的呀，可眼下，老怀德衙门天天来信催、赶，恨不得让我立刻把天虎的位置告知他们，就好像我知道天虎在哪儿不告诉他们似的！"

当唐聚伍说到这儿，有人出主意说："大柜，有了，你告诉他们一个地方，随便说一个地方，让官兵他们追去吧，剿去吧。就是找不着，你也好说。他天虎又不是死人，他是喘气的，说离开就离开了，谁还能看住他？"

唐瘸子说："这，这恐怕不妥吧。官兵也不是傻子，人家也会看出来那个地方有没有人驻扎过呀？"

这时海坨子苇霸二舅母说："要说找一个有人驻扎过的院套这事好办，就在我们海坨子正北，有一个大院遗址，也不知是哪朝哪代的，反正咱们就说是天虎的，你看怎么样？"

大伙正在筹划着如何应对老怀德衙门的命令之事，突然，院里的传令兵报号："不好了！张全胜大队长来了！"

大伙往窗外一看，果然是张全胜，他带着五十多个兵丁，摇摇晃晃地走进了唐家大院，说要见唐聚伍。唐瘸子一看这些人来得如此突然，就对各位苇霸、刀客们说："诸位，你们赶快回避一下，我来见他。"于是，大伙赶紧躲进了唐家后屋。

原来，唐瘸子的八间大屋，前后左右都有间壁，这二十几号大柜一转身就藏进了间壁里，谁也看不出来。唐瘸子走出正房，把张全胜大队长给迎了进来。

张全胜进了正房，下人上过茶，他只喝了一口就把杯子摔了，骂道："唐瘸子，上边三番五次地下令，让你快些去探旬子，怎么时至今日，你还按兵不动？你还想不想当你这个苇霸了？"

唐聚伍好言相劝，说："大人，息怒。你没看我正在想办法吗？你没看我腮帮子都肿成这样了吗？我不是按兵不动，我也是正在想办法呀，再说，这天虎又不是个死的，我上哪儿去寻他找他？"

张全胜一听，"啪"地一拍桌子，说道："唐瘸子，闹了半天，你还是在搪塞我是不是？好，咱们俩一块走，现在就去见张大帅，见张督军，我看你还探不探旬子。"说着，他一挥手，说："把他给我捆起来！"立刻上来好几个护兵，就要去捆唐聚伍。

谁知就在这时，只听"哗啦"一声，间壁里伸出一些洋炮来，又有一个声音说道："张全胜，你他妈别忘乎所以，你知道这是在什么地方吗？这里不是你他妈的老怀德，这里叫牛心套保！来人，先把这个混蛋给我捆起来！"

立刻，从里间就蹿出一些刀客来，一个个举着洋炮、大片刀、割苇子的扇刀，一下子把张全胜给按在了地上。原来是躲在间壁后的苇霸们再也忍不住了。

消息迅速传到了奉天府。张作霖听说老怀德府衙的统兵张全胜大队长没绑来唐瘸子，竟然让牛心套保割苇子的刀客们给绑了票，气得他一拍桌子，跳了起来。来奉天府汇报卜奎牛心套保的刀客们如何绑张全胜兵马经过的人添油加醋地向督军描述，说牛心套保一带全失控了，不但绑了张全胜，还大骂大帅，扬言要攻打奉天，捉住张作霖。张作霖气得就把手下的一些军师将帅叫来，商议如何分派人马，准备调兵遣将进攻牛心套保，捉拿唐聚伍。其实，那时消息都传走样了。

当时，怀德统兵张大队长张全胜当着唐聚伍的面发威，说要把唐聚伍捆了送往奉天，在屋后和间壁里的其他苇霸、刀客们受不住了，一旦大哥被他们押走，这今年的苇子活儿也干不成了，没有了苇子，还当什么苇霸？干脆，趁着他张全胜没下手前，咱们来个先下手为强。于是，大伙一商量，最后让老大哥姜家店的老大姜泰来定夺。这姜泰来其实早就有抵抗上峰命令的意思，听大伙一撺掇，于是他说：“那还等个啥呀？快，先下手为强啊。”于是，他一声令下，屋里藏着的人立刻将洋炮捅了进来，大伙把张全胜卫兵的枪给下了，把张全胜也给捆起来了。当时，院子里张全胜的兵丁一听屋子里乱了，刚想动手，人家各路苇霸、刀客们带来的炮手，一个个在院子的墙头子上，炮台上架起了洋炮。由于有了姜老大的命令，他们恶狠狠地喊：“当兵的，放下武器，不然别怪你爷爷的洋炮不认识人！”

唐家大院的人一邪乎，再加上张全胜一看，自己带来的这几十个人根本不是唐聚伍的对手，于是对手下人说：“弟兄们，暂且放下武器，别和这些野民们一般见识！”

苇霸、刀客们一听，又怒了：“你说谁是野民？”

"把这些家伙们都灭了！"

"对，先把他们都扔苇塘里喂王八！"

"扔苇甸子上喂狼——！"

一时间，牛心套保的苇霸、刀客们群情激愤。

张全胜一看，苇霸、刀客们都发威了，于是，便劝住要动手的弟兄们，也收回了自己的话，说："好好好，就算我方才没说，中不？"

刀客们说："不中！"

张全胜说："那还要让我怎样？"

刀客们说："好好赔不是！"

张全胜说："好好好，那我方才说你们是野民，说错了，还不行吗？我叫你们是苇民、刀客，总行了吧？要知道，我们剿匪，也是为了你们。剿住了土匪，你们出行割苇、上集也方便、平安呐！再说，这一带的老百姓也平安呐！不然谁敢出门？特别是过两天，地上冻了，下雪了，各村屯的人要外出、赶集、过年、送公粮，可是土匪在暗中藏着，动不动就牵他们的马，抢'连子'，谁还敢送公粮啊？我张某来你处，也是为了执行公务，你们竟然敢如此待我，此事一旦让奉天知道了，让大帅知道了，唐聚伍你不是吃不了兜着走吗？"他说的也在理。

在奉天，张作霖也真动了怒。他命令驻防在彰武的第七支队和驻扎在昌图的第十三支队火速编队，连夜开赴白城子一线布防，又派出黑龙江双城堡和敦化额穆一线的山林队，火速赶往牛心套保，一副不将唐聚伍碎尸万段死不罢休的样子。这时，他的军师万福麟可就出了个主意。

那时，万福麟是大帅的拜把子兄弟，他说："大帅呀，在下倒有一个主意。"

张作霖说："福麟哪，那你快说说。"

万福麟说："大哥，为了一个小小的牛心套保，为了一个割苇子的苇花子，你就如此兴师动众，将来会让人笑话咱，不如咱另谋他策。"

张作霖说：“你所指的‘他策’是何策？咱们总不能一点儿动静没有，那边张全胜如果被人给杀了，这今后不得更让人笑话我张某无能吗？”

万福麟说：“我说的‘他策’，是进一步打探一下唐瘸子这个人，单凭他一个割苇子的，就能一呼百应？看来还是咱们不了解他。我看，咱们要先了解他，才能有下一步对策。我看，此事就让靠近牛心套保的洮南府吴俊升去做，兴许他能就对付唐聚伍有一些道眼。”

张作霖一听，这个主意不错。他曾经和吴俊升在当马贩子时是哥们，后来又是他提拔吴俊升当上洮南府督军的。于是，张作霖立刻传了一个手谕，让洮南府吴俊升吴大舌头去设法捉拿唐聚伍，解救张全胜，并在手谕中一再强调：“俊升啊，此人可在你的管辖之内，无论如何也不能再将事态扩大，定要设法救出张全胜，又要能使本帅的剿匪之役顺利执行，不要将此事留为后患。切记。”张作霖的手谕很快传到了吴俊升手里。

那时节，吴俊升吴大舌头正是一心一意地追随张作霖张大帅的时候，他正想着应该做一件什么漂亮事给大帅看看，他吴俊升不是一个鲁莽的军人，他也有他的智慧和才干。就在这时候，张作霖的手谕到了。

吴俊升这个人真是表面打眼一看十分粗俗、鲁莽，而此次，他决心改变人们对他以往的这个印象。他拿着上峰的这个手谕，先不忙出兵，而是把他手下的三老四少，看家护院的亲近人员都找来了。他先是把大帅的手谕内容一说，然后又加了一句话：“诸位，我吴俊升不想出兵硬碰它牛心套保，那会让人笑话，哪有官兵不打土匪，先对付自己人的？我想让他唐聚伍自己去执行。你们看看有没有啥法子。”

他的话刚一说完，他手下一个看院望门、给他和家人做饭的老周头说：“督军呀，在下倒有一个主意……”

吴俊升说：“周大爷，那你快说说！”

老周头说：“他唐瘸子不是绑了咱们大队长张全胜吗？”

吴俊升说："咱们也绑了他娘不就得了吗？"

老周头说："督军呀，你咋这么想呢？"

吴俊升说："我觉得你要这么说呀！"

"哈哈哈……"大伙都笑了起来。

老周头说："正是，正是。督军你也太有才了！这也正是我的主意。先前，我不是跟你说过吗，咱们洮南的福源盛烧锅的掌柜和唐聚伍的妹子是亲家关系。干脆，咱们说动福源盛掌柜，说开办一次关东品酒会，让大伙都来捧场，由唐聚伍的妹子出头，请自个儿的妈来帮助料理家事。只要她来，咱们就伺机找人将她在半路绑了票。唐瘸子是个孝子，以他妈换个张全胜大队长，那不是富富有余吗？这叫以其人之道还治其人之身。"什么理论都对号。

这个主意把大伙都逗乐了。

吴俊升一想，这个主意真是可行，再说，洮南地面上那些买卖、作坊、字号，哪家敢不买他吴俊升的账，而且，洮南著名纸坊——"老五姑"纸坊就是他吴俊升在暗中开办。清初，由他的祖上经营，那是全东北的三大纸坊，经营着瓦楞纸、窗户纸、糖果纸、冰棍纸、毛头纸、牛皮纸等各种纸张。论起来，"老五姑"是他的一个远房亲戚，吴俊升得管她叫五婶。这老五姑是蒙古族人，本名叫托雅，丈夫叫达木林多尔吉，前郭尔罗斯哈拉毛都人，光绪二十六年（1900年）生人，是末代旗王齐默特色木丕勒的叔叔，人称"祥大人"。他在洮南以南的查干淖尔一带开荒四百五十多垧，大量出荒、卖荒，积累钱多了，就开办作坊和买卖。洮南的纸作坊就是他开办的，后来又交给了妻子老五姑托雅来经营。

当年，这老五姑开办的纸作坊每年要收进大量的苇子，特别是牛心套保一带的小紫花苇子造纸最好，所以老五姑和洮南福源盛烧锅掌柜的来往甚密，关系非同一般，这也和唐家苇霸的妹子是福源盛作坊柜上的家里有关。因此，吴俊升觉得此事可行。所以，当周大爷一提议这么办，吴俊升也就拍板定了。

那时候，找一个什么日子、节令，说要举办一个什么道场，那是说办就办的事，正好三天之后就是白露节。这白露节在当地很有讲究，特别是在吉林的长白山里，那些挖参的、种参的、采药的、收山菜的，家家要举行“白露节”。白露节又叫端锅节，种植人参的住户要杀猪、宰羊、上供，到山神爷老把头庙上去祭祀老把头孙良，求他保佑山民们年年采参、放山顺顺当当，丰收在望。这“白露节”不能没有酒呀，于是，洮南福源盛老烧锅就联合了几家烧锅举行品酒会，意在喝好酒，给东山里的白露节令送酒、献酒。消息传到牛心套保，唐瘸子唐聚伍的老娘果然答应如期而至，她准备了一头小驴，准备到洮南给女儿看守院子，打点里里外外的一些活计。

从牛心套保到洮南，六十五里。为了娘出门安全，唐聚伍也是派出两名炮手骑马跟着，派出两头小驴，一头娘骑着，一头一个贴身丫头跟着，吃完早饭就上了路。

那时，从牛心套保到洮南，走的不是苇塘就是草甸子，没有正经八本的“路”。走着走着，就见前边一个大院，两个女的正在张望，炮手就上前打听道：“大姐，这叫什么地方？”

对方说：“这是四方坨子。”又问：“你们这是上哪儿？”

炮手说：“是上洮南。”

对方说：“啊呀，上洮南你们走错了，得往西南，你们这是往了东南。不过，别走了，先进屋吃口饭吧，到晌午了。”

炮手说：“不啦，要赶路！”

这时对方一个女子说：“哎呀，这家的媳妇要归盆（生孩子），求这位大娘给上上手。”

唐大娘也是个热心老太太，就下了驴，把缰绳交给炮手说：“你们等着，我们去去就来。”说完，领着贴身丫头就跟那两个女子进了院子。炮手有点儿不放心，要跟着，老太太说：“你们一个个大老爷们，跟着算怎么回事呢！”就这样，炮手牵着驴站在大门口，眼看着老太太跟人家进了院子，又上了上屋。

洮南福源盛烧锅，当家的福山和妻子唐云知道母亲要来，日前已接到信，就派人到牛心套保和洮南中间有一处叫岗子哨的前大门山处去迎。派去的人一直等到晌午，也不见老太太的影儿，本想回去报告，又想再等等，也许快了。可是，望望东北的牛心套保方向，只见一片茫茫的草甸和苇甸，就是不见一个人影儿。

秋风吹着苇子，苇花翻着紫花花的波浪，起起伏伏，时而有野鸭、大雁突突地从苇甸子里飞起，嘎嘎叫着，落了下去。

这时，太阳一点点偏西了。

俗话说，早骑马午骑牛，下晚骑个葫芦头，是指这深秋初冬的太阳，太阳往往一眨眼就会落山。果然不一会儿，太阳就落下了大片苇海，像血水一样，那落日的余晖染红了苇甸。

派去的人一看，不好！这准是出事了。因为按时间推算，人早该到了！但是，他们不敢贸然前去寻找，于是立刻打马返回洮南，去向福源盛的老掌柜禀报。

那年头，这一带狼多。

大白天，狼就敢公然截道。有时狼学人叫，人稍不留神，就遭狼害。

女儿唐云一听娘没来，立刻打发人骑马去往牛心套保哥哥唐聚伍处，想知道这到底是怎么回事。去的人骑的是快马，没到半夜就到了唐家大院。屋子里，唐瘸子也正在听刚刚赶回来的两个炮手讲这件稀奇的事。

原来，这两个护送老太太去洮南的炮手眼瞅着老太太进了一个院子，他们就在院门口等。可是干等人不出来，后来足足等了大约三袋烟的工夫，这工夫别说接生一个孩子，就是接生三个五个的也该完事了。他们觉得事情不对头，于是贸然进了院子，又赶快进了上房，可是，进去一看傻眼了。

原来，那是一个串堂屋。

屋有后门，后门外的大墙上，有一个大洞，平时蒿草挡着看不见这个墙豁子。显然，人是从这个墙豁子出去了。

两个炮手赶紧顺着墙豁子钻出去追，追了一段，来到一条小河边，眼瞅着岸边有脚印儿，看来老太太她们是和人一起上船划进泡子了。

在北土牛心套保，在洮南、大安、镇赉、前郭尔罗斯、老扶余、乾安、通榆一带就属河多，泡子多，那些地方往往连着深深的苇甸、草塘子、河沟子、河汊子，人不敢轻易走进去。这两个炮手一看，这是有预谋的行动，这是绑票啊！难道是土匪干的？可是，这一带土匪多了去了，究竟是哪股绺子干的？不行，得赶快回去禀告唐东家。于是，两个炮手赶紧返回了牛心套保的唐家大院，向东家实情相报。

那时候，唐聚伍其实已经将张全胜给放了。因为先前捉张全胜也不是他唐聚伍的主意。当时是唐聚伍正和张全胜在周旋，藏在间壁里的姜东家、二舅母、孙玉普、同祥、郝利宝他们这些苇霸、刀客们以为张全胜要把唐聚伍大柜绑走，于是经姜泰来发话，大伙这才一齐上手捆了张全胜。后来，大伙一见唐聚伍也听了张全胜的话，答应去探甸子，找找天虎的下落，就放了张全胜，他张全胜也就顺坡下驴回去了，可是张作霖还没有得到信儿，就指使洮南府督军吴俊升去处理这事。

这吴俊升绑票唐聚伍的老娘也是拿手好戏，根本不用他出头露面。他让手下人在牛心套保和洮南中间找了个空闲大院，让人故意装作找接生婆在道边等着，一旦他要抓的人来，就必然会上当。而此时，唐瘸子老娘也在吴俊升的人的引带下被秘密安置在一处窝棚里，就等着下一场好戏开场了。

唐瘸子是个天大的孝子，现在娘丢了，他能不上火吗？可是他万万也想不到这事竟会是吴大舌头干的，也万万想不到是冲着让他下苇甸去踩天虎的盘而设的套。“踩盘”就是打探，一旦被对方知道，就称为“踩响了”。在北土，有多少大户、能人、匠人、艺人或是官家，不管是谁，一旦踩响了绺子，那还有你的好吗？你的任何买卖、家财都将毁于一旦。

可是，唐聚伍心下明白，他虽然放走了张全胜，但也不是没答应人家的条件：他承诺要去伺机寻找天虎绺子的下落，也答应配合朝廷和官家保一方平安。因为，这东北的土匪也真是太可怕了，一到年节、年关或者北方白露、下霜，土匪就起来了，闹得家家户户、村村屯屯不敢上街、赶集，不敢出车送公粮。因这时，土匪往往埋伏在大片的苇甸子里，一见赶集、送公粮的车，他们就从苇甸子里蹿出来，大喊：“下连子！下连子（把马卸下来）！”然后喊：“串串叶子（把你的好衣裳脱下来给我换上，你穿我的破烂衣裳走）！”

在东北，一到天冷了，就是土匪红眼的时候了。有时，大户人家的响窑他们不敢入，就抢穷户。穷户有啥呀？那真是见啥抢啥，甚至看人家刷牙，有一袋牙粉他也抢，抢过来自个儿刷刷。连老太太也祸害！打粳米吃白面，那更是经常的事！

有时进一个屯子，土匪头子就喊：“从头到尾，给我压！”就是从一头开抢，家家不落下。

所以土匪是人人都恨，如果真有能人，能治理住这些东北的土匪，那他刀客唐聚伍也是拍手称快。这不，如今自己的老娘突然被绑了票，这不是给他上眼药吗？唐聚伍分析，娘肯定是被绑了票，而且这群家伙安排布置得很巧妙，竟然在娘去往妹子家洮南的路上下手，看来这事是出在洮南一方，是洮南走漏了风声，因为是妹夫福源盛烧锅来的邀请。那么，洮南是什么人下如此之手呢？唐聚伍想来想去没有答案。按常情，土匪绑人质不出个三五日准有“花舌子”（专门联络此事的匪人）出面来捎信，并商谈价码，以便受害人家出钱。

果然，就在第三天的下晌，牛心套保屯子来了一位不速之客。此人表面的身份是一个收牛皮、马皮、羊皮、驴皮的皮货商，可是唐家大院的哨兵不让他进，他却说："我一定要进。"

哨兵说："你一定要进？"

皮货商说："而且，还得要见你们大当家的。有要事。"

哨兵问："何事？你不说清，不许进。"

皮货商说："不见到你们大当家的，我不能说。"

传令人把话捎进去，唐瘸子一琢磨，赶快说："让他立刻进来见我。"

下人将皮货商带进里屋，那人见大当家的，又说："请把其他人都请出屋子，这事我要对你一个人说……"

当别人都出去之后，那人拿出两封信，并说："唐大柜，对不起，我先介绍一下，我是'六里六'的外勤，今日奉命给你带来老母的消息。不过，两封信你必须一封一封地看。先看这封……"

唐聚伍当时就明白了，这是花舌子到了。

花舌子是东北土匪中专门办"外事"的人。一旦匪队绑了人质，就由他出面到受害人家里通风报信，讨价还价；一旦对方待其不好，匪方即刻"撕票""毁票"（杀了人质或从人质身上割下耳朵、鼻子、手指头、脚指头，再由"花舌子"捎给被害人家，逼其就范。因此，受害人家不但不敢伤害这通风报信之人，还得高看一眼，因为你家的人在人家手中）。方才，唐聚伍一听对方是洮南六里六匪绺的花舌子，这气就不打一处来。这六里六本是洮南一带名不见经传的一股小绺子，掌柜的叫孙猴子，最多时人马也不过一百多人，怎么？如今老娘会落在他的手里？

可能是发现唐聚伍有点儿看不起六里六绺子，花舌子轻蔑地笑了笑说："唐大柜，您还先别想别的，先看信……"说着，递上一封信。

唐聚伍忍住气打开一看，是"六里六"写给他的亲笔信：

唐大柜，恕我六里六无礼，“请”来了老人家。没别的，就是请您帮着官家踩踩天虎的盘。老人家在我这里有如上宾，天天熏肉烤肉地伺候着，还有你家丫头秀兰贴身伺候着，您放心。

信倒挺简短，说得也明白，原来是替官家说话要他去踩天虎的盘，这是怎么回事呢？难道六里六也降到了洮南官府吗？

在当年，土匪、兵，时而为匪时而为兵，匪当了兵，称为“降了”，就是投降的意思，又叫“降大杆子”。地面上的百姓往往弄不清哪是兵，哪是匪，眼前这六里六花舌子的身份仿佛是一个谜。其实，绑了唐刀客老娘的不是别人，是张作霖下的令，由洮南府督军吴俊升去干的。可是，吴俊升也不白给。他知道，此事日后一旦传出去，说他吴俊升用土匪的招法去绑人家刀客的老娘当人质，这该多可耻、掉价呀。于是，吴俊升来了个嫁祸于人，他让洮南地面上的一个小匪六里六出头承认下此事，然后他以此说事，威胁唐聚伍去探甸子，踩天虎的盘。他不信他唐瘸子敢抗命，一旦他不干，杀了他老娘，那罪名是六里六的；一旦他干了，那好名声又是他吴俊升的。天下的好人好事让这吴大舌头做透了！谁说他笨？鲁莽？他精着呢。可是，这唐瘸子还没看第二封信，这件事情，他还不完全知道底细。这时，不速之客又递上第二封信来。

唐聚伍一点点展开了……

聚伍兄弟，我是洮南府督军吴俊升，今提笔给兄写信，只为一事。听说日前你不接受老怀德张全胜命令，还私自绑了张全胜，这你可是犯下了大罪。我劝你还是想开来，接受官府之命，尽全力去搜寻天虎下落。又听六里六说近日绑了你的老娘，不过此事你莫放在心上。他六里六近日要降，老娘之事包在我身上，我让他放人，他必放。不过前提可是你得执行官令，尽力去追寻天虎，踩他的盘，一旦踩响了，我去划你（救你），保你无事。可是，如果你不去，可别怪我吴某保不住你老娘的性命啊！

这个吴大舌头，真是比狐狸还狡猾。这封信，他里里外外尽透着威胁、利诱，软硬兼施，唐瘸子也从信的字里行间看出这场阴谋：绑自己的老娘就是他吴大舌头干的！不是他，又是谁？六里六长了三头六臂也不敢轻易对他唐聚伍下手，六里六才一二百人，而他手下有两万多刀客，占据着北部的大片草甸、苇甸。一旦这伙刀客动起手来，六里六跑不出六里地刀客们就会使大扇刀把他们的脑袋一个个割下来，在雪地上当球踢。看来背后，就是这个吴大舌头在使坏，是他暗中作祟。唐聚伍气得抓起吴俊升的信就要撕，却被花舌子一把给夺了下来。

不速之客花舌子轻松地笑笑，说："唐大柜，我劝你不要盲目动气，你还是要好生想想，不管是我六里六绺子，还是他吴俊升督军，我们说的话都在理。现在最重要的是你的老娘还在我们手里呀！"

一听"老娘"二字，唐聚伍真就冷静下来了。

是啊，自己真是一时冲动啊。一旦抑制不住情绪，就容易伤害了娘亲，这不是一个当儿子的能耐，要救娘啊。于是，他让人上酒上菜，好生地款待了花舌子，并且让他给六里六大柜和吴俊升督军捎话，自己同意去"探甸子"，寻找天虎的去向，但要求对方保证娘的安全，严守自己承诺去探甸子的秘密，以免走漏了风声，造成天虎逃遁。几天之后，对方通过这个花舌子又捎回了吴俊升的承诺，言语只要他唐聚伍找到天虎绺子的下落，他们立马放人，而且一旦他踩响了天虎绺子，朝廷会全力出兵救助，绝不让他苇霸刀客吃亏。

唐瘸子把自己关在屋里，细细谋划。

首先，他封锁了一切风声。

对外宣称他去洮南串门，然后他领上两个人：一个说书的瞎子，叫色音巴雅尔，六十多岁；还有一个孩子，叫柱子，十三四岁，给瞎子拉道（领道）。他特意派人上后套保的孔家围子“祥记刀具所”让大铁匠孔繁坤给他打了一把带库的扇刀，还带上了他心爱的围狗“梯子”。

瞎子是自己“送”上门来的。说也奇怪，那天唐聚伍正在想带什么人进甸子呢，这时忽听门外有拉弦的动静，是个瞎子。那人说，“带我和你一块踩甸子吧，你是瘸子，我是瞎子，不会引起别人怀疑，或许，咱们可以顺利走出甸子。”于是，唐聚伍就带上了瞎子。

带库的扇刀其实是枪，顶头是刀。这种草原上割苇的扇刀，特别是这种特制的带库扇刀，刀枪两用，只有孔家围子铁匠炉“祥记刀具所”的孔繁坤会做。孔繁坤是山东曲阜人，清康熙初年，祖上全家闯关东来到东北，他来东北不是逃荒，而是受了皇封。原来在中原时，孔家就开着刀具、枪具作坊，推翻明朝，孔家帮皇太极有功，特封孔家到郭尔罗斯王爷的地场来“受荒”，就是接受“地亩”，给的就是“后套保”一带。

当时，后套保一带靠着江。

孔家祖上说：“王爷，我不要这儿……”

王爷说：“那你要哪儿？”

孔家祖上说：“俺在山东尽受水气了，到了这儿，你还让俺靠江，俺不干。”

王爷笑了，说：“那好，老爷子，我把我的枣红马给你，你骑上在甸子上可劲儿蹽吧。”于是，大安名士孔繁坤的祖上便打马向远方草甸跑去。

他心里想，我不能占低洼，于是说：“王爷，高岗好，不受气。”

王爷说：“我可告诉你姓孔的，高岗可不打粮……”

他说：“不打粮，我就打割粮的家伙！”于是他放马跑去，一下子跑到了一个高岗，那就是今日的后套保一带的孔家山。东北荒原湿地上哪有高岗，可是高一点儿的地方又能长苇又能种大田，于是孔家就在这里建了孔家围子。有一回，一个叫李毛楞的打鱼的，捕鳇鱼的网缠在江底的石枕上，怎么也扯不上来，就找孔家围子的铁匠炉给打割网刀，孔家围子给他打了刀，他一下子利利索索地就割了鳇鱼网，从此，孔家围子的刀出了名。到了孔繁坤这一代在大安又重开旧业，他的刀活儿、枪活儿、钢活儿、铁活儿、锯活儿一下子出了名，但是，打这种带库的“扇刀”，他不轻易出手，就如唐瘸子的这把带库的扇枪刀，如果不是知道他去踩甸子，生死难测，绝不会给他打制。因为这种带库的扇刀，把里装着一把上了弹簧的牛耳尖刀，是以牛角所制，卡在扇刀把里，关键时刻一动拉簧，那刀立刻射出百米之远，人畜即亡。虽然唐瘸子没对孔繁坤工匠直说他要去“踩甸子”，但当地人隐隐约约都听说了，孔繁坤心疼瘸子，这才给他打了这把独特的扇刀。

当时，孔繁坤对唐瘸子说：“你好好握着它。到啥节骨眼也别撒手。”打完枪，装在把库里，准星是刀柄尾上一个铁疙瘩，谁也看不出是准星；扇刀打好一出炉，他先用响锤叫点，等火消后，他再上炉，从红炭里拽出来，突然叫来一条黄狗，撒上一泡尿来淬火。然后，孔繁坤把家伙递给瘸子，说：“老老实实攥着它。”

唐瘸子接过扇刀，在自己的胡茬子上一杠，“刷”一声，黑花花的胡子立刻刮得干干净净，不留茬儿，不“刮打了”（碰破皮儿），然后，他扔下大洋，一步迈出了孔家围子铁匠炉。

刀客唐瘸子出发是在头晌，这是为避开草甸上夜间落下的露水。在东北苇甸，露水重，又凉，人一挂上腿就作病，出远门的人一定要选择头晌，太阳升起二竿子高之后，人才能上路。他好像故意在等一些熟人，一看见一些三老四少，他便搭话：“吃了？”（东北俗语）

对方往往说：“吃了。”

又问他：“出门？”

唐瘸子说：“出门。去看俺娘，上俺妹子那儿去……”

对方又问：“怎么？带个说书的？”

唐瘸子说："路上寂寞，让瞎子拉拉弦，消磨一下时光……"

于是，就这样，刀客唐瘸子领着一个孩子和说书的瞎子，一瘸一拐地走出了唐家大院，立刻钻进茫茫的苇甸，消失了。

进了苇甸，往洮南方向走了约半里地，唐聚伍突然转变了方向。他让拉道的孩子柱子领着瞎子先往西北方向走，那儿是嫩江东岸的古地，俗称柴火垛，地势稍高，到处是柳条通、苇子，蒿子都有大钱粗，打上捆就背不动。由于那里常年荒芜，只有打柴火的人在夏天进来坐船打柴，然后垛在那里，等冬天地上冻了再用爬犁来拉，所以叫柴火垛。唐聚伍觉得，那一带好像有天虎的踪迹。他让围狗梯子在前头领路，柱子领着说书人瞎子往柴火垛方向先走，他说他撒泡尿。

没有人的时候，唐聚伍默默地向东北望去，那是牛心套保苇海，天苍苍野茫茫，此时依然可以望见他的家——唐家围子，大院的黄土墙、炮台……

突然，唐聚伍眼前模糊了，他"呜呜"地号开了！

在心底，他一下子有了一种离别感，不知为什么，他总觉得此次去探甸子，追踪天虎的踪迹，有一种一去不复返的感觉，他对自己这辈子出生入死，在此建立的唐家围子开始留恋起来……

那天虎杀人如麻，他不会放过任何一个人。见到天虎容易，可是离开天虎就难上加难了。于是，他在心底默默地叫了一声：娘！儿要走了！

这时，柱子见他半天没跟上，就返了回来，一下子见到唐聚伍在流泪，就说："大柜，你怎么哭啦？"

唐聚伍抹了一下眼睛："风吹的。"

瞎子也走来了。他自言自语地说道："风吹的？哼，风吹的？"

于是，这一伙人在苇甸里直奔了西北。

早晚，东北的苇甸子里凉，可是一到晌午头子，苇甸子里闷热难当，叫人上不来气，苇根子下的白碱土把自己浓浓的碱盐气卷上来，熏得人有些窒息，围狗梯子也耷拉着舌头，不停地喘着粗气。唐聚伍把皮袄脱下来，卷成一个捆儿，绑在扇刀把上扛着，光着膀子背着他的一个搭子，那可是他的“万宝囊”，这里边有火柴、针线包、绳子、药，还有一葫芦头大安老窖，那是孔家老烧锅酿造的头溜老酒，走之前，他特意让人去那儿灌上。

瞎子色音巴雅尔老汉也热得脱下破皮袄，让领道的孩子柱子给背着，柱子把自个儿的皮袄也脱下来，一边一个，挑着像扁担一样前头走，屁股后边的瞎子紧紧攥着柱子拉着的一根棍儿走。梯子在最前头引道，唐聚伍手握带库大扇刀走在最后。梯子机灵无比，它总是在前边先跑出去很远很远，看好了道，然后再返回来，引着柱子按照它踩出的道儿走。东北的苇塘草甸很奇怪，你看上去往往是平坦的好道，可是人或动物一旦踩上去，可能会立刻陷进去，你越往上拔越往下陷，这时人千万别动，要自己先躺下来再喊人来救。救时也要注意，要先接住别人抛过来的绳头子，然后以刀子割断自己的鞋带、裤带，人们使劲儿一拉，人便会光着屁股被拔出。一旦被这种地困住，千万别顾及衣裤、鞋子，不然便会拉不动，沉下去肯定没命，多少年后，风沙会从荒凉的苇地里刮出一副发黑的白骨。

白天的苇地不但闷热，而且蚊虫肆虐，那些瞎虻、小咬、花脚蚊子在头上“嗡嗡”地滚来滚去，人的皮肉上转眼便被叮出一片片紫红色大包。脚下时而有毒蛇爬来爬去，柱子在前边不停地喊：“抬左脚——空——！抬右脚——空——！”

“空”是盲人语，安全之意。瞎子就按照柱子的口令生硬地抬脚迈步，他怀里紧紧地抱着系满了红缨的琴书潮尔，一步一顿地往前挪，倒也安全平顺。这时，太阳滚落下天边，暮色渐渐地笼罩了荒凉的苇地。

北土八百里瀚海，太阳一落，就地起风。

风飕飕一刮，气温立马下降，他们马上把晌午脱下来的皮袄穿上，可还是冷，他们拿出绳子、带子扎紧皮袄，可还是冷。

唐聚伍发话，就地打卧。

打卧，就是原地坐下来……

那是一处有点儿开阔的苇地，四外的苇子都挺密实，就这一处，地势有点儿高，苇子稀一些。唐聚伍用手拔倒一片苇子，让那紫嘟嘟的苇花铺在上面，围成一个圈儿，中间挖上一个饭盆大小的坑，算作灶。

唐聚伍最明白，手里有扇刀也不能用刀割，因为那刀茬儿土匪一打眼就知探甸子的人来了。

北土野外的苇甸子里，人要生存一是会搭灶，二是会找水。灶要点火取暖，做饭，但又不失火，尤其现在他们的处境，非常怕失火，以免暴露了目标。他又在离他们一米远的地方以扇刀头抠出一个半米多深的坑来，不久，有地下水汩汩升上来，虽然浑浊，带有浓浓的碱气味儿，但只要静静等上两袋烟的工夫，那水就会渐渐地清澈了。唐聚伍从他的背褡子里掏出一个折叠在一起的铁盒子，打开原来是一个锅。他让柱子找来几根枯树枝子，架在锅下添上水，把袋子里的炒米撒进去，又切上奶皮子，然后说："柱子，你看好锅……"

然后，他领着梯子走了。

不一会儿，只见梯子嘴里叼着两只大兔子，唐聚伍手里擒着一只大雁回来了。

唐聚伍顺手拔下扇刀上的刀片，用此刀迅速剥下兔皮，接着给大雁开膛、去毛，然后又用刀把兔肉切成一块块的，下在奶汁炒米锅里，扔进一把盐，大雁肉放在锅下的火堆上去烤，不一会儿，野地里飘荡起浓浓的煮兔肉、烤雁肉的香气。唐聚伍又从袋子里摸出老孔家的大安老窖，把苇子叶卷成三个酒杯，倒酒递给了瞎子和柱子："来，咱们吃一口吧。"

瞎子说："做的啥呢，好香。"

柱子说："都是唐大叔的手艺。"

梯子在一旁啃着兔骨和雁架。

这时，风仿佛有点儿小了，月亮从飘荡的乌云里钻出来，把苇地上照得一片通亮，风刮得苇影儿影影绰绰，夜里的北荒苇地仿佛别有一番情趣。

大伙也都吃饱了，喝足了。

柱子说：“爷爷，你给俺们来一段呗。”

瞎子说：“来一段呗。”

摸过自己的潮尔，试了试弦，熟练地调了调琴把钮。突然，瞎子手一抖，一曲古远苍凉的老调在北土荒茫的苇地，在毫无人迹的八百里瀚海冰冷的秋夜响起……

乌木林毕拉是天女的玉带，
飘摇延伸到白云和红霞的原野。
貂帐像河岸边的千朵梅花，
狍帐像林海里的百朵银花，
德顿骏马的蹄声盖过江涛，
刷延骏马的长鬃赛过云海。
福禄绵长的乌布逊部落，
太阳的骄子，苍天的恩赐，
无忧无虑地住着七百部落，
东有珠鲁罕部落，
西有彻沐肯罕部落，
南有辉罕部落，
北有无敌天下的乌布逊部落，
善使石箭，百兽难逃，
善使扇刀，万物发惧。
统御八方，神谕四海。

英明罕是乌布西奔老萨玛，
平定了都姆肯兄弟霸主，
扫平了安查千古寨水盗，
收降了内海巴特恩图女魔，
荡服了外海三百石岛敌窟。
谁敢入魔窟，
啊，乌布西奔妈妈；
谁敢入匪穴，
啊，乌布西奔妈妈；
东海的太阳光照着，
没有征杀的山岩草甸；
东海的明月抚慰着，
没有哭泣的千里帐包。
鱼骨雕成的银盅，
蛤壳砌成的银篓，
装满山珍美味、鱼肉佳肴，
人们喜笑颜开，
吞咽香甜的泪花，
品尝肥美的甘露，
奔往生我养我的土地
乌木林毕拉是母亲的地方……

瞎子的歌让四野飘荡着凄苦和美丽。此时，一双双绿色眼睛顺着色音巴雅尔的琴歌向这儿汇聚，那是草原上的恶狼，它们也听到了动静，前来听瞎子的歌，一对对呆呆地坐卧在不远处苇丛里听着。

色音巴雅尔，一辈子孤身一人，他不知爹娘是谁，是兴安草甸葛根庙的喇嘛把他从荒草窠子里抱回来。从九岁开始，他的琴书就震惊了东蒙草原，他的嗓音天生清丽，宛如天籁，他的琴是乌木刻成，是葛根庙的老住持丹毕扎拉传给他的，他的记性奇好，但凡师傅唱过的过耳就全部记下，一字不落，而且能见景生情，望人生事。东蒙草原上的《达那巴拉》《高小姐》《嘎达梅林》《凄凉的大雁》《陶克陶胡》，西蒙锡林郭勒的《东乌珠穆沁》《西乌珠穆沁》，鄂尔多斯高原上的《婚礼歌》《古如歌》，没有他不会的。苏尼特草原上的《劝驼歌》，那是母驼生下幼崽儿起初觉得气味儿不对，不肯收留，他都能唱得让母驼认领自己的幼崽……

色音巴雅尔呀，从此他的名字被一座座毡房记得。春夏牧场，他跟着牧群去转场，远走呼伦贝尔、王爷庙（乌兰浩特）、锡林郭勒、鄂尔多斯、昭乌达和科尔沁；冬天，草原上风雪弥漫了，转场子的牧民回到了冬天的牧场，那些漫漫长夜不能没有瞎子的琴声，每当他唱完准备离开，去往下一个牧场毡房，牧民们都恋恋不舍地给他的琴系上一条红绳，渐渐地，他的琴头上被系满了，他的琴声和歌声也留在了人们的心底。

蒙古琴书又叫乌力格尔，是人类非物质文化遗产，是以草原艺人边弹边唱的形式来抒发人生活情怀的一种曲艺形式，乐曲可长可短。

狼群围着他们不走，但也不敢靠前。

睡觉前，唐聚伍让瞎子躺在中间，让柱子挨着瞎子，他和梯子挡住瞎子的另外三面，他手握扇刀坐着睡，时刻警惕狼的袭击……

夜风扫过寒冷的苇地，月亮在云朵中一会儿钻进，一会儿钻出，苇地时而如白昼般亮堂，时而如浓墨般乌暗，万籁俱寂，没有一点儿声息。

野狼们也不叫也不吼，它们只是静静地坐卧在那儿等待，仿佛在等待这一伙夜行人疲惫不堪地倒下，那时它们便会围上来。

但是，唐聚伍手里的扇刀它们是害怕的。

那扇刀就是在时明时暗的月光下依然闪烁着凄凄的亮泽，那是孔家围子孔繁坤刀具作坊给刀加的最后一道亮印儿。

这种扇刀在草原上有久远的历史了，所说“扇”有几种含意：一是指善于，指人心中只要想到哪儿，刀便跟到哪儿，善于跟主人所走，所以刀客都愿使扇刀；二是扇，又指“散”，散是散开，面积大，特别是打草、打苇时，这种刀要由刀客紧紧抱在怀里，让两条胳膊紧紧压在刀把上，然后身子和屁股一齐扭动，一左一右，一左一右，去带动刀转，而不是胳膊转。这样打草、割草，草和苇一堆一堆地倒，一片一片地倒，所以称“扇刀”，又叫“抡刀”。这种抡一抡一片，无论是狼是人，抡刀一抡，遍地是腿；再有，扇刀又称为“闪”刀，是指人使这种刀去干活儿，往往只见刀光闪闪一亮，已完活儿，如闪电般快捷。

在北土，扇刀是一种放大了的刀。

扇刀在今天，依然是苇地上最顺手的家伙，一个个刀客就是使惯了扇刀，才一个个腰硬、屁股壮、胳膊粗，就是这种刀法练就了北土刀客汉子的身段，有了它，狼是不敢靠近的。

黎明快要到来之前，它们一条条疲惫地从沙土碱地的苇甸上爬起来，恋恋不舍地看一眼唐聚伍和他手中的刀，抖抖身上的土，只好走了。

早饭，依然是刀客的拿手好戏。

刀客一个个都过惯了原野生活，也善于在荒野、荒原中生存，唐聚伍竟然能在自己带来的一张皮子上摊奶米煎饼，摊好后以扇刀头一张张揭下来，卷上咸鸭蛋黄和野葱，香极了。

出发依然要等待露水蒸发之后，这是野外生活的经验，不然人的鞋和裤子一旦打上露水，白天苇甸上不透风，鞋和脚沾在一起，迈不动步子，也不灵敏。

大家就这样晓行夜宿了三天。第四天头晌，突然前边探路的梯子叼回一张破皮子，唐聚伍打眼一看，这是土匪的“护屁子”，这东西是土匪在野外行军打仗时拴在腰上的一块皮子。东北冬天冰厚、雪大，他们时而坐在冰雪上打枪，是为了护腰，夏天北土湿地多、雨水大，这种东西可助在外作战之人打仗、歇脚……

只是那皮子已经破了，所以才掉了下来。唐聚伍拎着它，再往远处望了望，忧心忡忡地说："机灵点儿！快到天虎的地界啦！"

柱子点点头。

梯子栽愣着耳朵，仿佛也听懂了主人的话，它"噜"了一声，低下头又钻进了苇地。

越往前走，甸子越荒凉了。

苇子有时密集地长成一堆一堆，一绺一绺，有时却是大片荒碱地，灰白一片，寸草不生，这正是八百里瀚海的中心地带。唐聚伍前后望望，又抬头看了看天，他从褡子里掏出一块薄薄的皮子，在上面画出一幅路线图。

唐聚伍对坐在碱土上喘气的瞎子说："大叔哇，我把你领到这条道上，恨我不……"

瞎子翻了翻白眼儿，说："我自个儿愿来的。"

"不恨也得恨，"唐聚伍盯着脚下的白碱土，仿佛说给瞎子，又仿佛说给自己，"走在咱们这条道上，一定会踩响他们。一旦踩响了，谁也别想活着回去了。我个人是不想活着回去了。可是千不该万不该把你老人家也扯进这个生死债里。你前世不该我，也不欠我的！"

瞎子说："别这么说。其实，你来干啥，人是知道的。"

唐聚伍一愣："人知道？"

瞎子说："从打俺选定跟你走，也就没打算再回来……"

"啊？"刀客眨巴两下干巴拉碴的让瀚海的狂风吹刮得皱了皮的眼皮，看了一眼光膀子坐在地上，正从皮袄里往外掏虱子，掏出一个又放在嘴里"咔嘣"一声咬碎的瞎子，眼眶有些湿了。

"大叔……"唐聚伍说，"如果还有来生，我还听你说书！"

梯子突然从远处草窠子里爬回来，它一下子叼住唐聚伍的裤腿子不放口，唐聚伍被它扯着往前走了十几步。梯子松口了，它用两只前爪扒土，渐渐地，一具白骨裸露出来。唐聚伍上前查看，那是一具成年人的白骨，双手倒背着，好像是被捆绑着，但不见绳索痕迹，头盖骨上有深深的砍伤。唐聚伍低声地告诉瞎子和柱子，这是土匪干的，人死前用绳子或铁丝捆着，但绳子或铁丝不见了，这是他们把人杀死后再把绳子或铁丝抽出去，他们物品匮乏，留着下回杀人再用。这时，梯子在不远处突然又低声叫了。

唐聚伍他们赶过来，原来是梯子又发现了几具白骨，这回这些白骨没埋，只是被沙原瀚海上的土风吹刮，有的让沙土埋了一半，但具具身上都有刀痕。

唐聚伍再一次提醒大家，这一回真的快到了。

这日下晌，他们吃完饭往前又走了不足两袋烟的工夫，突然，前方探路的梯子又快速跑了回来。这回它不去叼唐聚伍的裤角子，而是在唐聚伍的脚边"噜噜"地哼哼，唐聚伍明白，那是梯子让他亲自去听"动静"！

梯子是一条极为聪明的围狗。记得那一年，还是唐聚伍的爹活着的时候，一天下黑，唐聚伍的爹对唐聚伍说，睡觉睡觉，明早好去打狍子，南甸子来了两只大狍子。父子俩说话时，梯子就趴在屋地上。可是第二日早上，父子起来装完枪药却不见了梯子，唐聚伍的爹只好骂骂咧咧地领着儿子走了。可是到甸子一看，父子俩大吃一惊，那梯子早已提前来把狍子咬倒，梯子双眼都被血和沙土糊住了，正死死地按着还有一口气的狍子呢！原来，昨晚他们的对话它听懂了，它提前来打猎来了。

唐聚伍按梯子引他去的方向听去，也没什么动静啊，只有风声在荒凉的土层上刮动，发出"喔喔"又"哗哗"的响声，那是沙粒子在荒原上的滚动声，他有点儿想埋怨梯子，可是，梯子还是叼住他的裤角死死不放……

许久，刀客渐渐在呼呼的荒风中听到异样的动静，时而小时而大，是一种“吙吙”的马叫。

唐聚伍心下一惊!

他想起当地的一句土语：马叫，土匪到。

就连当地您孩子睡觉时的摇篮曲都这样唱：孩儿呀，睡觉吧，妈妈拍你睡觉啦；狼来了，虎来了，土匪骑着马来了，你再不闭眼，土匪把你驮走啦。

马，也是土匪的“腿”。

在北方，在茫茫的八百里瀚海，没有马土匪没法活，土匪管马叫“连子”，马是他们的腿，压连子就是把马卸下来遛，平时在外抢劫，没抢到钱不要紧，只要抢到连子就是财。而且，马是活物，抢完后骑上可走，在荒野上，没吃的东西可以杀马吃肉，所以马是土匪的“活财”，每当攻入一个大院，土匪往往说：

看皮子，掌亮子
备上海沙混水子
小嘎子压连子
空干？草干？
空干啃富草干连水
非空非草齐个草卷
掐着台上拐着。

这是东北土匪一进人家院子对主人说的话：看好了狗，点上灯，预备好咸盐和豆油，小孩遛马去。主人往往会问：渴了？饿了？渴了烧水，饿了做饭，不渴不饿给你棵烟，拿着坐炕头上抽去。

北方人生活难啊，他们常说，平地起胡子。胡子就是土匪，这句话是说那土匪其实就是农民，失掉土地的农民，种不上地，没有地，当土匪吧！于是在某一天夜里，一屯子人一块儿出动去抢另一个村落，这叫平地起土匪。还有兵，兵等不到饷，就扒下军衣报个字号，去抢……

当年的北土，兵匪一家，一点儿不假；今个儿他是兵，明个儿他是匪，谁也得罪不起，所以每一个大户大院的当家人一见有土匪来砸窑，往往嘱咐身边的炮手说："记住，别往身上打，打马壳（马腿），以免结下死疙瘩（死仇）。"马腿一伤，人就从马上摔下来，人不伤，逃命去了。人生，谁也不该谁的、欠谁的，别总让人记仇、结仇，能过得去就过得去吧。轻易别索命，索命就该人的命。这是北土老百姓过日子的俗理。

当沙原苇甸的荒风从远方刮来隐隐约约马的嘶鸣声时，唐聚伍已确认，这是一处土匪的大绺子！而且从马的嘶鸣声中可以判断，不下成百上千的马，这是一处老卧子。于是，他命令大伙别再站起来，往马叫方向爬。大家往前爬了大约两袋烟的工夫，前边是一道沙岗子，大家从这儿往下一望，不觉大吃一惊。

只见眼前是一片开阔地，三面是荒苇甸，一面靠西是一个土山，土山下盖了一片土房子，那些马都散放在开阔地上，足足有千百匹，有一些背着大枪的人在仨一伙俩一伙地走动。

这时，瞎子开口说："我说刀客，你现在离开还赶趟。我一个瞎子，就让俺走进去，把他们稳住吧……"

唐聚伍说："闭上嘴！在没有摸清这伙人是不是天虎之前，我绝不会离开。再说，就是离开也是咱们大伙一块儿！"

唐聚伍又掏出那张皮纸，在上面画出了这里的地形和位置。谁知，他刚刚揣起皮纸，就听四周的苇甸上传来"呵呵"的笑声，非常瘆人，他们回头看又没人，不觉得头皮儿发麻，可是再一细听，真有人在四处冷笑，还没等他们站起来，就见他们身后的沙丘处已经站着四个人，端着大枪，"呵呵"的冷笑声原来是他们发出来的。原来，他们已经闯入了人家的地盘。其中一个人低声问："报报迎头（干什么的）？"

唐聚伍多年在苇甸上使刀打苇，多次遇匪，对他们的黑话了如指掌，于是说："走弦的（卖艺的）。"

那人："咋哧这儿来了（咋走到这儿来了）？"

唐聚伍："麻达了（走迷路了）。"

那人："点是哪儿（到什么地方）？"

刀客："挑水奔北曼（上洮南）。"刀客又补充道，"我妹子家办老爷子大寿，老人想听听弦子，这才把艺人领来。"

这时，瞎子故意碰了一下琴弦，那弦"嗡"地响了一声。

一个小匪对那说话的人说："大哥，真是艺人。你听这弦儿多地道？"说话的小匪还是个孩子，比柱子大不了多少，一笑，黑乎乎的腮上还有俩酒窝儿。

那个低声说话的人沉吟了一会儿，说："真是走弦的？那你先给我们来一段。"

瞎子说："来一段？"

低声的人说："来一段。"

瞎子说："想听哪段？"

低声的人说："你最拿手的。听好了，就放你。"

瞎子眨巴眨巴白眼儿。

就见瞎子拿琴弓子的右手在弦子上一抖，突然，一股美妙的潮尔跳弦音在荒冷的沙丘上响起，音符跳荡在荒芜之境，有点儿使人感到出其不意，那是草原上动人的《达那巴拉》，讲述的是蒙古族姑娘达那巴拉爱上了牧羊的小伙，可是爹娘不同意赶走了小伙，而达那巴拉决然弃家去追赶情人的故事。

古琴之音，加上瞎子洪亮清晰的唱词，这个生动的故事让荒丘、沙岗、苇子和碱草仿佛都感动了，风，也一点点小了，最后一点点消失了。

静静的匪穴突然传来一阵低低的抽泣声，原来是那个小匪哭了，他完全被琴声和瞎子的故事深深地打动了，他揉着灌满了荒原沙子而红肿的眼睛哭着，还往远方望着，仿佛那儿有一个女子值得他遥望。

为匪之人，其实是一些最寂寞孤苦之人，能不想家？能不想女人？能不想爹娘吗？是瞎子一曲生动的琴歌深深打动了匪心。

突然，那低声说话的匪骂道：“别他妈甩瓢疙瘩（眼泪）！”

那小匪不敢哭了。

那低声说话的人又说：“行了，你们该上哪儿就上哪儿，快挑吧（快走吧）。”

可是，那小匪却突然说：“大哥，我想别让那唱弦的走，我还没听够呢！再说大柜天虎也一定爱听！咱们一年到头在荒地里猫着，也听不到歌呀、戏呀，现在好不容易遇上一个走弦的，就让他留下来吧。想听时，就让他给咱哥们拉一段、唱上一段，反正‘啃富’（吃饭）时也不缺一双‘挑龙’（筷子）！”

低声说话的人沉思了一会儿，说：“瞎子、点棍的（领道的），你们跟我们走。你（指唐聚伍），快挑吧……”

瞎子慢慢抬起瞎眼皮，狠狠地白了唐聚伍一眼，仿佛在说：快走吧！还等啥？这正是天虎绺子，正是呀！

唐聚伍明白，瞎子的心是热的呀，他这是拿自己的老命去抵换他的命啊。他踩到盘啦，可以顺利地走啦！

可是突然，就听站在低声说话的人后身的另一个匪说：“大哥，你咋忘了？天虎爷不是说，任何一个走进咱们‘坷垃’（绺子）的人谁也不能再离开吗？”

瞎子立刻又白了一下瞎眼皮，急切地说：“你快走吧。世上艺人就如甸子上的草，无计其数，我告诉你一个地址，你领去给你娘和你妹子家办事唱唱，他比我唱得好，中吧？这回走吧！快走吧！我就和天虎哥们儿留在这儿了，我给他唱曲儿，他不会慢待我……”

说到天虎二字时，瞎子是故意加重了语气。

可是，唐聚伍却说：“不行！”

瞎子说：“为啥？”

唐聚伍：“我娘就想听你唱！”

瞎子气急败坏地打了一个“唉”声。

那低声说话的人终于发话：“把他们都码上（捆上押走）……”

立刻，几个土匪上前给唐聚伍和柱子戴上蒙眼儿，一一捆上手，用绳牵着，奔沙丘下的开阔地走去了。

走了大约有五袋烟的工夫，等他们再次被摘下蒙眼儿时，已经来到了一处山冈下。唐聚伍终于辨认出，这是一处辽金古城故地，处于嫩江右岸的湿地和沙丘边缘，土名叫后套木嘎，紧挨着前套木嘎，从前这儿有一个大户人家叫刘老五，也是大户大院，有一回他们三百多割苇刀客曾经在刘家大院打过尖（吃过饭），可是眼前的刘家大院早被天虎匪绺占据，冲苇甸的西大墙扒开了，一帮帮的土匪从墙豁子处出出进进，洼地里放养着足足有一千多匹马在吃草，土岗子下边挖出了一个又一个洞眼儿，插着一排排木桩子算是窗子，里边坐着的全是“票”。

票又叫“人票”，都是土匪从各大户人家、作坊、买卖或稍微看起来能出点儿油水的人家抓来的人质，那些人每个人后背上都缝有一块一尺见方的白布，上面写着“票”的价码，有写一万，有写八百，是指赎这些人的价码。这是土匪根据这些人的身价和其家业家产定的。这块白布缝在票身上有两个作用：一是万一票跑掉，追赶的人可以在夜间看得清楚好抓捕回来；二是防止票被兵或响窑的枪打着“伤财”。

各个土洞、窑洞子里都有匪在“鞭秧子”。秧子就是指票。“瓜”是有“秧”和“蔓”的，有来历的意思，也叫“财神爷”。秧子就是顺藤摸瓜，得财得宝；鞭秧子，就是用鞭子抽打他们，让他们讲出家里的钱、物、连子、柴火（子弹）、枝子（枪）都藏在哪儿。一旦他们供了，土匪就说“下地穿鞋”（平时鞋都脱下来，光脚），把供出藏财地点的人交由“秧子房”（专门负责带人去交涉取钱换人质）掌柜的去处理。

那些票足足有二百多人，一个个被打得爹一声娘一声地叫唤，在地上爬，一刻也不许停下来。每个人脖子上都挂着一个尿桶，让后边的人边爬边去嗅前边尿桶的臊味儿，人都折磨得死去活来。押着他们的那小土匪说：“爷们，你们好好看看，这叫‘观景’，每一个初来乍到天虎爷地盘的人，都得先观景，然后好交代！老瞎子，你看不见啥，听听动静过过瘾也好……”

这时，他领他们在一处洞口停下来。那洞里的票是个女的，鞭秧子的土匪用鞭子抽了一会儿女人质，突然，放下了鞭子拿起一把牛耳尖刀，说：“你说不说？再不说，我给你打瓜皮，我让青子（刀）和你说话……”

那女人近五十岁了，刚摇摇头，那匪一刀片下了她的嘴唇，她用手一挡，手指头又被片掉，她“呜呜”一哭，鼻子又被片掉，她再一捂鼻子，耳朵又被片掉。

女人顿时血葫芦似的堆在那儿。

土匪骂道：“这些臭货，吃又不好吃，养也养不起，家人不来取，让我们当她的养老儿子，没门！远去！”

说着又一刀，女人的眼珠子像一个血鸡蛋一样挂在她脸上！

唐聚伍他们再也看不下去了，扭过了头。这时，那个低声说话的人说：“大柜回来了，让咱们过去。”小匪对唐聚伍和瞎子、柱子说：“走吧，大柜要见你们。”说着，小匪前头走，众人跟在后，直奔原刘家大院内的一溜五间大房走去。

进了正屋，见炕上坐着一排老头儿，都在五六十岁以上，个个剃着光头，山羊胡子，皮袄敞着怀，每人手里捏着一杆旱烟袋，正在“吧嗒吧嗒”地抽着。领他们进来的那个低声说话的人说：“大哥，一个走弦的进了咱们坷垃，这位是他的东家。”

坐在一排老头儿中间的一个老头儿说：“哎呀，这是来客了，还带来一个走弦的，挺好哇，我好几年没听着艺曲了，还是那年咱们攻打下梨树偏脸子城的时候我听到过一回二人转，梨树老凤凰城二人转地道，那走弦的叫‘双菊花’。怎么，老土，你试弦了吗？”

那个低声说话的人原来叫“老土”，他说：“试过了。是正弦（是真艺人，不是探子）。”

于是，那老头儿又左右瞅瞅另几个老头儿，说：“蛐蛐（亲戚），你们想不想过个瘾？过几天，咱们就砸响窑去了。”

那几个老头儿都说：“过过，这瘾有时比烟瘾冲。”

那老头儿说：“其实，我天虎比你们戏瘾大，想当初我拉杆子起来，我二舅就是唱乌力格尔的，可是后来，咳！啥也别说了，人这一辈子只要背上个贼匪之名，那是永世也洗不清身啊，来吧，瞎子，来一段吧……”

天虎又招呼外屋的人给瞎子拿了个凳子。

这时有一个人走进来说：“大柜，咱们杀那些牛，肉吃了，皮子白瞎了，白皮匠出门没回来，这些皮子咋整？”

唐聚伍一听，说：“天虎大柜，我会熟皮子。这活儿从小我就会。不过，我有一个要求！”

天虎说：“但说无妨。”

唐聚伍说：“得把来时我带的那把扇刀给我，我使那玩意儿熟皮子使惯了……”

天虎说：“老土，把客人的家伙什儿还给人家，再说，人家还帮咱熟皮子。”老土答应一声说：“随我来吧。”

是夜，唐聚伍、瞎子和柱子三人被关在一个靠山根的土屋子里，院子里就是熟皮子的大锅，一张张大牛皮挂在土墙头子上晾，院外道上有值夜的土匪在走动。院里太臭，谁也不愿靠前。

夜深下来了，唐聚伍一把将围狗梯子搂了过来，他从扇刀把上卸下刀头，抚摸着梯子的头说："别叫，疼也挺着。赶快把这张图送出去。到咱们大院把它交给院心老金头，立刻送往洮南府……"

唐聚伍说着，已将围狗梯子一把翻过来，肚皮朝上，用刀刮了刮梯子肚皮上的毛，接着以扇刀刃一划，立刻一道口子，梯子肚皮上的肉翻开了。

梯子疼得一口咬住了唐聚伍的胳膊肘子，但不用力，只是叼着。

唐聚伍迅速将已画好的天虎绺子的位置、兵力、马匹、枪支数据的皮图纸卷成一个小卷，塞进一根苇子管里，然后藏进梯子肚皮下，接着掏出他带来的针线包，一针一针地缝着梯子的肚皮。

唐聚伍一边缝，梯子一边舔，等唐聚伍缝完了最后一针，梯子一下从唐聚伍怀里蹦下来，只在屋地上遛了一圈儿，唐聚伍便把它抱到后窗户上，拍了一下它的屁股说："梯子梯子远远行，不到地方你别停；千山万水别卧倒，一心一意奔前程。"梯子只留恋地打量了一眼主人，便一闪身消失在茫茫黑夜的荒苇草甸上了。

自从瞎子和唐聚伍来到匪绺，天虎和弟兄们已经离不开这两个人了，唐聚伍天天以精湛的技艺给他们熟皮子，他已把扇刀头卸下来干活儿，平时用手拄着扇刀把，正好是个拐棍儿，别人谁也不知那是一支老枪。瞎子开唱，天天晚上开场子，走弦。

匪穴中的漫漫长夜十分寂寞、无趣，一般的土匪没有女人，只有大柜、二柜和四梁八柱有时有女人。天虎有两个女人，一个叫一枝花，是汉族姑娘，一个叫托尼，是蒙古族丫头，她们也都爱听瞎子的乌力格尔。别的土匪在漫漫长夜中也只有耍耍钱、押押宝，哼唱些下流的小曲小调，有时砸窑带回一个女人，不够分，大伙就在这女人的肚皮上打牌，谁赢了，谁先占有她。因此，瞎子色音巴雅尔的走弦就成为他们时时盼望的啦。

土匪离不开"浆子"（酒），喝酒叫"搬浆子"。一到晚上，一队一伙的匪人，披着破棉袄坐在草地上吃饭、喝酒、玩牌，这时，也把瞎子请来，让他坐在大伙中间的凳子上走弦。

天上，一轮圆圆的大月亮升起来了，四野悄然升起蒙蒙寒雾，飘进了茫茫的草甸和苇海，月亮把雾照成奶白色，就像洁白的奶在大地上流淌。

瞎子摆好了姿势，突然一抖弓，“嗡——”一声，大地仿佛跟着抖动了一下，白雾一下子凝固了，接着就听瞎子的歌声悠然而起。

他先以打弓之声，听来似有千军万马从遥远的草地上奔驰而来，那马蹄发出的踏地声，“哒哒哒！哒哒哒！”由远而近……

南方飞来的小鸿雁啊
不到长城不起飞
要谈起义的嘎达梅林
是为了蒙古人的土地
……

瞎子苍凉的歌声一起，许多匪在这种走弦和歌声中仿佛睡着了，什么喝酒、划拳、碰杯、骂人之声都消失了，更有许多人，情不自禁地以拳头击打草地，跟着瞎子合唱，当瞎子唱道“为了蒙古人的土地”这句时，许多土匪已“呜呜”地哭上了。

牛心套保一带，那时已是人心惶惶。

唐聚伍离家出走，各个村落之人表面上知道他是上洮南，去他妹子家看他老娘，而最清楚唐聚伍出行目的的就是各大户人家刀客掌柜的，他们知道，唐聚伍已被逼无奈，只好去“踩”天虎了。

踩天虎，那是一定得踩响了。

天虎其人，杀人如麻，苇霸唐聚伍命在旦夕，其他人不能不防啊。

再说，他唐聚伍一人出走，正是为了不连累牛心套保地面上的亲戚朋友、各大户人家和村落，他把“火”往自己身上烧，但保的却是一方平安，唐大柜的一身忠胆可照日月，千古义气留在草甸。

这件事，思虑最多的就是姜家大院的姜泰来大柜。一是因为姜家大院靠苇甸最近，虽不是正中，但却是正对着西北大片苇地，那儿是进入牛心套保的唯一要冲；二是因为他姜泰来年岁最大，在牛心套保十多处刀客大院中他是老大，德高望重，就是平时，一有个大事小情，就连总苇霸唐聚伍也往往上他这来议事定夺。眼下，唐聚伍已“失踪”七八天了，他不能再看着不管，要替他分担忧愁，安排一些后事，一旦唐聚伍踩响了天虎，他们也好有个应对。于是这一天，姜泰来老刀客把地面上各刀客大院的大户头人、掌柜都召集到自己大院来了。

和上次在唐家围子聚会一样，海坨子苇甸的刀客二舅母，西大洼苇甸刀客孙玉普，两家子苇甸的刀客同祥，四棵树苇甸的刀客郝利宝都来了，大家都坐下后，姜泰来说：“诸位，我不说大家也知道，唐聚伍踩天虎去了，这后果恐怕大家能想象出……”接下来，姜泰来把事情的前因后果说了一遍。又加一句：“眼下，咱们只有先动手，合并围子……”

合并围子，就是把各大院合在一个院，联合力量，加固防御。

对于这个提议，也有一些人持不同意见。是啊，眼瞅着动刀割苇了，各个围子兴师动众，大人小孩地搬家，这容易吗？再说，土匪攻打牛心套保也没个准信儿，什么时候合并？再说，剿匪也不单单是咱百姓民团武装的事，官家是干什么吃的？平常收什么治安费、保安费可倒挺及时，现在怎么不来管？

说啥的都有，理由都挺在理。

海坨子的二舅母却果断地站在姜泰来一边。她说：“诸位，我看姜大哥说得对，别看我是个女的，我跟姜大哥走！都到这个节骨眼儿上了，还婆婆妈妈的有何用？再说，唐大柜是为了咱们，也是为了地面，咱们现在无论如何要先把唐家大院搬走，别让唐家为了地面踩响天虎再遭涂炭……”

大家正说着话，突然，就见一匹快马进了院子，原来是唐家围子大院的院心金大叔匆匆忙忙地从马上滚了下来，进了屋，他手里拿着一封机密信图，正是唐聚伍通过梯子传递过来的，金大叔把信递给了姜泰来。

姜泰来慢慢展开看后，把信递给在座的每位刀客传看，说道：“咋样？天虎终于被大柜给踩响了！”

“踩——响——了——！”

这三个字，如同惊天炸雷，把每一个人都炸醒了。方才姜泰来说合并围子时还在犹豫的刀客们，这一下也都想通了！

他们知道，别说不合围子，就是合圈子、并围子，能不能抵住天虎的三千马队还两说着。有一年，也是天虎绺子袭击安广窝棚，那是六家围子合并抵抗，结果打了三天，安广窝棚眼看失守，要不是奉天副后路统领派营官德克吉纳带五百兵丁增援，安广窝棚恐怕早化成一片火海了。

现在，在这种紧急情况下，各刀客一下子想通了。于是姜泰来下令，立刻派人去往洮南，给吴督军送信，同时派人去老怀德找张全胜大队长交涉，意在立刻出兵，并放出唐聚伍的老娘亲；这边，先派人帮着唐家围子搬家，各大院一律集中到姜家大院，放弃自己的大院，可着老少、女人先进大院，男性刀客一律配备孔家刀具作坊的扇刀，那是一种名刀啊。

各围子立马去镇上各存钱的钱庄取钱，打制扇刀。各围子立刻行动，不得有误。行动要日夜进行，不得走漏风声！

姜泰来下的命令，就是死令，各个刀客立刻下炕，穿鞋，到院子里的马棚里牵出马，一个个地骑上去，飞快地消失在茫茫的野地甸子上了。

在后套木嘎刘家大院天虎驻地，这天，天虎坐在院子里的一张桌子后边，和弟兄们正在听瞎子唱乌力格尔，天虎把唐聚伍喊来，让他陪自己喝酒。天虎喝着喝着突然问唐聚伍，“兄弟，你说我容易吗？这几千号人，得吃得喝，唉，我早晚有一天，也得睡（死），唉，兄弟你说说，我会咋睡？”唐聚伍说：“大柜，你留心点儿，你可能让牛顶睡。”

天虎：“啊？让牛顶睡？”

唐聚伍点点头，意味深长地说：“留心牛犄角……”

天虎刚要再说什么，突然，就见一匹快马进了院子。唐聚伍就告别天虎回自己熟皮房子去了。

那人飞速下马，走到天虎大柜的身边，在他的耳边低声说了一些什么，只见天虎“啪！”地一拍桌子，大声叫道：“别唱啦！”

瞎子慢慢地收住了弦。

天虎对瞎子说：“过来……”

瞎子站起来，慢慢走向天虎。

到了天虎跟前，色音巴雅尔还没站稳，天虎“啪！”一个大嘴巴打来，色音巴雅尔摇晃了几下，站住了，血顺着他的嘴角淌下来。

天虎骂道：“瞎子！涣散人心！图谋不轨！”

“来人哪！”天虎喊道。

“在！”有人答。

“把那个皮匠也给我捆起来！”

那时，唐聚伍已回到他的皮匠房子，正在土岗子的破院子里熟皮子，一身的臭气，还扎了一块牛皮当围裙，他满心企盼，梯子快点儿把信送到牛心套保，院心金大叔快点儿派人去找姜大院的姜泰来商量，一定要预防啊！而且，他心里明白，这天虎说变就变，一旦他变卦，自己就在生死之间，可是，瞎子色音巴雅尔咋办？

本来，他带瞎子色音巴雅尔穿越牛心套保草原，只是为了打个掩护，为的是一旦出现意外，好让柱子领走老人，别因为自己害了人家两条性命，而且他也预料到，土匪生活寂寞，听不到小曲，让这些人听听乌力格尔，兴许他和瞎子都能逃出匪穴，再说，土匪有“七不夺、八不抢”之规，这“八不抢”之中，就有“唱戏的不抢”之说。是啊，一个穷唱戏的，杀他何用？而且寂寞时，还可以听听曲。

但是，进甸子的真正意图仿佛瞎子色音巴雅尔早已知道。记得当时去请瞎子，他在葛根庙里住，没家没业，四海为家。唐聚伍去了说："上洮南，给妹夫家送个曲，烧锅开业，要大庆。"

瞎子问："穿过牛心套保不？"

唐聚伍说："穿过。"

瞎子说："不去。"

唐聚伍说："上洮南只有这道，没有别路。"

瞎子说："踩响了绺子咋办？"

瞎子别看眼瞎，心里明镜似的。他多年穿越草原，知道什么季节、时辰该走哪儿、穿哪儿。可是后来，瞎子竟然自己送上门来。在他走之前，瞎子来了说："刀客，你是不有啥事瞒着我？"万般无奈，唐聚伍只好把意图一五一十地告诉了瞎子。

瞎子听了，说："这就对了。我去。"

瞎子告诉唐聚伍，本意先别告诉孩子柱子，他是个苦命的孩子，他从小没家，给我拉棍，从六岁就外出，一心一意管我叫干佬。现在，我明白去干啥去了，就是死了，也明了，死得值，我色音巴雅尔也算为这一方百姓一方土做了点儿事。就这样，他才领出了瞎子和孩子。可眼下，该怎么把老人和孩子救出去呢？看来，只有伺机趁黑夜让他们逃出去。可是他万万没有想到，连他的身份也暴露了。方才那来的人，原来是牛心套保一带的眼线，他见当地人心惶惶，合圈子并大院，立刻来给天虎送信！这时，两个土匪走进熟皮的皮匠院子，上去一把将唐瘸子按在地上，捆上双手说："走！见大柜去！"

当时，后套木嘎刘家大院天虎绺子也一片混乱，许多人在大喊："挑（走，出发）！挑！"一些票都从洞子里被拉出来，装在木车上，几个几个捆在一起，有些老的，走不动的，干脆就地砍了。

诸多土匪，也骑在马上，等待出发。

唐聚伍被押来了。

天虎指着唐聚伍的鼻子，说："皮匠，装得不错呀！其实从一开始你进后套木嘎刘家大院我就看你是个空子（奸细），唐聚伍，原来是你给吴大舌头送信让官兵来剿我是不？然后，你又下令让牛心套保各个围子合围，并成大院，是不？好，我天虎这辈子有个外号你知道不？我除了叫天虎，我还叫砸响窑，专门砸各种响窑，今儿个你算踩响了我，也好，我就先砸灭了你！走！挑！"

有匪说："这瞎子咋办？"

天虎说："砍了！要刀刀见血！"

有匪指指唐聚伍说："他咋办？"

天虎说："先别让他死，还不是时候。你把他给我拴在我的马尾巴上，我要带他去见识见识，看看我是如何攻下他牛心套保大院，让世人知道踩响我天虎绺子的人是如何下场，我要用他的脑袋浆子饮我的马！"

他说完跳上马，有人把唐聚伍双手用链子勒紧，捆在了天虎马鞍的套上。

这边，小匪那顺已提好钢刀，押着瞎子和孩子柱子要走，唐聚伍"扑通"给瞎子跪下了。

唐聚伍说："大叔，我对不住您了！我如果能活着，明年今天是你的祭日，我给你烧纸，我也当个说书的，去唱你！"

瞎子说："唱我？还是我唱你吧！"

天虎哈哈大笑说："你们还想活着？"

小土匪那顺大声喝道："走！"他把瞎子和柱子带走了，奔向了东边的沙岗。

唐聚伍回过头来，冷静地对天虎说："天虎，你也算是条好汉的话，答应我一个请求。"

天虎说："说！"

唐聚伍说："我岁数大了，腿又瘸，跟马跑怕是跑不动啦，这样，不等到牛心套保，也早被你给拖死了，你就无法在牛心套保要我的脑袋，你还是给我一个拄棍儿，我拄着。"因方才两个土匪从皮匠房里捆他，他也没松开这个扇刀把，现在，这个木把就在天虎脚下。

"好，我答应你！"天虎想也没想，说完一抬脚，把那扇刀把踢给了唐聚伍。

马上，天虎打了呼哨，大叫一声："挑！"

众匪齐喊："挑！"喊声整齐震天，立刻人人翻身上马，接着，群马、大车、牛、羊有人赶着，移动开了，荒原上顿时尘土四起，马儿"咴咴"地叫着，洋炮晃动，战刀闪闪，如一阵狂风，直卷向牛心套保。

民国十八年（1929年）冬月，牛心套保寒冷无比。

这一年，霜早早下来了，雪还没下，但霜厚得像雪一样，一层一层地贴落在枯草枯苇上，苇甸没冻实，人们想打苇子进不去。

消息天天传，唐聚伍踩响了天虎绺子，天虎要来攻打牛心套保。

姜家大院院墙又加高了二尺二，四角炮台堆上一袋子一袋子沙袋，从原先四个枪眼变成了八个枪眼，从各大院组合来的炮手，重新编组，十六个炮手一组，轮流在各个炮台死站死守，不分昼夜。

院子里支起了八个大锅，日夜熬"鞑子粥"（一种把米和肉掺在一起熬的米粥），由妇女一碗一碗端到炮台上去，伺候那些在寒风中站岗放哨的炮手，还有一些妇女，都是从海坨子、西大洼、两家子、四棵树、古城子、唐家围子、新荒、乐胜、烧锅镇等围子选来的利手利脚的妇女，专门烙饼。

烙饼，在北方又称"打筋饼"，是把白面揉透，揪成剂子，拳头大小，锅里放上豆油，往锅里一摔，出锅在木架子上一摞，一人多高，由妇女们一张饼里抹上一勺大酱，卷上一根大葱，一条子猪肉，一条子咸菜疙瘩条，再由妇女一捆捆抱上炮台，炮手们手握大饼吃，手端鞑子粥喝，注视着远方。

在姜家大院，最忙的就是东家姜泰来，他每日里左手拄着文明棍，右手端着乌木杆烟枪，领着海坨子的二舅母、西大洼的孙玉普、两家子的同祥、四棵树的郝利宝、唐家围子的金大爷一起巡查炮台、墙头，不断地嘱咐炮手："机灵点儿，一个不行走神儿！"

"墙角的坯头子查一查，碎的快堵上！"

"墙外有没有脚窝儿，防备土匪架梯子！"

"围子外的护城河，水要灌满，宽度加大，马奔跑也跃不过来……"

"院里粮食、菜、水足不足性……"

真是处处有他操不完的心！

大伙就劝，姜大柜，你快进屋眯瞪（睡）一会儿，人是铁，饭是钢，别土匪没到你先垮了！后边跟着四五个小打，专门给姜老爷子递文明棍和水烟袋——这是牛心套保的主心骨啊！

人心如箭一样已绷在弦上。那时，各处没归并进姜家围子的青年、妇女、小孩，该外出的外出，串门的串门，村落里只留下一些老年人和残疾人，已经是"空"屯了，姜家大院也万事俱备，就等着迎接天虎啦。

按以往的规矩，姜老爷子还是嘱咐炮手说："弟兄们，天虎来了如果骑马，还是尽量别往身上打，打马壳，以免结下死疙瘩。这年头，官家不管百姓事，说来剿，信已送出十天了，也不见洮南、老怀德有些动静。唉，这狗日的世道！"姜家店姜泰来骂归骂，还是不断派出人与洮南、老怀德地方上沟通，可是，一直没有信，只是回信说唐聚伍的娘放出来了，已在她洮南的姑娘家，不过剿匪的兵嘛，正在调动，赶上南北换防，剿兵何时到，这是军事秘密，地方上无权追问。另外，土匪也未攻打你们，真正攻打了再说，政府不能办没发生的事等等。理由充足着呢。

这日头晌，太阳升起两竿子高了，天多少有点儿阴，一个在炮台上

“料水”（站岗）的炮手，突然看见天边起了一层乌云。那乌云，开始贴着西北平原上的地皮，只黑乎乎的一条子，而且，还有一股子烟尘从黑云上升起，渐渐地升高、升高，后来，那云彩越来越厚实，不断地往这边涌着。

而且，渐渐地传来“哒哒哒”的声响。

姜家大院院里地上，早已安了两口大缸，那是按姜老爷子意思办的，据说只要土匪的马队来，只要马跑动，从八里地外在缸沿的瓮口处就可听到动静，而且也安排了两个哨兵，日夜在缸边听……

这时，在院里缸口听动静的人喊：“不好，有马蹄子……”

姜老爷子被人从屋里喊出来，到缸前一听，突然一愣，“是有动静！”他赶紧被人扶着上了炮台。可是上了炮台，炮手瞭望汇报，没有发现马队，只是天边阴了，起了一层乌云。姜老爷子炮台上下地跑了三次，等他第四次登上炮台时，一下子惊愣了，只见西方地平线上，哪是什么乌云？只见那黑云下方，一片马队压了过来，而且马蹄声和人喊马叫声越来越大，那黑云就是马队踏起的尘土，慢慢地升上了天际。

姜老爷子大喊：“不好哇！土匪马队来啦！快，敲锣！”

立刻，院子里值更的哨手“当当当！当当当！”地敲起了铜锣，墙下和院子里的炮手一个个拎着洋炮，快步地登上了炮台！

再一看外面，只见尘土已飞到了姜家大院的围子城上，呛得人直咳嗽，围子外的开阔地上，土匪足有三千人马来到了眼前，他们一个个勒住马头，那马还是上蹿下跳，许多土匪从马上跳下来，有的搭窝棚，有的埋锅造饭，看样子不是现在进攻，有点儿要围困姜家大院的样子！

这时，只见土匪马队都闪开，原来一个人骑在马上，马后拴着一个人，慢慢地靠了上来，马上的正是该千刀万剐的天虎。

天虎瞅了瞅围子上边，用马鞭子的把支了支他那破棉帽子前脸，说道：“姜老大，是你在固守围子吗？我可奉劝你，赶快把围子门给我打开，一旦等我砸进去，可没有你老东西的好果子吃！别说你呀，任何人踩响我天虎绺子的地盘，都得付出代价——！”

说着，他大喊一声：“押上来！”

只见两个人把拴在天虎马尾巴后的人推到前边，大伙一看，正是唐瘸子唐聚伍。

十几天不见，刀客唐聚伍瘦多了，头发胡子老长，浑身衣裤破烂不堪，脸上漆黑漆黑，皮肤上沾满了尘土草末子，那是一路上走不动被马拖的，胳膊和膝盖上都露出了骨头，血和皮贴在了一块儿，但是，他手里还紧紧地攥着那根扇刀把……

“大柜呀！”一见唐聚伍造成这样，唐家大院的院心金大爷先哭上了。

还有一些妇女也跟着号上了。

姜老爷子说：“都给我闭嘴！”

立刻，炮台上安静下来，一点儿声息也没有。

姜泰来喊：“天虎，我们一直与你无冤又无仇，你何必攻打我们？”

天虎说：“那你为何踩响我的窑？”

他这一问，倒把姜泰来问了个哑口无言。

还是二舅母来得快，她说：“天虎大柜，你说唐大哥踩响了你的绺子，可我们一没报官，二没招兵，何罪之有？我们打苇子的，能不进苇甸子吗？”

天虎说：“你说这话，没我知道得多，你们报没报官我不说，可是如今官府，你们报了也白报，他张作霖、吴大舌头之流，不会来管你们。哈哈哈，你们就等死吧！”

说完，天虎再也不等城墙上发话，对手下人说：“挖战壕，把他们都困死在里头。”说完，他跳下马来，走进一座刚刚架起来的窝棚里去了。

下晌，一点儿动静也没有，天黑了，也不见他们出击。午夜时分，突然听到“咕咚”一声，天虎绺子开炮了，原来，他们的绺子里竟然有边昭同乐部的117师投诚，编入了天虎部，带来了四门火炮。姜家围子的炮手慌忙抵抗，围子被打塌的地方，里边的人立刻用麻袋、豆饼堵上，双方直打到第二日黎明，天虎没有攻进姜家大院。

民间土语说：天火烧冰窖，这叫该着。而且，民间自古又有谚语：城堡是从内部先破。这话是一点儿不假。天虎多日攻不下姜家围子，他就发了话，谁要是能攻破姜家大院，赏他二百大洋。重赏之下必有勇夫。天虎的二掌柜叫老头好，他有个牵马的，原来就是老姜家打更的，后来先跟着天虎“吃溜达”（别人抢东西他跟着捡），后来成了老头好的马夫。这次攻打姜家大院，他一看给二百大洋，就动了心，夜里假装巡夜，就给西炮台上的炮手胡太送了条子，讲好攻进去大洋给他一半。胡太是何人？咱们前文已经说过，他和姜东家的三姨太崔丫暗中结好，于是二人一商定，第四天夜里正好是胡太值守，就把信儿传出去了。

天虎围攻姜家大院第四天的夜里，围子外的匪兵开始攻城了。一听炮响，姜老爷子放下筷子就上炮台去指挥，可是说也奇怪，东南北三个角炮打得都不紧，只有西炮台枪声爆豆似的。姜老爷子立刻爬上去，他一眼就发现他老婆崔丫抱着洋炮在炮台里转转，他刚喊一声：“混账，你咋上来啦？”

话还没说完，只听“咕咚”一洋炮，姜老爷子让三姨太一洋炮给撂倒了。由于她不太会使洋炮，后坐力一下子把她的门牙也给坐掉了！

胡太也抱着洋炮不向外打，专门对着院子里要上西炮台的人搂火，崔丫就在枪洞子里往外打灯光信号，外面，老头好的人立刻架炮，只听“咕咚”一声，西炮台被轰开了！土匪潮水般地涌了进来，姜家大院被攻陷了。太阳升起来的时候，天虎的人马已占领了大院，姜家的所有人都被捆着跪在地上，房子和粮垛都被点着了，火光冲天！

这时，天虎押着唐聚伍，得意扬扬地出现了。天虎说：“唐聚伍，这就是你小子踩响我天虎绺子的下场！”

天虎说着，朝天大笑。

唐聚伍说：“天虎，我求求你，一人做事一人当，你别杀人家别姓人，别烧别人的房子，中不？”

天虎说：“现在由不得你。”

唐聚伍说：“人作恶多端，必有一报。”

天虎说：“你说报，谁看到了？啊，对了，记得你说过我死时是被牛顶死的？牛呢？牛呢？哈哈哈。”

唐聚伍说：“现在就来啦……”

天虎说：“在哪儿？”

唐聚伍说：“你往这儿看……”

说着，他突然用一直被锁捆着的双手把他一直以来拄着的扇刀把拧开了，天虎眼尖，他发现，唐聚伍那个扇刀把里，原来一头是黑洞洞的口！

天虎是何等机灵的人哪？而且，他时时枪不离手，现在，二人近在咫尺，开枪谁也跑不了，就在天虎一愣的当儿，唐聚伍突然“咕咚”一声搂响了由孔家枪具所孔繁坤研制的刀具，只见一把闪亮的牛耳尖刀飞出去，准确无误地扎进了天虎的额头正中间，而这时，天虎也搂响了自己德国造镜面匣子的勾枪，只听“咣”的一声，唐聚伍、天虎双双倒地。那把牛耳尖刀正是牛犄角的把，天虎真是让“牛”给顶死啦！

这时，就听有人喊：“有马蹄声！”

有匪说：“是不是洮南吴大舌头他们的马队到了？”

有匪说：“是不是老怀德张全胜的马队到了？”

老头好一看，大当家的天虎已死，姜家大院也快烧没了，于是跳上马喊了一声：“挑——！”

众匪统统跳上马，匪们在姜家大院“呼呼”的大火燃烧声中，在四野刮起的冬月寒冷的狂风之中，全都撤了，转眼消失在北方荒冷的草原尽头。

风，一年年吹刮，草一绿一黄。大雁嘎嘎叫着，一年年从南飞到北，又从北飞到南，时序就这样一岁岁不变样地延续着，重复着。可是，还有一个重复，那就是，茫茫的牛心套保，每到冬月初，当草场枯黄了，当苇花飘飞了，总有一老一小两个人走来，他们一个是瞎子，一个是没有了一条胳膊的孩子，终于有人认出，这不是那年与刀客唐聚伍一块儿进牛心套保踩响了天虎绺子的乌力格尔艺人色音巴雅尔吗？那孩子，不正是给他拉棍的孩子柱子吗？他们，不是死了吗？

原来，瞎子和小孩没死。

那次，当天虎下令把瞎子处死时，小匪那顺提着刀将他们二人押到了后套木嘎的沙丘后边，突然说："大爷，你的琴拉得太好了，又会拨弦又会拉弦，曲也唱得太好了，每次听，都使我想起了俺苦命的额娘和那心爱的姑娘达那巴拉，听你的琴歌，我哭了多少回。因此，我不杀你了，你走吧。可是，天虎要我刀刀见血，我又不能不杀人。杀谁？那就杀了柱子吧。"

突然，柱子跪下了。

柱子说："小哥，那顺哥哥，你不能杀我！你杀了我，干佬眼瞎没人领道，他走不出苇甸子！"

小匪那顺说："那可怎么办呢？"

小匪说："要不，砍掉你一条腿吧？"

柱子说："别，别砍腿。"

小匪说："那砍啥？"

柱子说："要砍，就砍掉我的胳膊吧。"

小匪一愣："砍胳膊？"

柱子说："对。腿没了，我不能拉道领瞎师傅了，砍掉胳膊，我还可以把瞎师傅的棍儿捡在我的裤腰带上，照样能给他拉棍儿引道……"

后来，人们把唐聚伍的尸体埋在了牛心套保的一处高岗上。后来，唐老太太唐聚伍的娘也老了，死后也埋在了这处高岗上。后来，这里长出一棵榆树，树根连在地面上老高老高，到中间才变成两棵树，牛心套保的人都叫它“母子树”。

秋风一起，瞎子琴师色音巴雅尔和空着一只袖筒的柱子就要穿越草原。

秋风、芦花、人影，混在苇甸上。

人渐渐远去，可是瞎子新编了一首乌力格尔，名字叫《刀客》。

《刀客》传唱在牛心套保。

风起水走

春天，已到了阴历三月二十二了，可是，长白山里依然沉默，死静，不见一丝风。这种天相时顺，让漫江一带的山里人发毛……

漫江，是长白山腹地，松花江上源，这儿是锦江和漫江汇合地，也是长白山靠近南坡一带的重要江口，正确说是西坡的重要水道。一千多年前的那次火山喷发曾经把这一带的原始森林毁灭，今天，人们依然可以在那些裸露的山坡土层上看到一层层已经化成木炭的清晰的树断面，那一棵棵树的粗细“炭圈”向今人告知着久远岁月前逝去的一切。可是，千百年来重新长起的森林已郁郁葱葱地覆盖住大山了。这儿树种齐全，那些几人才能合拢住的红松、白松、臭松、落叶松、鱼鳞松、樟子松、青杨、曲柳、黄波椤、椴木、桦木全是“够个儿”的成材。于是明、清至民国，不少俄国人、日本人、韩国人都纷纷来到这里大动刀斧，岁岁采伐。山里光“砍木”的“山场子”已星罗棋布。伐木人被称为是“做大木头的”或者“吃做大木头饭的”。他们统称干山场子活儿的木把们。但是所有的大木，砍伐下来不是完事，运出去才算本事。

运出去，全靠走水。而走水，全靠起风，风把雪吹化，形成桃花水。当年在这一带，走水要走“北流水”。北流水是松花江，它的上源就是锦江和漫江汇合处的漫江古地。松花江是世上落差最大的江。它的正流是在“甸子街”的两江口。山林伐下的所有原木，要先在山里各大大小小沟岔的江河上漂流过去，然后在甸子街两江口穿排，才能正式放排运出大山，进入北流水漂流到“船厂”（今吉林市），再在这里卖木，造船。因此，这儿才被称为“吉林乌拉”——满语，沿江靠川之谓。人们一般都知道，先有乌拉，后有吉林；先有吉林市，才有吉林省，可是，大多数人往往不知道，那从抚松两江口穿排的原木要集中从漫江的江上漂流运送过去才行，因这漫江是北流水松花江的上游，没有上游的流送，就没有下游的穿排，也形不成下游的吉林船厂，因此，每到木头下来的季节，明眼人只把目光盯在漫江。

往年，每到三月十四、十五前后，山里猎手就到了“打冰壳”的季节了。山里落了一冬的雪，春风一抽，表皮冻上一层硬壳。山里的狍子是尖蹄壳，它一踩在雪上，整个身子就会沉下去，肚皮贴在雪上跑不动。猎人带着猎狗去追它们，猎狗是圆蹄壳，不会沉入到雪下去，所以很易追得狍子。这就是“打冰壳”。往年，春季打冰壳的人只需观察自家房屋的檐滴水就能确定出猎时间，人们往往以房屋阴坡（房后檐）的檐滴水为准，一旦这里的檐滴一淌水，山上的“冰壳猎”也便开始了。如果单看前坡阳面的檐滴水，猎人往往能上去（上山）但下不来，因雪壳在晌午开化，猎人和狗都会被困在山上，饿死冻死。可是，今年太反常，已到了这个季节啦，山里人家房屋后的檐流水还不见水滴。

猎人们一个个沉闷地坐在窝棚门口，默默地抽着闷烟，以疑惑的目光打量着这个奇异的季节。

往年，这样的季节该是风的季节。山里的春风都是要在农历三月十六（老把头节。一个老放山的人死了，后来山里人为了祭奠他，把这个日子定为他的日子）起，刮到二十二三，整整刮七天，不但人们可以正常打“冰壳猎”，而且风一起，山里的大小江河就开江了，山场子上的木帮们就开始放排漂木了。风不起，冰不融；风不起，江不开；风不起，水不走！

在这儿，风不按时刮起，让一切都错乱啦。

“做大木头的”全在这一带“吃饭”，这使得漫江成为山里最著名的“窝棚地”。窝棚，是东北长白山里人家居住的房子的土称。在东北，窝，指一堆一块，大的森林古时称为“窝稽”，也泛指东北山林土著勿吉、肃慎、女真等“山林之人”的居住地。漫江称为窝棚地是与它的自然状况和地理位置有直接关联的。这儿往东去长白山顶峰锦江大峡谷不过百里，到达南部与鸭绿江和朝鲜交界也不足百里，西邻临江桦树镇、头道岔则不过三四十里，下游到抚松两江口也不足百里，中经额赫纳荫（松江河）只有三十多里地，是真正的交通要道。所以自古以来，漫江就是南来北往人马驮队的必经之路和各种货物的集散地。

山里的集散地独特无比。由于这儿既是交通咽喉，又远离抚松、临江、长白和老白山顶峰，想到达这些地方必须经由漫江，于是这儿便渐渐自然而然地形成了一个不可或缺的“驿站”，从古代起各种人物便在此设立“窝棚”。每一处窝棚，都有标志，称为“窝棚幌儿”。这儿的窝棚分成片儿。漫江集镇以西是“背坡窝棚地”，住的都是专门“背坡”的。他们的窝棚上插着一个杆子，上面挂着副背夹子，表明他们的身份和职业。

“背坡”，就是专门为出山进山的人背货的一股人。在长白山里，在那些没有路径的山砬坡崖处行走，驴和马已不顶用了。人别说背东西，就是自身行走都气喘吁吁，只有这些背坡的可以攀爬自如。他们一人一个背夹子。那种背夹子如一架车子趴在人的后背上，上边两个爪，一边垫一个小枕头，紧紧扣在人的肩上，夹子上摆放的货物可达二百公斤！

这些背坡的人，一个个一顿能吃十斤熟牛肉，然后背起货夹子就走。他们已与货主签订了生死合同，所背之货必须送到下一段背坡人的手里，然后“换坡”。他们一个个腰已变如“爬犁”，脸似乎就要接近地面，但你不用担心他们趴下。

背坡人更厉害的一点是不计蚊虻叮咬。长白山里，牛马驴骡等牲口最怕的就是蚊虻叮咬。那些树窠草丛中藏着无数蚊虫，专门喝血吃肉，那些驮运的骡马被叮咬得实在受不了啦，便一头头地蹿进林子，撞树而疯，或者跳入山谷而毙。《鞑靼旅行记》（康熙帝的科学启蒙老师南怀仁著）中载，牲口被山里的蚊虫蜇毙后，土人将其皮剥下冲着太阳一照，竟如筛子眼一样啦。而漫江一带的背坡人对付蚊虫有绝招，他们出发前必点燃一块老牛乾（木灵芝，也叫树基子，一种树上的干苔盘，燃后放出辣烟，可驱走蚊虫），以防叮咬。

在漫江森林驿站，背坡人是森林“大爷”，他们许多人都是“老冬狗子”（专门在山里住的一种人，不知世上光阴年岁），专门干背坡。从甸子街一带来的骡马队（也叫“垛子”）在到漫江的边缘一个叫东岗的地方时，就要“换坡”了。换坡，就是由骡马身上把货物换下，招募背坡的人接替。因为从这里开始，路就分岔了，去龙井、图们、延吉的该朝东走了，而西去临江、长白山、朝鲜的驮子该由漫江驿换成背坡人接手了。骡马驮队换背坡驮队，要有人先来送信，选背坡人和讲价。往往是分段，分货，分物，分人。价码大得惊人，死活要保物。但这些背坡之人万无一失。

在漫江，背坡人窝棚上往往插着一根木杆子，上面悬挂着的背夹子，日夜在风中飘荡，彰显着自己的职业。也有的挂着一个风干了的大鱼头，下边系一块红布。这是一些引道的“老冬狗子”的窝棚。在长白山里，人们经常“麻达”（迷路），必须找这种人给引道，他们称为“冬狗子”。狗，不是骂人，是指人“皮实”“抗造”。鱼头指人不死，能在山林里“游走”，幌子说明自己是“老冬狗子”，也或者是“冻狗子”或“洞狗子”，专门干“引道”。不计生死，要进山只管说。

漫江西边有一片窝棚是山场子木帮窝棚地，这里住着的，全都是“吃木头饭”（指伐木、放排）的苦力木帮。他们多是山东、河北、河南、内蒙古、安徽一些地方远道而来闯关东的孤身男人，冬天上山伐木，又称干“山场子活儿”，把原木伐下，再顺山沟雪道滑到漫江一带大大小小的江河沟岔处，单等到春天风起开江，水走漂木，把这些木头顺江漂流到抚松穿排流放下去。这些人分由各个木场子大柜管，一伙伙，一帮帮。他们占据了漫江驿站的一大半。木把窝棚，全是木柯楞大房子，大炕，一铺炕上能睡三五十人，地上一个人日夜烧大柈子火炉子，专门烘烤木把们白天在山场子和江上堆木头汗湿了的棉袄、棉裤、乌拉、臭袜子，窝棚里臭气熏天。他们的窝棚一看便知，往往窝棚前后拴着马、牛、骡子等牲口，烟囱是木筒子，窝棚上也插着一根杆子，上面悬挂的是一块木头，在风中“叮当”乱响。漫天的云气中飘荡着伐木男人的汗气臭味，离几里地就能从风中闻到……

而漫江北和东部，则是“跑腿子窝棚”。跑腿子，本是指光棍孤身一人之意。但漫江的这一片窝棚可是啥人都有，这里杂货铺、老烧锅、豆腐坊、粉坊、油坊、麻绳铺、陶窑、酱菜作坊样样齐全，甚至还有大小几十家“海台子”或“半掩门”，那是一些公开和不公开的妓院。但最好的妓院也就两三个“姑娘”，而且其实她们年龄都已在五六十岁了，一个个的脸上抹着红粉，头上拢个罐印儿，扎一条头带子，日夜笑眯眯地接客。山里根本见不着女人，也存活不住，所以这样的角色已是鲜嫩女人啦。这里被人称为“江北”或“江东”，只要人来漫江，没有不去“江北”“江东”的，不然你就算没有来过漫江。

就在靠近“江北”近西的一个地方，孤零零地立着一座窝棚，只见在窝棚上边的木杆子上悬挂着一把斧子，斧把上系着一条红布。那窝棚的门整日关闭着。在漫江，人们都知道，那是“砍坝人”住的地方，人称“砍坝窝棚”。

这个早春，大山里风不按时起，江也不按时开，树和草地不能按时绿，漫江的这个早春，是个死气沉沉的早春。

要是往年，迎着开江的大风，抚松、东岗一带的驮马队早就来人选背坡的人了，而且“换驮”的大柜也会背着哗哗响的大洋在漫江南部的窝棚过道上乱窜，手拿“唤头”（一种揽活儿的家什）边打边叫道：“开江啦——！换坡啦——！”

要是往年，东北片儿的各家窑子门口早就交易成风了。那些换驮子的来客和大柜，日夜缩在这些娘们儿的土炕上；各家作坊也是早挂幌子，晚间关板，叮叮咣咣，热闹无比。

要是往年，更让人无法忘记的是西头那大片的木帮窝棚，那些木营子、木场子大柜往往奔走在各个作坊门面之间，订制各种工具和货物，他们要开坝放流啦。

可是今年，老天啊，这究竟是怎么了呢？

渐渐的，人们懂得了，这是一个不祥之兆啊。

春天，长白山不按季节起风，这预示着堆在各个江河沟岔冰上的木头不能顺利漂流下去。不能顺利，是指要在狂风巨浪中漂木流木，而这种“开坝”法，将对“砍坝人”造成致命的威胁，所以这样的年头对于“砍坝人”来说，将是一个要命的年头。

原来，老白山里的所有木头伐下后，先要堆放在各条江河的冰冻江道上，单等春季大风一起，桃花水下来，冰排一走，才能使木头顺水下去，到达甸子街抚松两江口，所有的木头才能走向外界。而只有这大山的木头“走”出去，山林才能有生命，人们才能活。就说漫江吧，木头不动，一切不动；木头不走，一切玩儿完。什么北流水，什么换驮子，什么开窑子的、背坡的，什么老冬狗子，什么引道的，所有人都等着这“一季”（一冬天）山场子上伐下的木头出手，漂流出去。换回了钱，各大柜才能给木把们“开饷”（付钱），而木把们也才能开付一冬天欠下旅店、饭馆子、窑子的饥荒，有家口的，也都等着大风一起男人才发饷。这风，好似大自然一切生命的开关，谁去及时地按动它呢?

突然有一天，就在农历三月二十四这天夜里，只听“咔嚓”一声响，长白山起风了。这晚起的风头从江上蹿起，猛地一刮，一下子把漫江驿站东南头江岸上一棵足有三百年树龄的老椴树拦腰折断，又听“轰嗡”一声，漫江驿站的人家全都惊呆了。那风，来得奇怪!

那风呼呼一起，开始好像一个老头儿在哭，呜呜滔滔，接着，又好似一群老头儿在哭，还伴有嚎叫，后来，竟然有如杀猪一般疯呼乱叫起来，整个漫江都混乱了。

风，长白山早春的风，这晚来的大风，狂暴无比，扬起林地上冬季落下的厚雪抛向天空，灰蒙蒙一片，不见月色星光。枯树干枝子和那冬雪冰层，就连刚刚解冻的冰块子、雪球子，甚至土道、河边上的碎石，山坡上的土皮子和草团子，都被大风卷起，抛向空中，刮向四面八方，接着又毫不留情地砸在人家的窝棚、酱缸、狗窝、猪圈、鸡窝、苞米仓子上面。这是一个不平静的夜。漫江驿站被这突如其来的大风搅得鸡飞狗跳墙……

风刮得人睡不着，吃不下饭，喝不下水，一个个的坐卧不安。人们站在窗前或门口向天上和林子里望去。望完天，又都朝“江北”那悬挂着斧头的窝棚望去，那里住着“砍坝”张绝户。因那儿地势较高，大家看得清楚，那“砍坝窝棚”木门紧闭，已经几天没见开门啦。

这种风一起，首先惊动的是漫江老德泰。老德泰今年已九十二岁，他的儿子刘德泰今年六十五岁，他俩在漫江开着一个木营叫“会全栈”。这个会全栈养着上千的木把，专门上山伐木，运下山来堆到江上，做成“马尾坝”，然后等桃花水下来再将这些木头漂运到甸子街两江口，交由下一拨木把穿排放到北流水的终点站船厂吉林卖出大价，人们靠这种活计一辈一辈地养家糊口活下来。老德泰年轻时也是一个背坡的，专门走漫江到长白这一段，后来老了，背不动了，就和儿子刘德泰开起了这个木营，而他们最怕的就是天不按时起风，风不起，桃花水就下不来，堆在江河冰道上的原木就漂不起来，走不了水。干他们这一行的人盼水又怕水，水不走不行，水大了也不行，大了，就怕杀坝的人不杀坝啦……

杀坝，那是长白山老林所有行当中最独特而且最要命的一种。那种堆在冰原上的大木头，要在冬天就筑起一道巨大的木栅栏，拦住冰上的木头垛，这种栅栏称为“木坝”。坝的中间底下有一根木头上用五百米长的“大掏”（又称傻绳）打上麻花，一头系在木坝中间一根“梢木”上。单等每年春季桃花水一起，木头立刻沉入水底，这时杀坝（也叫砍坝）的人就要钻入水底，然后一斧头砍断傻绳，木垛就会在顷刻间“轰隆”一声冲入江道，随着冰凌和落差滚滚飞奔而去，冲进大江，直奔额赫纳荫（松江河），甸子街（抚松），到达两江口。这百十多里的路程，转眼间就冲到，那呼啸的流水带起的狂风曾经刮倒过沿岸的房屋，那滚木的撞击声曾经震死过无数牛马。而这个下坝砍坝之人往往和柜上签有生死合同，他的命已不知何年何日一去不返，因在那水底下杀坝，一斧下去，水流推来，人已无回身之力，往往还没等转身就一下子被水和木头推着“贴”在江底的木垛上，成为一片皮骨。如果命大，人又利索，或许侥幸能存活下来，但常常不是残废，就是半死，无人养活，老死山林。但如果一斧下去人不死，那么这钱也足够其一年或几年花的了。这么说吧，如果一个木把在“山场子”（伐木）或“水场子”（放排）干上一年能挣二百大洋，砍坝的人一斧子下去可能挣到五千大洋。但那纯粹是拿命换来的，因此，干这个活计的人，往往都是没有家口，人称“绝户”的那种人。

而时下，今春这种风，足足迟来了一周，这正预示着一种天相，这等于告知世人今年的桃花水将会下来得又大又猛，这向人暗示，今年杀马尾坝的将无法逃出坝底啦，生还的迹象十分渺茫啦……

天相、时序、老风、怪春都让老德泰坐卧不安。因此风一起，他忽悠一下子坐起。他对刘德泰说：“儿呀，今年春风起得怪呀。你快去北沟一趟，看看张绝户……”

儿子刘德泰说："爹，俺已打发人去过啦。"

爹说："见他啦？"

刘德泰："他没在屋。"

老爹"啊"了一声，说："他要溜……"

刘德泰肯定地说："爹，张绝户不是那样的人，他不会溜。有人看到他，他上西江脸子地给他爹和爷上坟去啦！"

老德泰又"啊"了一声，重新躺倒在炕上。

长白山，能给世人留下多少神奇和未解之谜啊。寒风和冷雪把长白山吹刮上千年啦，其实这里的每棵树，每棵草，每条河的水，每条江的水都有自己的故事呀。

就比如说这桃花水吧，它是长白山区一种非常奇特的水。往往是在每年的春季，当天气一变暖，山上的雪一化，立刻就会形成一股股冰冷的雪水，这股水眨眼间便会在山的谷谷沟沟汇聚成激流冲泄下来，这就是桃花水。桃花水不但冰冷，还是一种有毒的水。一冬天山上雪、土、叶子、枝子有几层，这种水就有几色，颜色灿烂似桃花。这水一起，民间又叫"走桃花"。这种水来势凶猛，冲劲大，破坏力强，而且，中午太阳一照，桃花水迅速起来，到晚上太阳一落山，水流又立刻冻结，这叫作"封桃花"，等第二天这种水如果一起来，就比昨日的水位更高，更猛。所以人们常说，长白山里的桃花水猛，猛如虎啊。虎，伤人；桃花水，也杀人，就比如说这封桃花。

"封桃花"是一种逆反天纲地伦的自然现象，据说几百年才有一次，往往天相已透出反常的迹象，如风该起时不起，或风中夹带着雪粒子，白天汹涌奔腾的春水，在太阳落山或一阵雪风后立刻封冻，于是奔腾的木头便被冻在水里。一切都凝固住了，太可怕了！封桃花后水位冰位层层提高，甚至超出河道半米一米高，一开桃花，那些凝固的大木就会如利箭一般"射"向岸上，顷刻间将牛、马、人射死，将房屋、窝棚射翻。清康熙二十四年（1686年），漫江西江脸子地漫江锦江口两江汇合处封桃花后射桃花，就造成一百多处窝棚、木屋、仓子、地窖子被毁，人畜死伤无数。今年天相反常，会发生什么，人们不得而知，但都提心吊胆。

长白山里放排的木把们，就是利用桃花水的猛劲和冲力来“发”木头，推动巨大的木头从冰卧子里冲出去，流入大江。自古以来，桃花水下来的头一天夜里，长白山的老林旷野保准是刮一场大风，那种风刮得瘆人，山摇地动，江道旁的大树有的被连根拔起，老木把们往往会自言自语说，起风了，快起绝户排了。

起绝户排，就是指放马尾坝。每当桃花水一起时，木垛底下的坝处水已憋得哗哗响，隆隆叫，那水都窝在坝的堵头上，要由砍坝人专门去砍马尾坝的梢木，这才能把水放走，这叫“砍绝户杆”“杀绝户坝”。

在东北，绝户，就是死亡，没有后人的人才肯冒险背起这个名，去干这个活儿，有家有口的人很少敢去。对于敢去砍绝户杆的人，木帮大柜就会先去给人家家里送钱，看望人家，说：“兄弟呀，钱你拿好！”这时，那家的人多会含泪把他给骂出去，或放出恶狗往死里咬他。但总得有人去干这个啊，为了活路，最后还得去。要去砍坝的人接了钱，让家里老人、媳妇、孩子把钱分好，他知道自己往往一去不归啦，所以不能留“罗乱”，要处理好一切后事才行。

杀坝的人，他的斧头一天磨三遍，就在等水。也就是在等“死”啊！钱已拿了人家的了！你不去谁去，你不干谁干？死吧，去吧，万一逃出去，得了钱，又得了命，就算你捡着。

砍绝户杆，要会手法，要懂“斧道”，要懂“水道”，一斧下去，水得“跑”，把排带走才行！如果光水跑了，排没动，说明你技术不行，这一冬大伙都是白干，你砍坝的对不起大家。但是，水动了，排动了，你自己没逃出来，就是白死，是你命有归途，别人不会记得你，因为你拿了砍绝户杆的钱，你挣得多，你死有应得，死就死了吧。所以从前，长白山放绝户排死人无数啊。人们常说，长白山的大江两岸，一年有三百六十五个祭江鬼。

砍马尾坝活下来的人真是命大，所以放这种排的人常说：马尾坝，马尾坝，木把心中都害怕，水小了，木不走，水大了，谁砍坝；有谁不怕生和死，谁能活下谁命大……放这种木，要看当年雪下得大小，雪小了做不了，不然做了马尾坝，也是个白做。有时，头一年和当年雪都小，但木帮把头不管那一套，因为他们必须要把木头放下去，于是就逼着山场子江边的木把们堆雪起冰做马尾坝。这时，木把们心里都有数，今年，又得有人要“走”（死）啊。果然，山场子上的木帮把头不年不节的先杀一口猪，给大伙吃了，然后下令：“明儿个杀坝吧！”

木把们你瞅瞅我，我瞅瞅你，说：“这是死鬼没凑够数哇！”

大伙对那个自告奋勇前去“杀坝”的人说：“老哥哥！你多保重吧！”

那人往往会说：“唉，一路奔西南大路吧！”

今年，这种反常的狂风整整比往年晚了好几天，这意味着，桃花水憋足了劲，下来时将以势无可挡的劲头入坝，往下的结局，张绝户就明白了。头天，还是没起风的时候，其实他就知道自己的归途了。他在夜里起征，赶往甸子街钱庄，把他的户头改成了“白秀双”，又悄悄返回漫江。可是，这个消息还是传开了！整个漫江都议论说，张绝户把存在钱庄的底账都改啦！看来，就要出事啦……

人们知道，张绝户这类人，最能看天！

长白山老林子里的人，早上起来到林子里摸摸树木，就知道几时变天、下雨，秋天把脸贴在树上一嗅，就知道什么时辰下霜。老天和这里的一切生命都有一种沟通。天就是人的命相，天人合一。

从甸子街回来，张绝户就去了西江脸子地，那里有爷和爹的坟地。

他背了两捆子纸，买了一些供品。摆上供，点上纸，“扑通”跪倒在地，说：“爷，爹！这回俺真要走啦。这是俺给你们俩最后一次送钱。”

他叨咕着时，已是老泪纵横。张绝户属牛，这一年已六十二啦。

张绝户跪在爹和爷的坟头前时心情复杂，他知道，爷和爹的土坟里根本就没有真正的尸体，爷的坟茔里埋的只是一张脸皮，爹的坟茔里埋的只是半根辫子……

听爹说，爷爷那年正赶上封桃花，这是最要命的一个春天，爷爷砍完坝就被激流席卷不见了踪影，还是在第二天黎明被一个在江边放牛的人发现脸朝上躺在夜里封桃花的江水里，爹一听，立刻提着斧头去砍冰救人，可是当破开冰捞起时才发现，那只是爷爷的一张脸皮，其他骨头和皮肉早已不知去向。而张绝户的爹更惨，张绝户十四岁那一年，他最后一次去砍坝，水一走，冰水上只漂上来半根带着血糊糊头皮的辫子。

张绝户不知道，今后自己的坟里会埋上啥。

烧完了老黄表纸，站起来，他毅然地返回家，爬上窝棚，摘下斧头，开始磨斧……漫江的人一个个的都看见啦。他们就喊：“看——张绝户摘斧啦——！”张绝户到了要杀马尾坝的时候了，消息迅速在山里传开了。

张绝户是山东高密人，他从小跟着爷和爹闯关东来到长白山里，后来，爷和爹都死于砍绝户坝，于是他就接了绝户斧，专门干这个，替大伙玩命。每年当山风一起桃花水快下来时，山林的烧锅掌柜的都到他的窝棚里来，说：“张绝户，要多少（指酒）？”

他说：“看着给吧。”

当地有一个说道，每到快砍坝的时候，烧锅要免费供去杀坝的人酒喝，这也指人快要上“西南大路”的意思，该喝就喝，该吃就吃，该穿就穿，该戴就戴。山里人总是想用这个方法给砍绝户坝的人冲冲邪气。这是东北的土俗。

砍坝人自己不能说多少，是指命由天定。

于是，各烧锅给留下一篓、三篓或是五篓子酒。不能留双数，不吉利。单，指人命有回天。

张绝户喝了一天酒，也磨了一天斧。这天头晌，张绝户又猛喝了一口酒，一步迈出窝棚时，会全栈大柜刘德泰早已背着大洋等在门口了。

张绝户望了他一眼，接过大洋。

就在昨天，刘德泰按照爹的嘱咐，额外背着两千大洋来到北沟张绝户的住地。北沟的许多老人，老放山的，老种地的，老背坡的，老打猎的一看他从山坡上下来，就都急忙忙地走上来拦住他说："德泰，先别去惊动他啦！"

"刘大柜，张绝户已上老人的坟地去过了，甸子街钱庄的名号也改了呀！这风的来头，他明白。"

"你让他消停一会儿吧。这风来得迟，他知道，这是该索命的时候了。"

"可是，"刘德泰说，"我来，也是俺爹的意思。再说，我会全栈也足够意思，已经又给他加了两千大洋！"

几个孤寡老头子说："再多有屁用，那是人命啊！"

刘德泰不听众人劝阻，仍然要推开张绝户家的窝棚木门。

可是这些老冬狗子、背坡的人说什么也不让，因为当地有说法，砍坝的人不开门，任何人不能乱推门，无奈，刘德泰也只好背着大洋，站在木门外的狂风里，耐着性子等着。

就在昨天，张绝户给爹和爷上坟回来，把自己关在屋里，陪着他的只有大黄。大黄是他养的一条狗，这些年和张绝户走南闯北，简直就是张绝户的贴身保镖。知道底细的人都知道，大黄曾经救过张绝户的命。那是有一年，张绝户带着它上山打野猪，一头野猪一下子扑倒了张绝户，九死一生之时，大黄一下子扑上去死死咬住野猪的卵子，张绝户一枪过去，打倒了野猪，可是子弹又穿过野猪把大黄的肚子扯开了。大黄疼得在地上打滚，用两只前腿拖着后腿爬过来，冲张绝户汪汪哀叫，仿佛在埋怨：你傻呀，你打我；你瞎呀，你打我……张绝户抱住大黄，掏出每次打猎都带在身上的专门缝狗伤口的针线包，用牛丝绳给狗缝肚子，把肠子装回去。大黄疼得用嘴含住了张绝户的胳膊，但不狠咬，一对一双的泪珠，从狗脸上流下来。张绝户把大黄抱回家。大黄天天自己舔麻线缝的伤口，三天就能下地，四天就能溜达，七天就能小颠儿了。

有一次，山里起瘟疫，张绝户怕狗染疾，就把它用麻袋装上，求人背到三百多里远的朝阳镇送给一户人家，谁想，二十天后，黄狗自个儿走回来，饿得一连吃了三盆大饼子！他从此再也舍不得丢弃它。

现在，张绝户其实已有所感应，他知道，今年的桃花水要怪呀，而突然在夜里刮起的狂风又一次证明当地人的推算，这将是一次要命的水。天在要他的命啦，山在要他的命啦，森林在要他的命啦……

当他把门紧紧关上时，大黄仿佛知道了他的心思。那狗汪汪叫着，把头拱进他的怀里。在这个世上，只有它能够体味他的心，它伸出舌头去舔主人的脸、胸脯……

张绝户落泪了。他抱住大黄，紧紧地抱住。户外，春季的狂风在肆虐，把木把的木屋的木烟囱那已几天没有烟火的木筒抽得“啪啪”乱响地摇晃着，屋顶的木瓦也被张张掀开，发出“呱嗒呱嗒”的响动……

张绝户抱住大黄，滚在地上。千百年啦，在这个世上，谁关怀过像绝户这样的人呢？人们远远地躲他。他也躲着别人。他就是一种不吉利的代名词，对他无比忠实和信赖的就只有大黄。动物最知道天，大黄已经感觉到这个春天不同以往，要出事了，那意味着它将要永远失去家。别人不信，但张绝户绝对相信，自己的狗懂得他的心思啊。

许久许久，当张绝户晕头涨脑地推开屋门时，看到门外站着的会全栈大柜刘德泰。二人面对面地相望了一会儿，刘德泰说：“绝户，风起来了……”

张绝户点点头，又“嗯”了一声。

刘德泰递过新加了两千大洋的钱兜子，说：“俺爹说了，让给您送来……”

张绝户接过来，回身“啪”的一声，把大洋兜子甩进木屋里，说：“好。明儿个头晌走……”

刘德泰借着敞开的门往屋里望了望，只见地上堆着许多袋子和筐，装着邻居和各个作坊提前送来的好吃的东西。张绝户的狗正瞪着一双通红的眼睛在望着他。刘德泰回身走时又要了张绝户的“口供”——明儿个晌午，西江二江汇合处尾坝砍坝。张绝户答道，准时不误。

张绝户望他一眼，回身进屋，“咔嚓”一声锁上了木门。

动身的日子终于到啦。这天头晌，张绝户已准备齐全，他又猛饮了一口老酒，打量了一眼他生活过的破屋子，这才大步走出窝棚。他望了一眼江边，那里早已狂风四起，江水憋得嗷嗷地叫，寒冷刺骨啊……突然，他听到有人尖叫着喊他的名字。

“绝户！绝户！绝……户……啊……”是谁在喊他的名字？

终于他听清了，在寒风狂土中叫他名字的是“小白鞋”白秀双。她喊道：“绝户！你等一等！等一等啊！”蓦地，张绝户停住了脚步。本来，他想自己偷偷地走，不告诉她的。

小白鞋是漫江老屯里背坡人老白头的闺女，这丫头出息得俊，从小模样就好，人见人爱。山里本来就少有女人，该有多少人日夜在打她的主意啊。可是，白家丫头命不济呀，三岁上，娘就得了长白山里的一种“瘟病”（喝空山水又着凉，人的骨头节先粗大，然后烂，流黄水子）走了，扔下了老白头和小白鞋。小白鞋家很穷，没有好看的鞋穿，但她又爱美，于是常常弄些白土子把鞋抹白了穿，所以人称“小白鞋”。老白头爱女如命，小白鞋和爹在大山里住了下来。老白头给木帮和赶大车的背坡，这一年离开了家背货去往朝鲜，在路上路过一处山场子，活活让“箭子木”射折了一双腿，瘫了，从此，家里的一切活计、生计都落在小白鞋身上。小白鞋年纪轻轻，但爹一瘫巴，她不得不上山找活儿，外出帮工。不想被土匪“爱山好”抓去卖到了红土崖的窑子里，三年后她逃出虎口，但人已造得不成样子。那时，她家的窝棚和张绝户的窝棚离着不远，在小白鞋遭难的几年里，都是张绝户照看她爹。小白鞋逃回后，很感激张绝户，本想以身相许，又怕张绝户嫌她的经历。不久，爹死了，小白鞋孤身一人过活，她对绝户十分体贴，绝户也挺喜欢她，虽然二人年岁差得很大，可小白鞋不管这一套，也不管世人的风言风语，就大胆地和张绝户“过起日子”来。她紧紧拉住张绝户说：“绝户，我搬过来住……”张绝户说：“不行。”

“为啥？你看不起俺？”

张绝户说：“不是。”

小白鞋：“那为啥？”

张绝户说：“我不能娶你。你想想，我是什么人？我有今儿个，没明儿个。我不能让你一辈子和我这样的人受牵连……”

小白鞋哭着，无话以对。

张绝户心疼小白鞋。他常常说：“小白鞋，你别跟着俺了……”

小白鞋就是不干。

张绝户：“我早晚不等，要……”

“死”字还没说出口，早被小白鞋以自己的热唇堵住了他的嘴说：“绝户，好死不如赖活吧。你也是要死，我有个臭名，不就是婊子吗？你不嫌，我更不管那一套……咱们就在一块儿过！”

小白鞋铁心了，只跟张绝户一个人。张绝户因为心中有了女人，活下来的信心也足了，砍那绝户坝已几次死里逃生。他暗暗地感激小白鞋，想着可能是她的命大，才保佑自己多次不死。但他从来不跟小白鞋来真格的，他怕留下后患，让小白鞋痛苦一辈子。

杀绝户坝是一种玩命的活儿，也是一种技术活儿。要讲究斧头的硬度、亮度和挥斧的手艺，这一点，是张绝户家的祖传绝活儿。爷爷老张绝户的绝活儿全套地传给了儿子张成山（张绝户的爹），但张成山其实不是老绝户的亲骨肉，是在一次杀坝途中在雪壳子里捡回的。张绝户的爹当然也不是他的亲爹，据爹生前说，是他从一伙逃荒的死人堆里把他背出来的。因为杀坝这种活儿就是“绝户”人干的，杀坝这种人就不该有家口，不能有家口，也不许有家口。所以他们的家规是要接这把“杀坝斧”就不能有家，要想有家，就别接这把斧。记得爹在临终前（也是一次去杀坝，爹知道自己有可能一去不回）把他叫到跟前，说：“绝户，爹要走了……你告诉爹，到底接不接我这把斧？”

爹说时，双眼瞪得大大的，张绝户记得，爹的眼睛像一对灯泡。

张绝户没回答，只觉着两眼像起了雾，灰蒙蒙的，已看不清爹……

爹说：“儿子，你要回我的话。快回！你变卦不行。你不干谁干？爹不干谁干？长白山木帮，总得有人干这个啊，我们不去死，就得别人死。干脆可着咱们家去绝户吧，去死吧。我们不绝户，别人就得绝户。还是让咱们家绝户了吧，让别人家都好吧，都团圆吧。你说呢？儿子。你说呢？儿子……”

张绝户记得，他给爹跪下了。

爹突然仰天哈哈大笑了一声。然后说：“儿子，记住，如果是清明前，杀完坝，立刻斜着往左角跑。要让肩膀顶扛着水走，斧子向右后身处抛……”

他问：“为什么？”

爹说：“清明前，山水靠左边的坡下来，冲力在右。就按爹说的去做。”

他于是点点头，记下了。

爹又说：“记住，斧子一天要磨三遍。要蘸狗尿。”

他问：“为啥蘸狗尿？”

爹说：“要让狗先上山追狍子，下山后尿滋在磨石上。追热了野兽的狗尿里有一种碱，可以去斧薄皮。”

他说：“记住了。”

爹又说：“下坝底后，水灰蒙蒙的遮眼，挥斧前，先摸一下傻绳，这样人心里有了定数，下斧才准性……”

爹说完，扛上斧头走了。这一走，爹再也没回来，给他留下半袋子大洋。爹死后，他是按爹生前指给他的，在木头走后的坝西北角的稀泥里找回了爹的老斧。从此，他一天把斧子磨三遍。

磨完，再挂到窝棚外的木杆子上。磨时，再上房去够下来。

黄狗把尿滋在杀坝斧上后，张绝户开始磨斧。那磨斧要在头晌太阳一竿子高时开磨，这叫“磨露水气”，两袋烟工夫为一气；二气在晌午头，这叫“磨当阳气”；三气在“老爷”（太阳）快卡山时磨，这叫“磨葫芦头气”。这“三气”各有说道，各有讲究。他每次磨斧都关上房门，但是那“沙沙”的磨斧声还是传到了尘土飞扬的老排卧子的土道上和漫江窝棚屯的屯道上，常常引来一帮人来听声儿，看热闹。

这时，小白鞋往往走过来，劝大家走。

小孩们就喊：“磨斧啦——绝户磨斧啦——杀坝啦——绝户杀坝啦——！”

小白鞋就苦心劝大伙：“离开吧。让他静心，把斧磨好，兴许就不会出闪失。”一些老人和懂事的人听了小白鞋的话，就互相劝说：“走吧，是啊，让绝户安心磨吧，把斧子磨好，砍坝时就砍得顺，砍得快，砍得准，兴许就能逃出来……”

于是，人就一点点都走了，张绝户的窝棚门口，就只站着小白鞋。

寒冷的春风，刮起了尘土，伴着草末子、树叶子落在小白鞋的鞋上、头上、肩上、脸上、眼上、嘴上。她一动不动，让早春的大风大土把她变成了一座土塔，坐落在绝户的门口。许久许久，屋里的磨斧声消了，木门“吱扭”一声推开，张绝户并不走出来，他坐在屋里的暗处，重重地喘息着。磨斧其实很累，要使心劲儿和真劲儿，还要加进张家几代人的绝活儿——手劲儿、腰劲儿、肩劲儿、屁股劲儿和腿劲儿……

小白鞋向屋里望去，看见张绝户赤膊坐在木凳上。

无论是早春还是严冬，张绝户磨斧，都必须脱掉身上的破棉袄，赤膊上阵。一根大辫子一甩缠在脖子上，辫尾叼在嘴角上。他身上的肌肉像波浪似的在滚动，那动作往往使窝棚的房板子和凳子一起发出“吱嘎吱嘎”的响声，窝棚也忽忽悠悠地有节奏地在颠动，这时，好像江山和大地也在动。是地动了，还是心动了，反正，一种深深的动在这片寒冷的山林翻滚起来，让人卷进一种对久远的期盼之中，凄苦与悲壮共同袭来，无可名状的感悟，让人久久不能把心平静下来。

小白鞋一声不响走进屋。那木板屋里很暗，绝户磨斧不点灯。他记得爹爹爷爷说过，磨斧要摸黑磨，这才练胆。摸黑也练心，是指要“下手”时狠，一亮心就软。斧性是硬。黑对硬，硬在黑中养成。黑硬是斧性，亮只有一条，在刃上。刃闪着刺眼的银泽，让人一打眼，心就发凉，发寒。这是好斧。

小白鞋贴着绝户坐下来……

绝户还在喘着粗气，那斧在他手上“养着”。养着，就是握着，绝户手握老斧雕像般地坐在那里，他的眼光从斧刃上的那道白望去，刃光照亮了屋地和炕沿上的一个一个小木坑，那是过年时他把硬硬的榛子按在上面砸时弄出的木坑，这使得炕沿有一种久远的岁月感，那是时光磨洗的印迹。绝户的目光扫过这些，就会看见一双白鞋的鞋尖，鞋面……

山里伐木人家的姑娘没钱去船厂或宽城子买那种洋白布做鞋面，那完全是小白鞋从山里的大婶那儿学来的一种手艺，把辽南的土布用一种白土子染白，做成小白鞋。小白鞋喜爱穿自已亲手制作的鞋子，在那种粗糙的布面上透出女人的洁净和细心，鞋帮上各有两朵粉色的小花，是真正的长白山金达莱的小样，一朵一朵，精致鲜明。张绝户依旧以呆滞的目光盯着鞋面，手握老斧，仿佛从远方刚刚走回，连说话的力气都没有了。他胳膊上的肌肉疙瘩闪着汗光，青筋在暴起，肌肉在跳动。小白鞋心疼地靠着绝户，掏出山里女人家那一展小花手巾，轻轻地又爱抚地擦抹着绝户脸上、脖上、胳膊上的爽汗。绝户感觉到小白鞋的小脸已经贴在他的胸上，他闭上了眼睛，放下了斧……

多少年来，山里的大江、哨口、恶河、沟岔、岭背、谷底、坡岗在早春都被桃花水灌满了，那些水顺着山势形成了一条条凶猛的野兽一般的水道，这是山里的木帮们放马尾坝挣大钱的好势头。各道山场子的大柜们都盯准了那些坝口，坝是必须要砍的，排是必须要走的，这已经无法等待啦。这一季，许多人下赌注似的把价押在了刘大把刘德泰的这趟活儿上。而长白山里最大的大柜，会全栈木营子的把头刘德泰什么也不担心。他知道放马尾坝，最要命的就是砍坝人，他确信张绝户不用任何人担心，他看不走眼，那是他多少年来从敢于要干砍坝这手活儿的诸多人里选拔出来的手儿，几辈子就是这个，别人无所可比。给张绝户的砍坝费他也不会让张绝户灰心。张绝户对他也不讲价，给多少往屋里的炕上一扔，锁上屋门就走，仿佛只是出去到漫江镇里赶一趟集，去去就回来。

现在，张绝户听到小白鞋在叫他，他定定地站住了，把头刘德泰也一下子站住了。张绝户掏出屋门的钥匙扔给小白鞋，还递给她一张甸子街钱庄的底单，于是又走。刘德泰也看了一眼小白鞋，跟着走。可突然，小白鞋大叫道："绝户！你给我回来！"

张绝户又站住了。这时，小白鞋已打开木屋的门，像往日看他磨完斧时那样，她先走进屋里的暗影里说道："绝户，你给我回来！"张绝户迟疑了一下，小白鞋又喊："回来……"

张绝户瞅了一眼刘德泰，开始往回走。刘德泰喊："绝户，你要怎样？"张绝户也不回话，径直走回木屋门口。小白鞋一把拉住他，"咣当"一声，张绝户背后的木门被小白鞋死死地关住了。刘德泰刚想随进来，却被关在了外面。

屋里面，张绝户依然扛着斧，面对着小白鞋。刚一关门时，屋子里立刻暗下来，什么也看不清，好一会儿，小白鞋的面影才逐渐地清楚起来。她今天特意穿了一件紧身的粉花小袄，但头发有些零乱……

小白鞋说：“绝户，我今天来，就是告诉你……别离开我。”

张绝户说：“不是都给你了吗？钥匙，钱……”

小白鞋：“不是这个……”

张绝户：“那是啥……”

小白鞋：“我要一句话。”

张绝户：“那好，你说吧。”

小白鞋：“绝户，你不要去杀坝啦。”

张绝户：“这不可能。”

小白鞋：“咋就不可能？”

张绝户说：“你听听，听听外面的狂风。还有桃花水！昨儿个下晌，桃花水就来啦。就在昨儿个夜里，排坝下的冰水已憋得嗷嗷地叫啦！我的身子是水场子把头的，不是我自个儿的。你也看到了，把头刘德泰就在外头等着，我能不走吗？我能不去砍吗……”

小白鞋说：“难道你是绝情的物？”

张绝户说：“干我们这一行的，都是绝情物！”

小白鞋气得一跺脚，说：“绝户，我告诉你，你从今撇了斧，再不要去杀坝啦！”

张绝户：“这不可能！”

小白鞋：“可能。”

张绝户：“不可能。”

小白鞋：“俺说可能就可能……”小白鞋哭着哀求说，“绝户呀，你记住我的话吧，你，你已经不是绝户了呀……”

张绝户一下子听愣了。什么？俺不是绝户啦？这是哪儿的事呢？俺现在还是孤身一人么，怎么就不是绝户了呢？开什么玩笑呢？他一把推开小白鞋说："小白鞋，我也对得起你，这份大洋都给了你。头一年水大，没砍上坝，没挣着多少钱，让你跟俺受苦了，这回也算补报上了。你放俺走吧。你说俺不是绝户，只有鬼才相信……"

张绝户一下子推开门，刘德泰也正巧来拉门。刘德泰说："绝户，快走，桃花水的吼声已经越来越大了。"

外面，风真的更加沉稳、厚实，刮得昏天暗地，四外的群山都隐藏在一片灰蒙蒙的土沙里，仿佛大地被烈火烧废后发出的浓烟，在远方的群山和雪道处，桃花水冲击山涧时的"嗡嗡"声震耳欲聋。能感觉到那水已经使任何坝、石、土都关不住，它要冲毁一切而远去。

那冥冥之中的暗流的吼声，让每一个水场子的木把都知晓，该到走人的时候啦！不走也得走！

张绝户想也不想，毅然抬腿就要迈出木屋的一瞬间，小白鞋突然一个箭步冲上来，一把拉住张绝户往里一带。"咣当"一声，木门又被她关住了。小白鞋死死地抓住张绝户的破棉袄前襟，哭着说："绝户啊，你，从今后，已经不绝户啦！"看张绝户发愣，小白鞋突然褪下裤子……张绝户吓傻啦。她这是要干什么？小白鞋却不管那一套，她从下身掏出一块柔软的白布，捏成一团，举给张绝户，"绝户啊，傻绝户！你看看，俺已经三个月没来红啦，俺有了。这是你的后。你记得不？那天，是俺灌醉了你，才得了手！你不绝户啦。你从今后不是绝户啦。你快看看！你好好看看，好好听听。"

小白鞋说着，把张绝户的头一下子按在自己白白的肚窝上。那团柔软的白布在张绝户的鼻口前散发出浓浓的幽香。张绝户的头"嗡"一下子，他乐晕了……

他说："小白鞋，这都是真的吗？不是梦吧？"

小白鞋："是真的。绝户，你已经不绝户了。"

张绝户爱惜地抚摸着小白鞋的身子，眼眶也潮湿了。他喃喃地说："我不是绝户了吗？不是了吗？真的不是吗？"

小白鞋："真不是啦！绝户，咱们从今再也不是绝户啦……"

突然，"咣当"一声，木门被刘德泰踹开了。刘德泰站在外面的大风里说："张绝户，你们在调情是不是？百十号兄弟都在水场子上等你，你还在这儿婆婆妈妈的。快走！别磨磨蹭蹭的，又没有吃奶的孩子！"

张绝户这时才清醒过来。他揉揉眼睛，推开小白鞋转身要走。谁知，小白鞋光着身子一步奔到门口，又"咣当"一声关住了木屋门。

小白鞋坚决地说："张绝户，你不要走。无论如何你不能去砍这个坝。为了我，也为了你的后。"

张绝户又一次怔住了。他想起爷爷，想起爹。多少年，多少辈啦，干他们杀坝这一行的，没一个女人能看得起。宁可跟驴马，也不跟木帮，更没人跟一个杀坝的绝户！可如今，有一个女人跟着你，死死地恋着你，并且，让你不绝户了……

张绝户在小白鞋的哭喊声中下了决心：不去杀坝了，再不去杀坝了。

他说："小白鞋，俺的妹子，你放心，俺，俺不走了！"

小白鞋搂着他，紧紧地搂着，嘤嘤地哭："不走了？"

张绝户："不走了。"

小白鞋："不去了？"

张绝户："不去了。我今后就留下来，和你，和孩子，一块儿过活，一块儿伐木，一块儿……"

小白鞋："绝户啊，这就对啦。"

可是突然，木门又被一下子推开，接着，一股狂风夹带着山里春季的枯草叶子一起刮进来。张绝户和小白鞋朝外望去，只见在昏暗的天底下，门口亮处的泥地上，大柜刘德泰双腿一弯跪下了……

刘德泰发出哭腔："绝户啊，你一定要回心转意。你不能不去呀！你瞅瞅，已经天昏地暗啦。桃花水已经沟满壕平啦，要把山推走啦。你不去，不是要了我刘德泰的命吗？我哪一点儿对不起你呀？这些年来，我养着你，三伏三九，你要肉有肉，要酒有酒。我不让你饿着，不让你冷着，我一天天地养着你供着你，为着啥？不就为着桃花水下来你去杀坝吗？这是我祖宗八辈都指着的，也是你答应过的呀……"

刘德泰说着，已是鼻涕一把泪一把了。

张绝户慌了，他觉得，自己真的有些对不住大柜刘德泰。记得当年，爹领着他逃荒到老白山里，就是人家刘德泰父子俩收留了他们父子，而且当初就已当面鼓对面锣地敲定了，这一辈子，张家就是给人家刘家"杀坝"，不能食言的。怎么现在就变卦了呢？这是他张绝户干的事吗？他还是人吗？

就在他不知如何是好时，大黄突然"嗷"的一声冲了出去，上去扑倒刘德泰就咬！刘德泰的破袄被狗撕得稀烂，棉花套子到处飞，脸变得血葫芦一样！可是他，挺了挺身子，依然跪立起来，他往嘴里咽着血，还是定定地盯着张绝户。张绝户有点儿受不住了。这时，小白鞋发疯似的抱起一只大木桶朝门口走去，"咣啷"一声，把木桶扣在刘德泰头上。那木桶在地上摇晃，却不倒……小白鞋"咣当"一声关死了木门。大黄也跳了回来。

木屋子里头又恢复了一片黑暗，张绝户突然听到外面的大风声中传来噼里啪啦的响声，好像许多马、牛混乱地朝这边奔来。这是什么来了呢？接着又听到"扑通扑通"的倒地的声音，仿佛从远处运来许多重重的装满粮食的袋子，一下一下砸落在地上。是谁搬来这么多沉重的袋子呢？

"呱嗒"一声，木门猛地又被风推开了，只见那门扇被风刮得一开一合，一合一开，接着"嘎哧"一声从连接处被风给扯下来，又"呱嗒"一声，碎裂在门外的土地上。风太大了，太猛了，天昏地暗，有灰深的阴云从天边压下来。突然，张绝户看清了，什么麻袋砸在地上！原来那是一个个木把从山场子水场子赶过来，走到他的窝棚前面，在大柜刘德泰的后边，一个挨一个地跪下来……

人们跪着的地上全是尘土和早春的稀泥。长白山的早春，桃花水起来正是檐滴水的季节，遍地遍山都泥泞了，夜里这些稀泥就结成泥冰，太阳一出或晨风一起泥冰就变成泥水，土地泥淖一片，那些从四面八方赶来的木把们一个个走到这里，在刘把头之后一一跪下去，那跪地的声响汇成了地动山摇的隆隆响动。

就在方才，有消息传开，张绝户不干了，他要和小白鞋过日子，他不想去砍坝啦！

在大山里头，各种消息其实传得特别快，尤其像这种要命的消息。他不去砍坝这怎么能答应他呢？这怎么可能呢？咋不可能？听说小白鞋已有了，是张绝户的，而后他就回心转意，不去杀坝啦，谁不想活呀，人家有根了，不再干这绝户之事了。可是，把头和大柜答应吗？这叫几十上百号的弟兄们一冬一夏的要命值项，大柜答应了吗？大柜给他跪下啦。什么？大柜给他跪下啦，走，咱们也得去跪下。一定要让绝户去杀坝，他不去谁去？不然大伙抬也得把他抬到江坝上，按水洞子扔下去……

大伙说啥的都有，消息已传得铺天盖地。

在古老的山林之地，在以伐木放排为生计的山场子、水场子，在那住着成千上万吃木头饭的汉子的村落里，这种改变被看作是丧尽天良！窝棚里，有人伐木，有人放排，有人穿排，有人杀坝，这是千古不变的死理，怎么能改变呢？而且，他张绝户也是大家承认又认定的专门干杀坝、砍坝这门活计的世家，无论世道如何变迁，他的活路不会变，也不应变。现在他突然要变了，这个消息在古板死气的长白山老林子木帮和村落子里，就如有人向翻开的油锅里撒了一把盐，一下子炸开了锅，更有人气愤地叫骂道，都是那个小白鞋惹的祸。木把们把最毒最狠最厉害的土话都咒给了小白鞋。

其实他们也是没办法。谁不知道这一季砍坝放排的意义！他们会全栈五百木把们一冬天伐下的几万米木头，全靠这一下子从老坝上飞流冲进松花江，进到正流，放到船厂。那样，这些人指望了一冬一夏的活计才能最后掐套（算账），不然就等于这些山林之人一冬一夏白在冰天雪地里卖命啊！这眼看着到手的银钱咋能说没就没了呢？

黑压压的汉子们跪在张绝户家门前泥泞的地上，好像要把这土地跪穿。大家一言不发，就像一尊尊石头拴马桩子钉在那里，一排排排下去，排向远方的江岸……

老风在四外的群山谷沟里刮着，呼呼地打着呼哨，搅得天昏地暗。更有一种地动山摇的响声不停地从四外涌动传来，那是隆隆的桃花水滚动之声，让人热血沸腾，浑身发毛！

桃花水是一种真正要命的春水，那是大地的隆动，是春天到来前季节与严寒抗争之后冲出漫长严冬的等待而奔涌出来的无律的汹流，它时刻在汇大变成一头猛烈的孤极无驯的野兽，它要去毁掉那敢于阻拦住它的一切物件，把它们撕扯碎，然后冲出关拦它的土坝、木栏、土面、山泥，让一切让路，它要奔自己的去向了。

桃花水让人想起周公。当年，周武王周公旦恋上了桃花女，那女人让他日后稳得天下，有人说，周武王的能力是桃花给的。桃是粉面的诱惑，让一切都不可抵挡，这是因为桃色给人一种美的追求，一旦让人接受，就成为自然的能力，让一切都粉碎了。桃花水就是桃花的手，已伸向了大山的躯壳里，要撕动那些物质了。山水轰隆隆的响声使人心慌意乱。突然，外面在沉闷的隆响和呜呜的大风中响起了众人嗷嗷的叫声，再一细听是外面跪着的汉子们在齐声叫喊：“张绝户——！杀坝——！张绝户——！杀坝——！”人们已经红眼啦，因为那风声、水声其实已经变成了一些物质的东西。张老三在喊着：“张绝户——！杀坝——！”其实心里想的是“棉裤——！棉裤——！俺要棉裤。”因为这一季下来，他要用这笔挣项去给远在他乡的爹娘扯布，买棉花，做棉裤。而李老四喊：“张绝户——！杀坝——！”他想的是自己家就要娶儿媳啦，女方家等着彩礼，不然不进门……

而这时辰，张绝户的心反而一点点地平顺下来了，他感觉出，小白鞋死死地勾住他脖子的双手在他的脖后“扣死”，小白鞋仿佛已经睡去，她的泪和汗已湿透了张绝户那件无冬无夏都穿在身上的破黑夹袄的大半个衣襟……

“张绝户——！杀坝——！”

“张绝户——！杀坝——！”

又一轮吼叫声响起来了。每一轮吼声中间，给他留下一些空当，可能是生命的宽容，让他对生命做最后的处理，或者给他留下一点儿品尝生活滋味的余地，或者让他告别世间应告别的念想，或者，什么都不是，而只是外面的那些人喊累啦，他们需要休息一下而已。

“张绝户——！杀坝——！”

“张绝户——！杀坝——！”

又一轮喊声雄壮整齐地响起。

突然，大黄狗顶开门蹿了出去，疯了似的咬倒了七八个木把。木把们气得抡起手里的棒子往死里打它。它在地上翻滚，身上被野猪的獠牙划开又被张绝户用麻线缝上的那条伤痕也清晰地裸露出来，但是，大黄不管那一套，就是往死里咬人！张绝户一看实在不行啦，走到门口喊着大黄。大黄听到呼唤，绕着圈儿，躲着木把们愤恨的木棒击打奔回了张绝户和小白鞋的身后。此时，张绝户抬眼望去，只见方才被黄狗冲击咬乱的“跪阵”又慢慢地恢复完整，许多人都已被咬得血肉模糊。

但木把们还是一个个地咬牙挺着跪着，毫不动摇。张绝户看见，那是一张张他多么熟悉的木把哥们儿的面孔啊！

对了，大柜刘德泰身后第三排那个剃着光头的不是刘二屁吗？他呀，一定急需用钱！他哥刘大屁上个月在黑瞎子山场子伐树压雪道时，双腿活活让爬犁码子给齐刷刷地“切”下去了。张绝户知道，刘二屁在甸子街“东世一堂”赊了人家的红伤药，说好等这季木头下去，拿了钱给哥哥救命，哥哥一窝孩子，一个个像小燕似的张着小嘴等着喝粥哇！

张绝户发现，就在刘二屁后一排，那是金世山的二舅。啊？他二舅来啦！金世山的二舅已七十大多了，他平时在漫江镇上摆着个算卦的摊，天天以这种“手艺”换点儿小钱和寡妇姐姐在一起生活！姐姐就金世山这么一个儿子，可是太不幸啦，两个月前，这金世山在上江二道岔往下发木头，到漫江西江地修马尾坝，由于挥锛子没落好，一锛子下去，左小腿齐啦啦地被砍断，他没钱买药，最后是硬疼死的……这么说来，他二舅来这里跪着，是替他外甥讨要这一季的要命钱哪！他姐姐金世山的妈一定哭瞎老眼啦！

张绝户突然感到似有一盆凉水从头泼到脚！他的眼睛从金世山的二舅肩头往后一扫，我的妈呀！怎么还有一个老太太？

那老太太足足有七十多岁了，头发全白了，穿着一件破棉袄，那布已糟烂了，棉花从一块块补丁里刺出来，在早春寒冷的狂风中扎撒着。棉花和着她的白发都蓬蓬着，使老太太像一堆荒毛子白草球子团在那里。老太太那满脸苦愁的皱纹，在狂风刮乱了她的头发的一瞬间更加清晰地展露在张绝户眼前……

这老太太肯定是哪个木把兄的老娘，她准是替儿子来跪，讨要这一季木头下去的挣项。又一阵狂风扫过老太太的面颊，张绝户眼睁睁地盯着老太太看时，忽然心中“啊”地大叫了一声，那不是“娘”吗？你看那白发，那瞪着一双无奈的呆滞的老眼望着他的样子！那不是自己在闯关东路上死去的娘吗……

狂风更大啦，把张绝户眼前的那些死死跪在地上的人刮得前前后后左左右右不停地摇晃，可他们还是都拼命睁开眼看着张绝户。那老太太，可能已没有力气挺起身啦，她的腰深深弯了下去，可是她仍拼命地扬起脸，好似一张古老的脸谱摆在长白山早春的泥泞冻土上。

张绝户想起了自己的娘！“娘——！娘啊——！”张绝户直觉着双腿发软，他慢慢地跪了下去，跪了下去……”

张绝户冲着那一片跪在地上的熟悉的和不熟悉的木把们哭叫着，喊嚷着，那些影像般的在狂风中挺立和摇晃的人于是都在他面前渐渐变得模糊起来……

张绝户大声呼唤娘的叫声，渐渐撕碎了每一个人的心，大伙都哭了。在狂风里，在泥泞的土地上，人们抽泣着，哭声一片！

天啊，人生啊，谁没有娘啊，娘来啦……

可这时，就听“哗啦”的一声，小白鞋舀来一瓢凉水朝着疯迷中的张绝户泼去，说道：“绝户，回屋！”说完，她上去一把扯住张绝户的胳膊，把他搀回了窝棚里，身后那木板子门又“咣当”一声关死了。

“张绝户——！杀坝——！”

“张绝户——！杀坝——！”

外面又响起了人们的喊声。

大约已喊过七八轮了，外面的喊声越来越沙哑、刺耳，还伴随着一些愤怒的木把们从地上捡起一根根木头棍子狠狠击打土地的“吭吭”声。张绝户把自己的手不知不觉地伸出去，伸向了小白鞋妹子那软乎乎的脖子……

同时，他的另一只手也伸向了大黄。大黄瞪着血红的眼睛愣愣地看着他，呼噜噜地喘着粗气……

人哪，当什么意念都拥挤到一起的时候反而对于其中一个主体的意念更坚定清晰。那只杀坝的老手铁钳一般卡在小白鞋软软的脖颈骨上和黄狗的咽喉处，渐渐地扣了下去……

扣下去，扣下去。渐渐的，他感觉到小白鞋紧紧勾住他脖子的手一点点地松了，松了。最后，那双手一下子耷拉下来，大黄狗也一下子滚躺到地上。

张绝户慢慢地推开小白鞋，站起来，从大黄身上迈过去，推门走出去了。他在跪着的人们中间通过，不少人都伸出无奈的手去抚摸他的棉裤、斧子和斧把。

他从这里穿过，头也不回，直奔江边。

当天下晌，张绝户砍完坝，那木头像脱缰的野马互相拥挤着，挤压着，发出怪叫，直奔下江而去了，木头奔流时，一蹿多高，接着又慢慢地沉入水底，拧着劲儿，转着花，和着冰块子奔流着……

大黄和小白鞋都是在下晌才苏醒过来的。

开始先是大黄苏醒过来，它一看还在昏死的小白鞋，就上去冲她的耳朵根汪汪地叫，不久，小白鞋醒过来了。

她和它一看，屋里早已不见了张绝户，于是大黄在前引路，直奔西江地而去。

天上，狂风依然在怒号，地上已泥泞一片。小白鞋不时扑倒在地，大黄就上前叼她，拉她。就这样拖拖拉拉、跌跌撞撞地赶到大江边时，已经一个人影也没有了，有的只是欢快飞奔的木头在冰凉的浪花中翻滚着，席卷着，呼啸着，夹带着潮湿而寒冷的长白山春季的狂风在飞奔，一上一下，一起一伏。可哪里有张绝户的影子呢？

一块木头上贴着一块黑乎乎的东西，是什么呢？好似张绝户的破黑棉袄片子。大黄见了，汪汪地叫了两声，突然一个悬跳蹦起来，直奔那棵原木上的黑布扑去，可是只是一转眼，大黄便沉入那翻滚的木垛中，再也没有影子了。

“大黄——！大黄——！”小白鞋喊着。她的喊声是那么无力，那喊声最后被翻飞的木头的撞击声和大风的吹刮声所淹没了，没有了。小白鞋双手抱在胸前，一点点跪下去，她叹息着，哭泣着。她跪在那寒冷而泥泞的江岸，低声地呼唤着："绝户！你这个绝户啊……"

事情就这样过去了。长白山老林子山场子和水场子活儿还是年复一年地干着。几十年之后，一天，一个打鱼的在离西江脸子四十多里远的额赫纳荫老江底打出一只生了锈的斧头，木把早已折断，而那斧头的膛背上隐隐约约地还能读出"张绝户"三个字。于是，这个地方就被叫作"绝户地"，而张绝户杀坝的传说也就在民间留传下来。

棺 材 匠

冬月，我去看望一个人，做棺材的。正月初十的天儿，本来就阴冷，天又刮起清雪，来到棺材手艺匠乔洪学家的库房，我有生以来第一次与棺材这样近距离待在一起。库房里挺冷，这是那种用黑泥抹起土墙的仓房，只在后墙的下半部分分别开了两个小窗户，民间说法，这种仓房窗户本也不宜设得过高，有点儿亮便足矣。幽幽的光亮下，我看清了东墙和南墙处摆着两口已漆好的大红棺。棺材的色泽，从来都是那种鲜红、艳红，加上上面已画好了莲花、云卷儿、福字等，显得很独特，旁边有另一口大棺材，也已涂好了红颜色，只是等着买主来，交过订钱，棺材匠才可按买主要求画上很复杂的各种内容。地上堆放着各种做棺材的工具，斧子、铁铲、钉盒子、一个颜料箱子、一个颜料盘子。墙角处有个没点燃的火炉子，平时不是为了取暖，而是为了熬胶，棺材鲜红的涂料要掺上胶才能吃进木缝里，不掉色，入土后扛烂。严冬的寒冷不断袭来，还有一种莫名的冷凄，紧随而至，风，夹带着天上的小清雪，从用塑料布半遮盖着的门口吹刮进来，让我的后背寒凉无比……

“咱们快离开，看冻着你……”棺材匠说。

“不离开。”我说。

其时，脚已在棺材库房里冻得似有猫咬，也在有些盼着他领我快走，可是，听我说不离开，他兴奋起来了，他以感激的眼光看着我，仿佛他期待外人能来听他的事，突然他说：“你等着！”他走到那口涂完红漆还没有画棺花的大棺材后面，“唰”的一声，拎起一样东西……

他说，你来看！我向他手上看去。没什么呀，只是一根小棍儿！他说，就这根小棍儿。我说，你说的就是这根小棍儿吗？他点点头，说就是。

我有些惊愣，这根不过只有胡萝卜粗细的二三尺长的一个小木棍儿，与他的棺材，又会有什么大不了的关系？看我发愣，发呆，又不理会他的举动，棺材匠乔洪学不理我了，他用袄袖筒子小心地擦拭着棍儿上的灰土，仿佛自言自语，又仿佛是对我说道，上前来看看。我这才好奇地靠近前去。他撸了两下棍儿，说，你看，仔细看！这上边每隔一块距离，就有一个星，一个码，一个号，一个记号……

我仔细一看，在那根古老陈旧的木棍儿上，果真有一些隐隐约约的可能是星、码、号的印记，但是如果他不说，我绝不能一下子发现那些记号，我就是发现了，也会以为那不过是木棍儿被虫子啃咬或破损的痕迹罢了。棺材匠低声说道：“这叫三尺杆子，它在俺家，已使了一百多年啦。还是在清朝我太爷那时候就使它，到前‘中华民国’，我爷爷那阵儿也使它，后来，我父亲用，到我这辈儿，照样用。没有它，就做不了棺材，学徒不会看三尺杆子，你就得成天挨揍，我爷爷就是让我太爷用三尺杆子打大的，我爹是让我爷爷用这三尺杆子打大的，我……”说到这里，他不作声了。抬眼一看，我见棺材匠的眼眶里有泪含着，慢慢地，一滴大颗的泪花从他的脸上滴落下来，我知道，一个关于棺材匠的故事，正在打开……

棺材这种东西，也许人们平常不轻易靠近它，也就无法欣赏它，更无人细心观察或打听其间关联的许多……现在，这手提“三尺杆子”的人在他家棺材房里无限感慨地说，一提起棺材，他就能看到一口奇棺，那口棺材，总是离他那么遥远，但有时，又很清晰，一到过年，它就清晰起来，过完了年，它就会渐渐淡去，一点点模糊，模糊……

那是从前的事了，山东登州府黄县叶集社乔家堡子四甲民王惠庄有户老乔家，当家人乔老汉领着一家子人过日子，这家人祖传的手艺是木匠，木匠活儿又分软、硬。硬，是指打大车、房架子；软是指打大柜、炕琴、棺材。乔家在当地是出名的“软活儿”，人称棺材乔。八间房子大的院套，六间房子的棺材仓。平时进乔家大院你看吧，到处是一垛一垛的厚木，左一垛，右一垛，前一垛，后一垛。往里一望，天哪！六间无间壁的大通房，全是棺材。头排是白茬的，没上色，接下来是涂红的，再接下来是画花的，一排排直达西门道口。西门道口里，是柜房。为方便来买棺材的买主，大通房中间一条道，来者可以自由左顾右盼，相中哪口，什么样的，只要用下巴一指，或眼神一落，棺材铺掌柜的二话不说，立刻让小打（干活儿的木工）装车。这种车，也是铺子里专门用来运棺材的车子，车子造型本身就是棺材形，底下安装上四个轮，小打将棺材抬到车子上，然后再推到门口，接着才能再装到等在大道上买家的车上。买棺材，从不言价。买主进到棺材铺，只报尺寸，尺寸是指故去的人身材多高。掌柜问，您用什么尺码？对方答，三七，四六，五七，大五七……

但往往也有人来买“白茬”的棺木，称为“宝材”，不上色不画花。白茬棺是为了装殓特殊人，往往是横尸暴死，遭遇不测而亡的荒郊野倒，家人或亲朋为其弄一口寿材，以便收殓，往往是先将尸体收进，然后再上色，画花，这称为买宝材。来者一说买“宝材”，掌柜的立刻明白。他往往会让小打停下手里的一切活儿，立刻帮着装车。而且接着还需问：“画不画宝材？”一听这话，对方往往千恩万谢呀！因为，人人都明白，这“画宝材”，往往是先将死人装进去再画，如果胆小或不愿干的人，你就得白茬下葬！买主人家也常常请棺材铺的师傅到家里去干活儿，这称为“上买卖”，而对于能被请去打宝材或画宝材来上买卖的棺材匠，买主家要记木铺人家师傅一辈子恩情啊！价钱更不用说，往往是地上摆一个盘子，一袋烟工夫加一摞大洋！打宝材，不知成全了多少棺材铺生意呀！但是，人间也有多少意想不到的事发生啊，而这些事，往往都出在棺材铺各种奇异的习俗上。这天傍黑，乔家棺材店的大门刚刚关上，只听门“吱扭”一响又被推开了，走进一个人来，此人是骑着一匹马，还牵着一匹马来的。这种来请棺材匠上买卖的，都是急活儿。听院门响，乔老大赶紧提着灯笼走了出来。来者把牵马绳松开，从怀里掏出一封信，递给了乔掌柜。掌柜的打开信一看，原来是父亲从前的好友祖八爷请他们家人去打宝材。有一年，他们家十挂大车去京西八达岭拉原木，途中遇上土匪“山海好”，把五十匹马给卸下去了，要不是当地祖大人出面相帮，他乔家从此就得倾家荡产，他祖家对乔家是有恩之人哪。眼下，这祖大人派人来请他，他什么也不能说，必须得去。于是也不便问急到什么程度，进屋简单向家人、伙计们交代一番，抄起祖辈传下来的三尺杆子，往裤腰上一别，到院门口翻身上马，和来者直奔东北大道连夜就跑开了。可是他万万也想不到啊，就是这口棺材，造得他家破人亡啊！路上，恩人家人一五一十地讲了一个叫袁崇焕的人，又加了一句：“当今世上，我千选万选最后选中你来为此人做棺材，打寿木，因为别人做的棺木，无法盛殓他的英骨。你愿意吗？如果不愿意，我也不难为于你。”

棺材匠说：“大人哪，啥也别说了。其实这一路上，我听了你断断续续介绍袁大人的为人，特别是他为国为民的一生所为，我愿为他打宝材，我为他打宝材，那是俺们乔家的荣幸啊！”当年，这位登州府著名棺材匠乔家木铺打过多少棺木啊，也曾经被请去打过多少宝材呀，画过多少宝材，可是给袁崇焕这样被千刀万剐的人打宝材，他还是有生第一次啊！袁将军是为国捐躯，又被奸臣所害，到如今落在自己身上只是求画一副宝材，这可不行啊，不能光画，他一个世代做木活儿的手艺人，决心要为将军打一个套棺。

常言道，按三尺杆子说话，天下所有的棺木都是柳三、茬四、帮二七。柳，乃前后堵，三寸；茬，盖板，四寸；帮，为二点七寸，还要起鼓，起圆。起鼓，起圆，又称起鼓腔。腔，民间称为大五七，而现在，需要超越大五七。当腔起形后，就是五鼓、三圆了。五鼓，指外形鼓，三圆，指天和两帮，这才成样。但做棺木，讲究太多，说道太多，一般人操弄不得。首先要使好“前蹬”“后踹”。这前蹬，又称“前蹿”或“前钻”，是指人往前蹿动的意思。往往指棺材前边的尺码，也就是“天”，棺材天，往往又称大头；棺材，仿佛一个人耸耸肩，躺在那里，所以大头，为天；而后踹，是棺材尾的尺码，又称小头。所以打棺材，只要掌握前蹬后踹就可以了。但是，出外打宝材，特别是打套棺，而且是外套棺，你不能拎着前蹬后踹。所以，又是全靠三尺杆子。当下，他以三尺杆子量好了尺码，又指挥三个木工下料，他甩了小褂亲自上阵。第二日黎明，一口特等套棺打制完毕，接着开始在白茬棺木上漆彩画花。打宝材套棺和在画宝材时，袁将军后人文弼一直跪在乔师傅旁边，那既是对先人的祭奠也是对打宝材画宝材师傅的感恩。那时，袁家派出家人日夜烧火做饭，小打不停地端茶倒水地持护着。当年对于袁将军尸骨的收殓，一直是暗中秘行，所以外界一概不知。棺木连漆带画又进行了一天半，乔师傅才告辞祖大人恩人家，骑马返回了山东登州。可是，他万万没有想到，一场灭顶之灾在等着他和家人！

天上日转月走，人间古往今来，世上没有不透风的墙。就在第二年春天，一个盗墓人传出话，乔家给袁崇焕打套棺了，而他打制的套棺，不好打盖，于是这消息才在世间传出去了。同行是冤家，这话一点儿也不假。当年，山东民间传出乔家为袁大人打过宝材，这一下子威胁到家里的安宁啦。一是当年，请乔家出山的是袁崇焕的好友祖大寿，而袁大人在世时，祖大寿为营救袁督师东奔西走，得罪了许多当年忌妒袁崇焕的小人，如魏忠贤、毛文龙的家人，他们处处与祖大寿作对，专门找祖大寿的不是，于是便将为袁家打过宝材的人，画过宝材的人，也一样视为对手。毛文龙的手下人收买了山东巡抚，责令乔家离开山东，另寻生路，并且派人追杀乔家人众，使得乔家没有一日安宁。另一方面，地方上一些人认为乔家手艺出众，常来他家订活儿，这使得周边一些木铺、料铺，都对乔家忌妒起来。这一年，正是年三十，毛家兵放松了关口的把守，乔家人一看逃走的机会到了，于是在老爷子指挥下，家人三三五五地藏在自家的棺材里，暗中一口口地拉出屯子，躲过了毛家兵丁的耳目，这才到了海边，然后，家人纷纷跳出棺木，急忙上船逃难。可是，还是有几位亲人被毛家人发现，打死在棺木中了，从此每到年三十，乔家人必供三尺杆子。当年，乔八爷这股下关东，是带着药方和三尺杆子来的，果然这一路上全靠这手艺养活家小，只不过是对外，你有病，给你开药，你故去，给你打三尺杆子做棺木罢了。

开寿木铺，有两个特点，一是院落要大，二是西面门要靠着道。院大自不必说，要贮备木头。从前，大的寿木铺得贮备原木，那都是两米多粗的长白山、大小兴安岭的红松、白松、樟子松、黄波椤、水曲柳，或者铁黎木、大青杨，也有秋子和初榆，这主要是为了做精棺的三璜销子。大原木码在院子里，是为了给孝子买主们选木。许多时候，人不等老（死去），家人便早早备料子（棺木）了。这时，就要到寿木铺订件。订件者当然要选上等树木。但往往不是选当场破的树锯下的木板，因棺木板既讲究厚度，又要讲究干度，让你来选是为了让你看这料材是哪种木，是从哪棵树上下来的。

在大的非常讲究的木铺人家，你看吧，在众多的木匠中，有专门破棺木的小打，他们一上一下，站在大架子上，手使大枪锯（有三米五长，一头带横把，一头带盒把，上下拉，称为破木板）细心作业，木铺院子里，时时飘荡着大森林树木的清香。院子里，这边拉木、破木，那边要晒木。晒木，又分为平晒、垛晒、码晒、立晒，经过平晒、立晒后，必须还要垛晒、码晒。晒木有多种方式和手法，但都得达到实效。木铺晒木，特别是寿木店，非常讲究木料厚实，又得干爽，组合成料子、件子，不弯不瓢，不使假，不夹层，不贴皮，不走形。来者往往用拳头一敲棺木，便知真假，如果木头夹了层，以薄充厚，一敲便知。所以，不能光靠阳光晒干，还得风干，风干后的木板，无法夹层，人们信得实。风干，也称阴干，就得晾晒，这就是码晒，垛晒。在寿店木铺院子里，你会看到各种不同的木垛，十分伟岸，形制各异，千姿百态，有高，有矮，有长，有方，有多，有少，有前，有后，有左，有右……

其实，各种木垛，各有不同作用。此时，你别看这些木板是垛在那里，但它们照样是在接受阳光的照晒，只不过角度不同了，这就是掌柜的良苦用心。那些木料码成不同的垛形，主要是为了接受阳光照晒的不同角度，这说明，这些木料，面已晒好，现在该晒边，晒角，晒棱处的部位了。寿木的使用，非常讲究木板的边、角、棱的湿干度。干大了，易裂，缝中易起虫子，上粉易掉；湿了，入土易腐，不抗烂。所以，必须码垛，使其自然风干、阴干。为使木垛上的木板能自然走风，主人会在每层木板之间放置小木码（小木块儿），以起到隔离和通风均匀的作用，而且这种以垛来使风让木料干的手艺，是乔家几代人传下来的绝活儿，他们守住自己的规矩和绝活儿，绝不外传。而且，如何码放这些木板和木垛，还与时辰和季节有关。与季节有关自不用说，一年四季，春夏秋冬，垛形均有不同，这主要与木板层中的码块尺寸有关。乔家的垫木板码块，均有编号，又分大小、长短、方圆不等。又分冬码、夏码、秋码、春码，称为春夏秋冬四季码。四季码，以四种颜色标之。冬码为白色。白乃为亮，取年喜为腊，冬季的腊月是人间祭祀之季，取冬季大白而明的色泽，但冬季常有白雪溯风，所以以白标之。码为小号，以防藏雪。夏码为粉色。指夏季莲花盛开，人寿平顺，粉乃红色姊妹，以融合求存在，使湿度畅达。夏码为大号。因夏季湿度大，须让风在料板间能畅通而过。秋码为黄色。黄乃亮而白，取大地丰收之色，万物皆熟之意。秋码取中等块状，因秋风抽动迅速，天气渐渐地变凉，木易定型。春码为绿色。春来大地万物复苏，四方湿气回升，阳光日渐强烈，且百草吐芽，先是绿叶，之后红花，所以以绿为春也。码块取中等形，以除冬季冰雪，迎新春时日。除季节晒木文化外，乔家棺材铺晒晾木板也十分讲究时辰文化。有人不解，这晾木晒木还与时辰有关吗？其实在人类久远的生存岁月中，人所有的行为都来自于经验，是人对自然和生活观察的结果，长年积累的经验，渐渐地就变成了信仰，形成了文化。就拿棺材店晒晾木板要讲究时辰来说吧，那些开始做寿木的木料，干燥到什么程度才下料制作，是十分讲究的，因寿木，讲究的是平顺、安详、平静、沉静，不能使其出响动。而出响动，又是常有的事。因木料有干湿、胀缩，都可能发出响声。而寿木，不是别的物件，无论是空棺还是实棺（装上故者），都尽量去避免发出响动。特别是夜深人静之时，如果棺木或放置棺木房中突然发出“咔嚓”一声，人会惊着的。

于是，棺材铺里有一种习俗，只要夜里哪口棺材突然发出响动，掌柜的就会自言自语地说，它要走了。如果第二天，有人来买这口棺材，人们就渐渐形成一种错觉，迷信的人说，这是故去的人，自己来挑选寿木来了。其实，这完全是一种巧合。试想，人间哪一天、哪一刻没有生老病死？人世之间，黄泉路上无老少，所以巧合之事常常被人碰上；碰常了，就习惯化；习惯化，就信仰化，于是，一种说法便产生了。或者有一而再再而三的认同，于是就更加产生了联想。但是，做寿木的人家，就得避免这种事发生，注意木料在各个季节和时辰的状态。木头有状态吗？当然有。人世间的所有物质，都有自己的状态。

日本著名文化人类学家牧口常三郎说，其实世上的一切物体，都是有生命的，包括山川、石块、树木，更别说动物和鸟类了。但他同时对自己的观点又强调物质的规律性，而规律又是物质的自身属性。就如做寿木的木料来讲，如果它没有干透你就用它，它就会弯，如果它干得过了你再用它，它就会响。所以，木匠一定时时注意木料的干湿程度，当然也得关注时辰了。有一次，乔老爷子突然在夜里叫醒全家人："快！挪动房西那垛木头！"全家人二话不说，立刻动手。因为他们知道，夜深人静，黎明时分，天要下露水了，露水一打，木料变化，成棺后就会有响动，这样会吓着人的，这也属于干这行的讲究。为了使材料或做好的棺木不发出响动，你就得时时注意，包括季节和时辰变化对材料的影响。木铺院里，还要有烘干窖。乔家有一个大烘干窖，又称烘干炕。东北讲究火炕。所以乔家的设备很是齐全，而那烘干窖是为了让有急用的人家求寿木时马上烘干选好的木料，以让人家满意。

上面说到，开寿木铺人家的院门必须有一个对着西面大道的门，这是这一行的又一讲究。西，是指人要归去的方位；归西，就是人要去往西天。人故去称为出西门，过横道，人从此去，从此不再回来了。所以西道，乃为人送故去之人的方位道。这个木铺的规矩是，来拉寿木、料子的马车，一律不能进人家木铺的院，所以用棺人家进来选好后，交完钱，就要等在门外道上，木铺的木匠给你把棺推出来，然后在西道上装车，让你拉走。所以西门、西道，是木铺必备的环境条件和习俗讲究。

乔家的棺材手艺、人品，自从来到东北后，一下子就在东北平原，在松花江两岸传开了，再加上清乾隆年间，袁崇焕的冤案得以平反，乔家曾经为其制过套棺之事，也便成了一个奇功绝技，得到了同行和百姓的另眼相看，甚至这也成了乔家手艺的突出成果，被人传来传去。最后形成这样局面，凡是大户人家，特别是有头有脸的人家，老人老了，如果没用上乔家铺子的棺木，那儿女们就会后悔一辈子，亲属们也会埋怨一辈子。德惠万宝有个老欣家，这是个大户人家，哥四个，老爷子欣万山，七十四岁，身子倒也硬朗，爷爷欣虎那年九十八岁，身板不好，早已卧炕不起，等待后事了。老欣家办爷爷后事，那能差吗？欣家哥四个，分管着家里上千垧的地和德惠街里的街基、房产、买卖、作坊、字号。老大欣诚，管着家里的上千垧土地耕种，包括劳金，伙计们吃穿用度，欣诚娶菜园子董家屯秀芳为妻，其人贤惠，帮着料理家务；老二欣喜，掌管着城里街基买卖，也是勤勤恳恳地守着铺子，不让爹操心，他娶妻刘氏，是诸城子刘家的闺女，相帮丈夫守业；老三欣财，负责家里外头跑账，娶妻舒兰市沙河子老姜家丫头，名姜达莎，在家排行老大，此女从小娇生惯养，说话冒冒失失，人称姜大傻；老四欣发在德惠警察局谋事，娶妻黑龙江五常私塾徐先生丫头，小名桂英，教过书，有文化。这样人家老人的后事，能差吗？这天是五月节，几个儿子都回来了，饭后，老爹欣万山就把儿子们都叫到自己屋里来了。不用说，就是为了欣虎老人的后事。

欣家老大欣诚和老二欣喜，这天急急忙忙来到了朝阳山，远远的，就见木铺院子里，大道上，人来人往，繁忙无比。院子里，十几个伙计木匠正在破料，推木干活儿，院外大道上停着三四挂大车，红彤彤的大棺木正在装车上杠。院门口，一个中年人正接过赶车老板子递过来的一支烟卷点上，抽着。院子里的一张木凳上，半坐半躺地倚着一位老者，只见他，一绺雪白的山羊胡子飘在胸前，手里端的是水烟袋，正滋滋地吸着呢。

于是，哥俩进了院，扑通就给那叫二爷的老者跪下了，接着便咣咣地磕头，务必请老人出山，去给爷爷打这口三璜销子棺。那老爷子捋着山羊胡子笑了，连连地说，“起来，起来吧。”第二天一大早，爷爷乔景龙，领着当年刚刚十四岁的孙子乔玉惠，从八仙桌子上取下了三尺杆子，双手托着冲家谱拜了拜，口中念念有词。平时，乔家的这根三尺杆子是供摆在老谱下边的，旁边还有鲁班大师的像，木铺都供祖师爷鲁班，唯有他家还供这三尺杆子。祭祀完了，乔景龙将三尺杆子装入一条细长的蓝布袋子里，那蓝布袋子已十分陈旧，大绒质地，上绣着三朵兰花，一看就是件古物！乔景龙小心地将其收入夹袄里层，别在了腰上，然后吩咐孙子玉惠：“走……”

欣万山老爹欣虎死时，已是百岁之人了，在民间，那叫喜丧。欣家是出名的大户，必定要大办，停尸三七二十一天。乔师傅祖孙俩争取三天就攒好寿木，才能让人入棺。欣家儿女们现去宽城子冰窖拉来晶莹的洁冰，给老祖宗在排子两边镇上。欣万山知道请人家乔师傅多么不易，而且他听说为了这欣家的三璜销子棺，乔师傅家的两匹马都被胡子押在了绺子里，这让欣万山万分感激，他交代管家的老大，给乔师傅祖孙俩倒出一间最好的屋子住，一日三宴，要派专人给端送。那时节，老欣家的丧礼，全德惠地面都震动了。先是订了两伙喇叭班子，那是出名的四平山门镇的吕家班，还有榆树大坡镇的喷家班；后来朋友又送来了船厂覃家班和永吉的段家班；老扶余、宽城子、哈尔滨一带各大庙的和尚都请了过来，分类占班；老四德惠警察署也来了一批持枪荷弹的警察哥们儿；甚至梨树喇嘛甸子的二人转班子也上来了。这种丧事是喜丧，在乡下那是比过节都热闹。老百姓一年年的也看不上个什么热闹，眼前都把这老欣家喜丧当成大事，家家都来帮忙。各种人物，再加上劳忙的，帮办的，整条大街两侧的房子都倒出来腾给欣家用，停着棺木的大院两侧，现把院墙也扒了，变成通院，这两边全是饭桌子，后院搭了二十个炉灶，日夜炒菜，做饭，人们随到随吃。旁边几个厨子，不停地杀猪，宰羊，褪毛，洗肉。猪嚎，羊叫，兔子蹿来蹿去，一时间鸡飞狗跳墙，屯子里热闹无比……

随礼的乡亲们排成长队，从院里礼桌前一直排到大道外边左道口带拐弯处。交完礼金的人们，立马到左右饭桌子上吃饭。喇叭匠子随着道士、尼姑的道场变换曲调，道场停下，他们就吹《苏武牧羊》。在北方民间，《苏武牧羊》早已成为了百姓公认的流行歌曲，各个丧事当中，这是最动听的曲，人人都爱听，它已成了丧礼的代表作。最累的，要属欣家的哥四个和妯娌四个了，每天他们一对一对的，戴着孝帽，穿着孝裙，站成一排，不停地对木匠师傅、鼓乐班艺人、和尚，还有前来祭奠和随礼的乡亲们施礼回礼……

这种回礼，十分讲究，规俗苛刻而繁复。那阵子，人还在屋里的排子上，可院子里已摆上了灵案，上面是灵牌、供品，案桌前是烧纸的泥瓦盆。来祭奠的人，先要跪在案桌的前边磕四个头，这叫神三鬼四。过去人死了没抬出去时，为鬼；埋上后，就为神了！所以磕头要磕四个，但不能一下子磕完，每磕一个，在瓦盆里点三张纸，这时，你要等在一旁，要给人家亲人给你还礼的空儿。往往是这样，你磕一个头，点三张纸，作一下揖，然后恭恭敬敬地站起来，往后捎一步等。这时有人喊了，“还礼——！”这是体现民间的礼尚往来，中国的孝道、礼节，都体现出来了。然后你再二、三、四磕完，要一下下等人孝子还你礼，这也是给人家表示的机会，也说明你懂礼。如果你来了，一下子咣咣咣地磕完四个头，不给人家还礼的空当，这是你不懂事，不懂礼，那不行啊！而最讲究的，是三拜九叩。在中国民间，亲属，特别是老人老了，祭奠者必须行那三拜九叩礼。而且，送庙，送盘缠，送浆水，一天三遍，都要三拜九叩。守灵之人，一天三遍三拜九叩，一次是二十四拜，这一天得多少拜？还不包括还礼。所以，体格身板不行的人，这种礼仪真顶不下去，往往累得发昏，性格不好的，就会烦心四起，所以民间红白喜事，也往往最易起事、闹事、出事。

这三拜九叩，是讲究姿势的，如果拜好了，叩对了，那是十分优美、洒脱。首先，往下一跪，有个姿势。特别东北或京津旗人，他们往往穿的是旗袍，丧事，孝子们穿的都是整孝孝衫，披麻戴孝，孝衫孝袍也叫孝裙。来到灵案前，先是一捋袍，然后两腿一叉，再一抖袍，再往后撤一步，然后开磕。一次动作磕三个，三次动作磕九个，然后两手一拜，十分潇洒、漂亮、讲究，有学问，有尺度。

这时，家人喊：“点纸！”你要再点三张纸。然后，你要往后捎三步，然后再一叩首，再一搂袍（提袍），这才能站起来。

而自己家的葬礼，这时你给老人施完三拜九叩后，还要给来祭奠的客人回礼，还要给工匠、艺人、乐队回一个礼，每回一次，接着喊一声：

“点——纸——啦——”礼仪十分讲究。

死者是长辈，必须大礼相拜了。走一步，一提袍，来三个头，再起来，又三步，三个头，这时候，你要正好走到供桌前面才行，不远不近，不前不后，不左不右，其实，懂礼又有心计的人，早已用眼神“量”好了到达供桌前面的距离，迅速计算出是几步能到达那里。不然，计算不好的人，不是跪完了磕完了没到地方，就是没等三叩两拜就超过了供桌，或者正磕在灵案上，或是烧纸盆子上，那可就丢人现眼啦。如果你磕得很到位，人们就议论，这人是懂礼的。再者，也看出，来者和死者那不是一般关系，关系深浅，都在其中。

灵前最怕的是转桌拜。这种转桌，其实就是二十四拜的三拜九叩。因为一般人记不住二十四下，往往不是多，就是少。要想准，有心眼儿的人，精明的人，你得找人帮你数着点儿，所以，谁来拜，得有人帮你，配合你。“兄弟，咱们二十四拜，你查着点。”“好。”“千万提点儿醒！到你时，我也给你提点儿醒。”如果你给人拜了二十五拜，或者二十三拜，孝子就会揍你。因为人家给你数着呢，或者，看热闹的给你数着呢。所以，二十四拜，不会拜，你跑了行，千万别弄错。错了，就完了。姑爷到老丈人家，人家本来有矛盾，在于姐妹之间互相攀比，有的连桥更损，我就让你出丑，结果出大事了。自己的丈夫不如人，姑娘在一边嗷嗷号上了，谁的脸？谁的底？老人的脸，姑爷的底，这些都是传统文化的乡土的礼呀。欣家的四个儿子，四个媳妇，这时已成了众目睽睽的观赏对象了。每时每刻，他们要转桌，行三拜九叩礼，这阵子，热闹可就来了……

想当年，欣家这样的大户，那转桌，三拜九叩，是样样都该会的，老大欣诚两口子，老二欣喜两口子，老三和老四，一对对地过。这些程序，先男后女。那天转桌，老大老二老四，都转得挺准，轮到老三欣财可就热闹了，可能这时他有点儿心里发慌还是记不准，就见他三拜九叩好像是拜了两拜半，还没等跪下磕头人已到了桌子角，只听“咣当”一声，他的头正好碰在灵桌案子上，把上边的供品震得米翻果滚……

他捂着磕红了的额头时，看热闹的人众早哈哈地嘲笑起来：

“这老三咋这么笨！”

“是呀！把供桌子差点掀啦！”

“这都是没教养！”

“平常不学无术啊！”

说啥的都有。

接着轮到了老三媳妇。

再看这个娘们儿，当年她本来个子长得有些高大，人也壮实，孝衫裹不住上边的奶子，大屁股鼓圆了，使得孝衫掀掀着，好像燕尾服！

只见她扭扭搭搭地走向灵案，费劲巴嚓地刚刚磕了两个头，也不知道是拜了几拜，眼前已经来到了烧纸的瓦盆子前，只听“哗啦”一声，她被逼步数不够，只得从烧纸的瓦盆子上迈过去才行，谁知刚一抬脚，还没等迈过去，脚却踩到了瓦盆子上，只听“啪嚓”一声，烧纸的瓦盆子扣了过来……

“哈哈哈……”

“瞧，这姜大傻！”

“笨的，不如一头猪！”

“这种女人，白给都不能要！”

“就得打！三天不打，准是上房揭瓦的货！”

走道的腿，老百姓的嘴，更有一帮看热闹的小孩，不怕事大，他们一齐喊号：“下去吧！下去吧！”

这一下子，把个老三媳妇姜达莎羞的，恨不得有个地缝也钻进去！

这时，轮到四儿媳——来自松花江东舒兰城里读书人家的闺女徐桂英啦。老四家里的那年也就二十二三岁，个头儿不高不矮，不胖不瘦，孝帽之下，一张俊俏的脸，小嘴不用笑那俩小酒窝就露出来了，特别是人家穿的那孝裙，正好裹住鼓鼓的胸脯，圆圆的屁股蛋儿也衬托得清清楚楚，均均匀匀往前一迈步，哎呀，好看死了！

人家徐桂英的三拜九叩，一走一撩裙，一拜一提衫，优美绝伦，好像艺伎名媛走台，把大伙看得直眼啦！场子上静静的，连打家伙的都忘了敲锣，吹喇叭的忘了吮哨子，打鼓的忘了击鼓，一时间，场子静默悄悄的，人们都忘了议论啦……

桂英这才感到人们在看她。当拜完最后一个礼，她迈着轻盈的碎步，新孝衫唰唰有节奏地响着，快步走向自己得意扬扬的丈夫老四欣发跟前，低着羞得通红的小脸一头扎进了丈夫的怀里……

这时，议论和叫好才响起来了。

首先是从城里来的欣发的那些警察哥们儿，“嗬！嫂子行啊！她今儿个是打了样啦！”

“弟妹可真了不起！谁也整不准，可她，不卑不亢！”

“没看够啊。”

“哈哈，这样标致的美人走场子，谁能够啊！不像老三家那个笨蛋！让人呕吐，恶心死……”

孩子们更起哄：“再来一个！再来一个！”

甚至还传来“哗哗”的掌声。看热闹的，谁怕事大呀？

突然，就听嗷的一声号叫，大伙一看，原来是老三媳妇姜大傻抽风了！背过气去了……

这天晚上，两口子闹起来了。晚上一回屋，先是老婆姜大傻对丈夫欣财说：“明儿个我不去了！”

欣财说：“你敢！”

老婆说：“他们都说我。她们得瑟，却没人说。你看那老四，那屁股扭的，恨不得脱下让人看！”

欣财说：“你也有哇。你咋扭不好呢？”

老婆说："你好！你好你头磕在供桌角子上！你还说我呢。"

欣财说："你好！你好你磕头把那烧纸盆子踢扣过来了！"

二人是越说越来气，竟然噼哧啪嚓地扭打在一起了，锅碗瓢盆扔了一地。

打累了，丈夫欣财说："别打了，咱俩是两个屌熬汤一个味儿，谁也别说谁。"

老婆数叨："我不和你一个味儿。你瞅瞅你在家里这地位，人家老大管地，老二管买卖，老四管外交，有实权，再看看你，你整天四外跑着要小钱，老爷子丧事各股平均摊派就不合理，咱们凭啥和他们一样拿？"

"别说啦！别说啦！"老三欣财喝住了老婆姜大傻。

这姜大傻唠唠叨叨，两口子一宿没合眼。心里憋屈，老婆说的埋怨话，在心里发了酵。早上饭后要来当天的头一轮祭拜，老三欣财默默地喝了许多酒。

今天是最后一天打棺了。下晌，就可以铺棺底，抬亡人，上盖，下销子。一早上，乔景龙领着孙子在棺木前后查看木活儿，正好三尺杆子放在下屋没带出来，乔景龙回屋去取三尺杆子，这时，出事了！

当时，乔玉惠正低头查看棺帮，老三欣财走了过来。

欣财质问对方："小子，这是你做的棺材？"

乔玉惠不知怎么回事，说道："是呀。"

欣财说："你做的这是什么棺材？够尺寸吗？"

玉惠说："尺寸？够哇。"

欣财说："够个屁！我爷爷个头儿高，装不下！"

"装下了！"

"装不下！"

二人在棺材前争吵起来。

突然，欣财举手就给了乔玉惠一个脖拐，这欣财借着酒劲儿想，大伙都说他无能，现在治治棺材匠，能赖就赖点儿钱，各家能少摊点儿份子钱，显显自已的能耐。当时一下子把乔玉惠抽了个嘴啃地，嘴角淌出血来了……

这一下子，乔玉惠可就火了。只见他从地上爬起来，抹了一把嘴丫子上的血沫子，顺手就操起了木匠斧子。木匠的斧子，瓦匠的刀，那都是得心应手的家伙，而乔家的家什，那是祖传的家什，而且，乔玉惠的斧子，昨晚上刚刚磨完，亮刃闪着寒光，这一下子，可把欣财酒吓醒了一半，他撒腿就跑，乔玉惠提着斧子可院子追！

院里立刻乱了套。

“不好啦！杀人啦！”

“来人哪！”

“出事啦！”

人们四处逃散，院子里乱成一团，有警察“咣咣”地朝天放开了枪！

慌乱中，欣家老三让猪槽子绊了个跟头，乔玉惠正好一步赶上来，上去揪住他的孝衫，举斧就砍！

“住手！”

只听一声厉喝，原来是乔景龙赶来了。乔景龙一把夺下孙子手中的利斧，扔在了地上，又上去一把揪起吓得蹲在地上直打哆嗦的欣家老三欣财，然后把他拖到棺材前。

乔景龙厉声问道：“你爷爷多高？”

“他……”

“他有没有我这么高？”

“有！有！”

“好！你看着……”

木匠乔景龙说完，一个高蹦起来，“咕咚”一声，跳进了棺材里。众人全愣了！院子里鸦雀无声了！

这时，只听乔景龙在棺材里面喊："都来看！都来瞧！够不够尺寸？"

于是，众人呼啦一下子围了上来，大伙一边看，一边瞧，一边发狂地议论起来了。

"这成啥事啦！"

"看把人家木匠逼的！"

"这哪是老欣家人处的事！"

"这棺材里头多宽绰，别说一个，你老欣家再来两个，也装下啦！"

就在这时，只听"妈呀"一声苦叫，又听"咕咚"一声，原来是一大早出去查看土地庙的老爹欣万山回来了，他一看家里发生了这等事，就手持二尺钩子，一下子把三儿子欣财给打倒在地，又踏上一只脚。然后，他带领全家老小，齐刷刷地跪倒在棺木前，说："乔师傅哇，老兄弟哇，都是俺教子无方啊，俺养下了这等孽种。看在我的面上，您出来吧……"说着，已是老泪纵横。

那时节，乔景龙和欣万山都是七十八岁，乔景龙比欣万山小几个月，论礼乔景龙得管人家欣万山叫哥哥。此时此刻，乔景龙在棺材里打了个唉声，坐起来了。接着，乔景龙从棺材里站起来，乔玉惠还有几个小打，立刻上去，把老木匠从棺材里扶了出来。

出了棺材的头一步，乔景龙上前去扶起跪在地上的欣万山。

乔景龙说："老哥哥，哪行这样，你快起来。你是我哥哥呀！"

就在这时，突然，从外面驶来了一匹快马，进了院子，一个人从马上跳了下来。乔玉惠一看是自家木铺的小打，急忙迎了过去。原来，这正是家里人来报信的。听完来者叙述，乔玉惠慌忙奔到乔景龙面前说："爷，咱们快走吧！家里出事啦，土匪九枪八把咱家盯上了，已下话，你再不去见他，就攻打咱家的窑！"一听说乔师傅要走，这欣万山更慌了，急了，他率领家人在地上连连磕头作揖，说："乔兄弟，好兄弟，你万万不能走哇！是我那不懂事的孽种气着你了，你可得多包涵哪！”

玉惠气呼呼地在一旁说：“这事咋包涵？”

欣万山继续求乔景龙，说：“老兄弟，你吃的盐比我吃的米多，你走过的桥比我走过的路都多……”

玉惠说：“没那么多。”

欣万山继续说：“无论如何，我父亲这三璜销子棺得给俺上销子啊！”

此时，乔景龙再次上去扶他。

欣万山说：“你不答应，我不会起来！”

于是，乔景龙说：“好好好，我答应你，我答应你。起来吧！”

谁知，这时乔玉惠的犟脾气上来了，他说：“好！那你在这儿，我走。家里都让土匪包围了，你还在这儿管这些没良心的人的闲事，我走！”

乔景龙就劝孙子说：“孩子，莫说这话。想想人生，哪有十全十美的事，十事往往也会有九不周呢！再说，他家办事，忙乱中出点儿岔头，也是正常。”

“嗐！你还为人家着想呢！”

乔玉惠还是想不通。可是，乔景龙已扶起了欣万山，欣家开始了重新祭礼。

下一步，就是将人入棺，然后封盖上销子了。

人入棺是大礼，欣家上百号老老幼幼，男男女女，全跪倒在地上，有仪事官抬着老爷子的遗体从屋里走出来，在红布的遮挡下，慢慢向棺木移动。在诵经声中，老爷子的尸身慢慢放入棺内。

这时，棺盖扣上了。接着，要上销子啦！

棺材匠一生的荣耀，就在这一刻。

上销要上三璜销，这是乔家多少辈子的拿手好活儿。当年，只有老爷子乔景龙会，平时干活儿，到上销子的关键处，把头将小打们都赶走了。现在，他也让欣家人都靠后，只把孙子玉惠唤上前来。

其实，三璜销子全在销木的销法和销艺上。销木，必须是初榆或秋子，这种木质具备销子力。销子力，寸木顶千钧，那是棺材匠的发明。技术上，关键是上销卡和最后的杀扣。在做棺木之时，在盖的三处点上，早已暗暗地留出了销子卡孔，别人不知，只有棺材匠知道。俗话说，做三璜销子棺，得拿出过日子的心。真心对木销，苦苦思索销，一销一寸艺，万古不重拼。然后，才是下销。下销时，人用舌头先舔舔销卡尖板，看湿度上到哪儿啦……

仿佛是大海的潮汐，流入茫茫的海堰，没有尽头，棺材匠的销子艺，也是寻不到头啊。这又是判断销子的松紧的一种绝技。其实，一千回下三璜销子，一千个不一样。下好一斧子杀扣下去，从此任人不知是什么样，连棺材匠师傅手艺人自己也永远不知道了……

天，一明一暗，一黑一白，记载了多少岁月的过往。谁也不清楚，不知道，也不需要清楚，不需要知道，也不让你知道。这种棺木，乔家不轻易出手，也不是给什么人家都打制。平时在店里，都是一般的棺木，是因为一般的人家就要一般的棺木，他们老人也不用三璜销子棺，这种棺太显眼，太招人惦记。主要是一些盗墓者认为，你不是弄三璜销子棺吗，你一定是有货藏在里边，于是想着法子要去给你打开。这就有如越是大户人家越修建起高高的院墙，院墙上还要起炮台一样，三璜销子棺等于告诉人们，我是大户人家。所以，棺材铺掌柜的也要小心，不然，他的手艺也成了心病，那就好比民间常说的那句话，不怕贼来偷，就怕贼惦记，打了三璜销子棺，就等于在世上留下一份操心事。如果一旦传出，某某木铺打的三璜销子棺被某某人打开了，他的名声也就完了。而如果打不开，盗墓的又会恨这木铺的，他是怎么弄的呢？其实盗墓的总想知道棺材匠的手艺，可是，棺材匠却是远远地躲着他们。

那时，德惠地面，土地价码大涨。一些以中东铁路为依托，以商贸为中介的机构，纷纷在德惠找落脚之地，北从满洲里、扎兰屯、成吉思汗、卧牛屯、伊尔施、富拉尔基、哈尔滨，南从四平、长春、陶赖昭，东从延吉、敦化、吉林、永吉来的买卖、店铺，纷纷在德惠买地号，开作坊，建钱庄，开当铺，一时间，这里成了中东铁路上的热码头。

当年，沙俄为了修这中东铁路，设立了沙俄道胜银行，而日本人为了排挤俄国人，设立了正金银行，两行相斗，纷纷收买中国工人修铁路，俗称“吃路饭”的。筑路工人的工饷开始由俄国道胜银行付。等到日俄战争后转由日本正金银行付。可是，日本人耍开了花招，他们推说俄国欠款，还要由道胜银行付，可十月革命后，俄国国内爆发战争，这些人早撤了。日本人不给钱，使得大批吃路饭的人四处讨路款，却没有着落，日本人一看有机可乘，便先期从国内移民，称为开拓团，大批人从日本本土来到东北，从失业的农民手中廉价买地，圈地，他们表面上种地，借中国北方世事混乱之机，大肆巧买强占土地，变相救济失业路工，有的破产的修路工人不得不以债务和土地做抵押，去给开拓团打工，结果从此成了日本人的奴隶。接着，日本人在德惠成立了德惠铁道株式会社，专门处理各种事情。

这种株式会社究竟是干什么的，谁也说不清。你想想，一个把“铁道”都变成“会社”的机构，他们究竟干什么，谁也说不定、说不准。德惠铁道株式会社日本总裁叫昭三木四，这一天，他派人给乔家木铺送了个照会。他拿出一张纸，指点着说：“你们的木场子，已被株式会社收购。可是，由于你们长期未来办手续，如今，你们乔家木铺已经欠了我们的款，最好老老实实给我一口棺材。”

乔老爷子一边听儿子讲完过程，一边在地上踱着步，他不断地捻着和爷爷、父亲一样的山羊胡子在沉思，他在想什么呢？其实，他是在想着祖上的家事。是啊，他们老乔家，一个做棺材的，怕过谁呀？别说你一个日本人，你要一口破棺材有啥了不起？当年我乔家啥样棺材没做过？袁崇焕的套棺，寿山将军的三璜销子棺……你这被中国人打死的家伙我应该给你一口什么棺，也早该定下来了，这是有定数的，好！

当下，老爷子对儿子说：“孩子，别哭。这棺，咱们给他小日本子做，就做一口磨查棺！”

二爷突然从炕上坐起来问：“磨查棺？”

老爷子说：“对。”

二爷说：“我咋没听说过？”

老爷子捋着山羊胡子，冷笑了两声。

夜，深下来了。四野一片寂静，只有几只蛐蛐在棺材铺仓子的墙缝里吱吱吱地叫。老爹叫醒了儿子，领他来到了棺材板房里。儿子知道，老爹要给他讲他家关于棺材的奇异故事了。

其实，棺材是有故事的。这都因为，棺材本身就是故事。它不光是“六块板，安得好，一头大来一头小，装上死人跑不了”。它的做法，千奇百怪，这全看做棺材手艺人的技巧，当然，更有爱恨。是啊，棺材盛装的，其实是人间的爱恨，恩恩怨怨，那是活着的人对里边的人永远的挂牵。

棺材看似装死人，其实它是活的，它是有生命的。世界上的任何物质，其实都是有生命的。自然界中的山、水、石头、树木、花草、昆虫，哪个是没生命的？更何况其他物件，只要是“物”，它已经带上了生命的基因，是人的生命和情感给予了它一个独特的存在，由于人的精神和意念的存在，不要单纯地把其看作是一个固态的东西或物件了。

突然，只见老爹掏出三尺杆子，一下子向空中抛去，然后大喊一声：“儿子，你看着……”骤然间，只见老爹一伸手接住空中落下的三尺杆子，然后一个骑马蹲裆式，将三尺杆子立在鞋尖上。老爷子山羊胡子一下子撅了起来，他支起右腿，脚尖驮着三尺杆子，嘴里发出嘿嘿嘿的叫声，在地上转起圈来！而且，儿子惊奇地发现，爹的鞋跟在地面上已转出了层层火星子，可爹脚上的三尺杆子却直直立着，不倒！突然，老爹一脚把三尺杆子踢起，那三尺杆子在空中打了个花儿，一翻身向下跌来，只见老爹扑通一下跪倒在地，稳稳地接住了三尺杆子，抱在了怀里……

接着，老爹双手合十，并把三尺杆子托在两个大拇指上。

原来，这“磨查棺”，实乃“魔茬棺”，顾名思义，是指这种棺不消停、不安静、不稳当，总有动静。想一想，别说是棺材，就是人们住的房子，坐的凳子，不管人住不住，坐不坐，它总出声，这会使人多么心惊。好好的物件，总出声，这是它在说话，而且，往往还会发出种种奇怪之声，有的像乌鸦叫，有的像女人哭，有时像吹哨，有时像人叫，这如果是一般的物件也便罢了，可如果是棺材，想想又会是怎样。

从前，民间有句俗话，宁得罪亲兄弟，也不得罪卖艺的。这卖艺的，多指手艺人，他们一生一世靠一种手艺吃饭，不容易，你如果看不起他们，比骂他们祖宗还难受，你瞧不起我，我也瞧不起你，没别的办法，只好以自己的技术治治你！怎么个治法？就比如木匠吧，有的大户人家，看不起干活儿的小木匠，有时饭不但不及时，还不给吃饱。可不吃饱了能干动活儿吗？好吧，你治我，我也治你。据说木匠给这样的人家盖房子上门窗时，往往在门和窗子的轴窝里装上了销弦。那种销弦也怪，平常看不出一点儿毛病，可是一到夜深人静，或刮风下雨天，它们就不消停了。一来二去的，主人家就懂了，这是没招待好木匠。邻居们也会嘲笑这家，省吧省吧，这叫省着省着，窟窿等着。于是，这家人家便会主动再把师傅请回来，真心实意地赔赔不是，说说好话，好好地招待一下，师傅也许会给你动动手，回回炉。其实，不过就是在轴窝里把销子一动，就啥毛病也没有了。而一般的情况下，木匠师傅也不会下这个茬。得把人气到什么程度，木匠才下手啊。而这魔茬棺，要在“茬”口处选阴沉木料，一般是水干木，它会随时而变动，接着，就是让棺木上的几个关键茬口，总也对不上，所以，它就会主动出声。高手棺材匠，他能分析棺木在什么地方，什么季节，什么时辰，发出不同的响声……

如果家离坟墓五里远，十里远，他会让棺木在这些里数中磨（魔）出茬来；而有的，他会让棺木在早晚、凌晨、黄昏时发出不同声音，叫人，特别是叫你的小名……

三呀，六哇，老五子，小五子，桂花，三妈，二姨，三舅！

你说吓人不吓人！

更有的，还会发出哭声和笑声，而且是那种呵呵的女子声！又会召唤，叨咕老人名，或祖先的名讳，真是让人无法想象。而这些技法技巧，平时木匠是不用的，木匠本人称：用不起。所以，这门绝技，几近失传。在乔家也是单传，也是只有老爷子记在心，别人全不知。

当年，日本人实行的都是火葬，可偏偏昭三木四觉得哥哥是死在中国，应该给他一个中日合璧的葬法，即哥哥的遗体火化后，先装在一个骨灰匣里，然后外边再套上乔家给打的半大精木棺，运往新京的南岭靖国神社供奉，因哥哥是属于护卫中东铁路而死，那是英雄，所以，当他亲眼看见乔家给他哥哥打好了精棺细材的棺木，拉走了，这才放心。那时，昭三木四这小子也有心眼儿，他曾经怀疑过乔家会在这棺木上做什么手脚，可是他派人日夜监督干活儿的木匠，没发现什么不对的地方，而且做好后，也挑不出什么毛病，这才将哥哥的骨灰匣子装进去，拉往新京了。

听说昭三木四后来疯了，被人领回日本山梨县老家去了。有人说他疯得奇异。其实他疯，与他去新京靖国神社祭奠他哥哥有关。有一回，新京靖国神社的守庙和尚通知他，你快点来吧，你哥哥天天喊你，叫你！他本来就疑神疑鬼，哥哥死了，怎么还会叫他？他不信，急忙去了。为了打听清楚，他到了守庙堂的大和尚那里，先没有进社。大和尚是一个老和尚，也是山梨县人，同乡嘛，所以劝他，头一天晚上无论如何先别进去，先别进去呀，先听听事情的来历。昭三木四同意了。他就住在大和尚的房间里。这个房间的西窗正对着供奉着他哥哥和许多骨灰的殿堂。

晚上，昭三木四根本睡不实。

他问老和尚：“哥哥真的叫我了？”

老和尚说：“真的。”

“你听到过？”

“听到过。”

“怎样的声音？”

“嗡真！嗡真……”老和尚学得很恐怖。

昭三木四惊得睁大了眼睛。他想，这是真的，绝对是真的。

他告诉老和尚，他在山梨县小时的小名叫“望子”，是取中国的民俗，望子成龙，所以，哥哥是在叫他。嗡真嗡真，真的是在叫他。老和尚又告诉他，你哥哥叫完你的名，就哭。

“还哭？”昭三木四简直不敢相信自己的耳朵，可老和尚肯定地点点头。

“他是如何哭的呢？”

“哎呀哎呀的，有固定的时辰。”

“时辰？”

“对。很准时。”

“何时？”

“半夜，子时与午时交错时。”

“你没有记错吧？”

“不会的，我是用明治维新时唐人的滴漏法计时，再与现代钟表交替验证，完完全全的准确……”昭三木四不再问了，他躺下睡觉了。他睡了吗？其实根本睡不着。后半夜，他发现老和尚睡了，于是蹑手蹑脚地下了床，他出了庙屋，直奔殿堂走去了。那里，四处阴阴森森，沉沉默默，他径直奔二四三号祭格走去，这是放着哥哥棺木的地方，他越走越快，而且，仿佛听到了大和尚告诉他的哥哥叫他的声音，他于是答应着，并连连应道："我来了！哥哥！我来了！"可是，当他走到哥哥的祭格前，他愣住了，那里空空如也，什么也没有，不见了哥哥的骨灰盒与棺材。他惊呆了，于是，在靖堂里大喊大叫，又哭，又笑，守庙的和尚以为闹鬼了，二和尚他们端着铁锹冲了过来，一看是他。

见了二和尚，昭三木四打听哥哥的棺木。

二和尚说："棺木叫我扔了！灰，让我撒了……"

"为什么！你为什么这么做？"昭三木四狂跳起来。

二和尚说："谁让它总叫，总说话！影响大家，影响别人！它是个不老实的家伙。这个鬼东西，还是请它远点儿去吧！去吧！"昭三木四从新京靖国神社回来后就疯了。后来，他在宪兵队的那个弟弟，把他领回了山梨县。从那时起，这个德惠铁道株式会社就变成了一个粮栈，人们再也不愿意到那里去了。

科尔沁平原，冬季，风雪日夜吹刮。那种风，往往是打着呼哨，日夜在空旷的原野上响着，卷起茫茫的雪末子，时而扬向空中，时而又停下来，仿佛一个老人，不停地奔走，现在累了，停下来歇一会儿，喘息一下。风雪喘息的空当，四野静悄悄，静得有些怕人。生活和自然，有时过于寂静，人会有一种失落，可是，失落了什么呢？人又说不清，也真说不清，也没必要去说清，也不会说清，于是人已习惯于等待了。沉静，沉默，也就是一袋烟的工夫，风雪又起了。或许是那奔走的老汉又要启程了，于是，风，卷着雪，打着呼哨，又从远方传来了，先是很小，仿佛很远，一点点来了，来到近前啦，那北荒上的老风，发出粗糙和沙哑的声音，把大雪猛猛地抛向天空，再狠狠地砸向人间，狂风再把雪堆刮走，它要掀开大地上一切遮盖着的地方看看，它仿佛丢了东西，它要找东西，它究竟丢了什么，它要找什么？没有生命知道风雪的意图，它狂暴地捉弄着原野。这时，乔家老人起来了，他喊家人，快起来，到院子里去，压好被风雪掀起的席子，保护好棺材，还有板料，别受潮，别让风雪埋上。

那样的夜里，科尔沁荒野沸腾着，人影晃动着，风雪掀起的席片子拍打着棺材，发出空空咚咚的响声，雪末子渐渐地把一切都掩埋了，连同岁月和光阴。记忆只是一个跳动的音符，有时人刻意去连接它却很艰难，这是因为人和自然很易受忽略，忽略是自然中很容易成立的细节，于是许多时候这是生存的特征，我是在讲一个往往被忽略的故事，是告诉生活不要总忽略……

光阴就这样过着，挨着，一晃，几百年已过，时序已来到近期，那时，从事这种手艺的第六代传人洪学已娶妻生子了。妻子月兰比丈夫大两岁，东北民间说“女大一，不是妻，女大三，抱金砖”，却没说女大二怎样怎样。在这个家，她过了门便掌管老老少少的生活，起早贪黑，抱柴烧火，挑水做饭，扫掸棺材上的灰土……

开始，她不敢上房山北取柴，那儿靠着仓房。她知道那里有一口又一口做好的棺材，她极力让自己别怕，那是丈夫的手艺，都已经与他在一起生活了，还怕它吗？可是，这样想是想，心里还是有时出现不可控制的恐惧，不是总出现，是有的时候，什么时候，她也说不清，如天没亮，如天黑后，如她一个人在天亮前或天黑后出屋倒水抱柴。开始若忘了备足早起烧火做饭的柴，她就会不好意思地对丈夫说：“我说，你去外头，给俺取点柴火来呗……”

丈夫从来都是二话不说，立刻答应一声上院子里把柴取回来。直到月兰已成了两个儿的母亲了，还在不停地思虑让不让儿子接丈夫的手艺？生活中，她已断断续续地听了丈夫讲给她的乔家多少辈子的传奇，袁崇焕的套棺，寿山将军的三璜销子棺，日本人的磨查棺，还有各种各样的关于乔家与棺材，棺材与乔家的种种事项，可是到头来让不让自己的后代去选择这门手艺，她仍然在犹豫中。

乔家做木棺手艺是在家艺。在家，是指祖传手艺，自己家里的事，不收徒，特别是不收外徒。只在自己家或有族人血缘关系的亲人之中选徒，平时干活儿，可以收一些手工徒，主要是干粗活儿。木活儿，主要木活儿的关键部分，师傅是不让外人看的。可是随着儿子一天天大了，老爹的心，却一点点冷了。

一天，大儿子乔顺从外面回来，啪嚓一声，把一个杯子摔了，说："爹！我要搬出去！"

爹："你敢！"

儿子："我就搬！"

月兰说："顺哪，和你爹好好说话。"

爹打一个唉声，坐下了。爹知道儿子要搬出去过的原因。儿子在不久前处了个对象，女方是城里姑娘，一听说男方家里是干这一行的死活不同意。那一阵子，月兰在夜里也曾和丈夫商量，现在孩子们一点点地大了，也该到接你班的时候了，可是他们不接，你能让他们硬接?

丈夫明确表态，不接也得给俺接。平时要钱可来劲了，今儿个爹爹，明儿个妈妈，花多少，光知冲家里要，一提接手艺就躲。可是，无论是当爹的还是当妈的心里也在愁，儿女们就是不接你这种手艺，你又该咋个办呢?

他不是不知道自己的身份地位。多少回了，上人家去上买卖，吃饭的时候，人家别的手艺人都在上桌，唯有干他们这手艺的，给安排在仓房里，还有很多场合，人家别的手艺人也不愿挨着他们吃饭唠嗑，这种时候，你就得学会主动躲。往哪儿躲？常常是房山头，院门外。而且有的时候，你不能等主人或一块儿干活儿的工匠、工友撵你，你要早点儿躲开，自己端起碗主动到外边或到房山头吃去。

他记得有一回，他和爹一块儿到一个大户给人家打宝材，这户人家在给工匠们上饭时上的竟然是凉窝头，他当时就火了，想把饭桌子掀了，却让爹给劝住了，他记得爹当时说了一句话："儿呀，人家办事忙，十事九不周，咱别挑，将就将就吧！”他从此知道了，干这一行的原来有这样的命运。

可是，他不能不担心，这手艺咋往下传呢？

如果儿女们坚决不接他的活儿，难道这个手艺到他这辈子就从此断了？

一个冬季的早上，乔洪学出屋到院门口去倒柴灰，刚一开门，一下子差点儿让什么东西给绊倒，他弯下腰一看，原来是个人！他摸了摸胸口，还有一口气，于是叨咕着说道，在这儿睡觉，岂不是一会儿就冻死了？赶紧把他扶到儿子住的屋里，正好儿子们都到城里打工去了，这屋也空着，炕也空着，屋空不怕人来住啊。月兰给他烧开水喝，洪学给他以白酒搓身子，他渐渐地醒来了……

他一醒来，翻身坐起就给二人磕头，感谢二人的救命之恩，接下来这才说起自个儿的不幸。原来，这人姓刘，叫丙麟，今年三十六了，他自称老家山东，哥四个，姐三个，可由于家门不幸，爹娘先后过世，加上大旱，他只好离家外出打工。听爹娘在世时说东北有个叫大榆树的地方，尽是一些山东人，他有一个二大爷叫刘祖云，叫他去投奔，可他找了好多年也没找着这个叫大榆树的地儿，找见了好几个刘祖云也不是他二大爷，结果走迷了路，要不是如今遇上好心人相救，他就被冻死了！说完，又连连磕头，感谢二人的救命之恩。

木铺两口子哪受得了这等尊重，急忙上前扶起他说道，唉，您别这样，谁能见死不救啊！我家房子有的是，稀粥烂饭也够你吃的，你要不嫌，就先住下来，等待来年春天，天暖和了，你再去找你亲戚。那个过路人一听，千恩万谢，又跪下谢恩。当下，两口子决定让这个苦命人先住在儿子房里，等过年儿子回来再说。

可刘丙麟这小伙子很懂事，他提出就住在仓房旁边的一间空房子里，一来是两个弟弟（指乔家的两儿子，因论年岁比他小几岁）只是在外打工或工作，年节人家还要回来，二是那棺材库房旁放工具的小屋空着也是空着，住上人就更能看管、照料，于是掌柜的也就同意了。

可是掌柜的还是说："丙麟哪，那就难为你自个儿收拾一下吧。"

刘丙麟说："好说，好说。"

几天之后，刘丙麟就把紧挨着棺材仓房的那间小屋收拾得利利索索，而且还盘上了一面小火炕，点上火炉，小屋子里热乎乎的，各种工具摆得有条不紊，就连掌柜的也想到这儿来坐坐，唠唠嗑儿。

而且，刘丙麟有浑身的力气，是一个闲不住的人。本来，棺材铺人家院里院外都是木头，平时显得乱七八糟，可自从他来了之后，起早贪黑地干活儿，把里里外外都给收拾好了，他有时把棺材上的灰土也扫去，擦得干干净净，掌柜的也觉得脸上有光了。

太阳，每日从东升起又从西落下，这是大自然的规律，难道，太阳从西边升起，又从东边落下了？自从刘丙麟来到后，乔家的面貌一下子变了。他不但把院里院外的作坊、仓房收拾打扫得干干净净，而且想得也格外周到，每天他都把家里的水缸挑满水，给女主人月兰备好柴，而且一些季节性的招收小打、小工来搬木、垛木的活计，掌柜的和刘丙麟二人竟然就干完了，连招工费都省了。刘丙麟来后，乔家的两个儿子回来过几回，他们也很喜欢这个刘哥，而且哥仨很处得来，刘哥手巧，总是能给两个弟弟做出烟口袋、钥匙链，两个弟弟每次回来也都给刘哥带上一些物品，三个人处得简直就是一个人。每次哥俩离开家时，刘丙麟都会安慰他们，兄弟你们放心，家里老人我照顾着，哥俩也说，刘哥你费心了，我们在外干活儿，这个家和老人，就全靠你了。这一切，掌柜的看在眼里，喜在心头。

这天晚上，丈夫对妻子说："我说屋里的，你看丙麟这孩子怎么样？我真想留下他……"

妻子说："其实，我早想和你说。可是，就怕人家不干哪！再说，人家浑身是力气，在哪儿不能找口饭吃呀，非得在你这儿打转转？”

丈夫说：“让我想想，找个机会和他交交底，看看他到底是什么意思。”

妻子月兰也说：“行啊！不能总让人家不明不白地给咱家白干活儿，这不是剥削人吗？”

“唉，如果咱有这么一个儿子，该多好啊！”

“唉！就怕咱没这个命啊。”思来想去，那一夜，二人都没睡好。

这一天，眼看着冬季已过，天已转暖了，妻子月兰出去抱柴火，就见刘丙麟在收拾东西，捆行李，打包裹。

月兰感到奇怪，就问：“丙麟哪，你这是……”

刘丙麟说：“恩人哪，不瞒你们说，我得走了。虽然你们待我好，可这终究不是我的家呀！再说，我也不能让你们养活我一辈子，终究我得出去学点儿手艺，也好成家立业，养家糊口啊，也可报答你们的收养之恩……”

人家说得很是在理。

月兰说：“那你打算何时动身？”

刘丙麟说：“明后天吧。”

这天晚上，掌柜的让妻子月兰炒了几个菜，烫了两壶酒。他对妻子说：“孩子他妈，你去把丙麟叫来，我和他说两句话。”

其实此时，棺材铺掌柜的已下了一个决心，收刘丙麟为徒。其实在此之前，他也曾多次和妻子月兰提过这个事，妻子曾担心地劝过丈夫，你就死了这条心得了，啥好手艺呀，一个做棺材的，没人愿意跟你学，看看吧，连你儿子亲生骨肉都不理你这个茬儿，如今你想叫这个陌生人半路相识之人跟你学这手艺，这不是做梦吗？于是，乔掌柜把自己的这种打算也就放下了。可是在心底，他觉得自己也不能操之过急。对于他家的这种手艺，特别是那种做套棺、三璜销子棺、磨查棺的独特手艺，曾有许多人来访，也有亲朋或开料子铺的同行来千方百计地打听，他都一一回绝了，因这是乔家几代人留下的手艺，他不能轻易传出去呀！可让他伤心的是，儿子们不学呀，不接他的手艺，不了解当爹的心哪。

而眼下，人家要离开了，无论如何得摸摸他的心思啊。掌柜的决定和他交交底。

酒菜都上来之后，丈夫让妻子去把他找来。

刘丙麟来了。掌柜的说："丙麟哪，坐坐，来，陪我喝两盅。"

"谢恩人！"刘丙麟坐下了。

掌柜的喝了一口酒，说："丙麟哪，我有一句话，不知当说不当说？"

刘丙麟说："当说，当说，但说无妨。"

掌柜的说："你就不能不走？"

"不走？"刘丙麟苦笑了一下，又给掌柜的斟了一杯酒，慢慢地放下酒壶，说："恩人哪，光说不走，可我干啥呀？我总不能让恩人你们养活我一辈子吧？我得出去找点儿活儿干，学个手艺？"

"学啥手艺？"

"啥都行。"

"你想在哪？"

"哪都行啊！"

掌柜的说："丙麟哪，你看俺这儿行不？"

"你这儿？"

"嗯，俺这儿。"掌柜的说了："丙麟哪，俺要你，你就跟俺学徒，学做棺材。中不？"

"什么？学做棺材？"

"对。你可同意……"

往下，掌柜的没敢再问下去，他怕人家说"不"字啊！

谁知，那刘丙麟突然间问道："这是真的？"

掌柜的说："真的。俺就收你为徒啦！"

刘丙麟听后，一下子从炕上跳下来，扑通跪下，在炕沿前的地上，咣咣咣地向坐在炕上的掌柜的磕起头来，并连连地说："师父在上，请受徒弟刘丙麟一拜吧！"

掌柜的乔洪学真是又惊又喜，他急忙放下杯子，连忙下了炕把徒弟扶起。

这时，师父又领徒弟转过身，面对大柜上方供着的三尺杆子，对徒弟说："来，祭三尺杆子！"

此时，刘丙麟如师父一样，面朝大柜上的三尺杆子跪倒，二人作揖，发誓，师父说一句，徒弟跟一句，无外是讲这一行要讲究善良、道义、德行、忠实，艺如做人，等等。这就算收徒了。

按照惯例，师父要送徒弟几个零花钱，让他去洗洗澡，剃剃头，再跟他讲清楚学徒的劳金所得。一般是头三年叫打圆，就是只挣半个劳金，第四年为出徒，劳金的三分之一要给师父。这是常规。可对于他，因是师父让徒弟干的，所以出圆后的第四个年头，所有的劳金都给徒弟，师父不要。

刘丙麟一听，立刻反对。他说："师父，不能这样，你收留俺为徒，就是救了俺，还讲什么劳金？再说，我报答您都报答不过来，还讲什么三分之一四分之二的！我不要！"

师父一听，也没招儿，于是只好说，这样吧，三年学徒打圆之后，你挣的那份劳金的三分之一我先给你在钱庄存上，等用时再支出来。

于是就这样，木铺掌柜的有了自己贴心的徒弟了。

这些日子，掌柜的心情也好啦，他时常可以把家里的活儿交给丙麟，放心地去串串门，赶集上市，甚至都可以和屯邻屯友们下下棋，看看小牌了。

这年夏天的一天，他上侯家岗子屯一家去取人家欠他的料子钱，回来时，天已近午夜了。突然下起了小雨，掌柜的正路过自家的仓房后院，他想，应该去看看房檐，别让雨水扫进仓子，打湿了料材，于是就悄悄地走过去观察。

走着，走着，在靠近了自家仓房后墙时，他突然听到里边有人在喊叫什么。喊什么呢？

他急忙靠近前去，一听，只听里边有人喊：

“棺材——棺材——”

那声音时断时续，还夹杂着一些听不太清楚的自言自语。

乔掌柜的顺着房檐下的一条小缝往里一看，啊！这不是徒弟吗？原来，这间屋是徒弟刘丙麟的，只见他正在睡觉，原来那“棺材棺材”的喊叫是他在说梦话。于是，乔家掌柜的便想悄悄地离开，谁知刚走一步，又听里边喊道：“快递过来！递来贴脸绳……贴脸绳……”

贴脸绳？什么贴脸绳？干什么使的？

掌柜的觉得有些奇怪，自己一想，这是偷听了人家的梦话，人家的隐私，觉得不好意思，于是赶紧走了。

事情也是凑巧。这一天，他去舒兰看木料回来，正好路过沙河子小镇，又赶上这儿是大集，看看天色尚早，这乔掌柜的便在集市上逛起来了。不知不觉地来到了几个卖古玩的地摊前。老掌柜的本来就是个古董迷，他见一个摊位上摆着一块玉石，有鸡蛋一半那么大，形似一个橘子瓣儿，色泽也是嫩黄欲滴，十分逼真，拿在手里，沉实细腻，光滑无比，真使人爱不释手。

看着乔掌柜喜欢，卖主频频点头。

他对乔掌柜说：“看出来了，你是喜欢它。如真心喜欢，你就拿上。”

乔掌柜问：“什么价？”

“你给二十大洋。”

“啊！二十？”

“怎么？你嫌多了是不？”

“是呀，这哪有这价呀！”

对方哈哈地笑了一下，说：“这你就不懂了吧！不懂了，我也不怪你。其实，这是一件贴脸货呀！容易吗？”

贴脸货？什么是贴脸货？

看买主感兴趣，卖主一脸神秘的表情对他说：“兄弟，不瞒你说，你买不买的倒没什么，我给你说说什么是贴脸货，你就是不买，也可以长长见识，怎么样？”掌柜的很想听。于是，那个卖玉的人便滔滔不绝地给他讲起了这块玉以及什么是贴脸货的事情。

那卖玉的人说，这块玉叫田黄，是福建、广东一带的名玉，而这块玉从色泽、质地、重量和形状上看，是一块含在故去的大户人家当家的老夫人、老祖母、老太奶之人口中的镇体之物。所谓镇体，是使尸身不腐不朽之物，人含之物，容颜不改，肤体如初。但要得此物，必是高手所为。

乔掌柜的问：“什么高手？”

对方答：“盗墓。”

于是对方继续告诉他，要得此玉，盗墓人必得有三能才行。这第一能，要有打开此棺的能耐，因装有此玉之人的棺木绝不是一般的料子，都是套棺或三璜销子棺。第二是要会做贴脸绳。这贴脸绳嘛，是以三秋新麻拧制，以朱砂所浸泡，长短一尺有余，可随时撸定长短，主要是看棺中故者高矮胖瘦，以定盗墓者脸与故者脸的距离。远了不行，远了，绳提不起故者脖颈，故者口打不开；近了更不行，因故者口中都有一口污气，称为殃桑。这殃桑一旦打在人脸上，此人当即瘫软，从此肾脏脾胃皆毁，人便不可救了。所以，打制贴脸绳，躲过殃桑气打，取出故人口中宝玉，这必得是盗墓高手才行。而第三，才是真正取出贴脸货。取贴脸货时，人必须胆大，心狠。因那时，你已与死者脸对脸，目对目，此时，盗墓人要依规矩，先打对方俩嘴巴，然后骂道，死鬼，对不起了，我来启玉，也是生计所迫，今日启玉，也不会忘了你，一会儿，马上给你回付……

这所说的“回付”，是指等财宝拿到手后，盗墓者要在棺木外点燃三张纸，算是取货费，这才能走人。

讲到这里，那人问乔掌柜的说：“兄弟，你说这贴脸货还贵吗？”

“啊？贴脸货？不贵！不贵！”

乔家掌柜的说着，扔下田黄玉，便急忙走了。

回到家里，他一下子病倒了。

乔掌柜越想越怕，难道自己真心实意地寻找物色来的一个徒弟，竟然是个盗墓的？他怀着一股孬意，偷偷卧底到俺的家中，以图偷得棺木秘密，成功打开各种悬棺、秘棺？

不可能，这不可能。多好的一个徒弟呀，人家勤勤恳恳，老实巴交的，自己反而怀疑人家，这也太不应该了，不能只是因为人家夜里睡觉说了几句梦话就怀疑人家身份，这也太不讲究了。于是，乔掌柜又渐渐地推翻了自己的想法。

可是，接着发生了一件事情，让乔掌柜再也沉不住气了，他决定试探他一下子，并决定弄出个甜酸来，总这样蒙在鼓里不行啊。

他的想法和猜测还没告诉妻子月兰，他怕吓着她，他想等自己摸底摸个差不多时再点明来由。

这天，他想好了一个主意。

那时节，已经是快仲秋了。

早上吃完了饭，师父对徒弟说：“丙麟哪，我去一趟张家油坊。前几天我在集上碰见了张三油匠，他让我抽空过去一趟，说商量一下给他家老人做一副三璜销子棺的事。”

“啊！三璜销子棺？”

徒弟刘丙麟显得很兴奋。

师父说："是啊！是啊！"

徒弟说："师傅，也带俺去呗！"

师父说："别忙。你先看着家，等我和人家商量完，定好，画好图，定好了尺码，干时你再上手！"

就见刘丙麟有点无可奈何似的点点头，答应了。

师父乔洪学一步迈出了院子，但他并没有奔张家油坊，而是奔了李家套户屯。当年，这里靠近舒兰山区，山里人伐木，木伐下后要往山下拖，全靠爬犁套拖木，所以这些村屯就叫套户屯，那天，这李家套户屯正是大集，一辆辆大车拉着刚从地里摘回的西瓜在叫卖。

看看天近晌午了，乔掌柜的在小饭馆里要了一个菜，点了二两酒，边吃边喝，然后，他管饭馆跑堂的要了一张纸。

他心中暗暗得意，你小子，你再鬼，这姜还有我老的辣？这回我让你立时露出马脚来……

他趴在饭桌子上，写上了打三璜销子棺的数码。当然，那都是假的，是他编的，是他准备故意试探徒弟刘丙麟用的。写完了，他团巴团巴就揣在了衬衣的上衣兜里了。

然后，他到瓜车上选了一个大西瓜，扛着就回家了。

一进院，他不进上屋，却是直奔仓房。

那时，徒弟正在屋里收拾着干零活儿。

师父走进去，把西瓜往桌子上一放，说："丙麟哪，天太热了，来，切西瓜吃！"

"啊，师父回来了，事情怎么样了？"

师父说："差不多了，数码都定出来了……"

说到这里，乔掌柜的故意脱下了衬衫，把衬衫往炕上一放说："我上趟外头（上茅房撒尿），一会儿回来……"说完，出去了。

其实，他根本不是上外头。

原来，乔家的茅房紧挨着徒弟刘丙麟住的仓房，师父说是上外头，其实他一转身就影在了仓房门后，他从门的一个缝隙间向里望去，想验证一下自己的猜测，果然，他千真万确地发现了苗头。

只见徒弟刘丙麟一见师父出去了，立刻拎起了师父的衬衫，掏出了师父衣兜里的三璜销子棺秘诀密码，仔细读着、看着，而且还以手指不断地在自己手心上不停地掐记。这是内行的掐记法。

掐记，这是中国民间木匠、裁缝、铁匠等行帮一种古老的技艺，它来自于民间世代的传承。而且，会这种掐记数码的人，都是这些行当的高手！

现在，刘丙麟一边看，一边不停地在手掌上掐记，还不停地往门口打量着，他是在观察师父的影子！

此时，乔掌柜再也忍不住了，他突然一步迈了进去。

师父的突然出现，让徒弟吓傻了！

他抬起头，愣愣地看着师父！

师父也不问话，只是狠狠地瞪着徒弟，鹰眼里射出怒火，看他怎样交代，仿佛在质问，说吧，你是干什么的，是什么人派你来的，你此时说不清都不行，想跑，我早已挡住了你出门的路，你已插翅难逃！

再说，就是在从前，这学徒的规矩也是明摆着的，学徒学徒，师父没教，你不能乱动乱翻，如不然，不是你心怀叵测，就是不懂规矩，冒犯师父，下场可想而知呀……

双方在愣愣地对峙着，师父乔洪学等待着解释。

突然，一个让乔洪学万万想不到的动作出现了。

只见刘丙麟不慌不忙地将师父的衬衫一下子按在了他脚下的一个洗脸盆子里，咔嚓咔嚓地搓洗开了。他边洗边说：“师父啊，这天也太热，看你这衣裳让汗溻的，俺给您洗洗。今后洗衣裳的活儿，就都交给我，别总让师母干这活儿，她一天做上三顿饭就够累的了！”说完，他把手从盆子里抽出来，拿刀切开西瓜，捧起其中最大的一块儿，对愣在那里的师父说：“师父，吃呀！快吃，凉快凉快！”

师父承认，自己败了，他败在了徒弟手里。

但是，他也实在佩服徒弟，他装得太像了，装得你根本抓不住他的把柄。他同时也庆幸，反正自己的真正手艺也没露出去，也不能够露出去。

在从前，那叫教会了徒弟，饿死了师父。这话一点儿也不假，所以，当师父的必须要谨慎从事啊。

这以后，每一次外出上买卖，师父都领着徒弟，而家里打制普通棺木，他也不瞒着，就让他刘丙麟领着干，他在一旁指点，可是打的都是一般棺。外出干活儿，世态炎凉，干活儿时，师徒二人常常被东家看不上，有时不是睡凉炕就是吃凉饭，可也倒是好，徒弟刘丙麟从来不抱怨，反倒经常劝师父，“别生气，世道就这样！”

可是，师父心中始终还画个魂儿：这小子到底是干什么的？

在刘丙麟看来，这木铺掌柜的其实应该多少看出了他不是真心学木匠，但具体他是干啥的，他想师父绝不清楚，自己也绝不能告诉他。不过，自己不能总这样僵着，自己本不是来学做一般棺材的，得抓紧时间干正事。

那些时候，师父的心绪越来越不好，他常常喝闷酒，喝完，也不管是家里外头，倒头便睡，丙麟只好背他、搀他回家，他常常是吐了徒弟一身。

有时醒来，师父十分不好意思。

这时徒弟往往说：“不要紧，没事的，谁让俺是你的徒弟了，我不管你，谁管你？”

而往往是这种时候，徒弟便会及时地打听一些技术手法和名词，这种时候，师父再也不好意思瞒着了，于是徒弟问啥，他答啥，真是有问必答。可是，他心里头有条线，那些关键的手法、名词，他依然只字不露，他不糊涂啊！

这一年，是个夏天，一个大户人家要做一口三璜销子棺，说好了五天后来取。第四天头上，外棺已打好了，就差抠眼儿下销子了。这天夜里，师父把刘丙麟叫到跟前说："丙麟哪，你出趟远门。"

"上哪儿？"

"徐家窑。他那有个宝材，你去！"

"几天的活计？"

"三天。"

看出来了，刘丙麟虽然答应了，可是实在不愿意。是啊，你这当师父的也太不讲究了，三璜销子棺都做好了，单等下销子时你却让我走人，你这是什么良心？

可是生气归生气，他也只好赌气连夜收拾东西，然后到牲口圈里牵出马，告别师父和徐家窑来领道的小打二友子一起走了。

支走了徒弟，掌柜的十分得意。

他先是进屋喝上一顿小酒，再抽上两袋烟，然后直奔后面仓房作坊……

这时，月亮已升上了中天，把棺材铺院里照得一片通亮，掌柜的早已闩上了大门，院里静静的。

多少次了，他都是这么干。不得不这么干。当年，爷爷打三璜销子棺下销子时，就会在这个节骨眼儿喊儿子来了，这是传授技艺的关口；父亲在世时打这种棺，也是在这种时候喊他来，然后手把手让他看，教他。其实这种艺，就在一瞬间，当销子插在销卯里，等到时候一杀扣，就什么艺也没了。最关键的时候就是削销子。

削时，要边销边对，边插边试。

试时，必须不断地舔舔吐沫，让吐沫浸在销杆上，然后观察吐沫水升上销杆尖的速度，以此来断定切刀再削多大的边，留多大的茬棱。做这种关键销子活儿时，手艺也就有两袋烟工夫，而这工夫，乔家从古至今都是嘴里哼哼着小曲，一边哼一边完成的，格外洒脱、牛气。那是他乔家多少代人的琢磨才留下的老艺呀！等棺材匠乔家掌柜小调一住，一切完活儿，从此世上啥秘密也没有了。

再说徒弟刘丙麟。

他不是与徐家窑来的人小友子骑上马出了院子往东走了吗？等二人走了大约不到半里地，那儿有座桥，刘丙麟突然跳下马，把马缰绳交给小友子，说："你等我，我回去一趟。"

小友子说："出啥事了？"

刘丙麟说："没事。我烟袋忘在炕上了！"

说完，头也不回地匆匆走了，好像一个匆匆的过客。

其实，人都是匆匆的过客，人在世上，都不过如此罢了。眼瞅着他走了，直奔北走了，这时天上飘过一片云彩，把月光遮挡得朦朦胧胧的。

此时，也正是乔家木铺掌柜的一片欣喜地靠在那高大的大五七棺木旁削销子的时候。那棺木的另一面，是院子里的一个木垛一头，紧挨着大五七天帮处，下销，削销，制销，手艺人都是在棺木的天处，棺销都在那一处，这儿好干活儿，又宽绰。

天上的大月亮，如一个银色的光盘，把其洁白的光华洒向人间，时而，又会飘来一片一片云彩，把月亮遮挡一会儿，于是，天上是时晴时阴，地上是时亮时暗，也仿佛岁月时睡时醒，人间是一度一岁。

棺材铺掌柜的唱的小调是《月牙五更》，这五更是从一更里唱起，当唱到五更时，销子也做完了，最后一段该是："五呀五更里呀，明月唱晓鸡，妹妹送情郎啊，洒泪话别离，琴音剑胆恩心重，情哥呀，人生何日有归期……"

此时，他正唱到"何日有"，"归期"二字还未出口，突然，在他平视的目光里，在离他前方只一步之遥的木垛边上，站起一个人来。

掌柜的大吃一惊。

他问：“你是谁？”

“我是我。”

“啊？刘丙麟！”

只听“扑通”一声，刘丙麟给掌柜的跪下了。

“天哪！天哪！”乔掌柜连连苦叫道，“刘丙麟哪刘丙麟，你算坑死俺啦！你啥时候回来的？你都看着啥啦？啊？”

刘丙麟说：“师父，俺啥都看着了，都看着了。俺谢谢你的传技之恩。”

乔掌柜一听，破口大骂：“你，你，你个小人，你个遭千刀万剐的，我何时教你啦？我没教你！你这是偷艺，你不讲究。”

说着，乔掌柜已手提着一把闪着寒光的斧子转过棺身，追了上来，接着朝刘丙麟的脑门儿，狠狠地一斧劈下。

那刘丙麟早有准备，他上去一把夺过利斧抱住乔掌柜说：“师父，您别生气，您生气也没有用了。再说，您不是收俺为徒了吗？俺已成了您的徒弟，您还后个什么悔？您想想，您家儿女都不学这手艺，而且有了这手艺，世人只用这手艺，根本看不上这一行的，如今我接了您的艺，您该高兴才是！”

这时，乔掌柜突然悟到，到现在了，他还不清楚对方是干啥的，这不是糊涂虫吗？

于是，他假装压下气。

他问道：“你告诉我，你到底是干什么的？你说实话，我也不追究你！”

刘丙麟说：“我……”他有些支吾。

师父说：“你是不是一个盗墓的！说？”

刘丙麟说："师父，是说真话还是说假话？"

师父说："当然要你的真话。"

刘丙麟说："好吧。师父啊，我从前，真是个盗墓的……"

"啊？你小子，我真的没猜错呀！"掌柜的气愤地说："我打死你，现在就打死你。"

刘丙麟说："你打死了我，你的绝活儿从此失传！"

掌柜的说："我宁可失传也要打死你！"

突然，刘丙麟火了。他说道："师父，我告诉你，你如果打死了我，今后也别想好！我告诉你，你的棺材都没有人给你做，只有我兢兢业业地学这个手艺，俺是为着赎罪。"

掌柜的一愣，"赎罪？"

刘丙麟说："师父啊，想当年，我家祖祖辈辈是干盗墓这一行的，打开过多少棺哪！可那也是一种伤天害理的事，我不想干了，再也不干了。所以我决定投你为师，俺专门学下这三璜销子棺，是想最后给师父你留着，别的俺是啥也不想了！"

掌柜的越听越来气，叫道："谁听你的鬼话！你给我滚，滚得远远的！"

刘丙麟说："师父，你别撵我！"

掌柜的说："我不是你师父！滚！"

他又抄起斧子，去撵刘丙麟，徒弟大叫道："你撵我走！你会后悔的。"实在无奈，刘丙麟给师父磕了个头，起来哭着走了。

可是奇怪，自从徒弟刘丙麟走后，师父得了一场大病，病得卧炕不起了。

掌柜的干不了活儿，家里人也不愿动手，一点点地，乔家木铺也就渐渐地冷落萧条起来了。

转眼来到了冬天。那是一个下着茫茫大雪的日子，棺材铺掌柜的自觉着自个儿好多了似的，就从炕上爬起来，因他是听说自己多年的一个老友的儿子结婚，自己不去看看，随随礼，那哪行啊。于是，他带上礼物就去了。

朋友家离这屯子也就二十多里路，他赶到那屯子时，天已经黑了，各家都点起了灯，办事的人家更是亮亮堂堂的。他老了，走得慢了，碰上一个屯邻，只打了一个招呼，人家一看是他，就快步走了……

慢慢地，他也来到了办事人家的院门口，只见院子里人来人往，他站在门口的灯影下，刚想往里走，忽听自己多年的老友和儿子说话。

爹说："谁给他家的信儿？"

儿子说："不知道哇，可能村民传，他听说了呗！"

好友说："不知自己是干啥吃的吗？一个做棺材的，参加别人的婚礼，多丧气呀！快！回屋。"父子俩赶快转身回了屋，带上了门。

此时，木铺掌柜的是站在院门口的灯影暗处，他能看到院子里的人，院里的人看不着他，但人家院里的说话声他却能听见。为什么朋友家父子到院子里说这番话，他也不清楚，可能是方才在道上遇到的屯邻把他来随礼的事传进去了吧。可是，他再也迈不动进院的步啦。

一时间，他觉得自个儿老了，老了许多，许是那飘飘洒洒的大雪转眼便将掌柜的身上头上堆上一层厚雪，使他变成了一个雪人。于是，他小心地将礼物放在朋友家门口，转身走了，如一个雪人，慢慢地移动着，消失在北方茫茫的黑夜里了。

此时来了一个人，他也带着一份礼物，一进院撞见了那家人，问他找谁，他说找俺师父。

那家人说，你师父没来。

来者说，师父来了，我就是听说他来，我才赶到这儿。

那家人说他没来。

突然，来者蹲下来，他发现在自己的脚边，有两瓶大半已埋在白雪里的茅台，那系着的红绸条上，清清楚楚写着“刘丙麟”三个字。那是师傅六十八岁大寿那年，自己亲手给老人买的寿酒啊！此时，办事人家的人早都走回去了，徒弟也站起来，嘴里低声地呼唤着，师父啊！

他沿着茅台酒旁延伸出去的依稀可辨的脚印，朝着茫茫的北方冬季黑夜的雪野追去。

情系科尔沁

在地球的北部，有一个地方叫科尔沁，那里分布着密集的水泡子，辽阔的湿地和沙地间有着无数的神话。那是一些自然的神话。千百年来，风沙在科尔沁滚动着，一切都悄无声息，只有风沙在默默地流走，把荒野刮冷了，草甸更遥远了，可是一个个神奇的故事却飘荡着……

一望无际的科尔沁向海，是一块古老的文化遗存之地。在它的腹地，坐落着乌兰塔拉辽金时期的古城数座。站在这里向远方望去，一堆堆古老的沙石堆在那里，无论是哪个季节，尖厉的草沙风，吹刮着土地上的瓦石，在沙土中，不时地剥露出当年人们使用过的生活用品的残片来。大约在公元前五世纪前后，藏传佛教开始在草原上兴盛起来了。向海这一带水草茂盛，环境优美，喇嘛们便千里迢迢来到这里。在距向海不远处有一座废墟，相传这里是“香海庙”。从前，这里是蒙古王吐里吐里的领地。当喇嘛教兴起时，王庭出资在这里建起富丽堂皇的喇嘛庙，从此，方圆千里的善男信女们便络绎不绝地前来进香。

由于这里地势平坦，加上每日进香的人不断，烧的香就像云彩一样在土地的上空飘荡不散。

传说有一天，成吉思汗打此经过。

他远远地看见了天空飘动的“白云”，那么浓，那么厚。大汗不知是怎么回事，就派人去打听。探子回来把真情实景一五一十地向大汗禀告：“成百上千的喇嘛在念经，满天飘荡的是香烟圣火……”

成吉思汗便自言自语地说：“简直是香海。真不愧是一块宝地呀。”

于是，渐渐地，人们便把这里叫成了“香海”。

随着历史的变迁，古庙后来渐渐地荒冷起来了。喇嘛也走了，庙也慢慢地倒塌荒芜了，只留下了“香海庙”的遗址。

后来，人们把“香海”叫成了“向海”，是说这里水草旺盛，无边的沼泽和湿地像海一样宏大。无论是“香海”还是“向海”，从此这里的一切都充满了迷人的魅力。天苍茫遥远，人和草、花、树、鸟儿一起生存，共度这里的愉快时光。

亿年湿地，人间天堂。表面看去，湿地是水草遍生之地，塔头茂密无边。可其实，在这无际的水草之间，草和土之间有着无尽的生命奇迹在传承。向海中部是一个向海泊，这巨大的湿地草泡中间有许多小岛子，而其中最出名的一个小岛便是千鸟岛了。这座岛周边绿草丛生，鲜花娇艳，蜂飞蝶绕，昆虫密布，是鸟儿生活的天然乐园。明洪武年间，太祖朱元璋巡视向海，见这个岛上沙燕成群结队，盖地铺天，于是给此岛起名千鸟岛。

千鸟岛最为壮观的是鸟巢。原来，为了避毒蛇猛兽的侵扰，沙燕们用嘴在离湖数米高的峭壁上挖洞营造它们的巢穴。整个峭壁上，密密麻麻地排列着一个一个鸟洞。有的洞穴竟有一米多深。这里是名副其实的千鸟巢。

一只小小的沙燕不过巴掌大啊，但为了生存，沙燕们往往是几代共同挖掘经营一处洞穴。有时地上出现了巨大的黑影，原来是树上巨大鸟窝的影子遮住了太阳。这里的鸟窝真是千奇百怪，最小的蜂鸟的鸟窝如鸡蛋壳般大小，日夜在风中摇曳着。

茫茫的科尔沁沙地一望无际，它神奇的主要特征是在看似茫茫荒沙碱原之地却蕴藏着无数丰富的生物。土和草，林木和苇甸，沙包和沟坎，到处都有奇特的生命。走进沙原，人的眼神就不够使了。虽然是深秋初冬，没有落雪的沙地上一片荒凉枯黄，但只要你细心便会在眼前的荒凉中发现生命的迹象。

在一簇簇蒙古黄榆林间，时而会出现一小堆一小堆的干土。那细细的平沙上被堆起半尺高并呈现出五花八门样子的土堆，叫“翻巴掌”（当地人语）。这是地鼠（鼹鼠）们干的，底下就是它们的洞穴。黄榆空隙间是大片的野杏树，在那灰黑的枝条上挂满了“杨拉罐”。远远望去，仿佛这些野杏树冬天开起了点点白花，奇特极了。“杨拉罐”是树上的毛毛虫冬眠时的壳巢。等冬季一过，它们便从“罐”（壳）顶端黑色的薄皮处伸腰而出，开始了生命的繁殖期。沙地上还有一团团的草。那是一些小动物的巢穴，静静地摆放在那里，表明着这里生命的存在。而最动人的是树上的生命。

在这里，树上挂着一片片的“物件”，像一只只小布口袋，在冬季干燥的凉风中摇动着，那是灵鸟的巢穴。

灵鸟又叫蜂鸟，是科尔沁沙地上一种著名的小鸟。蜂鸟十分小巧，往往只有一个饺子或一块儿糖那么大。但它们十分灵巧，所以也叫灵鸟。它们以科尔沁沙地上的甲虫和树上的毛毛虫为食，沙原为它们提供了很好的生活条件。它们的“灵”，就表现在筑巢穴上。它们筑巢往往选择一棵树的顶部不太粗的枝条，而且选那种风一吹就能顺风摆动的树条，并在树条的下端开始筑巢。

蜂鸟的巢穴完全是使用沙地和草甸上羊儿身上掉下的一根根细毛来完成的。当母蜂鸟已经怀蛋的时候，公母蜂鸟便一起开始了辛勤的筑巢。它们先从草甸上衔回一根根羊毛，用自己的嘴沾湿，然后小心翼翼地固定在巢型上。这样一点点地，自己的巢便开始形成了。蜂鸟筑窝像人一样，它们要先留出充分的“干活儿”（飞落）的空间，往往是先在窝上留两个双向窗口，以便公母蜂鸟快速拾毛修巢而用。等建好后，再堵上一个口，留下另一个口，作为以后进出巢穴的洞口。它们的巢呈倒立型飘荡在空中。这种小鸟还在巢洞的上方修成一个“房檐”，这是以防雨刮进巢穴里淋湿孩子。而且，蜂鸟巢穴洞口的下沿较厚，这是为方便它们进出时踩踏起来结实。它们的巢穴，每天让风去摇动，仿佛孩子们的摇篮，让自然的风去摇着入睡。

在冬季的科尔沁沙原上，蜂鸟们都走了。只有它们的巢孤零零地挂在沙原荒凉的树上，让风去摇动空巢，看起来叫人有点儿想念。蜂鸟也是季鸟。它们冬季离开科尔沁沙地，春季再从遥远的纬度靠近山东和渤海一带的岛屿飞回，住进它们的小巢。那些小巢本来是用一根根洁白的羊毛织就，现在经过一夏天的风吹日晒，雨淋沙打，已经变成了灰白或灰黑色，在沙原的蒙古黄榆树林间，在茫茫的草甸之上，晃动着，摇摆着，展示着曾经的生命的活跃状况。风吹动着这些鸟巢，那是在歌颂着生命的顽强和绚丽。

科尔沁又是丹顶鹤的故乡和它们生存的天然乐土。目前世界上仅有一千五百多只珍禽丹顶鹤，其中有六十多只生活在这片草甸和沙原上。相传，有一个老太太出去放羊，在草丛里捡到两只特别大的蛋，她不知是什么蛋，就放在鸡窝里孵。后来，鸡窝里飞出两只小丹顶鹤。一年后，两只小丹顶鹤就长成了大丹顶鹤，每天和大娘形影不离。

古老的科尔沁又是苇子的故乡。文牛格尺河、嫩江、霍林河、洮儿河在这片土地上流过，使这里成为世上最大的苇海……

科尔沁沙地的苇海在冬季风雪弥漫，可是当晴日来临时却又阳光明媚而灿烂。苇子都枯黄了，像一片金色的庄稼铺洒在茫茫的沙地上，与远方的蓝天融在一起……

天，蓝得醉人。风把苇秆和洁白的苇穗刮得随风摇动。大地显得苍茫无比。割苇人是沙地上的主人。一大早，他们扛着大扇刀走进苇原草地，渐渐地沉入到沙原苇海的中心，消失到茫茫的苇原中去了。当地人称他们为“刀客”。

他们是名副其实的刀客。每天，他们扛着巨大的苇刀进入到苇海中去，抡起大刀，拼命割苇……

割呀割呀，刀在他们手中如同吃饭的筷子一样熟悉了。多少种刀的使法、抡法，都记在他们久远的记忆中，传承在他们的骨子里。累了时就躺在苇原上的苇捆上睡去，任凭寒风吹刮也不醒，还甜蜜地打着呼噜；饿了，就坐在苇地上吃着家里带来的煎饼和大酱；渴了就抓起一团雪或抠起一块冰吃。

刀客的生活过多地传承在他们的经历中。有时，苇原上突然冲起一队人马，那是匿藏在苇海里边，准备在这儿过冬的土匪或胡子。冬季的苇海深处，当风吹不进的时候，连蚊子也在这儿猫冬，甚至还有秋季没有及时迁徙而去的季鸟。刀客遭遇最多的是狼。

沙原一带的狼们，一般听到打苇人刷刷的割苇声本已走掉了，可是当另外一片苇地上的人也打苇时，就容易将狼群撵到这方来，于是和打苇人遭遇。打苇刀客的故事常常吓得孩子们一宿一宿睡不着，也使媳妇和家人们格外地惦记。但是刀客毕竟是刀客，他们的一生属于苇海，他们的命属于这片土地。

许多人都想当科尔沁沙原上的刀客。那是丰富而神秘的人生。

这片土地是蒙古黄榆的故土，也是野杏树的故土。一到深春和立夏，在一个叫包拉温都的地方，一夜间成千上万株野杏树便开花了。包拉温都，蒙语，意为紫色的山岗。其实那不是紫色，而是遍野的杏花开了。冬去春来，无数的野杏花在这片荒瘠的土原上开了。杏花铺满科尔沁，花香弥漫在遥远的地平线上。如雾的花的原野，香风荡漾科尔沁。这时候，包拉温都的杏花节开始到来了。

无数的蒙汉各族的人们从四面八方涌到包拉温都。人沉浸在茫茫的野杏花树趟子里，被杏花隐藏起来。早出的蜂儿在花间飞来往去，多彩的草原蝶在林子里、草尖上飘荡。这时的科尔沁就是人间的仙堂圣土。草甸的大风可以把这种野杏的花香吹刮到数百里之外的“白城”（契丹语，风刮来的地方）。

在这里还遗存着一段百年传奇——木版年画。提起这个话题许多人不禁会问，中国木版年画的产地不是在中原吗——无论是山东的潍坊，河北的武强，天津的杨柳青，陕西的凤翔，还是四川的绵竹——东北怎么会有木版年画呢？可是，恰恰是科尔沁这片神奇的土地终于也成了中国木版年画的另一产地，那就是白城通榆木版年画——著名的闯关东年画。

原来在中国历史上，在清道光和咸丰年间，中原三千五百万闯关东人中有一千多万人迁徙到了科尔沁这片土地，并把中原的木版年画手艺带到这片土地上了。最典型的和最具代表性的就是通榆的李向荣家族了。说起来，这是一个传奇的故事。

人类该会有多少迄今为止还不知道的事情默默地隐藏在自然的深处或生活的底层？今天人们才知道，在大东北，在那茫茫的荒原和黑土之上，有一种重要的文化事象——闯关东年画存在着……

看起来，从清中叶到眼下也不过就是二三百年的事，但是承载着这种记忆的土地，在这几百年里变化太大了，大到我们已对它陌生了。环境本来是承载记忆留住记忆的地方，一旦它走了样，记忆便会在这里变得模糊或彻底消失。但现在的要求是，我们必须在这种变化了的环境里去寻找，去捕捉那走失的记忆并记下。

冬天的科尔沁沙原，沙风是春季的常客。人们伴着漫天朦朦胧胧的大雪和风沙走进了村落，去寻找远古的记忆……

天，冻得人拿不出手。四野荒寒。

零下三十二度的严寒加上冬季的狂风把沙原上的尘土刮起来，在荒凉的土道上形成了荒寒的土浪……

那些村落，那些土墙，那些不断滚动的黄土寒尘，仿佛把人间的诸多记忆都掩埋了。埋在时光的隧道底层，仿佛让记忆消失……

从前，在山东济南府的历城县，也是出名的大响马程咬金的老家斑鸠屯，有一户老李家，老爷子领着三个儿子过日子。

其中老二叫李祥，他从小就好动脑筋琢磨事。爹老了，为了让李家祖上出人头地，小时就送李祥到济南府一所私塾学堂读四书五经……

历城距济南府四十五里。那时在私塾学堂奔前程要自带粮食，学生每隔一两个月就得回家取米或由家人送来。李祥家那时哥哥在莱芜大地主王瑞家扛活儿，弟弟又小，爹岁数又大了，所以每月他都向先生告假回历城取粮米，中途要路过千佛山。

千佛山是中原古老五岳泰山山脉的支脉，当进入到济南府历山一带就变成了东西走向。大山从齐河至章丘一望无际，最突出的特点就是这里有千佛。此山在古代的汉唐时期就有僧人和艺人在此开洞建佛。以后经宋元两朝，地方官府都在这里修庙建佛，是一座名副其实的“千佛山”了，特别是到了清代，这里已成为中原地区重大的宗教文化圣地。别说每年的四月初八、十八、二十八佛教的纪念日，就是平时这里也是香火不断，热闹非凡。周边的村落人家，市景屯镇的住户来朝佛上香的人每天络绎不绝。

庙会文化，其实是人类最典型的社会性文化。尤其是各种民间小制作在佛山庙地遍地都是。特别是在一些占卜、查日子、看风水、祈雨、驱邪治病、许愿还愿神师的旁边，往往摆着各种字画、彩贴、剪纸、制艺品、纸码、风信……

这些花花绿绿的民间制作，在当年一下子使李祥动了心。

这些制作多美呀！那些作品上的风俗体现出的神秘，那些贺房取迁求吉利的纸码的多样，那些贴挂风俗展现的温情，那些食俗文化挂品的熟悉和亲切，那些古代年画人物的风趣，那些儿时偷灯看瓜生活的记述……这些玩意儿，让他看傻了。总看，爱看，其实就是人入门的开始。

读书的生活结束之后，李祥考取了秀才功名，人称“李秀才”。可是在从前的岁月之中，人考取了功名也只是功名而已，没有事干。就是秀才也只是给乡里写写记录，或等待着有年再试。就在这样的日子里，李祥突发奇想，千佛山的这些年画民俗制品太漂亮了，不如自己也开一个画坊维持一下生计。其实这时他已发现自己从心底里喜爱上这些木版刻艺啦。

儿子把这个想法和爹一说，没承想和老爹的想法一拍即合。原来在当年，李祥的父亲也喜爱这一行。他平时已经不断地给乡邻写对刻画，而且已是当地出名的秀才，但就是没有挂牌而已。当下，爹和儿子在自家的小院里腾出一间作坊，搭上桌板，购制刻刀，买来纸墨。父亲又亲自刻了一个牌匾“李秀才画坊”挂了出去。

其实在当年，在济南历城一带，像“李秀才画坊”这样的年画和风俗制品小作坊有不老少，但有如李祥父子二人都是秀才而且又都喜爱年画并标榜“秀才画坊”的还真不多。特别是他家的产品有些特点。什么麒麟送子，天仙送子，张仙送子；一些农耕习俗，什么二月二食俗，填仓节来历，节气传说；再就是求雨祈晴，打春迎春图；还有，就是古语中的什么过生、祝寿、拜寿、上礼、洞房、相亲等等生活民俗和民间英雄人物、戏出人物、草莽响马等故事内容。

其实，这本来是古书中三纲五常的内容，可是经他们父子两人的创想和表述，他家年画作坊的名声一下子就传出去了。甚至在当年人们都传闻，到了千佛山一定要到“李秀才画坊”，那才算看尽了风情古艺。就这样，李家的年画制作生意在当地也算小有名气了。

谁知当年，就在李家红红火火地开着自己的画坊时，齐鲁大地迎来了意想不到的灾难。这一年，时序到了光绪十六年（1890年），山东齐鲁大地遇上了一次百年没见的大旱。从春起到五月廿三，老天不见一滴雨。古语说，大旱不过五月十三，可如今地旱得冒了烟。千佛山一带每天祈佛求雨的人流不断。而恰恰在那时，也正到了中国社会的乱世之际。

原来，晚清年间齐鲁大地就起了义和团，他们成帮结伙直接和洋人对抗，杀洋人烧教堂。官府出兵镇压，可义和团越演越烈。后来，还有捻军和大刀会也起来了。

在当时，李祥已娶妻生子。他的大儿子李连春已经独立支撑作坊，并也娶妻生子，儿子五岁。李连春这人生来就好交际，而且精明好学。他除了掌管家里的年画作坊外，还和当地的武师学会了武功，什么“轻功”“搓脚”“连环鞭”“七节鞭”。对于儿子会点儿武功，老父亲也高兴。这一是因为在这历城一带自古就出豪杰呀，离他家不远的斑鸠镇就是唐开国名将程咬金的家；二是这兵荒马乱的年月，有点儿武功也可以防身哪；再就是他们画坊也经常帮一些“画商”押押车，送送货，人家画商也就愿意买你的货品呀。

画商，就是专门来画坊批发画的商人。一到年节，他们就到画坊来，将事先订好的画货装上大车或驮子，再从这儿运往商丘、莱芜、青州，甚至更远的地方。而且，还有的画商干脆从这儿批发年画诸品，运至遥远的关东，给那些在康熙、顺治和乾隆年间北去的“流人屯”“垦荒窝棚屯”等居点送画。

这期间，李连春认识了一个莱芜画商，叫吴晋开。

这人长得五大三粗，也会点儿拳脚，所以二人很处得来。

每到年节，这莱芜画商吴晋开准来取货。二人是无话不谈。

这一年的春天，过年的年画已卖完。这天，吴晋开来了。他找到了李连春说：“兄弟，我想急要五千‘护身符’！”

于是，李连春说：“这样吧，我给你刻个版，先给你印上五百你带着。不够时，你再现印。”

于是对方就答应了。等了两天，吴晋开带上五百“护身符”和护身木版就走了。

当年有个规矩，卖者不能问买者货的用途。

但其实李连春不知道，这吴晋开是莱芜义和团的二师兄黄标的朋友，他向李连春要的“符”是义和团要和洋人官兵交战上阵时贴在胸前的“刀枪不入”护身符图，大量的义和团官兵都要用。莱芜这出名的古战场之地，在古时就是齐鲁古国长勺之战曹刿论战之地，如今正有一批义和团与直接从海上来到莱芜的一伙洋人遭遇了。当时吴晋开他们贴上了“护身符”上阵与洋人对命。

那仗打得苦哇，惨哪。

哪能刀枪不入啊？当时义和团死伤无数。洋人和官兵占了上风。

但是李家万万没有想到的是，官兵收拾战场时，在义和团的身上发现了这种“符”，而且上面的图章是千佛山“李秀才画坊”所制。这还了得，这不是与匪串通共谋吗？于是莱芜官府给历城衙门下旨，捉拿“李秀才画坊”众人，一并押入大牢。

再说当年，李秀才李祥和家人由于多年在济南地面上经营生存，也交了一些人。官衙里一个给县衙当差的师爷将消息偷偷透露给了李祥。并告知李家，来者不善，还是躲躲为好。

躲？往哪儿躲？“上北荒吧……”老爹经过痛苦的思考做下了这样一个决定。

原来在当年，正赶上李连春的妻子不幸病逝，扔下一个六岁的孩子，李连春心情也不好。再加上时序荒旱，李连春也萌发了离开家乡外出闯荡的心。

父亲也看出了儿子的心事。老爹于是说：“你只管走，别管我。你一走，我就说你是给朋友印的符，我不知道。想他官府也不能拿我如何。再说，你上东北也有个扑头。三十多年前你老叔一家已闯关东去了东北。听说落脚在蒙地通榆科尔沁一个叫六喇嘛甸子的地方。你们找他去吧！投奔他去吧。”

就这样，清光绪十七年（1891年）的冬月，李连春带着自己六岁的儿子，领着自己十岁的妹妹，含泪告别老爹，离开生活了几十年的山东老家，往北逃难，闯关东去了。

从此，李家在科尔沁沙原上站住了脚，开始了李家百年迁徙闯关东印制木版年画的生涯，并把这门手艺留在了科尔沁，留在了东北的土地上。

千百年来，科尔沁仿佛是一块天然的宝镜被人们遗忘在这片茫茫的大地上了。如今人们终于开始发现和认识到了它的种种神圣神奇的自然和文化，也开始走进这片天堂热土了。科尔沁终于热情地张开它巨大的怀抱去热切地拥抱和亲吻着每一个想走近它的人。

人参朝贡道

人与岁月有一种牢固的自然基因，季节到了下雪的日子，外面真就下起纷纷扬扬的大雪，见到雪和北风，就像要进山拖木拉套的牛马急切用蹄子去刨地催促主人快走吧，进山吧一样，我默默地备好了狗皮帽子、棉鞋和出行的背包……

雪在户外静静地落下。黎明之前，人还都在沉睡。我不惊醒城市，背起包袱走出楼道，在黑暗中感受着户外的风雪天，一出门就和朦胧撞在了一起。天已渐渐地亮了，冬云漆黑一片，雪花不知从哪儿刮下来，沙粒子般抽打下来，雪花像一些黑色树枝子编织在一起的形状，钻进人的脖子里像一只打碎的玻璃瓶子的碎玻璃碴子，冰冷扎肉，又像一道墙隔住人的路线。我使两手推着“雪墙”，走向长白山那边派人来接我的车。钻进车里，司机小苏就开启了雨刮，那“呱嗒呱嗒”响的雨刮像扫雨一样扫着雪……高速公路已处于半封闭状态，我们刚刚过了收费站，后面的车已陆陆续续被阻，车在风雪弥漫的路上向长白山里走。

我突然想起一句话，每一棵冬虫夏草都是攻击一个物种的结果，这是在自然的作用下完成的。其实大自然的每一种不同形态也都造化出一种新的物种，冬虫夏草也就是如此。早春和初夏，山林和地表温度适应的时候，各种虫子应时而出现了，可是正当它们伸腰展翅地繁殖生命，传递基因的时候，突然，冰封雪冻了，大山在一转眼间披上了一层白雪，虫子们就这样被冻僵了，它们的一切形状都被自然凝固了，有的在交配，有的在吃食。凝固，使自然界产生了新的景象的组合，但重要的是，这时，生命的因子还活着，于是，在北方的自然里，活着的和消亡着的是在同时进行。可能人们直观看到的生命被严寒凝固了，活着的该逝去啦，可是，活着和消亡的又都变化了，只是一转眼间，那种在山峦和森林上覆盖着的雪一下子又不见了，原来是风，把雪带来的冷气卷走了，就这样雪融化了。

春雪，秋雪，或夏雪，渐渐地化成点点滴滴晶莹而纯净的水珠，从刚刚被冻僵的枝叶上滴落下去，从被雪凝固的虫子身上滚落下去，于是渐渐的，这水滴把虫子生命的一部分从逝去的漫漫旅途上唤回。奇妙的森林水滴，闪着透明的天和森林的颜色，轻轻地飘落下来，在叶子和虫子身上激起千万滴细小的水花，发出轻柔而微弱的声息，只有昏睡的森林虫子能听到这种声息，可是它们那僵化的身体已不可能动了，只有壳肉的生命开始醒来了。

在生命醒来的时刻，四周寒冷与温暖相伴，渐渐的，虫子睁开了自己仿佛沉睡了一个世纪的眼睛，去打量周边，于是它们发现，有的同伴还在沉睡，或睁着半只眼睛，或正在吞吃下一棵草的叶茎，或当雪落下的瞬间被草所刺穿，或者……总之，那是千姿百态的自然存在，可是，那是一种被永远固定的存在，它们可能还不知道，它们都已变成了另外一个物种，这都因为雪。长白山的雪在夏季和早春的突然飘落又突然化去就这样铸就了虫草这个物种。人们看见突然间山林变成雪山雪林，于是赶紧去摸相机准备记录，可是再一看，披雪的山林不见了，人以为发生了错觉，这不是错觉，那是一种新的物种在诞生。这种物种只能生长三个星期。

每一种冬虫夏草都攻击了一个物种，这使它自己形成新的物种具备了新的基因，在自然中，它们有一千多个物种，它们鲜艳极了，甲壳虫红色的背在变成新的物种前非常红艳，甚至闪着赤红光泽，而嫩绿的幼虫在成为新的物种时也绿得万分可人，那是一种让人意想不到的艳绿，就像帕米尔高原上刚刚开采出来的和田墨玉绿宝石，只是那些千姿百态、千颜万色的虫子们头上都慢慢长出一棵草来，人类叫它“永远消失的闪现”……

在它只有三个星期的生命中，人不去采它，它就自己倒下，腐烂掉了，可是山里人知道有这种物种在这样的日子里突现，于是奔向那雪瞬间飘落又瞬间化去的地方，知自然者为俊杰。

在遍地都是奇异生命的地方，老冬狗子（长白山里一些永远说不清自己年龄的老人）开始变得活跃起来了。

他们熟知这种纬度和地貌，他们成年在山上等，只要一见那种雪落下又突然化去的山峰，他们就奔向那里，他们采起一棵，吞掉一棵。有人喊，等一等，我看看啥样啥色，可是他已经吞下去了。他们的身体渐渐地强壮起来。这个地方叫清水香。现在叫清水乡，而这是一个纯粹的古地名，水又清，又香，再说，两千多年前的唐和渤海时期这深山老林里哪会有什么乡，一字之差，改变了千年的影像和记忆。这里到处都是现实的和逝去的记忆，我这次就是亲自去嗅一嗅清水香的记忆气息。

车在茫茫的灰色冻雾中穿行，雪粒子砸在地上，迅速形成雪粒子河，又被风刮得像水流一样在道上流淌打旋，车轮碾过这些雪流和漩涡，在寂寞中驶向远古。过伊通时已看不见近在咫尺的巨大的大孤山，过营城子时也看不清收费站的门脸，雪末子贴在上面，像刷上一层白灰，过辉南和靖宇时已渐渐走上久远岁月前的唐和渤海时的朝贡道。

朝贡，极庄严的一个词。我惊讶地名带给人的神奇记忆和联想。地名表示自然已是真正的人文，哪怕不是记载人类活动本身内容，也已经是通过人的生存实践和目光去概括过的。朝，是敬仰的朝见。贡，不能空手，要带去地方上最好的特产，送给人所敬仰的大唐。这种古人生存过的城镇居点和走过的道，今天还会留下什么痕迹呢？顶礼膜拜，也就是一会儿的事，为了这样一个举动，一个地域，一个民族，一个部落的人该怎样地筹备，然后千里迢迢，关山万重，骡驮马载，风雪飘摇，到达一个叫长安的地方……

长安，今陕西咸阳，和省城西安组成庞大的历代古都城，是万国朝贡之地，唐和渤海时期的北方民族更是仰望这强大的都城，但如到达那里，却几乎是一个梦。但梦终究是人做的。梦是人以精神去认知去实现的一种追求。脚，人体细微的神经末梢，老化之后，就成为细碎的硬骨，人成为骷髅千年后，脚的硬骨粒仍然坚硬如石，它从细小细胞化为人生命之脚骨那一刻，在娘胎的血脉中已成为这个角色，必然要驮载起生命去若干地方，最终到达梦的地方。梦，随做随忘却了，梦留下了自己的载体，那就是道。

老子曰，道可道，非常道。道是一种思想，又是一个具体存在。人先于梦中去寻道，然后又落在道上，“道”实实在在地刻在北土这片苍茫的黑土之上，去朝拜，去朝贡，表明自己是西土长安的子孙。

昨夜龙云上，今朝鹤雪深。怪看花发树，不听鸟惊春。

朝贡的驮队不分日夜和春秋行走在北土通往长安的古路之上，一夜间，驿道从高高的插入云端的山顶跌入峡谷，黎明醒来，洁白的厚雪已深深地覆盖在道上啦，行人以奇异的目光去看，树怎么开了花？原来，这是东北长白山里的树挂。可是，花已开了，却不见春鸟飞往，这是什么样的春天呢？

冬雪，厚厚地覆盖着长白山腹地抚松，我们在抚松的朝贡道故地新安村停下来，我们在人类与自然的一个固定的人文记号点去寻觅长白山人参文化的久远，可眼前是茫茫冰雪和冷落的新安村落，哪里有人参文化？

站在抚松的风雪里，面对冰封雪冻的头道松花江，让人在冷落中突然沉静下来，这时候，记忆穿越风雪，追溯至久远的年代，展开《唐·渤海国志》，那曾经的历史一下子鲜活起来。渤海王追求舒适奢侈的中原宫廷日子，他要带上礼物去那个神圣的长安，这使得渤海与唐建立了血肉的联系，贸易活动的空前繁华，使渤海与周边民族、国家的往来，出现了前所未有的密度，在这里，竟然有五条“道”穿越北方，通达四方，到达中原，甚至翻越帕米尔，到达中亚，西亚。

那时，抚松肯定整日能听到朝贡道传来驿马“咴——咴——”的叫声。

冒雪出来接我们的新安村铁匠温纪东说，肯定能听到。他冻得抄着手站在长白山寒冷的老风中说这样的话，然后引我们走进他的院落。坐落在老道旁的他的家院一进去就是拴马桩，那桩子的树木早已开裂，漆黑的色泽已看不出是长白山里的老椴木，一根一根桩子插在那里，使人想起“背林子”。

背林子，是一种清晰的记忆。那时，北土贡往大唐的主要贡品是人参、虎皮、松树子、昆布、白附子……为了朝贡，长白山人就去挖参。

挖参人整日钻进茫茫老林子去寻参，企望能发现更多人参，可是在茫茫原始自然中人已渺小得不如一只山蚂蚁，于是人就有了更严格的规俗，那就是信仰，信仰紧紧地规范着人的行为，是为了使人集中精力去寻找大人参，山林规俗要求人进山林不能随便说话，谁说“错”了，就惩罚谁，明明没错也不行。如遇见蛇，你说“蛇”就不行，要说钱串子，不然你就得捧起蛇。遇见树，你不能照实说这是桦树、椴树、松树、黄波椤、水曲柳……说了，你就得背着。为了表示惩罚你要“背”着“树”，可是树拔不下来，又背不动，于是把头就会折下一根树枝子，插在说话的人的脖领子里，这叫背林子。

一个初把（第一次进山采挖贡品人参的孩子）由于天真，忘性大，总也记不住把头的嘱咐，总提起各种树，于是他的脖领子里已被插满了一根一根长的短的粗的细的树枝子……

爹呀……妈呀……

孩子哭哭咧咧地，在林子里艰难地走着。

别人望着他肩上和脖子上“背”起的“林子”，也心疼他，但谁也不敢“卸下”这些林子。从早背到晚，从春背到秋，孩子肩上和脖子上开始烂了，蚊虫和蚂蚁都挤着驻在他肩上的皮肉里，渐渐把孩子的血吸干，孩子最后变成一架白骨，站在驿道尽头的林子里。

铁匠老温说，他的祖辈进林子砍拴马桩，见过这些白骨架。

温铁匠在暗地里瞅我们眯眼笑。他的铁匠炉为抵挡直面吹来的长白山西面的山风，特意让炉棚门冲北开着，这使得东边的阳光不能直照过来，而西北来的风又可以在侧面吹旺炉火，炉火呼呼响，那一只只通红的铁掌仿佛在炉火里晃动。我于是问他，给驮载牲口脚力打上铁掌自古都一样吗？铁匠没有回答，自己笑了。我知道，这是在嘲笑。

他好像发现我们在探寻他嘲笑的内涵，于是也不回答我们，只是大喊一声：“德子——！操锤——！”

那个叫德子的是他的徒弟，他正在外面的木桩子里给一头拴绑牢靠的黄牛割削蹄壳，他手上那把歪把割刀“唰唰”在响，老牛蹄壳上的废皮雪片般飞溅，转眼间落在又黑又厚的木桩下的硬雪上，德子听到师傅传唤，他扔下割刀奔往炉间。此时，师傅已一手握着小锤一手拎着钳子，从那熊熊燃烧的炉火中拎出一块红铁，一下子按在了炉架前的木架上一块古旧的砧子上。于是，师徒二人大锤小锤交相抡动，火星四溅，新安古村落的上空响起了“叮叮当当”的有节奏的锤点。我相信，锤点是驿道的音符。

小锤叮叮，大锤当当。

小锤又叮叮，大锤又当当。

小锤配大锤，叮当叮当唱响着。

最后是大锤配小锤，当叮当叮，当叮当叮。

我一下子觉得，锤点好像在说些什么。但是，锤点在说些什么呢。

老温还是憨憨地笑着。他诡秘地打量着我们。突然他问，听到话了吗？

我们说，听到了。他说，听到了什么？我们说，叮叮当当打铁声。他说，不对，是歌子。这使我们更加奇异无比，哪有什么歌子，分明只是叮叮当当的打铁声。

老温又笑了，更加得意地笑了。他肯肯定定地告诉我们，这是铁锤的"节奏"唱出的打铁歌……这，我们就更觉得有意思了。那么，"锤子"唱出的歌子是什么意思的歌子呢？

你当王八，你当王八；
我不当，我不当；
不当不中，不当不中；
我就不当，我就不当；
不当也得当，不当也得当；
那也不当，那也不当；
你不当谁当，你不当谁当；
当就当吧，当就当吧，当就当吧……

温铁匠，硬把打铁的锤子节奏说成是这首歌子时，我们再去听那大小锤子的打铁声，可不，锤声真的就变成一首民俗歌了。听着，听着，这时候你会深深地感到，其实人类不能不去佩服生活，特别是当生活变成一个故事或一首歌谣时，它便会在自然和历史中被整个固定下来，完整下来，又经过一代一代的传承，于是形成自己的生命史。这是文化的生命史。文化生命史可以跨越千年，从远古走来，穿过今天，穿越明天，走向更加遥远的未来。仿佛是唐和渤海朝贡古道上传来的浓浓的古驿气息，让人感受到唐风古韵的存在。如今那些唐风古韵真的成了歌谣和故事了，这些民间文化、行业习俗，时时在这条人参古道上流传。在抚松，许许多多美丽其实都深深地融入贡道两侧那茫茫的老林之中了，在甸子街（抚松旧名）有许许多多的爱情山，它们都有一个故事和来历，有一个地方干脆就叫“倒插沟”（或叫倒岔沟。长白山里的沟沟岔岔多，倒岔或倒插，都是指沟谷在正常走向时，突然从旁边岔出另一条沟。但这种突然渐渐地已演化成正常，只是这个名字，却留了下来），而生活中的“倒插”，却是指婚姻，本来是男娶女，如果女“娶”了男，便被称为“倒插”。可见在古老而苍凉的北土山林里，真的有那种女“娶”了男而去“倒插”入门吗？人参文化中大量老实男子憨小伙，想姑娘，又不敢动手，于是被“把头”辞退的故事口述在人的记忆里，有一个“姑娘参”的故事讲的便是这样的内容。说一棵人参相中了挖参小伙，它变成一个女的，站在“林子”里，别人谁也看不见，只有把头和小伙能看见，但只有小伙上去抱住她，才能得“参”，可是小伙子以为那是一个大姑娘，男子汉岂能去“抱”人家不认识的姑娘，小伙越不抱，姑娘越认可小伙子的朴实和厚道，把头见其三次都不抱，气得将小伙剥光衣服绑在树上“穿花”（让长白山里的蚊虫叮死他咬死他），人参姑娘心疼地救走小伙，领他“倒插门”进了“人参”山林，二人成了恩爱夫妻。

民间留下的所有记忆和文化的过往都给人类提供了一个新的文化发现，人，从沉沉的岁月沉梦中醒来，才发现现实依然如梦一般奇幻，这些记忆和光阴的过往都深深地留下了女人的生命和情感，决定着人特别是男人的生命和情感，去渴求，以至于后来东北《五哥上工》《春哥上工》《小春扛活儿》《五哥打工》中都有同一个情节，小春或五哥爱上了人家地户家小姑娘二丫，有一天，二丫的爹妈去赶集了，二丫赶紧把大门二门都插上了，对五哥或小春说：前门堵，后门插，紫兰裤子往下扒（其实是她自已脱下来的），叫声春哥你快动手，不动手你才是个大傻瓜，我爹我妈没在家……

二丫的激情和泼辣，正是北方“大姑娘美来大姑娘浪”的原始雏形。

姑娘自己动心也传承了久远岁月前母系氏族社会的生命情愫，那是自然和生命的一种渴望，在抚松，在抚松新安乡古州驿道和驿站，也会有销魂的遗存吗……

《隋书·东夷传》记，靺鞨人，妇人服布，男子衣猪狗皮。俗以溺洗手面，于诸夷最为不洁。悦中原风俗，请被冠带，与汉人装束相近，以束为头戴幞头或系抹额，身着圆领长袍，腰系革带，足蹬黑靴或麻鞋，女粉面朱唇，梳髻，戴红披首，颇似盛唐妇女，但严格一夫一妻制。可在择偶方面，当时表现出自愿婚习。渤海男女到了求偶年龄，可以自由交往谈情说爱，男女定情后，女子不必告知父母便可随男子而去，男子娶妻也无须先征得父母同意，婚后过一段时间，男方才备礼“拜门”，婿到妇家执“子婿之礼”，这种婚姻（女同自己的意中人同居后再看望老人）不仅得到男女父母的承认，也得到渤海社会普遍认可，并被传统观念认为理性婚姻，把一种择偶自由融入其中，除非男强犯女意才被认为丑，但偶尔又成为“俊”。

丰州（今抚松县）传有《一俊遮百丑》。一大户人家，雇有小工（类似《春哥上工》）扛活儿，长工与其女暗中结好。季节至二月二，小工去外劳作，丫头与嫂子在锅灶前烀猪头、猪爪，熟后，香气可人，姑嫂二人便于灶前边烀边啃。嫂见其小姑嘴唇油汪汪，便笑着说，你猜像什么，小姑听后一乐，一下被正含在嘴里的猪爪骨卡住，一口气没上来死了。深冬早春，无法挖土葬人，就攒一口“白茬”料子（恶死——不正常之人的棺材，先不上色）装上丫头，抬往村外，摆放冻土之上，以便开春泥土解冻再深埋。不料长工回来才知二丫“已走”（已死），心下系念不忘，绝不信活生生一个人怎么能说走就走了呢？于是奔往坟地，开棺恸哭。却见二丫气色如初，禁不住上去摇动，哭唤，又禁不住与自己曾经相爱但只不过没有公开身份的二丫发生了鱼水之谊。不料一动一晃，卡在二丫喉头处的猪骨头一下子滑落了下去，二丫叹了一口气，睁开眼说，呀！这不是小半拉子（小孩子或小青年给大户人家扛活儿时的名称）吗？小工一见二丫“活了”，吓得起身便跑。二丫坐起来在后面喊，半拉子，你等等俺呀。

他岂敢等，更急步快跑，不敢回东家，只好奔往离新安三里远的巴里莫村自家，进屋藏进“炕琴”（北方一种坐落在炕上的大柜，可盛装衣物、杂物。由于似屋室一样装饰，鲜艳，多彩，很像琴；又因经常拉动，打开，门与轴间常常发出吱吱呀呀的关闭声，民间以形象之称为“琴”。又由于置于炕上，所以称“炕琴”。别土无有，别地不生。也是北土山林之人渴望天籁之声的来临吧）里去了。

二丫撵不上小工，只好一步一移地来到自己家。到家时天已近午夜，敲门唤，妈呀，开门哪，我是二丫。

娘也听出是女儿二丫的声音。

娘颤抖着说，二丫，你走吧。天亮，妈给你到坟上烧纸，送钱。

二丫哭泣，说道，我没死。

娘死活不敢相信。

还是爹胆气大，他突发奇想，二丫，你把手指头从窗户伸进来，中不？

在北方，民间有习俗，只要以针扎在人的指尖上，见出不出血，便可验证和判断来者是人是鬼，是活着还是死啦。鬼没血，人有血脉。

二丫只好用舌头舔破自家的窗户纸（那时，东北人家都是窗户纸糊在外，防止迎面刮来的残雪落在窗棂上，不然开春或屋内火炕热气一升，窗纸易在窗框内烂掉，沤坏木窗。这是北土之人一种聪明的生活方式），把中指（别的指头不算数，二丫也知道这个俗理。据说中指血又避邪，又能验明正身。这成为生活中不是规律的规律）伸了进来。

爹是男人，胆子大。他手执银针，跪在炕上蹭过去，他在女儿伸进窗的中指上轻轻扎了一下，不一会儿，就见一滴鲜红鲜红的血珠真的冒了出来。

爹说，开门！这是咱们二丫。

娘再也不敢犹豫，急忙奔往外屋，拉开了紧紧插住屋门的插管，“哗啦”一声，女儿一头扑进娘怀里。

二丫泪水涟涟地说，娘啊！小半拉子把我给糟践啦。

啊？半拉子把女儿给糟践啦？

娘一听，傻啦。

爹一听，乐啦。

爹说，来人！

又有长工等在外边，答曰，在。

爹说，你骑一匹马，再牵一匹马，快去巴里莫，把半拉子给我“请”回来。记住，要好生请回来，千万别吓着他。

答曰，知道了，东家。

于是，两匹马的马蹄声，奔往巴里莫屯了。也是沿着新安乡这条朝贡道远去的，把故事和记忆洒在这条道上啦。

到了巴里莫，来人喊，出来吧，你祸闯下啦，藏也没用啦。

小春妈知道儿子惹了大祸，东家来人了，藏也没用了。于是打开炕琴门说，去吧。祸是你闯下的，人家来“取”你来了。小春无奈走出自家，骑在马上跟人去了。进了东家门，二丫爹说，别吵吵，别吵吵，听我说。现在已经是二月二了，立马就清明了。村头有二十垧“蝲蝲蛄”地（不太好的地），你用大车拉上种子，拉上二丫，和你媳妇过日子去吧。咱们这叫一俊遮百丑。

新安这地方仿佛就是为“道”（朝贡道）而落成，黑夜，不论夜有多深，有人敲门，喊门，主人问，你是谁呀，只要来者答，“道”上的，主人必得开门。常常也有“拉杆子”的（土匪、胡子、响马、马贼）家伙们趁着夜黑风高到新安这里吃口道上饭，这口饭好吃，他们白天不敢进屯子，夜里便以小股人马混在道上的风俗里，闯进屯里人家住一宿，吃点喝点就走，他们也不太敢胡作非为。一是他们属于在荒山野林游荡的游子，其实也离不开村屯人家，过于放肆日后对人对己都无好果子，二是这条道也是他们常来常往的道，人过留名，雁过留声，人过不留名不知张三李四，雁过不留声不知春夏秋冬。走道有影，说话有声，他们也怕在“道上”留下不好的念想，终日被人耻笑咒骂，不得安生，所以并不在“道上”各驿过度造次。古道民风过于朴淳，也使歹人在这条道上心虚。在这里，早已有老俗，在外行走之人，只要你渴了，你饿了，你进屋上炕就吃饭，没人撵你；如果人家家里没人，那你就得自己动手做饭了。但做饭做菜时两样东西你别动，一是酒，一是红糖。在这条道上的人家，酒不是专门给人喝的，那是人家用来杀菌治伤的“药”（当然，主人让你喝时那是两回事）；红糖是人家留给自己女人生孩子后熬小米粥拌进去喝的，别的一切食物，菜果任其所用。吃完饭离开人家时，要在地上捡起一根草棍儿，别在人家门上。道上的人家出去办事回来只要发现自家的门上别着一根草棍儿，往往便会惊喜地叫道，呀！咱家来客啦。

“道”上，也常起误解。一年，一个“驿书”（专门在道上传送驿书驿信之人），叫秦栓柱，他是个新上任的，也不太知道“道上”之事，他是从上京（镜泊湖）的东京城起步，奔往西京鸭绿府（今吉林临江），再从那儿奔海坐船到山东蓬莱，上岸去往长安。驿书骑马传书奔跑了一天大汗淋漓，来到丰州已是又饥又渴，气喘吁吁，想先找口水喝，就见一个女人正在院子里打黄豆。旁边一堆金灿灿的豆粒儿闪着黄澄澄的光芒，又一堆蓬蓬松松的豆秆碎末，堆在一旁，一位妇人正举着一把“连杆”（一种上部能悠动的农具）“啪叭”“啪叭”作响地打着……

妇人抬眼一望，是“道上”的公驿，知道他要水喝，就忙放下手里的农具说，你稍候。

妇人快步进了屋拿出一个葫芦瓢，又在门口一个盛满清水的木桶里舀了一瓢清水，驿书这时舔舔已干裂的嘴唇，看着她手里的那瓢清水，想着那瓢凉水如果一下子喝下肚去的清爽滋味儿，禁不住享受得眯上了眼睛……

谁知，就在他睁眼一看时，却见那女人在端瓢经过她那堆打豆剩下的柴堆时突然顺手从上面抓了一把碎豆皮儿洒在那瓢清水上。驿夫本美滋滋地睁开眼睛等着痛快地喝下那瓢水去，却见那女人递上来的是一瓢漂着碎豆皮儿草末的水，心里这个气呀，心想，你这是欺负我这个初“上道”的人哪。

再一看，女人却笑眯眯地扭过头，以袖掩面低声说道，官人哪！快喝了吧，渴坏了吧。

驿书心下暗骂，多坏心眼儿的人哪，欺负外来人不说，还说得如此好听。可是，气是气，骂是骂，口渴难耐，于是他只好接过这瓢漂荡着草末子的水，边吹着上面的草末边慢慢喝。心中却想，你等着，等我从长安回来，我定要到临江西京鸭绿府告你，告你个欺负道上驿书之罪。

喝完这瓢水，他把葫芦瓢往地上狠狠一摔，打马走了。临走，他甩下一句话，你等着我，刁蛮女人。

那时从西往东，从东往西各条“道”上都有一个规矩，各道上村屯家家都是“驿舍”，不单分客店、客院，除娱乐场所“踏院”（一种专门跳舞欢乐的地方）外，各家都有接待南来北往驿夫、驮队、马帮、垛子的役务，而且只有热切款待，绝不可怠慢。如有谁人谁家胆敢怠慢或惹怒了“道上”的，那将处以重罪，渤海律法专有“道律”，对触犯朝贡道之罪者将严惩不贷。这个妇人见驿者摔瓢气呼呼走的，她吓得一屁股坐在地上。

当年，从西京去往长安要隔年而返，驿者往往是在头一年的春季或秋季雨季没来临之前或雨季结束之后才上路，以便平安，到第二年的这时才能返回原地，而驿车和驮子队迁返就更慢了，有时三年，甚至四年才得一返。这驿书秦栓柱是第二年的秋天这个时候才从长安经蓬莱，到达西京鸭绿府，又来到丰州时已是深秋。那时抚松已是五花山时节，大雁南飞，秋风瑟瑟，驿书来到去岁摔瓢人家，却已物是人非。驿书站在人家墙外，却见一位姑娘手捧一封书信送与他，原来那妇人是这姑娘的母亲，已于今夏过世，在世时一再让家人定要向驿书解释，她往清水中撒一把土面豆皮，是为了让他边吹边喝，别炸了肺。

古驿人家，一片好心却成了驴肝肺，还是在去往长安路上，驿书为报这一瓢土水之仇，已通过鸭绿府驿档官将那妇人的儿子发配出苦役，使那妇人的姑娘成了“踏娘”……

踏娘，一些丰乳肥臀的女人，在当地以跳“踏锤”为役，不得有闲，是驿道州府专设的官地场所伴舞之舞者。

踏锤，渤海时的一种音乐舞，继承了靺鞨人的歌舞风格，又吸取唐朝、日本舞乐精华，成为具有渤海独特风格的东西，被称为“渤海乐”。渤海乐以箜篌、琵琶、笛、笙、萧、鼓、柏板为工具起乐，音调主要是伴舞乐，这是一种宏大的舞乐，有“马上之声”，作“曲折多战斗之容”的武舞，又有悠扬委婉，娓娓动听的文舞。渤海乐经北丝绸之路驿道辗转传至日本，受到日本宫廷的喜爱，他们曾派人到渤海专门学习渤海乐。渤海灭亡后，渤海乐却流传下来，在辽金王朝成为宫廷礼乐的组成内容并定为“行大礼乃始用之”。名曰踏锤，是说渤海舞乐在北方民间以其活泼热烈的歌舞相伴，众人狂跳不止而“忘形”，《王沂公行程录》载（见程妮娜博士《东北史》）：“渤海俗，每岁时聚会作乐，先命善歌者数辈前引，士女相随，更相唱和，回旋宛转，号曰‘踏锤’。”这是在渤海人岁时节日活动中的一种集体歌舞，有点儿像如今西南藏地的“锅庄”舞，没有人数和场地的限制，大家边歌边舞，气氛十分热烈。“踏锤”舞被视为是“秧歌”的祖先。

其实踏锤，在“踏”和“锤”上。

踏，是指人在跳这种舞时，脚板要不断在地上上下跺地，踏地，使土地和山川地动山摇；而锤，是指人的腿通过身体的给力，使劲地锤向大地，砸向土地，那是一种“通通”山响的肉锤砸地声。一人砸地动静小，如果众人一起去砸，会使山体滑坡翻滚，当这种地震般的舞蹈起动袭来，人会沉浸其中，完全忘却了自身的存在。

这其实是一种对灾难、痛苦、死亡、悲楚经历之后的人的全身心的释放，也是对自己全身心付出得到幸福吉祥时刻的祝贺与回报，而最神妙神奇的是有“踏娘”陪伴。

唐和渤海时朝贡驿道上的“踏娘”名称因跳“踏锤”而来。唐时期选名艳美女本以丰乳肥臀为标准，而跳踏锤，则更需选那些有力有形的女子，身腰美艳，有个有形。每当跳起踏锤，她们身上每一部位都要甩动，飞扬，使身上的一切部位“锤”向彼物。

选踏娘，先是乳要圆挺，且可上下左右甩动，指哪儿砸哪儿，以使踏锤舞更加激烈宏阔。

在唐和渤海时的长安，那些来自西域和中西亚的舞蹈都属于阳刚类型的健舞。舞者身手矫健，舞风高昂旷达。白居易诗说：“胡旋女，胡旋女，心应弦，手应鼓。弦鼓一声双袖举，回雪飘摇转蓬舞。左旋右旋不知疲，千匝万周无已时。人间物类无可比，奔车轮缓旋风迟。”杨贵妃最欣赏的《霓裳羽衣舞》便是柔中带刚，开始跳时，绣衣重重，但伴随着鼓点跳得愈来愈激烈时，便一件件脱去外衣，跳到最后竟成了半裸体。看到兴奋时，唐太宗也击碎了羊羯鼓。

跳“踏锤”前，踏娘先要由“踏班”（管理踏娘的班头）给端来一碗“踏汤”，喝上这碗由人参须、叶，掺上哈什蚂油、椴树蜜煮成的“踏汤”，她们立刻神采飞扬地开跳，这使得驿夫们情不自禁地走进踏场。

辛苦的垛夫们也只有在州驿歇休这几天的欢乐和放松的时日里才会体味情爱，这里成了垛夫们又盼又想的乐土。

丰州有一千踏娘。

四方垛帮蜂拥般聚向长白山腹地……

早春，长白山山林间还铺着厚厚的冰雪，可是各条通往丰州的山道上已经忙碌起来啦，马帮、垛帮帮头的吆喝声，垛子上铃铛的碰撞声，日夜在寒风中飘荡。

东北春天的风时时改变着雪原的样子，从正月至清明前后，雪地在不断地变化着。在北方，整个冬天，雪都在讲述自己的故事。雪让北方人对冬季产生诸多的联想。雪是季节的颜色，刚刚表露出洁白，像沙粒一样晶莹和松散，可是一过正月雪就会渐渐地发黏，然后表皮被春风抽成硬壳，再然后，太阳光线把这些冰壳一张张打开，待早春不久，残雪就会变成一片片薄薄的冰片儿，风，时而把这些冰片吹刮起来，刮向空中，这种晶亮的冰片便会随着春风一片片飞飘着。驿道上的冬天奇妙无比，那些自然绚丽的轮回往往是悄悄地静静地出现，当你发现和注目它的时候，山林已经开始泥泞了，一早一晚，大地上飘动着乳白色的春雾，一种苦涩涩的土与雪的气息浓浓地裹住刚刚要开化的道上的土层，道上人说，这是“闹套”（垛子不好走了）的季节啦。年复一年，人们盯着雪，人们盯着道……

垛夫们出发的季节往往是那种冬雪还在悄然化着但残雪依然留在山冈上的时候，一早一晚，道冻得梆梆硬。晌午头子有些地方又化得泥泞，但垛夫们的脚和牲口的蹄子已经踏上了被春阳晒得开始干爽的土道，不可能等到山中泥泞完全消失。那时道旁和林子里的草还都枯黄着，各支驮队的人马就要由县里的村落出发，奔往州府，再由州府录事（州府地方上掌管垛夫的小官）从各垛子中选出一位垛爷然后组驮上道。在等待各路驮队到齐和选拔垛爷的日子里是丰州最热闹欢腾的时日。这时新安驿每晚都有踏锤舞，那美妙的音乐和如洪水般滚动的脚步踏地声日夜在长白山春夜里传递，吸引着垛夫和驮队从四面八方赶来。

而这种日夜狂欢的踏舞也只能进行十天至半月，一旦路途残雪开始化尽，一旦驮帮都到齐，一旦各垛子的垛爷都选定好，就该到了歌停舞歇垛子出发的日子了。垛子出发的头三天，踏娘们都要默默地回到各自的踏棚里去，不许再与垛夫们照面，这是规矩，也是习俗。

每年的冬至和春分时节是踏娘们陪伴垛夫最热烈的时候，也是最后的高潮。冬至季节换替，也是各路驮队和垛夫们各自从长安、契丹、新罗归来的日子，丰州夜夜举行踏锤狂欢舞，又称丰州踏锤节。据《黄帝内经》载“春夏养阳，秋冬养阴”，这是“奉阴者寿”的观念，冬至阳气蓬勃生发，阳易生而阴难长，冬至为一年中的至阴之时，阴极阳生，此时人体与冬至有异曲同工之处，大地由阴转阳，万物而随之。丰州古俗在此时举行踏锤歌会，一是顺应天地之气，二是为犒劳从驿道上归来和即将出发的各路驮队和垛夫，等冬至到春分一过，丰州便静下来了，这时，垛子都走了，踏娘们去西京等待上船垛子，丰州变成平常的山林村屯，一切与外界无有多少区别。那一年，从上京去往长安传递书信的驿书已升为录事，掌管着支配踏娘和选定垛爷的大权，他深知自己错怪了那家给他舀水并往水上撒土面豆皮的人家，观其家女儿已沦为踏娘，心下不安，便去求从王位，允其不去西京，留在丰州家里。

从王位呼尔塔和录事秦栓柱从前就是道上的朋友，皆因多次出使长安立下汗马功劳，双双被渤海王委任为录事和从王位官衔，彼此心中都有结缘之情，所以当秦栓柱向呼尔塔提出让丰州踏娘青兰离踏娘团归家，从王位呼尔塔立即答复，准青兰留在丰州老家。

春夜，踏娘由兵丁押解奔赴西京鸭绿府各县留守处，只有青兰被录事带出，随秦栓柱走出踏院。

不知是感到幸运还是感激，青兰嘤嘤地哭泣。那时节，踏娘的父母已不在世，哥哥和嫂子都被盘安郡派往营州服役，家里只留下她和爷爷领着哥嫂的两个孩子过活，一旦她被留守别县，孩子和老人将无以为靠，现在录事秦栓柱将其救出留在丰州，“踏娘青兰感恩不尽……”夜色里，青兰跪拜谢恩。

录事秦栓柱心下有愧，上前扶起踏娘：“一切皆因我起，今后你就留在丰州本地，不随别的踏娘转踏别县。我每年或隔年，都要经过丰州，会来看你……”

踏娘哭曰：“还望大人不要弃我呀。”

秦栓柱：“终究不会。”

踏娘青兰：“大人，如此说来，俺还有一事，不知当讲不当讲？”

录事秦栓柱：“快快说来。”

踏娘青兰：“那日从王位发话，朝贡道沿道人家谁家有奇参或其他贡货，定要上报，我家有一‘怪参’……”

录事秦栓柱：“怪在何处？”

踏娘青兰：“那还是我父在世之时，有一年秋天去老白山里放山所得。此参名为‘告舌参’。”

录事秦栓柱闻听大惊。

踏娘青兰连连点头称诺：“大人，不信，随我去一看便知。”

当下，录事秦栓柱和踏娘青兰在长白山早春那飘着凉爽春雾的夜里，向青兰家走去。此刻，一轮升至顶空的被春夜浓雾所包裹着的明月时而钻出浓雾，由洁白银晶，变为橘红，时而又隐入浓雾之中，山野由明亮变为朦胧，四野沉静，气息神秘……

唐和渤海时北国有约，山人如采挖到独特奇参，先献于国，定有重赏，渤海王定会将奇参贡送长安唐王，送者会得重赏或委以官职，秦栓柱从驿书升为录事，呼尔塔由录事升为从王位都是由于从北土带去了奇参宝参送与唐王而得，现踏娘青兰言说自己家藏有异宝奇参，录事秦栓柱喜不可言哪。当时，录事秦栓柱随踏娘青兰去看个究竟。她家住在新安驿后山，三间木屋，一座院落，杖墙全以木桩圈围，有牛、鸡、鸭在里边走动，院落西南角有一木棚，上无盖，冬季覆以树枝遮雪，春夏敞开，以迎照阳光。来到这里，录事发现了奇迹。那里，早春的山野，残雪还没有化尽，风中还透着严冬的寒冷，青兰又对录事叮咛，爷爷特别不爱言语，你千万别见怪。

踏娘青兰家是山里那种穿堂院落，从大门进去，便是外屋，穿过外屋才能进入后院的居室，她家的参园子紧靠着北面居室，平时阳光可以随时照入参园，但人要进入参园必先经过外屋过道。进得院落，录事见青兰家外屋过道亮着灯光，近前才发现有两个老头在饮酒，一位一绺山羊胡须垂在胸前，似雪样白亮，一位连鬓胡子圈住脸庞，胡子与头发扎撒着，如一只刺猬。青兰低声道，那银亮胡须者便是自己爷爷，另一位是“伐头”，他常年在林子里伐木，冬天山场子活儿完了，他就下山来我家和爷闲坐。

走至近前录事才看清，俩老头各坐在一个木头墩子上，他们中间也是一个木头墩，只不过那木墩子底小上大，像一朵大蘑菇被翻过来的样子，墩上面树的年轮清晰可见，密密细细足有千条，树墩上撒着一小堆“无腿大海米”（俗称“盐豆”——以盐炒过的黄豆），二人各执一盛满“老烧”（北方小作坊酿造的土酒）的海碗，喝一口，拾一粒盐豆放入嘴里；放入嘴里一粒，再喝一口，也不见他们说话。

经过二老身前，青兰弯腰施敬，说这是丰州录事，要来看看咱家的“告舌参”。青兰爷抬眼望望录事，以黑手从树墩子上捡起一个豆粒，扔进嘴里，“咔吧”一声，又猛喝了一口酒，没有吱声；伐头却连头也没抬。

录事心下很是尴尬，急随踏娘低头弯腰穿过外屋过道，进入内院。看看离开了过道，青兰不好意思地说道，你别怪他们，他们就是这么一对人，很少说话的，一年说话是有数的。爷爷是伐头最要好的朋友，伐头一冬天进山场子伐树，四五个月才下山一次，二人见面也还是喝酒，没话。可是，一旦要说话，也能把你冲死。青兰讲了一件事情。有一年夏天雨大，一天爷爷上山采药材回来，就见一过路人站在她家门洞的过道上避雨，爷爷火了，大声说道，你站在这里干什么，我给你气受啦，你不进我们家屋哇?

过道人连连解释，不是那意思，我是见你家里没人。

进了屋后，爷爷转身又出去了。那人本来饿啦，可一想，人家留你避雨，已经很不错了，饿也无法开口，于是头朝里倒下便睡去。

不一会儿，爷爷回来了。因那时，青兰上山上的“蕨菜营子”（一种专门住在山上采野山菜的窝棚场）采春菜没回来，爷爷便到邻家去借了一些大饼子，以皮袄兜裹着回来了，一见过道的在睡觉，气得叫道，起来!不吃饭就睡，我供不起呀……

过道人连忙回道，不是这样。我以为避雨已经够讨扰你家啦。

爷爷扔下饼子，急忙上山干活儿去了。雨季山上易出“水蘑”（一种迎雨而生的真菌）。

谁知，那雨一下下了三天，过道人几次想走也走不了。第四天头上，雨停了，天晴了，过道人想走，可又一想，不对，人家好心好意招待自己三天，走时也得与人家道个别呀。这时，爷爷从山上回来了。一进屋，见过道人没走，气得说道，你是死人哪，天晴了还不快走，想让我养你一辈子呀。他不是一般的不会说话。

青兰的话差点儿让录事笑出声来，这真是丰州道上的怪老头。

这时，二人已来到了院落内里处的参园。那是一个以粗木刻架搭出的木棚子。刚刚开门，里面视线黑暗，录事什么人参也没看见，只隐隐约约地见到木棚中间的地面上堆放着两块大石头，足有磨盘那么大，哪里有什么人参呢?这时，青兰已从棚门口的一块木板上取下一盏灯笼，她擦动火石点燃那圆圆的红灯，木棚里渐渐亮堂起来。顺着灯亮看去，秦栓柱见地上的两块石头还有些不一样，一块黑中略略发红，一块灰中暗暗透白，又似半黑半白。那半黑半白的石头酷似一面磨盘上扇，呈天然圆形，旁边另一块略微发红的巨石，也有磨盘大小，只不过成堆状，上面满是孔洞，是那种火山岩玄武石。看着看着，录事秦栓柱还是纳闷，哪里有什么人参呢？

青兰可能早已看出录事的心事，于是说道："你再细看……"

录事心想，我已经十分细致地看了，哪里有什么人参呢？再说，就是有人参，它不长在土上，又怎么能生在石头上呢？

可是踏娘青兰一再说，你一定要细看时，秦栓柱忍不住从青兰手里接过了灯笼。他举着灯笼，走到两块巨石跟前，弯下腰去，再举灯笼一照，不禁大吃一惊。原来，他终于发现了"人参"。只见在玄武岩磨盘石若干洞眼的最中间一个孔眼中真的伸出一棵参秧。那参秧从石孔中钻出，弯弯曲曲爬过玄武石，一点点钻入了旁边黑白相间的磨盘石下，又从磨盘石中间的一个孔洞中长出了自己的芦头。在红灯微弱的光芒照射下，录事发现，那从石磨扇中间孔中钻出的芦头已有二十厘米高，但足有十厘米枯干的"疙瘩"（人称珍珠疙瘩，是判断人参年岁的物证），而干疙瘩之下，又有无数新的珍珠颗粒不断生出，已延续至磨盘石孔眼处，向下已看不到，新的珍珠疙瘩已伸入石中，无法再辨。更奇特的是，那突出在石上的芦头时而挺立于石上，时而趴卧于石上，挺立时有如一老者扬头远眺，趴卧时又如一饱虎安歇睡眠。现在录事边听青兰在一旁指点边观看时，那奇参的芦头蔓正似一饱虎卧于石上的黑色一侧，所以他难于发现。

啊，真是太奇了。秦栓柱叹了一口气想，他往来长安、契丹、新罗驿道多年，报送各种贡物无数，却从未见过这样的奇参。又忍不住问踏娘青兰，它如何生长呢？是生在土里呢？还是长在石上呢？

"这正是我要告诉你的。"青兰说，此参本应长在土里，可是由于周边没有土，根须便扎入石中，上百年来，此参可离土，但无法离石。石动参必动，石走参必走，石挪参挪，参石不分。两石各二百斤。录事更有疑虑，一参"挑"两石，如何挑载得动？

青兰告诉录事，要拿此参，必拿此石，这两石，一是参的根窝，一是参的枝头，而参的枝头也就是它的芦头正伸出黑白颜色的石盘，石盘上的孔眼正在石上黑白两色石的中间。秦栓柱再一细看，只见那探出芦头的石盘正如一副阴阳八卦图，在磨盘石的黑白色泽中心，那伸出人参芦头的地方正似阴阳八卦的“鱼眼”，心中更加称奇，也真正相信踏娘青兰的指点。

走出参棚经过过道，两老者依然在饮酒。

秦栓柱弯腰施礼道别，老人扬脖猛饮一口酒“咔吧”嚼了一个豆，突然，“呵呵”冷笑两声，那伐爷将海碗往木墩上一放，“咚”的一声。秦栓柱赶紧退了出来。

青兰送秦栓柱出来，低声向录事解释，你心中别怪他们，他们都是“道上”的后人，他们的祖上，都在道上走丢了……

录事秦栓柱不怪罪他们，特别是当青兰道出这二者的祖上都有人走丢在道上，他心下更加的敬仰和钦佩。驿道，朝贡道也有属于自己的神圣过往习俗，许多驿道人家称老“道”上的人家，其中最有地位的资格就是有祖上先人在道上走丢了，走没了。走丢了，走没了，是指他们一生一世当驮夫、驿夫、垛子手，从小到大在道上走，已走出了“道瘾”，又称道圣。他们最后的“老”（死）法很独特。在他们知道自己即将死去，老去之时，有一天，他们会突然嘱咐家人，几天以后，某时某辰，给我准备好，我要“上道”了。

家里人不敢怠慢，往往立刻给他备上穿戴、吃喝，他于是带上这些东西出门便走。他奔“道上”哪里走，哪个方位走，家人不许打听不许问。出门往往是在黎明。太阳升起之前被称为“日头冒红”上道，从此，人再也不回来了。这称为人在“道上”走了。究竟他是走哪儿去了，死哪儿了，谁也不知道。这称为在“道上”呢。家人和后人再也找不见其人，都称为在道上走丢了，走没了。

道上的规矩，谁家有这样的老人，都被看作是道上的先辈。对这样的家族和村落，后人不但要对其刮目相看，而且还要敬仰，这样的人家有奇特贡物，更是值得尊崇之事。第二天一早，秦栓柱便去见呼尔塔。

早春，各种垛子往丰州集中，不同村屯垛子驮着不同方物奔往丰州，等着从这里出发，奔往神州（西京鸭绿府）临江，再从望江楼（亭）下的江口起船或起排西渡渤黄海，去往西地长安，但驮运不同方物的垛子也是不同时节赶到丰州。当年，运往长安的主要方物就是长白山的人参，除此而外就是虎皮、松子、白附子、昆布和儿女口。

人参、虎皮、松子，人们可能习以为常，可白附子、昆布、儿女口，人均感陌生，千里迢迢从北土运往遥远西土长安的这种东西都是什么呢？白附子，其实是一种毒药。这是长白山里一种独特的草棍。此草有筷子那么粗细长短，成熟以后成白色，将其在秋季霜降时采下，晾干，上锅熬后，化作白浆。此浆是一种恶毒，如涂抹在扎枪头或箭镞上，只要伤及人皮肉，便可毒死对方，它与产在海南岛上的见血封喉一样是战争使用的上好武器，而只有长白山的白附子草才能达到如此绝效。唐王极喜此草，中亚、西亚一些阿拉伯商人往往以珍珠玛瑙等大价收购此北土白附子，所以，每次渤海垛子到达长安，白附子货物是不得缺少的。白附子草多产于柳河、辉南、濛水一带的山崖峭壁上，渤海设许多部落专采此草，称为白附子部，这些驮子要在每年冬雪落地前赶到丰州，再从这儿出发，以便在四月二十八鸭绿江开江前赶到神州临江搭船西去。

昆布，是一种海菜，是专门产于海参崴（今俄罗斯弗拉迪沃斯托克）的一种海菜。海参崴，又称东海湾，这指从辽东看这里，如从宁古塔望去，又称南海，这儿的海菜独特无比。东海海菜又称海布——指它像家织的布子一样又长，又宽，又厚，又软，散发着浓浓的大海气息，也称海带。

采这种海菜，被称为“拧”海带。人手如铁钳子一样，去掐，去拧。渤海时，渤海王专在海东诸岛设有很多部落，以拧海带为业。这些人勇猛无敌，一头扎入深海，人可一小时不出水面，他们从岩石上将带根割断，再一条条背上水面，以船载往岸边，铺在草甸上将海带晾干，然后卷成一个一个海带卷，称为“昆布”卷。昆布卷往往以二十斤、五十斤、一百斤为一卷捆，外以芦席捆扎，垛码在马背上，称为昆布垛子。这些昆布垛子往往必须在早春赶到丰州，以备结队奔往神州（临江）上船，不得有误。这些垛子往往从夏秋便从珲春（海参崴）一带起程，赶到丰州，正好是初冬。

在大唐，菩萨也变得丰满起来了，唐代妇女以胖为美，在敦煌窟第四十五窟南壁“观音经变”中，维摩诘床榻上摆设着美食美器，无一不是日常的用品，富有的供养人自然地进入到《维摩经》中去了，从物质到人，都是送与大唐的贡品。儿女口，就是人。从前，唐王喜爱北土之人，特别是喜爱童男童女。儿女口，就是童男童女。那往往是一对一对的年龄在五至八岁的男女小童，他（她）们一对对面如桃花，活泼可爱，被送到长安，多为达官人家认领，收养，也有的被唐王送到各司府学艺，学技，琴、棋、书、画，许多人后来成为名家，也有长大学成后重归北土，成为“留唐生”。儿女口多选于那些家庭人口齐全，教养有素，长相清俊，性情活泼，擅于歌舞的男童女童，每两对坐在垛子柳筐中，正月随马队出发，奔往临江，再登船过海，去往长安。大业年间，日本在中国出现统一王朝而空前富足的刺激下，多次派遣使臣、学员和僧人到中国学习进步文化。大业四年（公元608年）日本圣德太子任命大和豪族家的世家子弟小野妹子为使臣、难波吉士雄成为翻译，带领玄理、僧人旻、请安、慧安等八人，作为学员和学问僧，乘船渡海，来到长安，直到转年九月他们才学成回国。长安，成了日本人眼中的“西天”。丰州，北方的长安，这是万物集聚的大本营。

大山里，冬雪停飘之后，白色刺目，人踩在洁白的雪上，脚印成为一片片污物，与自然不协调，但那嘎吱嘎吱踏实的踩雪声让人联想起久远岁月前的繁荣，无数的垛子驮着林林总总方物来到这山里雪上，盘安郡王责成从王位清点驮帮货物，又重新编排驮子，组合垛子，定好起程日期和时辰，分别去往四方，人马均需踏雪而行。许多人，眼瞎了，那是被白雾罩住眼底，雪晃而瞎。一进丰州，有人发放“罩眼布子”，以山里的狍子卵子皮儿刮薄，两边以布缝接，各系一绳，人只需系在耳脑上，便可不被雪刺瞎眼。驮子一进丰州，许多山里孩子站在路口，挎筐背筐，在那里出售狍子卵子。

来吧！柞树林的狍子卵子……

买吧！琉璃棋子沟堂里的狍子卵子……

孩子们的喊声，沙哑而具有山林活力。各路驮子把头往往吆喝着停下垛子，站在长白山的寒风冷雪里挑选狍子卵子。谁也不愿被雪照瞎眼睛。

从王位呼尔塔的大院子里日夜升腾着茫茫的白气。大院子，门口是个大门洞，进了大门洞，两侧都是客房，一溜排开，里边是火炉和火灶，伙夫们在灶上日夜热酒炒菜，灶坑前蹲着两个小打，专门拉风匣，让锅灶热热的，各种炒菜、热饭随时从锅上端出。门口站着两个“院心”，专门负责点货、上单的管理丰州老库的把头，一见有垛子走进院子，他先查看，然后根据从王位呼尔塔的交代，指派你把货运进哪个库房，人再由院心领着去见呼尔塔。库房一律在后院。院心不安排，谁也迈不进后院那个门槛。

每来到门洞口一队驮子，院心就喊：

柳河白附子垛子到——！

漫江虎皮垛子到——！

东海昆布垛子到——！

松江河松子垛子到——！

大营子人参垛子到——！

敖东儿女口垛子到——！

……

呼尔塔从后院二道门木刻楞墙上的一个黑乎乎的小窗子，听声探出头来，他先要打量一下货和押垛子的把头。那些把头，都是他熟悉的爷们儿，而且人与人之间都有许多说道，他一是看货，二是看来历。柳河白附子垛子把头是双龙、双全哥俩押垛子来到丰州，呼尔塔眉头一紧，你爹呢？弟弟双全沉默不语，哥哥双龙说，爹去年秋天爬砬子采药，一脚踩空摔死了。呼尔塔不再问，接过哥俩递过的布包，往身后一个大柜里一扔，指派院心将货垛子押进东三库，带双龙、双全安歇。又见漫江虎皮垛子把头是陌生的把头，就问道，苏尔珊呢？那人低下头说，我二舅冬天下套子，老虎惊了，活活把二舅啃死了。说完也拿出一个布包放下，被院心带去吃喝。东海昆布垛子今年也换了新把头，是个年轻英俊的小伙子，他递上了白布包，小声对呼尔塔指点，晚间再仔细打开。呼尔塔会意，扔进大柜里，让院心领昆布垛子把头去北六号房喝茶，并喊道，把我刚沏上的高山茶给他倒上一碗，昆布把头谢过从王位，退出二门口。人参垛子和松子垛子都是老人，呼尔塔照样对院心嘱咐，把他沏上的茶，各给他们倒上一碗。押送儿女口的上京垛子把头孙二叔，是呼尔塔的老熟人，他今年带来四对“儿女口”，小声对呼尔塔说道，多带来一对，你不说今天送三对就够吗，这另外的一对，供你补用。说着，也递上一个白布包，神秘地笑笑。呼尔塔摸摸白布包，对院心喊道，把我刚沏上的那壶高山茶倒了，再重新沏一壶。孙二叔来了！院心爽声接应，带领孙二叔进了后院库房旁的另一间木屋。

那些木屋，全是整根原木所砌，一木咬一木，粗大敦实。屋里是以石泥所砌的四方大炉子，日夜烧着熊熊的木炭火，一铺大炕，上面一张大炕桌，上边摆满了冻梨、柿子、青黄瓜、山葡萄，一个大泥火盆的土灰上，烧着豆包、土豆、榛子、核桃各种壳果，地上两个小打，跑里跑外地走动。

那时，炕上已坐着几位老客，一位是东干人，一位是俄罗斯人，一位日本人，一位新罗人，还有两位波斯人，都是远道而来的货商。他们一听呼尔塔吩咐倒掉刚沏的茶又重新沏一壶，都对孙二叔刮目相看，各自客气之后，几人一对眼神，对呼尔塔说，大人有贵客到，我们先自告辞，呼尔塔一施礼，便吩咐院心领各位去客房安歇，这边，他和孙二叔抬腿上炕，附耳相谈起来。

院外，骡马不断嘶叫，库房点货的吆喝唱数声，大门关启的叮当声，还有马夫们打水饮马时木桶磕碰水井的咚咚声，不断传来，还有，就是街上“背坡”的伙子们不断地叫喊，揽客的招揽声……

背坡人是丰州古驿上另一类重要的“垛子”。他们有自己的帮伙，并分出南帮、北帮、东帮、西帮、江帮、水帮、沟帮、谷帮，分工细密，不容轻视。长白山驿道有许多地段，骡马上不去，就得靠人背，于是生化出“背坡”帮伙。但由于盘安郡派出的垛子是“官垛子”，而他们“背坡”组帮属“私垛子”，常常不被人所看重，但他们在一些倒短（一些岔道）或货物陷在某沟某坡地段，却往往可以被派上重要用场，有时也能借“官垛子”争揽一些突发而至的生意，因此，一有垛子从各路到达丰州驿“大院”（人们对呼尔塔从王位管辖的部库的称呼），这些背坡的人便蜂拥而至。他们背着空架子堵在街头，路口，争着往上挤，往往因此发生口角，或引发争斗。有一年，丰州驿“背坡帮”引发争议，两伙“背坡帮”动手，双方各打死二十多名“狗子”（对背坡人的称谓），那种场景惨不忍睹。

听到道上吵嚷不绝于耳，呼尔塔猛地推开木窗，对道上背坡的伙子们喊道：“都给我闭嘴，不然，我让你们吃屎都吃不着热乎的……”这才震呼住。

他们（背坡的冬狗子）都惧怕呼尔塔，也不敢公然得罪呼尔塔，一旦他下令不用他们的垛子（指背坡的夹子），他们也真就难以揽到一些活计，所以听呼尔塔一吼，这才静下来，一个个老老实实地蹲在道旁。

这时，录事秦栓柱走了进来。他一看，从王位呼尔塔与来此上京的垛爷正在谈话就想退出，却被呼尔塔喊住了。呼尔塔又对身边的孙二叔说，你先到二号库客房去喝我刚沏上的高山茶。看着上京垛爷出了房门，秦栓柱拉住呼尔塔说："大人，有了一个奇特之物……"于是他把在踏娘青兰家看到"告舌参"之事一五一十地说了一遍。又加了一句："这可是贡道上从来没贡过的奇物。"

呼尔塔一听，先是一喜，接下来又沉默不语。录事秦栓柱知道呼尔塔在想啥。这是件升迁及第的好事，但也是杀头死罪的祸端，如此人参，首尾连系两块巨石，如何送运？在千里迢迢的路上垛子稍有上下错劲儿，人参秧一断，此货便一钱不值，这不是没事找事吗？

正在二人一筹莫展时，踏娘青兰来了，身后跟着两个老头。录事认出这正是奇参货主青兰爷爷和伐爷。呼尔塔斥退院心，亲自泡一壶山婆婆丁根茶，端至两个老头身前。青兰上前施礼，对秦栓柱说："爷爷决意出山，上道去……但，只有一求。"

录事眼睛一亮，走近从王位低首耳语："大王，只要他出山可就好了。此参是他和儿子从几十里外的山林子里发现，挖掘，又背回，想必也只有他能驮运至长安。但不知他还有一求求什么。"

呼尔塔说："问问他。"

秦栓柱应诺。走近二老，一施礼："不知老人有何求？"

青兰爷说："吃饱。"

伐爷说："喝饱。"

呼尔塔一听，哈哈大笑起来，这算什么所求？

青兰却又上前深打一躬道："大人哪，你们可有所不知，他们可不是一般吃法，只要背上石货，为了赶路，他们一天只吃一顿饭，可一顿要吃上二十斤烤牛肉！"

呼尔塔和秦栓柱互相望望，连连说："那就依你，那就依你！"

青兰又说："还有，你们要当众挑选他们当'背坡'的，给一个名分，以掩耳目。不然，石参难过别亮子沟和老道槽子沟……"

提起这两个地名，呼尔塔"刷"一下子站起来，他心下顿时不祥起来，是啊，就在前年春和去年秋，就是在这两个地方，三队官垛子均被土匪所截，至今下落不明。"不过，"青兰见呼尔塔惊恐不定，又补充道，"只要爷爷他们上道，还请大人放心。"呼尔塔与秦栓柱互相望望，他亲自又给两老头倒上新沏的山婆婆丁根茶，问道："一切条件都答应你们，果真能将告舌参运往长安？不，不用到达长安，只要顺利过别亮子沟和老道槽子沟，就足矣，从西京鸭绿府上船奔海，就足矣。"

二老头子，低头吱吱地喝着山婆婆丁根茶，又"咕咚咕咚"咽下，却不回话。呼尔塔急了，他们这是不答应？不答应来做什么？青兰瞅一眼秦栓柱，录事急忙附耳对呼尔塔道："他们不喜言语，不出声便是应诺。"二位老人扬脖喝尽海碗中的茶根，把碗往桌子上一放，起身便走，呼尔塔感激地点点头，秦栓柱心上的一块石头也才落下地来。当晚，呼尔塔又随青兰去她家观看一次告舌参。

踏娘青兰家的窝棚里温暖如春，有绿叶从一株枯干的参秧上吐出嫩绿叶芽。踏娘说，这是告舌参在等你。她轻轻剥开秧下浅土，一根参须慢慢展露出来。

只见那人参像是长在两块石头上一般，无数细小根须自己一根根穿过石头上的小孔又继续生长，其主根扎入地下，不知多深，而芦头却有两个，中间有主秧连接，其头一东一西，各卧在一块石头上。西边的那个芦头，上面结满了珍珠疙瘩，而且在石上微微翘起，恰似一人醉卧石上，低首沉睡。

我们一行来在抚松新安，大雪还在飘落，后山和它脚下的原野都铺着厚厚的白雪，我们站在古村由白山市政府1988年所立的丰州古驿保护单位的石牌前，抬眼望去，当年青兰家的院落所处的后山已隐在朦朦胧胧的风雪中。这让人领略了古村的地理地貌，果真两边是高岗，中间是平原，以便人家可从高处去观察垛子马队。处在茶马古道上的云南丽江也是如此，人居高处，马棚、车店、作坊和铺子处在低平处，人可将马和驮队尽收眼底。古驿村村民张洪顺、齐振科、王寿喜、刘金瑞、孙成顺、刘万银指点着说，当年马背上插着去往长安、新罗、契丹、北海、俄罗斯等处的彩旗，在风中哗啦啦地飘动，垫杠（一种挂货物的横杠）都在马背上摇动，就像茫茫的森林，在人眼前出现，像海市一样在晃动。

到抚松不提起人参就像到长白山没提起天池——那是一件不可思议的事，终于，人们不知不觉又提起了踏娘青兰家的告舌参。众老人指点着风雪中的后山争抢着谈论起来，那“告舌”只不过是人肉眼观它像人的“舌头”一样，其实它是被山石环境“逼”出来的长相，由于它的根不能顺利扎于土下，而是“盘”坐在石上，须根要穿越各种石头，所以那往往看上去细如丝线的须，其实是根，而它的“芦头”为了吸收阳光而生存，往往就长出许多头，每一个头，都长得一模一样，就像女人生了双胞胎或多胞胎，它有很强的预测自然变故的能力，如大风、大水、大雪、大雨、地震的征兆，而且刘金瑞说，告舌参旁准有一条大蛇。

蛇，提起这，人们都惊恐地竖起了眼睛，仿佛有蛇从四面八方围绕过来，当想起眼下是隆冬，眼神才平缓下来。这让人感到在山里谈蛇色变的效果，而蛇又是在驿道上不可或缺的话题，还有一个原因，在山里，不光人知道人参有营养，动物也知道，动物是识药的能手。比如蛇，它知道自己只要护住一棵人参，饿了就舔一舔，不至于饿死或生病。所以山里人都知道，有人参的地方必有蛇，有蛇的地方，必会有人参，所以人管大蛇叫“护参宝”，还因山鼠子喜欢吃人参籽，有人参的地方，山鼠就多，而蛇又喜欢食山鼠，这样，蛇也就与人参结下了不解之缘。

在这条道上提起人参，人们发现人参的记忆淹没了古道，尽管光阴已流逝了两千多年，但是贡道上与人参有关的事情太多。把头，叫人参把头，姑娘，叫人参姑娘，小孩，叫人参娃娃，还有人参蜜、人参酒、人参米、人参面、干饭参、药参、灯笼参、扁担参、四合参、人参嫁女（过去《山海经》中听说过老鼠嫁女）、人参剃头、棒槌喊山、龙参、鹿参、毛驴参、火参、刺参、葫芦参、骑鹿挖参、巴掌参、拧劲参、吹箫得参、驴皮口袋参、虎参、狗参、青年参、莲花参、童子参、夫妻参、老头参、老太太参、小猪倌参、汗衫娘子参、磨参、碾子参、犁杖参、锄头参……还有大量地名，如一张皮、一把叶、二甲子、灯参子、五品叶沟、老把头沟、棒槌砬子、棒槌窝棚、珠宝屯、万良（开始叫万两，是指一个人挖到一棵八两重的山参——古人说：七两为参，八两为宝，卖了一万两白银，于是这个屯子就叫"万两"，后来叫白了，就叫成了"万良"了；而珠宝屯，也是如此，有说是伐木挣下的珠宝万两，有说是挖人参放山挣下的大价），在这条道上，真是什么"名"都能"靠"到人参上，就有如人们对越王勾践墓地的认知。一开始，人们从古书上发现越王的墓在一个叫"木客山"的地方，可是，在越王的家乡没有这个山名。但当人按照记忆文化和语言文化的规律去寻找时，却发现当地有一个林子后边有一座后山叫"木栅村"，后来把村里的老人找出来一问，栅就是客，当地人的发音相同，栅等于客，正是越王勾践之墓。一种东西或文化在久远的传承过程中，语言、民族、习惯、习俗有时会出现一些差异，但是本质上的特征没变，只有人到达这个地方，走进这个地方的民间记忆中，从前的本真才会被认知。唐和渤海时期贡送长安的主要贡品就是人参，吉林长白山的人参，后来叫"辽参"（这是清时期对人参的称谓）。我们站在这条古道的村落里，已经被人参文化深深地淹没了。

我们是在冬天来考察这条贡道，那时垛夫出发是在春天，残雪已经化尽了，人和驮子开始上路了。可驮子从各家出来到丰州却必须在如我们这时一样的冬季，要顶风冒雪来到丰州集合，往往要走上一两个月，需在丰州分垛，组货，所以出门时依然是这样风雪弥漫的时日。可以想见在两千多年前的那些个深冬和早春，长白山老林的各条雪道上，从千村万屯结伴出行的人们，牵着牲口，在冰雪上移动，常常因挤在一条道上，或上下坡被堵塞而“斗杠”。

斗杠，就是互相卸下或抽出垫在骡马背上或货架子上的木杠决斗，常常有两败俱伤的垛子栽倒在雪坑里，碎烂不堪，直到第二年春天或夏天才被经过的猎手发现。而且，就是你顺利地到达了丰州，装上了货，还要提防各种意外发生。在古道上有一句话，叫“宁得罪小人，也不得罪铁匠”，意思是他让你走多远你就走多远。

铁匠们都喜欢吃炭火烤得黄洋洋的野猪卵子，一般的驮子从家里一出发，女人们就要给丈夫准备好一包包礼，这称为“白布包”，里边装有野猪心、熊胆、野猪卵子……有的送给从王位，有的送给录事，野猪卵子专门送给铁匠。

道上有一句话：打铁烤煳了卵子——看不准火候。其实这提醒了每一个去往长安的垛夫。

铁匠手里握着一把片牲口蹄壳的片刀，他往往看你是否孝敬他山野上的野猪卵子，然后他会根据礼物价码和你对他恭敬的程度，下手去片牲口蹄壳。他的手握刀在蹄壳上往外一偏，钉上掌后，牲口只走三十五里就掉掌歇蹄；他的手握刀在蹄壳上往里一偏，钉上掌后，牲口只能走十五里。许多驮队的牲口都上不去官道岭蹄掌就掉下来。

我们去看官道岭。这个地方正好进入清水香。越往里走雪越深，这是一道峡谷，官道岭在谷上头。过去古道都要选沟谷，上岭岗，再从岭岗到谷地，避开河流是因没有桥，而且驿道还要由从王位指派各部落选出专门“压道”的人，每天在道上挖石头，除冰雪，垫平被山水和桃花水冲出的一条条沟痕。

能上道被码上垛的人参都叫干货。路途遥远，要成年或几年才能到达长安，干，是一种对人参保鲜处理的方式，不然“三宝”会烂掉。其实每一个挖参人同时又都是保存人参的能手，进山挖参的人除必带一根棍子（又叫索拨棍，以助上山爬岭，拨草寻参和打草惊蛇）外，还要带一个盘子，叫“火盘”。《鸡林旧闻录》载：山里人挖到人参，要带回窝棚，立即将人参置于沸水中焯过，再以小毛刷将表皮刷净，并用白线小弓之弦将人参纹理中的泥土清除，然后用火盘去烤干，这称为“搯皮参”或“白皮参”。如制红参或糖参，则将冰糖融化，把人参浸入糖汁中一至二天，再煮熟，取出用火盘烧干，这是“糖参”。还有“生晒参”。古人讲究“贵红贱白”，是因红参有抗磨损保留充分营养之功能，而挖参人身上携带的“火盘”是一种珍贵的物品，火盘有泥制、石制、木制等各种不同质地，上绘有各种图案，如火神，山神、水神、冰神、雪神，或各种花边、云卷，是挖参人生活的“文本”。背火盘的人是把头。一定要把火盘放在贴心的部位上，不使它损坏或玷污。那是一种圣洁的艺术品。火盘在林子里，可以作为供奉山神爷老把头的托盘，上面摆满供果，但一定要防止它被风吹刮起来。一旦春季风大，火盘不慎被风刮起，就会像山坳里石坑中点点的冰壳一样，刮向空中，随之飘飘远去，那是一种不祥之兆。有一年春天，起风了，把许多火盘卷上天空，冰壳雪盘和烤参火盘掺杂飞起，天空现出五颜六色的光芒，果然那一年山里突发桃花水，把人冲得七零八落，人喝人死，畜饮畜亡。和天上的色泽一样，桃花水之所以称“桃花”，是由于它五颜六色，是一种毒雪水，由冰、雪、岩石、土层中含有的毒素形成，所以五颜六色，并且桃色迷人……

垛子上捆绑的每一捆干参其实捆绑的都是故事。那一年，据说从王位也给唐王带去了一棵“树参”（长在树上的人参）。一个孩子，从生下来脖子就歪，歪向左肩后上方，看不着地面。这一年，他长到十八岁啦，按屯里习俗，人到这个年龄如果没“放”（挖）过参，就不是汉子，成不了家。于是他就备好索拨棍、火盘、小米子站在十字路口，专等人组帮带他上山挖参，可是每一伙把头都嫌他是歪脖子，能看到地的好人都难以挖到呢，谁也不肯带他，后来有一伙把头看他可怜就带上他走了。谁知上岗后这伙人三天“不开眼”（没有发现一棵人参），大伙以为不吉利（偏偏带上个歪脖子），歪脖子也知道自己给帮伙带来了不祥，于是决定自己消亡在山林。方法很简单，第二天大伙拉山（每人按自己的趟子走），他故意往后，等大伙走远，他便会饿死或被蚊虫咬死，林子里也就多一副白骨架而已。谁知这时，他突然看到树上有一棵大人参！那是一棵被雷火劈折的千年大青杨，有几人粗，树从中间折断，由于年深日久，树心腐烂成土，大概是人参鸟（又叫王干哥鸟）叼一颗人参籽落在上面，于是长出一棵人参，几百年来生在那里，可是，正常人都看不见，只有脖子歪的人才能发现。歪脖子“喊山”（发现人参后的一种仪式）叫来了把头师傅，这伙人从此都发了大财，歪脖子也娶上媳妇了。但大伙在夸歪脖子有福的同时，都夸这把头心眼儿好使。呼尔塔也就是给唐王贡送了这棵生在树上的人参才当上了从王位。

去往官道岭那条峡谷又深又长，可以想见当年在这条茫茫的老林和峡谷中，一支支朝贡的驮队，千百年来艰难穿行其间，那些庞大的商旅，驿马，驮队，垛子，悠扬悦耳的铃声在这片古老的山林中回荡，他们运载着特产人参和种种珍贵的长白山物产，从丰州新安古城出发，又避开头道松花江沿北沟沟谷穿行，由今日抚松的抽水河、沿江等处，或过敦化的大蒲柴河到达渤海旧国敖东城，或往北，进入通往鄂霍次克海的北丝绸之路，或向东，向南，进入直达俄罗斯、朝鲜半岛的东丝绸之路，或经“神州”（临江）顺江奔往渤黄海到达蓬莱，再登岸奔往山陕，抵达长安，或再从那儿启程奔往塔克拉玛干和帕米尔高原去往西亚和中亚。抚松其实连接世界丝绸之路，把人参和人参文化带向更加遥远的地方。

从前，西亚和中亚的人以为中国的丝绸长在树上（其实也对，丝来自于蚕），人参埋在土里，所以又叫“地精”，穿在身上的终不如吃在肚里的，它会使人长生不老。史上唐王曾封诸多贡奉人参的人为从王位，真是对东去西土的人高看一眼，而史上和传说中却往往把一些主要的记载漏掉了，是因为百姓不愿记谁为王而愿意记一些奇闻逸事。如北去契丹道和西去长安道上的一些故事，牢牢记着《梁山伯与祝英台》中英台女扮男装去读书，师母其实已发现她是女的，于是为了试她是男是女，让他们在房上比撒尿，结果英台比山伯尿得更好。这些故事都已传得非常离谱，皆因人参、丝绸之路故事年深日久，那是一些被风雪驿道所掩埋的记忆。

越往清水香峡谷走，越是荒冷沉寂。官道岭在峡谷深处的大岭之顶，当地人又称“官道顶子”，渐渐的，有一户人家立在道旁。

走到了路的尽头和道的尽头。人家已用栅栏拦住了通往官道岭的道。丁县长告诉我们，这是县旅游部门派出专门守护这条古道的人，是两口子，带着狗，在这里修了三间木屋，养牛养鸡住了下来，守护远古历史甘愿与寂寞为伴。

长白山老林，不但夜里寂寞，白日也寂寞得吓人，四周没有一丝声息，眼看着松鼠将树上的大块雪块蹬落下来，但那雪块子却是飘飘然落下，没有任何声息。人和一切生命在这里其实是盼着听到声音或遇见生命的，可是生命在严寒和寂寞的冬季仿佛早已消失了。但是到了腊月山里就会出现“气息”，那是大山严寒制造的气息。严寒，常常使鸟儿飞着飞着，便会一下子从天上掉下来，冻死了；野兽如野熊会被冻得“喔喔”哭，“嗷嗷”叫；大树会在夜里突然发出“咔吧咔吧”的巨响，那是树被冻得从中间裂开，像春雷在冬夜里炸响，老人们说，这叫打梓子。打梓子本是山里人家以开山斧劈柴时的说法，斧子落在木头墩子上，发出“叭——叭——”的脆响，可是寒冬会有严寒“打梓子”，这是长白山自然的“绝活儿”，仿佛有一柄巨大的天斧从上砍下来，几人合围的巨树，“咔嚓”一声便折成两截或从中开裂，那巨大的撕裂声在寂寞的冬夜里久久回荡，让一切生命为之惊心动魄。还有最可怕的是“猪骨堆”。

严冬，野兽已没有任何吃食，于是大野猪领着小猪拱到一房深的雪里，去找土层里的草根吃，等吃完了，也冻死了。直到第二年春天，雪化了，山场子开始变得泥泞了，打猎的人才会在灰蒙蒙的泥土里，发现一堆堆野猪骨架。这里是成片的野猪被冻死的驿道。

冬季，常常有炸雷在夜里响起，那是严寒制造的雷声，这会被告之，又有许多生命终结了。

守望朝贡道的男女主人公分别叫高俊成、刘思云，他们热情地打开拦道木栅让我们进去，并告诉我们，他们是莫言的老乡山东高密东北乡人。这几天，他们已从小广播里得知莫言获得了诺贝尔文学奖，自己也高兴得合不拢嘴，这使人感受到，其实文化存活在自然和生活的一切细节里。说莫言是以民间故事和魔幻现实主义表现手法创作的作品获得的诺奖，还不如说西方真正找到了文化的源头，于是在对莫言刮目相看的同时也对那些来自高密东北乡的人刮目相看了。加上莫言老乡这个关系，加上他们守望的是文化，我们更亲了。

垛子出发的日子有一种悲壮的仪式，夜里，丰州古驿北山下的祭坛点起了熊熊的祭火，十二座祭坛从东至西依次排开，说明从这里去往长安西行一万两千里，观星识风向的巫师早已穿戴齐全，他手持法鞭立在中间那座最大的祭坛上，四周六十面巨大的皮鼓“咚咚”敲响，威严地震撼着四方，天，快亮了。

西去长安的垛子已编好，此次朝贡人员共一百一十六人，垛马五百匹，人马站在祭坛下寒风中等待呼尔塔的检阅，另有二百名背坡的老头跟随，真是浩浩荡荡。在背坡的人众中，呼尔塔特意选了青兰爷，并让他背上告舌参走在背坡人行列里，这也是秦栓柱的主意。这么浩浩荡荡的驮队，不能不引起“吃路饭”的帮伙注意，他们必然会对垛子下手，特别是大营子一带的别亮子沟和西京鸭绿府处的老道槽子沟，这两个“沟”是去往鸭绿府最可恶的道卡子，年年有劫垛子的，不少官垛子都是在这两个地方被劫，许多垛夫被害，驿马被抢，垛子失踪。为防这一手，呼尔塔早已派边兵去往别亮子沟，事先扫清障碍，保护垛子过别亮子沟，但也要提防万一，所以把贡送的告舌参专门放在青兰爷的“背架子”上，是有道理的，背坡的人都和当地人熟悉，就是土匪、胡匪他们往往也得让“背坡”的一手，不能抢尽杀绝，他们还要在地面上吃饭。这让呼尔塔心下踏实起来。

就在昨夜，他与秦栓柱亲自到青兰家，见老人将告舌参捆绑在背架子上，上面苫盖住青苔，一切安排妥当；而伐爷的背架子上背着的是四百斤牛肉，专门在路上烤着吃。他又派秦栓柱带人先出发去往西京鸭绿府的老道槽子沟，扫清那里的道路，然后带垛子上船，去往长安。这一次，呼尔塔特命一个叫乌宽的院心随秦栓柱去送贡，由丰州到达神州西京鸭绿府，全由乌宽主持。而一切重要安置，全由呼尔塔拿主意。如将这么重要的贡货——告舌参让“背坡”的背上，就是呼尔塔的主意，他认为这样可以不引起外人的注意，官垛子太招风……

爷爷远行，青兰来送行。背坡的老头队伍杂七杂八。那些人穿戴不整，表面看去一个个弯腰驼背，老弱不堪，但每一个人都精神抖擞。青兰扶着爷爷，还是哭了，毕竟那已是八十岁的人啦，要西去长安，不知能否安妥回乡，孙女止不住的泪水流落下来。老人一见孙女流泪，就大声叫道：“止住！不兴这样！”

于是，青兰强忍泪水，给爷爷整整棉帽子。那是一顶獾子皮老帽子，獾针从毛丛中刺出，闪着黑亮的光泽，老人爱抚地拍着孙女的肩说着安慰的话。呼尔塔亲自走到青兰爷身旁，又掀开青苔看了看那告舌参说：“老人家，你一路保重。实话告诉你，你这一背，比那五百垛子都金贵，这可是咱渤海多年来不见的宝物，唐王见了，说不定咋乐呢！平安贡送到长安，回来我定有重赏……”老头二话没说，只是摸起挂在胸前的一个葫芦头，猛地喝了一口。

又一通鼓声响起，该到上路的时候啦，太阳已升出林子头，正是日头冒红的时辰，所有的驮子把头依次跪倒朝祭坛施大礼，又朝西施大礼，最后朝正南对大山施大礼，呼尔塔站在祭台上大呼一声：“起垛子——！”所有大鼓一齐擂响，法号共鸣，西去长安的垛队便浩浩荡荡上路啦，五百垛队挤上官道，顿时雪粉飘荡，尘土四扬，马铃声渐渐远去，消失在崇山峻岭之中。

夜晚来临了，头一天垛子走的是平安道。按脚程算，第三天正午垛子才过别亮子沟。当圆月升在崇山峻岭的岗头，呼尔塔兴奋地打开了自己的白布包，这里装的都是各方驮子把头孝敬他的“宝贝”，有东路昆布驮头专门在上等补品中留下来的“海狗肾”，有北路驮头专门孝顺给他的“虎鞭”“鹿鞭”，还有老上京府驮子把头挑选的“冬虫夏草”。本来，正在壮年的他也不必大补，可又架不住那些日夜缠绕着他的“踏娘”，但是，有了这些补物，所有踏娘都一一拜倒在他的胯下，所以他的“白布包”是一种神奇的小包。每一次送贡编垛，他的小包都被填得满满的，而且，是男人都羡慕他的小布包。现在，他打开小包，清点他的宝贝，陪他留守的波斯商人和等待收货的俄罗斯老客都眼馋地围拢过来，呼尔塔没法子，只好分给他们一点儿，那些人乐得嗷嗷叫着，赶紧找水去吃去喝。其实，就在驮队出发的头三天，丰州踏娘已消失殆尽了，她们分别被送往别的驿地，也不知波斯客商和俄罗斯老客还有什么门道，也许会有旧的相好，反正他们吃完喝完补药，乐呵呵地走出驿院，消失在夜色茫茫的丰州古驿村屯里了。

突然，呼尔塔想起了青兰。爷爷走了，秦栓柱也在路上，她一定寂寞。

呼尔塔以温泉土烧（一种小作坊烧制的酒）就“海狗肾”一起服下，顿感浑身燥热，脸上似有炉火烘烤，他推门便走了出去……

春夜，长白山被浓浓的夜雾遮盖着，银色的大月亮已成了橘红，时而隐进浓雾中，时而钻出来，以橘红的光芒普照山林。去青兰家，呼尔塔早已熟悉，自那次他在秦录事陪同下去查看告舌参，就对青兰难以忘怀，她家的门庭、狗窝、卧室，他都记得一清二楚，现在是轻车熟路，不会摸错。

走着走着，突然，前边的房舍里传来“嘤嘤”的哭泣声，正是青兰。

亲人远征，骨肉思念，想必也属人之常情。她这正是该有人去安慰之时呀。呼尔塔加快了脚步，来到她家小院门口，再往里一听，不对，还有一个男人声。

“兰，亲爱的，我守不住啦！我会一辈子对你好，你答应我吧……”

是俄罗斯人古拉别契。原来这小子也摸到青兰家来了。

呼尔塔一步跨进院子，才见青兰已被古拉别契捆绑在炕沿上，而他，却跪在炕沿前，正对青兰发誓求情。听到身后有脚步声，古拉别契一回头，呼尔塔已挥拳打来，只听“呼”的一声，古拉别契腮上遭了重重一拳。这个俄罗斯人，本来力大无穷，正在欲火燃烧之际，怎肯放掉到手的娘们，被对方一搅，已是怒火燃起，这又挨了一拳，于是撸胳膊挽袖子与呼尔塔对峙起来。二人啊啊大叫，你一脚，我一拳地对打起来。可是，他哪里是呼尔塔的对手。这个在长白山二十三道沟当过木把，又在十四道沟亲手掐死过老虎的呼尔塔，这个曾经押送贡品七次去往西土长安的汉子，根本没把什么俄罗斯、波斯、中亚、西亚的武手拳手放在眼里，而且，呼尔塔又与长白山宝马城一个武术道人学过“老白山搓脚”（一种道人独传的功法），三下两下，古拉别契就被呼尔塔打翻在地，嘴啃泥卧着。呼尔塔上去一脚将他又踢起来吼道：“滚！你这个浑蛋！”古拉别契嗷嗷地叫着，抹着脸上的血逃走了。

夜色深沉之际，在距离丰州四十五里远的大营子，有一支队伍正匆匆地开向别亮子沟，为首的是沈大虎、沈二虎哥俩，他们多年靠抢劫官道上朝贡的垛子为生，这伙人有村屯，有据点，就在离大营子五里远的沈家窝棚，那里深崖壁垒，沟岔四通，到处是他们的天下，人不敢入。抢回的所有货，全都平分，所有人都靠“道”上做“生意”来生活，官兵明知这伙人干非法营生，可谁也不敢动手。沈家老大老二也名扬天下，他们不但垄断从丰州到大营州界这一段路的优先抢劫权，而且与临江到达望江楼的齐家哥仨也是“道上”的“曲曲”（朋友）和哥们，齐家哥仨控管临江的“老道槽子”山口，沈家哥俩控制丰州别亮子山口，而且互相都有照应。一旦这边跑了，那边一定堵上（也叫关门），他们互相配合，南北夹击，使得长白山各条山道、土道万无一失，最后所得还得要分给神州鸭绿府一带的总航把子黑二爷。所以北段驿道响马沈家哥俩也不易，他们要养活家乡父老。

道上，驮子、垛子的人，一提起别亮子山口，都会浑身起鸡皮疙瘩。沈家哥俩，那是杀人不眨眼，当地百姓都去过沈家哥俩的“响马屯”，那里山坡下挖着一排排土卧子，全是土牢。沈家哥俩每当在别亮子劫下贡车驿马，就随便打发当地百姓亲自给送进响马屯，谁敢不去？不但要给人家好好地赶驮子，还得给人家清点好，不然他们会把你绑在响马屯的山坡上，活活冻死，饿死，让蚊虫叮死，或“看天”（把一棵小树的树头削尖，插进人的屁眼子里，然后一松手，人就“坐”在树尖上）。响马屯山坡下一堆堆白骨，人走路都直绊脚。这次，哥俩早就听说此次朝贡有“大货”，正是他们发财之时机，所以当丰州垛子出发的头三天，他们带领人马已布控在别亮子山口了。

乌宽头一回带垛子出使长安，心下又喜又怕。他是老敖东猎手人家出身，以精明强悍被呼尔塔看中，此次正想借西去送贡而青史留名，他带领护兵走在垛子前头，丝毫不敢怠慢，夜里宿营，他守着火堆坐着都不敢眨眼睛啊。

赶走俄罗斯人古拉别契，呼尔塔上前解开青兰身上的绳子，见青兰只穿一件贴身小袄，呼尔塔脱下皮大袄给青兰搭在肩上，忍不住顺势搂住了她。

青兰使劲推呼尔塔，但已推不开。

青兰说道：“大人，我是秦栓柱的人……”

呼尔塔说：“你是踏娘。”

青兰说：“你们答应过，垛子一起，我就不是踏娘。再说，爷爷老了，还给你们背坡。看在他老人家的面上，大人，你也不能这样啊……”

呼尔塔早已不听青兰的任何述说，他钉子一样把青兰压下去，青兰在无奈的哭泣中，环开胳膊，紧紧勾住呼尔塔，闭上了眼睛。天上，橘红的大月亮刚刚钻出长白山春夜的浓雾，现又渐渐地钻了进去，群山朦胧，四野沉静，春夜漫漫，夜风游荡。

自古以来，当朝贡的垛子一出发，发出上道令的从王位就万分担心，什么时候传来人马货物安全平顺抵达长安了，他的心才有如一块石头落了地，可是这样的时候不多，每一次都会出事，出一些简直让人做梦都想不到的事。这不，当丰州的垛子刚一进入别亮子山口，就有一队人马从道旁的黑松林里闪出来，为首的一人大喊：“停下连子——！串串垛子——！”

这是道上的一句行话：连子，就是马；串串垛子，就是翻看一下垛子，看看都有什么货物。整体的意思就是，马队站下，货卸下来，我们要查验。

对于乌宽，“道”上的规矩他也懂。他虽然带着护兵，但他抬眼一望，别说这响马为首的带着诸多“炮手”，就是四周的山林里，草窠子里，也被这哥俩布置了一些炮手，那些人不说话，只是把黑洞洞的枪口对准道上的垛队。

乌宽立刻上前一施礼，说道：“这位舵爷（道上对土匪、胡子、劫道的头人的统一称呼），请您不要停马祕舵子好吗？呼尔塔大人已交代过，我们要忙着赶路，这是货物清单，还请舵爷过目。”说完，他把此次朝贡的货单递给了沈大虎。又一拍手，说：“上项——！”

立刻，有两位押垛子的边驿兵丁抬上一个用红布盖着的木盘子。“这是两千两白银，留给兄弟们上酒。”乌宽边说边慢慢揭开红布，只见白亮亮的银子在寒风中闪着刺眼的光泽。

沈大虎扫了一眼木盘子，先是点了点头，接着又说：“这点玩意哪够，弟兄们多着呢。不行，我得先挑一挑串（翻一翻垛子）……”

乌宽说：“舵爷，那你轻一点儿，别惊了牲口。”

“这你就不必担心啦。”沈大虎说着道：“上手——！”

立刻有几个汉子走到了他跟前。沈大虎看着清单对他们说：“头一群垛子过去，这是儿女口。咱们不要他们，要他们还得供吃喝。宁要裂纹的，不要喘气的。哈哈……”他自己冷笑起来。一个垛子的柳条筐里的儿女口小女孩吓得哭起来，被乌宽喝住，不哭了。在这伙人的监视下，五十四儿女口垛子顺利过了别亮子山口。这时，沈大虎带人查验昆布垛子和虎皮垛子。

他们查垛子有一种高招，叫“挑杠”。就是先将马上货物的垛子一侧摘下来，挂货的垫杠就会一头高一头低，这样一头空一头重，货物就会“哗啦”一声从马上落下来，往往把货摔得滚淌一地。果然，两个土匪哥们走到一个垛子前，解下一头货，那垫杠一翘，“哗啦”一声，虎皮、昆布、松树子洒了一地，而且，有一匹马被这突如其来的响动惊吓，一下子毛了，扬蹄抬腿向前蹿去。一些匪人一见虎皮，纷纷上前抢拾。在一片混乱之中，乌宽赶紧一拍手，驮子、垛子、背坡的人马赶紧起动，沈大虎还是留下了二十四垛子，丰州朝贡队也才算顺利地过了别亮子山口。

这一夜，响马屯的沈家哥俩召集屯子里的乡亲们一起开庆功会，喝祝捷酒，突然有崽子（哨兵）来报，神州鸭绿府地面的“卧底”来了，说有要事求见。来人是临江地面老道槽子齐家三哥派来的，他被带进窝棚，要与沈老大单独说话，来人相报，这次朝贡垛子里有重货，大货，是千年不遇的人参。沈大虎说垛子都验了，不见哪。那人说，那你们是漏验了。沈大虎立刻把弟弟沈二虎喊来，沈二虎想想说：“哥，是不是大货没在垛子上，而是在背坡人身上。”沈大虎想想，对呀，咱们光顾着验马驮垛子，却忘了检验“背坡”人身上的货，让他们混过去了。不过，不要紧，他们还有七天才能到达老道槽子。这一段山路重重，沟岔不断，他们跑不了多远。沈二虎说，大哥，既然这样，还吃什么饭，连夜追吧。于是，哥俩一下子掀翻了饭桌子，对手下的人下令说：“弟兄们，咱们瞧走眼啦！有大货落掉了。快，给我追。发财的日子在后头。”于是，这些人冲出响马屯上了道。三天的光阴，垛子确实没走多远。这一切，青兰爷心底有数。约在第二天头上，在歇垛途中，大伙正吃饭，青兰爷对乌宽说：“我有一个预感，那沈老虎绝不会放掉咱们的，我想背着告舌参穿林子奔往临江！”

乌宽想想说：“老人家，我也是这么想的，只是太辛苦你了。”

青兰爷说：“不这样办，别无他法呀！”

于是，乌宽又派出十名驿兵陪护，由青兰爷和伐头引领，他们告别众人由大营子西仙人桥的林子头钻进了山谷。

果然有如青兰爷和乌宽掐算的那样，就在第四天头上，沈老虎的人马在石人岭追上了垛队。这回他们有了经验，把马垛子上下翻了个遍，没有见到什么“大货”，又仔细查找“背坡”众人，终于发现少了青兰爷。

“哈哈！”沈老虎狂笑道，“这老东西，果不其然，另择其路。但是，他跑不掉。走，各位进干饭盆！”

干饭盆，在当地叫饭盆，是指一种山谷，那往往是一些圆而又圆的山里的盆地，大者百十多里，小者一二里地，但长相一模一样，人一进去往往迷失方向，许多采参、狩猎的人，有了收获却走不出去，最后成为一具具白骨。干饭盆里白骨绊脚，但由于其间野物多，来的人也多，而且，从丰州去往临江鸭绿府穿越干饭盆是抄近道，所以有能耐的人往往都抄近道走干饭盆，而青兰爷的打算被沈老虎猜个正着。青兰爷也想从干饭盆穿过去，直奔临江望江楼，但是，他的打算恰恰让沈老虎给猜到了。

这一年，是唐太宗贞观五年（631年），到达长安的西亚波斯人数量增多，唐太宗为与之交好，盼望渤海贡驮带去上好贡品。那时，唐王攻破突厥，曾安置突厥贵族一万家在长安定居。把敌俘安排在身边，这本身就需要非凡的胆识。

唐，一个开放的国度，引胡人文化到唐，这是大唐盛世的精神和气度。“五陵年少金市东，银鞍白马度春风。落花踏尽游何处？笑入胡姬酒肆中。（李白）”大唐的创造从无禁忌。狂旋的胡姬与奇妙的胡乐成了佛国盛会最精彩的节目。当年的“踏锤”舞和“踏娘”的风格是否有大唐之风？岁月在久远的风尘中渐渐远去，而自然所留下来的这根扎扎实实的人参和坚硬的贡道却从东向西延伸，延伸，远远地延伸而去。如今，留下的最难忘的就是记忆了。

朝贡队在大营西松岭老道槽子口被沈老虎和齐三哥“吃道饭”的人马所劫，背坡老头青兰爷等人和所贡的奇参“告舌参”被贼人所获……

那时，干饭盆在早春已经开始绿起来了，四周虽然铺着厚厚的残雪，但干饭盆里闷热难当，青兰爷他们正在拢火，烤肉，不料沈老虎的人马就包了上来。官兵与其打斗，双方战了三十余回合，最后青兰爷和告舌参被擒。清点人数和货品，只有伐爷一人不知去向。

沈家头人喝令青兰爷背着告舌参返回响马屯。消息传开，道上的防禁就松多了，乌宽的垛队也在十天后顺利通过老道槽子，到达神州鸭绿府临江，又等二十多天，江开冰解，人马垛子开船奔往丹东，旅顺，又从那儿奔往蓬莱，踏上去往长安之路了。

唐太宗贞观六年（632年），唐王宣布渤海国朝贡使团到达长安，并收得千年渤海奇参告舌参，而此时，青兰爷已被害一年多了。原来，青兰爷已与伐爷做好计，他背的是假告舌参，只不过两块磨盘石一模一样，这种把戏对一个几辈子在山里和“道上”跑的老手是老手法，而伐爷背的才是真正的告舌参。在干饭盆，青兰爷早已算好沈老虎的人快到了，于是故意坐下生火做饭野炊，却让伐爷背上告舌参从老道槽子（今日双松岭雪村）西南的秃顶子过去，日夜奔往神州鸭绿府，不得走漏任何消息。果然，沈老虎中计，把背着假参的青兰爷押回大营子响马屯。

消息立刻传遍整个丰州。呼尔塔气疯了。本来，他是要靠贡送此参而攀当丰州府盘安郡郡王，现在一切都落了空，他恨青兰一家。他夜夜去青兰家，夜夜折磨她，青兰欲哭无泪。而更让她痛心的是，不久传出沈老虎发现告舌参是假的，沈老虎决定处死青兰爷。处死青兰爷是那年秋冬之季，沈老虎为了解恨决定给青兰爷以“片亮子”死法。

片亮子，是把人关在一个木头笼子里，只有头从笼子上方的一个四方小孔里探出来，木笼子架在牛车上，以牛拉着，走向远方。走着走着，木笼子上边已经上好劲儿的一把老片刀一下子片下来，人头一下子蹿射向天空，那人头环视四周，叫“观景”，然后和着人脖子里喷出的血落在地上。

消息传来，青兰哭了一宿，她含泪给爷爷做了一身红棉袄、红棉裤。

天亮后，她背着红棉裤、红棉裤去往大营子。

抚松大营子，是个环形山口，中间一片几十公里远的平地，松花江和汤河在此交汇，又浩浩荡荡地向远方流去了。当时，五花山已退，四野山林一片枯黄。天上，秋雁嘎嘎叫着，行行远去。地上，寒风卷着枯叶，四处飞扬；芦花、草叶子，漫天飞舞。青兰爷已被木笼子关好，人有如一只困兽关在里边，老人早已满头白发，胡须又白又长，风，刮起这些，就有如一团白雪块子，在牛车上朦朦胧胧地滚动在荒野上。

“爷爷——！爷爷——！”

青兰抱着红棉衣，哭喊着奔上去，却被沈老虎的人马拦住。

牛车那时已松开。牛拖着古老的木车子，木车子上舞动着破旧的木笼子，木笼子里锁坐着白发苍苍的青兰爷。天，狂风四起了。牛车向远方走去，突然，片刀的机关犯了，已听不到响声，人们在远处看去，就见老人的头，卷着白发，和着鲜红的仿佛墨般的东西，一下子升上亮空，青兰爷仿佛转过脸打量了一下自己的孙女和老天，然后慢慢地飘下来，飘下来，最后“咕咚”一声，重重地碰在土地上。

634年春，乌宽、秦栓柱带领朝贡队从长安返回丰州。因献宝参有功，乌宽被渤海王封为录事，秦栓柱被封为从王位，呼尔塔被处死。那一季，丰州城欢腾起来，四方踏娘又云集盘安郡。青兰没有来。夜里，欢腾的踏锤舞震撼着山坡，秦栓柱推门走出了院子……

在北山下的屋院里，青兰在等他。见了他，青兰说：“大人，青兰又看到你了。这一下，你的愿望也达到了。什么时候上任呢，从王位？”

秦栓柱说：“我不当从王位。”

青兰：“当郡王？”

秦栓柱：“不。俺上道去……”

“当垛夫？”

“嗯。”

秦栓柱说完走了。从此，人们再也没见他。后来，人们也见不着青兰了。若干年后，人们传说青兰被波斯人领走了，有说被俄人领走了，有说被新罗人领走了，有说被日本人领走了，有说被东干人领走了，被……总之，是走了。走在“道”上了。在丰州，谁最后没了，人们都说是走在“道”上呢。那“道”，是一条无有尽头的道。这也许是老子所说的：道可道，非常道。

守望朝贡道的莫言老乡高、刘夫妻陪我们往峡谷中走，去往那远方的官道岭，从这里就可以奔往长安，这真是一件不可思议的事情。驿道上会留下许多文化的记号，高、刘二位守望人可能看出了我们的想法，于是他们领我们来到官道岭口处一个地方。二人告诉我们说，有一年春夏之交，一伙垛子经过这里，可突然间天降大雪，把一队长长的垛子埋上了，人马从此消失了，直到第二年又一伙垛子发现了这一伙垛子，人马尸骨早被山鼠和蚂蚁啃个尽光。这个地方就叫清水香官道谷，再往上就是官道岭……

这一带最喜欢出冬虫夏草，就像两千多年前那种春夏之时突降暴雪冻死朝贡道上的垛手和骡马，只不过到现代，暴雪在春季和夏季突然落下又突然化去，而从前是突然降下，却不肯化去。是自然在变化了？冬虫夏草是留在朝贡驿道上的最真切的植物，从前驮队人马的消失已经转换成一个新的物种了，人变成了冬虫夏草，再过两千年，又会出现什么样的物种呢？

静静的，覆盖着白雪的驿道在抚松冬季的山冈和老林里默默地伸向远方，把一连串的故事传述下来，从这里向西，穿越千山万水，江河海洋，沙石黄土，一直向西，奔向人心底向往的方向。

源头记录

一、用吐沫洗脸

冬捕季节过去后的早春，我去看望“关东渔王”——查干淖尔的渔把头，今年已七十八岁高龄的石宝柱大爷。他告诉我，他的已九十八岁的老娘也在。而且，他要告诉我关于“娘”的故事。于是，头一天我就去往查干淖尔渔场西山外屯，住在渔场招待所里，等着石大爷来领我。

早晨四点钟，阳光已金黄一片了，查干淖尔渔村西山外屯一片喧闹。

那种喧闹，来自于鸟鸣。各种鸟在黎明的村落树林子里叽叽喳喳地叫，一边叫，一边飞来飞去。渔村的三面都是水。声音很清晰。

偌大的查干淖尔海子把渔村变成了一个岛。早春的查干淖尔，水里的冰雪已经融化。水平静得如一面镜子。被冰雪围困了一冬的水在早晨阳光的照射下升起了微微的乳白色的雾气。阳光透过每一根树枝，明亮地洒在早春的村落土地上，让这个早上变得如此平静和普通。村狗从夜里醒来，懒洋洋地在林子和村道上走，不理会人对它的打量。小鸟像“石子”在空中飞快地飞来飞去。渔民石宝柱来了。说好今早上领我去他家。

石宝柱站在阳光下的土道上等我。

他依然抽着纸卷的叶子烟。在如今有各种各样香烟的年代他却专门保持着他自己的老习惯，卷纸烟。方寸大的一片小纸儿，从妻子年轻时给缝的青布烟口袋里捏出一捏红红的烟末，按在纸上，一卷，再用吐沫一贴，只有耗子尾巴那么大。但点着一抽，很解馋。

那是一种辣土烟。别说抽，旁边的人偶尔吸进一口，就被呛得咳嗽不止。他也只是抽两三口的就到了烟尾巴。他捏着烟尾巴时，我已走出来。我们一起默默地向他家走。我想，查干淖尔渔把头有什么样的故事要告诉我呢？

阳光还是平静明亮地照耀着清晨渔村的土道。

他在前，我随后，我们走向水边林间的渔家村落。

他怕我吃惊。于是边走边耐心地说，她老了，浑身有味儿。屋里也有味儿。你别嫌乎。那是一种古老的年代气味儿……

其实我这些年，正是四处寻找那种携带着久远年代气息的味儿。许多时候，人们总以为历史已经过去了，没什么可以再听到了，其实这是误解。人的许多生动鲜明的记忆其实依然独自地存活在民间，有时是我们自己盲目地忽视了这种存在。这就叫“田野”（社会）活态考察。我正准备去面对我所见到的活态原色。

面对着外屋门，是一个小道杂。里面是一面小火炕，炕上坐着一个老太太。她独自地坐在那里，正在“洗脸”。

洗脸，本来是应该打来一盆水，蘸湿毛巾，去擦去洗。可她不是打来水，而是用自己的“吐沫”（口水）用指头蘸着，一下一下地在洗。

已经近一百岁的人了，眼睛已完全失明，我们又是悄悄走近她居住的小屋，站在她的炕前，这使她浑然不觉。平时，就是有脚步声靠近，她习以为常地以为那是自己近八十岁的儿子和近七十岁的儿媳来给她送水或饭，所以并不理会。现在，她依然故我地洗脸，根本不理会一切。

她的洗脸，使我想起了农村乡间的“猫”……

在东北民间，农家的家猫常常卧在阳光普照的火炕的炕沿或窗台上，用一只爪子，蘸上自己的口水，然后一下一下地去擦自己的脸。孩子们都知道，这叫“猫洗脸”。猫总是用自己的口水把自己的脸洗得湿湿润润，干干净净，然后前腿一卧，头枕在上面，呼呼地睡去。现在，她也有如一只猫。她用右手的二拇指在口中蘸上口水，然后一下一下地去洗着自己的脸。

春风起来了。在外面的旷野上呼呼地吹刮，把房盖上的木枝子吹得吧嗒吧嗒有节奏地响……

偌大的一铺炕上，就有她一个人，她靠着一面古老的但已刷上白漆的大柜，面朝着从窗子投进来的早晨明亮的阳光旁若无人地在洗脸。吐沫从嘴唇抹出时的细碎的咩咩声，以及口水抹在脸上她的头主动上下摆动时，头和袄领摩擦时发出的窸窸窣窣的微声，加上阳光洒在炕上那光柱里透出的灰尘的影动，突然，你会感到，有一种久远的岁月感被眼前的人物叠印着释放出来。

我回头望了一眼正吃惊地看着我的查干淖尔渔夫石大爷的眼神儿，他也望着我，仿佛在向我解释，或在求我，你别见怪，她老了，她什么都不知道了……

我们的双眼互相盯住对方，而思绪却一下子进入到久远而苍凉的往昔岁月，查干淖尔，往事正在穿越千年……

二、刀客

查干淖尔这片荒原，是名副其实的荒原。荒原就有荒草和苇子。这里的苇子叫苇海。东靠近黑龙江的萨尔图，北临兴安岭和呼伦贝尔，以西靠近昭乌达，哲里木和锡林郭勒。那苇子铺天盖地般地长着。这儿，仿佛世界上所有的苇子都集中长在这里。于是从前，无论是蒙古人、锡伯人、女真人还是汉人，大家都靠苇子而活。

苇子在夏季旺盛生长，秋季开始扬起苇花，使苍茫的科尔沁变成白茫茫一片。苇穗扬起苍白的花，从日出的东方一直翻滚至日头平西，最后连夕阳都沉沦进白色的苇海尽头。这些自然之物本应属于自然，可是一些“苇霸”却早早地将这些东西划为了己有。那里，有无数的“苇霸”星罗棋布地分布在草原上。在查干淖尔，最大的苇霸叫“小齐国”。

小齐国姓张，叫张殿甲。他从小就听草原上著名的“琴书”艺人白音仓布讲唱“秦吞六国”长篇评书，尤为喜爱齐国故事，最后他把说书艺人绑在“潮尔”（木琴）上的红布条解下来，绑在他的土枪上，占草为王当了土匪。

土匪都有报号。“小齐国”——当不起“大齐国”，于是就起了个“小齐国”的报号。听上去略显“谦虚”的背后隐隐有一种威逼，他成了这一带出名的“苇霸”。“苇霸”掌管着草原上几十个村落的“刀户”。

刀户，就是专门割苇子的人家。他们使刀割苇，所以叫刀户。

在茫茫的科尔沁，每当秋风送走了南归的大雁，每当寒风在几夜之间把草原吹黄，万物枯死，苇海便扬花飘絮了。接着，又是几场寒霜，大雪落地，湿地苇原一带便结上了硬硬的冰凌。

湿地冻硬，就到了实实在在的割苇的季节了。

夏秋，那些吸足了水的苇根，此时已冻成了冰棒，水凝固在苇秆里，正好上苇刀。这时的苇刀，一碰苇秆，那些干透的成苇便会顺势“咔咔”脆响，省刀又省力。

割苇刀户人家的割苇手俗称刀客。

按照常规道理说起来，仿佛挥刀去割就能办到，其实完全不是那么回事。在科尔沁的冬季，虽然草甸上经霜的苇秆已脆生无比，但刀客使刀却有种种讲究。当刀和苇秆相碰的一瞬间，刀客要以肉眼迅速去判断眼前的苇草结冻时辰。如结得早，刀碰苇要用“柔劲”，因苇秆里的冰正在发涨，硬碰上去，苇管易裂，卖不上大价钱；如果是低洼地，结霜晚，割苇就要快速下刀，以免“连刀”（苇发皮，不易割齐），造成“乱茬”。

乱茬，指刀手技艺不精。苇茬被割得参差不齐，使来年春水倒灌入秆管，苇根易烂，不利第二年苇的成色。

还有，最重要的是割苇的刀客要有“胆”。

胆，就是胆子，或叫胆量……

冬季的查干淖尔草原，那一望无际的苇海里是土匪、强盗、杀人犯、恶棍或被世人追杀的杀手们极佳的天下和藏身之地。他们成帮成伙地匿藏在这片茫茫的苇海之中，这使割苇刀客们头疼。刀客们常常被这些人逮住，或杀掉，或扒皮。在冬季，四野已没有吃食，有时这些割苇人被这些人抓来，烤上或煮上吃了。而且，还有“野牲口”也等着吃他们。

在东北平原，冬季的苇塘中最恶狠的牲口就是狼。

科尔沁沙地上苇塘中的狼，在冬季，一只只早已红眼。它们饥饿已极。刀客们来割苇，对于它们，那是送上口来的肉食。狼们很盼着能吃上这一口。

在这里，割苇的刀客面临的往往是九死一生。

还有，就是不遇上土匪、马贼、强盗、恶狼，刀客们往往也会被冻死……成群地冻死。

冬季，科尔沁寒冷无比。

无垠的茫茫荒野，无有人烟。老炮烟雪一起，转眼间把天地搅得灰蒙蒙一片。北风如鬼一样，日夜在远方嚎叫。

割苇都是在远方。必须远离村屯。没有人烟。

刀客们往往是带上十天半月的干粮，开进苍茫荒凉的野地，一住就是几十天，根本回不起家。来回走，一是耽误活计，二是也累牛马和损车轴。所以只有住雪野。

那种住，就是在苇野里挖雪屋子，搭雪帐子。可是寒冷却无法抵挡。

往往一冬天，就有无数伙割苇的刀客被冻死在野外。

冻死的刀客，一个个怀里抱着苇刀，坐在一起，脸上好像在笑。

那是凝固的笑，十分恐怖，把脸上的皱纹都冻硬了，皱纹缝里还留着尘土和残雪。

直到第二年的早春或初夏，一些去草地或苇塘里放牛或捡野鸭蛋的人，才会发现一堆堆的死尸。他们有的已被饿狼们啃得只剩下一副副骨头架子。

后来，这些白骨便一点点沉进湿地里面去了。若干年后，人们会从那沙尘吹刮的尘土里发现一块块生了红锈的铁刀片，人们便知，这是从前冻死的或被恶狼们咬死的割苇刀客们的遗物。

小齐国拥有二十屯子刀户，二百多个健壮的刀客，而他最得力的一个刀客叫唐矬子。唐矬子，本名唐万久，是光绪初年（1875年）由山东莱芜闯关东来科尔沁租蒙古王爷“草荒”的地户，由于好耍钱，不久便把种荒的地租输个一干二净，于是沦为小齐国的刀户。刀户，其实都不如一个乞丐。他不但要在严寒的冬季去割苇，而且还没有一点儿人身自由。唐矬子有两个姑娘，三个儿子。唐矬子人长得敦实，但屋里的（妻子）漂亮，两个姑娘因此生得天仙似的，不久大姑娘就被小齐国看上，抓去当了小。

那时节，小齐国已降到了大安的驻军陈麻子部。陈麻子在北方这一带说一不二。天下兵荒马乱，谁都得互相维护。有一次，陈麻子的大老婆趁换防时把唐矬子的大女儿“聘”给了家住套保（今白城东南）一带的一个大户人家。小齐国回来一听说“小”没了，刚想发火，又一想，唐矬子还有一个女儿，就直奔唐矬子家，说要继续讨媳妇。

他是奔唐矬子的小姑娘去的。

别人就劝说：“你别闹了，人家刀客唐矬子的二丫头唐丫都许人了。”

“许人？许谁了？谁敢娶她？”

小齐国大喊大叫："我非'插了'（杀了）他不可。"

他叫嚣是对的。因为在这一带，在查干淖尔以南的安广、大安、黄龙府、王爷庙和哈达山一带，提起小齐国，谁不哆嗦？自从陈麻子部开赴葛根庙战争前线，这一带的人提起他来更哆嗦。

唐丫的爹唐矬子也更怕。

他是人家的"地户"，只能给人家种地，打鱼，割苇。现在，自己的大丫头跑了，人家理所当然地要娶二丫头，这仿佛也是理所当然的事情。可是唐丫不干，她不想嫁给一个"土匪"。

唐丫，一个如花似玉的姑娘，她每天以泪洗面，对天哭嚎，谁要我？谁要我？谁领我走吧……

可是，谁敢娶她要她？

三、爷爷

科尔沁的风雪，吹刮上千年了。大地上的荒草，一年年地青了又黄，黄了又青，南飞北去的大雁，一岁岁从头顶上过去，叫声远了又近，近了又远，光阴就这样一岁岁消逝着。

我和渔夫都沉默着，不敢打扰老太太。

她依然默默地坐在炕上，默默地用吐沫洗脸。

她把手指头蘸上自己的吐沫，一会儿洗洗眼泡儿，一会儿洗洗鼻翼，一会儿洗洗脑门儿……

四周没有一丝声息。春风刮了一会儿，又平息下来。四野静极了。这是极静的北方渔村的清晨。

晚清年间石宝柱的爷爷石海就从科尔沁王爷手里"领"来了大片的"荒"转手租给从中原闯关东而来的地户种。这也是当年许多东北人的活法。许多人劝过他，那些地户一个个的虽然在山东是农民，但到了东北特别是科尔沁草原荒地，他们不一定会种地，你要小心转租给他们。可是谁劝说他，他都和别人发火：“这都是屯邻，都是山东家的‘乡亲’，我能看着他们挨饿没活儿干，没地种？”他满身是理。

他有四个儿子。他租种了先期来到科尔沁的老白家大地户（地主）白妞子的荒，让四个儿子轮流种地，他每天叼个大烟袋，四处奔走，专门“救济”穷人。

这一年，从中原来了一个地户，说是山东齐家府石家屯的老乡邻老表亲袁大哥，找到了石海。石海领袁大哥找到白妞子，想说合着给片荒地租种。白妞子说：“保人呢？”爷爷说：“俺就是保人。”于是他替人家老袁家在租据上按上了手印。

那时，石海的四个儿子渐渐长大了，石宝柱的父亲石殿文是老大。他对父亲说：“爹，这事可有点儿使不得。万一不收成，咱们拿啥抵人家白妞子家的租？”石海说：“你们少管闲事。我来管，我来顶。”一句话，把儿子们顶了个倒仰。可是，事情正让儿子们说着了。

那年春起，老袁家把地种完了，开始青苗长得还不错。老袁家对爷爷千恩万谢的。

可是接下来，风不调雨不顺了。

一夏天，科尔沁草原突然大雨不停，到秋白亮亮的大水把庄稼冲了个颗粒不收。老袁家人一看，根本缴不上租子，于是在一个夜黑风高的夜晚，人家套上车跑了。

秋天，大水一住，白妞子家的租子柜的人就背着枪收租子来了。

人家拿出按了“保人”手印的地契，你不给？

奶奶秦氏，是个刚强的老太太。她一急，码着北荒的车辙就追到黑龙江望奎牛家坎子，找到了老袁家。可袁家一家老小都给奶奶跪下了。人的一辈子，不怕恶往往怕软。奶奶心软了。是啊，你打死他们也还不上租啊。没招儿，奶奶回来了。到家一说，爷爷当晚吃了一顿好的，就见他从大柜里找出一身好的穿巴上又找了一根麻绳子，第二天就到了白妞子家。他把情况一说，顺兜掏出麻绳就搭在白家门外的一棵歪脖子树上了。

白家说："你要干啥？"

他说："上吊。不就是一死吗！"

白家转过脸去。

爷爷把脖子钻进套里，挂上了。

他以为他一死，就能完事？可人家白妞子家依然不依不饶。

爷爷一死，奶奶主家，她只好把四个儿子分着去给白家扛活儿还债。当年，石殿文才二十岁，就一头扎进白妞子家的四十家子荒地去给人家扛活儿。他知道，他还的是父辈的债。从那时起，一种刚强的性子便留下来。

当年，四十家子正挨着大安，这儿正是小齐国的围子，又是唐矬子管辖下的刀客之屯。这一年家家都传着小齐国要强娶唐丫之事。

唐丫哭哇，喊哪，可是没有法子。人人都传说，不久，小齐国就要来"娶"唐丫了。

这一天，在白妞子家扛活儿的石殿文上大安给东家买马，他路过唐矬子家房后，听院里有哭声。他就打听谁在哭。

路人说："是一个丫头。不久就会被土匪领走。"

村人说："完了。挺好一个人，要完了……"

他说："咋能完呢？嫁给别人不就完事了吗？"

别人说："你说得好听。嫁给谁？谁敢要？谁敢娶？那是'土匪胡子'的人。"

他说："要是有人敢要呢？"

别人说："那就得和小齐国对命。"

石殿文二话没说，他把马送回白家，返身就回到大安老唐家。他对正哭的唐丫说："你别哭了。你告诉小齐国，你已经许人了。"唐丫不相信自己的耳朵，说道："许给谁？"他说："许给俺了。"

当晚，他就领着唐丫走了。上哪儿？

上生他养他的查干淖尔。那儿水大，水多，够吃够喝。

从大安的四十家子往北就是茫茫的查干淖尔。

那时，这一带荒无人烟，只有一些开荒的、打鱼的。多年走南闯北，有许多人是石殿文的哥们儿。他告诉大伙，先不要告诉唐丫他是谁。人们把他和唐丫藏在查干淖尔那荒凉的网窝棚里。

石殿文说："你不要害怕。"

唐丫说："有你，俺不怕。"

为了防止小齐国的追兵，他们整日地躲在查干淖尔深深的苇地里。石殿文自个儿出去给唐丫弄饭，端水。唐丫舍不得吃，舍不得喝。她心疼男人。有一回，男人给她煮了一个咸鸭蛋，她一顿饭用席蔑棍儿抠一块就饭，二月二煮的，直到端午节才露出蛋黄来。怕男人累，她常常舍不得花一文钱，一个人靠在屋里度日月。但是，石殿文胆子大，他发誓要将唐丫明媒正娶，他要告诉小齐国，他是唐丫的男人。

四、父亲

查干淖尔，有渔夫的深层的记忆和人们从未听说过的事情。

石殿文的一番话，让唐丫双眼闪出强烈的求生欲望和感激，她拼命地打量眼前冒出来的这个人……

石殿文说："我家可是穷掉了底。"

唐丫说："我只相中你这个人。"

石殿文说："当媳妇那天，我家拿不出描金柜。"

唐丫说："编个草囤子，一样装东西儿。"

石殿文说："当媳妇那天，我家没有花被子。"

唐丫说："我情愿盖张小狗皮儿。"

石殿文说："当媳妇那天，我家没有鹅毛褥。"

唐丫说："我情愿铺查干淖尔苇子席儿。"

石殿文说："当媳妇那天，我家出不起鸳鸯枕。"

唐丫说："你就给我找个木头墩儿。"

石殿文说："当媳妇那天你没有花轿坐。"

唐丫说："双脚走到查干淖尔，一样去成婚。"

石殿文说："我家请不起喇叭匠。"

唐丫说："找俩小孩吹吹柳树皮儿。"

石殿文说："我家可没有锣开道。"

唐丫说："找俩人敲敲破铜盆儿。"

石殿文说："我家可离你家挺远哪！"

唐丫说："那我就骑俺家小黑驴儿。"

唐矬子说："小黑驴我还留着推碾子拉磨呢！"

唐丫说："那我就起个大早再贪个黑儿。"

……

消息，一下子传到小齐国耳朵里。他吃了一惊。是谁这么"胆肥"？敢和他争艳夺美？可细一打听，这才知道这石家可也不是一个好惹的户，老石头为了地户竟然上吊去帮别人"还债"，老太太领着四个儿子过日子，在查干淖尔一带一提起来，也是一个使人刮目相看的人家。小齐国想，天下女人多的是，别和他斗这个气了。但他又不甘心，决定再去试试唐丫。

听说小齐国要找唐丫讨"口供"，石殿文于第二天就领唐丫回到四十家子，用板凳绑成一个"花轿"，他当着众人的面把唐丫娶回了家。

后来，小齐国也终于见了唐丫的面。唐丫告诉小齐国，自己已是石家的人了。小齐国无奈，只好走了。但是，心里还是记下了这个仇。从此，南北二屯都传老石家的老大胆子大。唐丫，就是石宝柱的母亲。

五、我

小齐国的马队时不时地路过白妞子屯。他常常放言，我要让唐丫和老石头“沉桥”（死）。

唐丫说：“老石，领我走！”

“上哪儿？”

“过塔虎城，还是回咱们的查干淖尔吧。那边不是小齐国的地界。鱼多，日子好过！”

于是，在一个夜黑风高的夜晚，父亲领着母亲，辗转又回到了茫茫的查干淖尔。那年，石宝柱一岁。自己的娘唐丫用小被紧紧裹着爱子，在打鱼人废弃的一间网房子里住下。科尔沁的草甸，江河湖泊一处连一处，网房子都搭在靠近水边的高地处，周边往往是一望无际的蒿草和芦苇，石把头记得最清楚的是狼嚎蚊子叮，还有匪和兵……

白天，爹和娘出去种地打鱼，炕上扔下他和一条黄狗。临出门，唐丫总是对狗说，黄啊黄，好生守着小宝柱，可不行让狼咬蚊伤。可是说是说，爹娘前脚一出门，狼和蚊虫立刻来了。它们知道炕上的小孩肉嫩好吃。

先是蚊子。科尔沁的蚊子，夜里成百上千地裹在野草和苇秆上歇息。早上，当阳光照得草甸上湿湿的露水一蒸发，它们便四外觅食了。草原上的牛马常常被它们咬得在地上疯奔，有时牲口们被叮咬得不得不跳进水里去躲，住户人家只好靠屋子来防它。临出门前，唐丫点燃三盘“火绳”（一种以艾草编的草捻，俗名草蚊香，点燃以驱蚊），把孩子摆在三盘蚊香之间睡。黄狗来回观察，如果哪盘蚊香不燃了，它便叼起那盘燃的对着那盘不燃的。辛苦了黄狗。

而且，黄狗为了看守小宝柱，还用尾巴不停地去轰赶蚊虫，可小宝柱还是时不时地被偷袭进去的蚊子咬上一口，于是小宝柱就委屈地哭。这时，黄狗便会冲他生气地叫：“汪——！汪汪——！”

那意思再明白不过了，“你还有啥委屈呀？你还不愿意呀？不是俺不尽力，是蚊子过多。你忍着点儿得了！”

宝柱也就明白了。不再哭了。

黄狗还是走上来，用舌头舔去孩子眼角的泪珠。

怕孩子饿，唐丫临出门都用猪肠子给小宝灌上两袋奶水，挂在房梁上，并嘱咐黄狗定时给孩子吃奶。吃奶时，黄狗会从房梁上摘下奶袋，一角冲着小宝柱的嘴，让孩子自己去吮。可有时，小宝柱没吃饱，又哭，黄狗便又“汪汪汪”地叫上了，意思是：“你美呀？就这些。那袋奶，是下一个时段的。”于是宝柱也就明白了，不哭了。黄狗这才把空奶袋叼走，重新挂在奶钩上留明天使用。

科尔沁的狼根本不在乎人的存在。为了提防狼袭击人和家禽，人家的鸡窝和猪圈都搭在屋里，只不过是在外屋，是在靠近灶坑的对面。对人家的这样格局，狼们十分清楚。每天，当爹和娘一出门，狼便会定时地走到院子里来。它们坐在院当心，等着下手的时机。

当黄狗处理火绳、给小宝柱轰蚊子或喂奶时，狼开始对鸡们下手了。

狼先伸出前爪，从门或窗格中伸到鸡窝里抽冷子把鸡拎出去，当鸡们一叫，狼已坐在院子里撕扯鸡毛吃肉了。黄狗忙不过来，这时往往又出去保鸡撵狼。它常常被狼群咬得遍体鳞伤……就在宝柱八岁那年，他家忠心耿耿的黄狗终于积劳成疾，死了。黄狗的坟就埋在嫩江岸旁的江通里。

六、鱼

从十岁起，石宝柱就和爹去下梁子捕鱼。

梁子，又叫“亮子”，是东北平原上一种常规的捕鱼阵式。梁子有多种，千奇百怪，可根据不同的时辰、不同的水域、不同的季节、不同的鱼去下不同的梁子。但守梁子，却往往是在夜里。

夜，嫩江平原和科尔沁草甸江河的夜是鱼和鱼群十分活跃的时候，大量的鱼类，都是在夜间出来。它们穿过层层水域，奔往该去产卵、生子或交配的地方。夜里，这一带是喧闹的江河……

从长白山发源的松花江流到吉林西部的科尔沁草甸一带，江水开始变得宽阔起来了。发源于内蒙古伊呼里山的嫩江在这一带与松花江汇合称为三江口，又叫“北三江口”。这儿大批的河、江交汇分支，许多鱼遍布在这些水域里，而最出名的就是“鲟”。鲟，又叫黑龙江鲟，又叫鳇鱼或牛鱼、麻特哈鱼、淫鱼等等许多名字。它们个大，往往成群从乌苏里江以北的鄂霍次克海游到松花江上游一带产子，然后再洄游到海洋，沿途常被这一带的渔民捕获。它们上来的季节大约在早春五至六月的时段，渔人们非常熟悉它们到来的规律。在科尔沁一带，人越是以一种平和的心走进自然，越会发现诸多的奥秘。本来如石殿文和唐丫一家，人越是为了躲避世乱而走进自然深处，许许多多的神秘也越会走近你。爹领着儿子一点点地对水和水中的“物”更加地渴望起来了。

这地方的人，多少代了，一直盯着水，希望从水中去发现什么。发现什么呢？也许只是梦想。守梁子的那些夜晚，是一些可怕的寂寞的夜晚。蚊虫在叮咬，蛇，在夜色笼罩的草和水中蠕蠕爬动……

荒江的夜风闷热而潮湿。这时的人，多希望有一点儿动静啊。哪怕是一滴雨滴落下，哪怕是一只蛤蟆从江边的草丛中跃出，又一头扎进江中。

漆黑的夜，犹如墨一般。要下雨了。闪，在遥远的天边，一亮一亮的。听不见雷的滚动。民间俗称天边的那种闪为“假闪”。

突然，“哗啦”一声，水里站起个黑影。

那黑货立着起来，看不清脸。像一个人猫着腰。它带起的浑浊的江水从它的头上流下。淌水的声音格外清晰，而且，仿佛还发出一声叹息。

渔村人家的狗在挺远的地方叫了。黎明前，这一带的一些渔民往往提早出去查挂子。狗咬的钟点正是天亮前大毛星开始升上中天的时候。四野总是一片黑暗。可是今天，天阴得不见大毛星的一点儿影子。

“它，来了……”爹小声伏在儿子耳边说。

“谁？”儿子问。

爹说：“鱼……”

江边的人在黑夜里既怕寂静又怕水里的动静。

因为人已分辨不出黑夜中的水里是什么来了。但越害怕，往往越传来声音，而且，还带着喘息和叹息。

什么东西在叹息呢？爹和儿子都听得清清楚楚的。

那是一种粗粗的叹息。很慢很长。仿佛一个极疲劳的人从遥远的地方奔波而来，它是累坏了。那叹息声仿佛贴着水面飘荡过来，一下接一下。喘一下，中间停一下，接着是淌水声。好像水面上有一个地方塌陷下去，水顺着这个漏点淌下去，淌进深深的河底地心。甚至还有清晰的哗哗的水流的回声，接着又是一声叹息。

江风，带过来那喘息的气息，是一股冰凉的略带着江底泥沙和土的浓浓的呛人的气味，风刮得江边的水草向岸上一边倾斜着。

随着那股气息的浓烈，敢于和胡匪争夺唐丫的父亲也颤抖开了。这是他紧紧攥住儿子的手时儿子充分感觉出来的。此时，江岸的草窠急速地晃动起来……

爹说：“快走！”

他拉起宝柱就跑。可是，只觉着江里冲起的热气奔他而来。他紧紧地把儿子抱起来，贴在前胸处时，突然，觉着左屁股像被万只钢叉插进来般的疼痛，他“哎呀”地苦叫了一声，就身不由已地滑倒在江水里……

在他朦朦胧胧的一瞬间，他看见儿子突然挣脱了他的怀，儿子顺手操起爹掉在地上的鱼叉，一抡，“嗯”的一声，宝柱手中的鱼叉和他死死提在手里的灯笼一齐向水草中的黑怪飞去……

江上烧得一片火红，那黑影“扑通”一声投入水里去了。

偌大的水面上，灯笼的纸火渐渐地燃尽，江面上又沉入一片肃静和黑暗，宝柱扶着受伤的爹赶回了窝棚……

后来爹告诉他，这是查干淖尔最为凶猛的鱼——“憨条”。这种鱼在产卵前后可吃人，咬死动物，立起身子和仿佛在叹息时是它最危险的时候。宝柱从小就记住了和爹守梁子的那些恐惧的夜晚，也使他从那时开始便具备了一个查干淖尔渔夫的能耐。

七、走江得妻

十三岁，石宝柱已开始独立走江。

查干淖尔一带的江河湖泊是锤炼人胆子的地方。漫长夏季蚊虫的叮咬，渔人们身上烂了一层一层的皮。他采些草药涂在身上。在妙音寺后面的山坡上，一种叫“老鸹眼”的植物开着蓝色的小花，他把它们采来，上锅去蒸，然后在碗里捣碎，涂在那一片片的虫咬红包上，于是，红包消了，烂处结上一层硬壳。

小齐国的队伍在大安一带越闯越大，他不断地扬言一定要“领”回唐丫。那段时间，母亲石唐氏又非常害怕，加上父亲被鱼咬伤，石宝柱就劝父母领着哥哥先再往北走一走，上大兴安岭，上加格达奇，而他要固守查干淖尔。他在心底暗暗想，要会一会小齐国。石宝柱十五岁那年，科尔沁发生了一场大旱，老天从春起到阴历五月二十三没掉一滴雨，草原上的草都让“老爷”（太阳）烤着了。庄稼颗粒不收，这使得石宝柱打上的鱼就卖上了大价……

一天，他挑着鱼赶到了三江口老镇。三江口街上到处是乞丐花子，只见有一伙花子正围住一个大车店讨要呢。那家大车店的掌柜也死心眼儿，说啥也不肯施舍，花子就摆开了“讨要阵”。

这讨要阵有讲究。先是“骂阵”。骂阵主要是选那些口头利索的花子，手打“哈拉巴”（一种猪骨，讨要工具），边打边骂。“你不给，我就要，要到天黑日头落，看是你靠还是我靠！”

一看“骂阵”不行，就上“劈头阵”。上劈头阵的是一些不奸不傻的家伙们，但一个个的敢于“玩命”。他们手握一把大砍刀，或手攥一块大石头，当着讨要人的面，“咣咣”往自己头上猛砸猛砍，转眼间，这些人一个个的血肉横飞倒在你面前。

一看“劈头阵”不行，就开始了“哭丧阵”。

哭丧阵，往往都是一些女子，俗名叫“吃米的”。她们一个个的有拐有瞎，当时戴上孝，就在人家门前大哭大嚎，俗称“报丧”……

“我的天哪！你死了吧！”“快咽气吧。死去吧！”

这是最“狠”的一招。一般人家受不了。

当哭丧阵开始前，花子头往往手使一根黑杆的皮鞭子，一挥，一帮“吃米的”蜂拥而上，“我的天呀——”她们往往齐声开哭并报丧。

这时，“吃米的”女人阵里突然乱了。只见一个女子不肯去哭，冲出人群便跑，花子头挥鞭追过去就打，街头上立刻乱成一团。大车店的掌柜的再也架不住这种阵式，立刻开门放人，并让花子们用车装粮。花子头“大筐”赶过去忙这些事。宝柱趁乱，拉住这个被“大筐”打翻在地的女花子撒腿就跑开了。这人叫刘琴，日后成了宝柱的媳妇。

八、渔户

种地老天不一定风调雨顺，打鱼却可以保住温饱。因为在查干淖尔，往往天无绝人之路。母亲唐丫是逃出土匪小齐国手掌的女人，妻子刘琴是逃出丐帮花子头皮鞭下的女人，查干淖尔却敞开广垠的胸怀收留了如她们俩这样的命运悲苦的女人，从此她们成了这里的渔户。

渔户，在这一带，就是四季弄鱼的人家。

从十五岁上，石宝柱就娶妻立家，在查干淖尔正式开启了他的捕鱼生涯。在这一带，最出名的就属鳇鱼了。这一带有个屯子叫“锡伯屯”，是从前专门为朝廷捕鳇鱼的部落，石宝柱常去锡伯屯，找到了一个锡伯族老头，从前专门是“哄鱼”的能手。

鳇鱼，全靠“哄”。

夏季，当打鱼人发现江里有了鳇鱼的踪影时，立刻派人“跟踪”。跟踪鳇鱼，只追不打。不能碰它，不能伤它。要靠“哄”它。哄它，是使它跟着人游进沿江沿汊修好的“圈”里，等养到冬天，再捞出来，绑上送往北京。

打鱼人可吃任何鱼，但不能吃鳇鱼。鳇鱼只能送给皇上。但鳇鱼很娇贵，特别是它的鼻子，是“脆骨”，碰破一点儿，它便会死。所以引它进圈，全靠“哄”。

“哄鱼人”是清朝时打牲乌拉总管衙门特意从打牲丁中挑选出来的有一种绝活儿“手艺”的人。

那时，江里一旦发现了鳇鱼，立刻使人跟踪，换人不换船，日夜跟着它，同时立刻带来哄鱼人盯上它。

哄鱼人有这样一些“绝招”。

一是他要有好眼神。一旦被告知某某江汊里上来了鳇鱼，就由他跟踪并去哄，如果跟丢了或哄不来，就犯了杀头之罪。

清道光二十年（1841年），有孙家窝棚的哄鱼人孙大跟头跟丢了两头大鲟鳇，弄得当家人开斩，全家发配宁古塔去流放。哄鱼人的头一道本事是能从清水和浑水中分辨清鳇鱼的个头、性别、尺寸，以便根据不同情况去实施“引诱”入圈。

二是他要有戴笼头的手艺。

哄鱼人的主要目的，是给鱼戴上笼头，以便牵它入圈。但这种戴，不像牛马，它不听话，你可以打它，或硬拉头给它上套。鳇鱼不行。要一点点逗它，再趁它不注意时，一下子给它戴上笼头。还不能让笼头碰伤鱼的鼻子和嘴……

第三点就是哄鱼人要会编笼头。

笼头不是用麻绳编织，而要用长白山里的独特树种黄波椤的树皮里层去编才行。

这种树皮，要趁鲜采来，上锅蒸后，编成一种“活扣”的笼头。只要给鳇鱼戴上，保证能套住，又不伤它。

第四个绝活儿，就是会抛这种笼头。

哄鱼人在江上跟踪鳇鱼时，要能掐会算。要等鳇鱼在固定的地方伸出江面换气时，顺势抛起笼头，不偏不倚地套上。

这些手艺，非常的讲究。而石宝柱，就日夜住在老孙头家，听他讲关于“哄”鳇鱼的事。于是在这一带，一点点的，石宝柱就成了一个名副其实的老渔把头了。什么鱼，只要他一打眼，便可以叫出名来。

在这一带的江河湖泊之中，这些鱼是主要鱼类。如胖头、银鲴、马口、雅罗、红鲌、哲罗、细鳞、翘嘴红、狗鱼、鳡条、泥鳅、池沼、虹鳟、鳜、青鳞子、草根、青鱼、黄颡、鲤子、鲶子、团头鲂、乌鳢、爪鲵、鲈塘等。在查干淖尔，只要提起像样的渔户，人们便会异口同声地说就是石宝柱。

无论是夏天行船，秋天下梁子，还是冬天凿冰眼捕鱼，石宝柱把所有捕鱼手艺全烂记于心。他下了一个狠心，这辈子不离查干淖尔，因为这儿有爷爷的故事，有娘唐丫的故事。也有他自己的故事。

九、千年的走向

“坐在车上，冻脚就用皮袄裹裹……”

娘总是一遍又一遍地嘱咐上冰的儿子。可是她怎么就不知道，皮袄只能盖住腰身……

母亲唐丫还在用吐沫洗脸。蘸着吐沫的指头伸进白发覆盖的额头上，一下一下地搓抹着。眼角边的皱纹暂时都舒展开了，她眯着本来早已失明的眼睛，仿佛在看着人们，其实根本没有……

查干淖尔的风雪在这个女人的心中吹刮千百年了。

千百年的岁月，可以是一个时光的尽头，查干淖尔渔把头石宝柱娘的命就占去了十分之一。别看她不言声不言语只用吐沫在悄悄地洗脸，那是她的思绪已走入一个深深的领域了。当年，为了躲避小齐国的追杀，她和家人逃往加格达奇，后来儿子终于在查干淖尔站住脚。成立渔业合作社，人手不够，找到石宝柱，他说那得让我妈和我兄弟们都回来。这个命运多舛的女人这才又走回这块她无法忘却的又深深恐惧的地方，她告诉儿子，要好好打量打量这个地方。

她不知道，她眼前的这片大水从前叫“大水泊”，是地壳沉降区使它成为一大块沉降盆地，是四周的河水渐渐奔流切割汇成了这样一个地方；她不知道历史上什么辽王朝契丹帝行营于此举行一种活动叫“捺钵”又来祭湖；她也不知道什么嘉靖二十六年（1547年）科尔沁十三部东迁，乌巴什率郭尔罗斯部占据此地，把大水泊正式命名为拜布尔察罕大泊……她只知道丈夫、儿子和鱼。其他别的，她不用知道。

深秋初冬，她知道丈夫和儿子们要起早出发去甸子上割苇子。当天还黑着，她就爬起来，给出发去草甸上的人们蒸鸡蛋酱。查干淖尔的人对大酱亲，渔夫一年也离不了这一缸酱。往往是一大碗酱只打一两个鸡蛋，叫鸡蛋酱。这种鸡蛋酱里根本看不到鸡蛋的白丝。鸡蛋还要换钱给小孩子们买书本和把一个个幼小的生命养大。然后是用纱布子包好一捆子煎饼和大饼子，还有大葱和咸菜疙瘩，这就是打苇渔民最好的吃食。

适应季节的秋风一起，查干淖尔就荒凉起来了。各种野草野花在一夜间就枯黄。东北的寒霜来得非常迅速。割苇的人常常夜里套车趁早出发，不然太阳一出来夜里结的寒霜在早上太阳的照射下就渐渐变成寒露，树叶和草叶上都是寒冷的水层。这时的露水最使人和牲口受病……

在黑暗中，娘总是细心地听着儿子和丈夫在院子里套车的声音，她往往会对着其实什么也看不见的动静喊：“柱啊，打好腿布子。柱啊，千万别着凉。”儿子长多大她都这么叫。

儿子赶快回答：“啊啊。”

“吃酱时搅搅。别吃冰碴子……”

“啊啊。”

她往往总以为儿子没听清，又叮咛，“听见了吗……”

直到儿子回答几个“啊啊”的连声，她才不问了。

割苇的季节正是北方严寒持续的季节。天越来越冷。白天和夜里结的霜再也不化。冬天，就这样来到了查干淖尔。

割回的苇，主要是为编织渔具。投苇（投选）和编织都是在极度寒冷的但往往是太阳普照的晌午进行。苇管里带着的冰碴一冬天也不化。风吹来冻肉冻脸。夜里在大标的月亮底下编渔具干活儿是常事。夜里天上的星星和月亮分外的明亮。仿佛它们也被冻得更加晶莹。而且，它们越亮仿佛天儿越冷。

儿子们编渔具的手，都被北方的寒冷冻裂了。娘在儿子进屋时，往往上去拉住，摸一摸骨肉的手，娘就心疼。

娘偷偷地掉泪。

她怕这些裂了口的手沾水疼，从此她不让儿子给她端水洗脸，她宁可自己偷偷地用吐沫蘸上去洗脸……

从此，这个习俗在查干淖尔女人的生存历程中形成。

许多人叫她——查干淖尔娘。

查干淖尔有一片大水，可是查干淖尔娘却舍不得用这水……

十、东北的冬天

北方寒冷的冬夜，四野寂静无比，寒风呼呼吹刮。

突然，有村狗在远方咬起来。接着传来“啪啪”的响声。那是东北科尔沁草原上的查干淖尔渔夫们为即将上冰的马打“马壳”了。

马壳，又叫“蹄壳”。冬季北方的马，由于户外严寒，马的蹄壳潮湿，夜间马的脚底会冻成冰雪疙瘩，这被称为蹄壳。不敲掉它，马拖爬犁或大车在冰上拉渔网走不稳……

啪啪的敲打马蹄壳的声响一起，这时天上的大毛星已升上中天了。

这是北方最寒冷的时辰。响动就是信号。啪啪的响声，引得各家的狗开始狂叫，各家的女人早早地点上灯笼，给男人烧水烫酒。转眼间他们已挥鞭赶起大车或爬犁出了屯子了。

黑夜依然在继续。行走全凭感觉。马蹄敲打着茫茫的雪野，车轮辗压着亿年的坚冰，他们奔向那遥远的仿佛无有尽头的远方……

岁月可将一切所谓文明的东西保留下来，比如追求。人类的生命其实从生到死都是在追求着一种生存的目标，而记录这种记忆的却往往是那些仿佛使人司空见惯的程序，在地球的北方，查干淖尔仿佛就是为了人们如何对付冰雪而生。而娘只注意儿子。儿子起来敲“马壳”时，娘总是提着马灯站在一旁，照亮木棒子，别打偏了……

最后，她看着儿子赶着马车出了院子，她才返身往回走。

北方的冰雪，亿万年来，以它独特的存在与生活在这里的人结成生死与共的伙伴，它与人不弃不离。

是查干淖尔独特的环境使人类发明了生存的工具，渔具、梁子、马轮、大车和爬犁……

查干淖尔的自然被人刻录在行为上了。

打冬网，早起上网地（冰地），要穿越茫茫而寒冷的科尔沁雪原。冬季，那是寒风和冰雪交织的一块自然层。冷，是这里的本能。

当太阳还没有出来之前，这里的寒冷是亘古保留下来的资产。

那种冷，已使人不会说话。人身上的所有骨节都可能随时停滞或凝固。在屋子里的仅存的那一点点热气，只需瞬间便被北方的严寒收走。人身上的衣服，只会变成一种感觉，像一层冰冷的硬壳紧紧地贴在人骨肉上。人简直不敢去碰它又不得不去碰它。

这时，人掌握了御寒法。这是查干淖尔“遗产”。

往远处出发，人要坐上大车或爬犁。

坐上去，是为着尽快赶往网地，不然，人们宁可跑着去。

但这是生存的矛盾。

跑，固然能使人发汗，人会在寒冷中解脱。可是，热汗只是瞬间存在的事。因为用不了多一会儿，热汗便会变成薄冰一样的冷气，让人更加难忍。但不跑，又冻得实在不行。于是查干淖尔渔夫学会了“跟跑法”。

跟跑，是指人要学马的步法和样子。

那马，指一匹匹拴在拉渔夫和网具的大车后的马，那往往是“备马”，以备到冰上拖拉马轮而用。所以让它跟跑，是节省一下它的体力。那时，跟跑的马每每放开轻松的步子，悠闲地在雪地上奔跑。四蹄悠然甩动，节奏也得体而放松……

冬季上网地，渔夫们就跟马学“走”这种步子。

马走着，人走着。这样，便把一种人类生存的遗产自然地传递下来了。

这是查干淖尔人的发明。但不能和马那样持久地跑。

跑一会儿，当刚刚感觉到身上要出汗时，要立刻跳上车或爬犁，使汗不至于出来。

而更重要的是，渔夫在保证不冻死、冻坏的情况下，也要注意保存体力，把足够的体力留给在冰上打鱼时使用。

风雪，在空旷的查干淖尔冰原上起劲吹刮。

这种时候，人的皮肤要躲开寒风的劲头。

寒风的劲头在严寒的冬日，往往都是来自西北。西北，就是寒冷的西伯利亚方位……

东北寒冷的一切严寒之源，往往都来自于西伯利亚，这是因为，空旷的西伯利亚正是寒冷的发源地，还因为那奇特的贝加尔湖集中凝聚了北冰洋、库页岛、俄霍次克海以及蒙古高原的寒冷，直接作用于科尔沁草原上的查干淖尔。

整个冬季，北方被西伯利亚严寒紧紧地包围着，气候异常严酷，但这是人类生存在自然之中的独一无二的景致。秋天流动的江河湖泊在严寒的驱动下渐渐地结成厚厚的冰层，冰水日夜涌动，把那些冰壳推向岸旁，岸土、草梗上都挂上厚重而巨大的冰凌，贝加尔湖已完全封冻了。那巨大的冰盖“扣”在这片奇异的水域上，非常结实，这里将有一百多天的时间再也不融化了。接着，西伯利亚肆虐的寒风就吹刮开了。

库尔图克，这是贝加尔湖南端的一个地名，是常刮的一种风的名字。库尔图克，是刺骨的寒风夹着纷飞的雪粒子那种风。它从冰层上卷起，然后展开自己的身影，在贝加尔湖的毫无遮挡的雪野上奔驰，吹向远方，形成存在于北方的著名的西伯利亚寒流，日夜席卷着包括呼伦贝尔和科尔沁等在内的这片冰原平野。人们常说，库尔图克是使人的眼泪还没有淌下就已结成了冰疙瘩的冬风。

在科尔沁狂暴施展的寒冷之源就是古老的贝加尔湖。它，是世界上最深的湖泊，垂直深度超过一英里，蓄水量超过美洲五大湖的总和，大约有三百多条河流入湖中，但唯有安加拉河这一条河流出，最终汇入远在北方的北冰洋。由于地壳构造的不断运动，贝加尔湖底每年都略有下降，而水质则清澈，有的地方从水面上可以看到水下四十米的深处。

这种深度就是在严冬也保持着它的独特之妙。冬季，当冰把大水域封盖，当风把冰原上的厚雪刮得一堆一堆滚动，露出冰面的地方是人们来此观看冰下水中世界的绝妙去处……

冰，仿佛变成一块奇妙的放大镜，把冰下水底世界清晰放大。人可以清晰地看到水底的鱼吐着泡泡在游动。这与远在它南端的科尔沁草原上的查干淖尔冬季渔民通过查看“鱼花”而捕打冬网，几乎如出一辙。

俄国小说家安东·契诃夫惊叹贝加尔湖冰下水清澈，他在致莫斯科友人的信中说：“我亲眼看到了冰层下岩石和山脉沉浸在绿宝石般的湖水中，脊背部都起了一阵凉意。”

查干淖尔渔把头石宝柱说：“我这辈子，没走多远，就在湖边上转荡。冰上边和水下边一样，你活它也活，你死，它也死了……”

查干淖尔冬季的冰原和贝加尔湖冬季的冰盖是世界上地球北部仅存的两块大冰。它们扣在地球北部，使人类生存的土地更加壮丽了。

在地球上，大多数湖泊形成的历史其实往往不超两万年，而贝加尔湖和查干淖尔的形成已有二千五百万年之久了。它们是一个独一无二的生态系统。如贝加尔湖，它拥有一千多种地球上其他地方所没有的动物和植物物种。几乎没有哪个湖泊的生物多样性可与贝加尔湖媲美，这儿的湖底在接近湖床处是热浪喷发区域，动植物们享受着底层水流带来的富足氧气，这使得贝加尔湖有一种鱼，身体非常透明，透明得甚至可以隔着它看书。而另一种深水鱼在浮上水面时，则会因压差而导致身体爆炸。

冬捕，就是人类去探索贝加尔湖和查干淖尔冰下生命的奇妙存在。

马蹄在寒冷的黑暗中敲打着冻硬的土地，风雪裹着从远方匆匆赶来又匆匆远去的车影，消失在茫茫的冬夜的漆黑中。

人在冰上走，往往不敢迈步，不单单是因为滑，还有一种心理上的障碍，那晶莹的冰层能托住人的重量吗?

就像大车的木轮、铁轮，曾经在久远的岁月中一代代碾过冰层一样，贝加尔湖的冰盖上还修了铁道，这也许就像查干淖尔冬季拉马轮的马要在蹄壳上加一种铁匠打制的带“翅”的马铁，让铁和冰千年地面对。

在历史的记载中，俄国人在1904—1905年间的冬季在贝加尔湖上铺设了一条铁路，这使得莫斯科首次通过铁道线与位于日本海的符拉迪沃斯托克（海参崴）连在了一起。在冰上造铁路，不但造价昂贵还要抵得住冬季的酷寒。沿湖边的湿地那些亿万年沉积下来的土层已被严寒彻底凝固了，冬季它们和冰一样被冻硬，夏季也不会变得过于绵软，铁道实际是建在这种土层上。从贝加尔湖南端的伊尔库茨克通往遥远的符拉迪沃斯托克，就是为了将奥木尔熏鱼送往远方。伊尔库茨克是进入俄罗斯远东的大门，这里的商人靠运送奥木尔熏鱼控制着俄罗斯西部与中国、蒙古和东西伯利亚之间的贸易。铺在冰上的铁道上的列车一过，四野就沉静下来了。那些潮湿的隧道和腐朽的枕木彰显着生活在北方的人类与严冬和冰层进行较量的岁月。

人类的生存往往在于一次次惊奇的发现。就像贝加尔湖的奇妙生成了西伯利亚的寒风，使科尔沁草甸上的人也以独特的感受去品悟着查干淖尔，直至使一种生存方式在这里生成，那就是亲近寒冷。

从居住地村屯的温暖的火炕上爬起，穿上棉衣赶往网地，一路上要穿越变化无常的寒冰地带。平野上的寒风就是那种来自于西伯利亚的著名的寒风库尔图克。它刮来时，一是来自于查干淖尔的西北，一是它会闪着一个个亮亮的光点，那种晶莹的冰硬的雪粒在马瞪起的眼睛中被照亮。

风带着亮光，抽打着世间的一切生灵。天地间一片浑蒙。人在沉沉的北方冻雾中存在。人是在近距离亲近寒冷。

当生命给自然以亲近的时候，其实生命这才实实在在地融进了自然本身。这是一种生存规律。这早已变成了查干淖尔自觉的生存行为。在严寒的冬季冰野上，生命与生命在互相地融和，亲近，它们融为一体了……

马和人，牲口和人一块儿组成了生存载体，对付那独特的环境——严寒，而一个独特的遗产类型正拉开了它存在价值的内幕，向世界展示着其生命文化的奇丽，在黑暗和寒冷中开启了一个千百年的遗产程序。

最后一个皮匠

那些皮物散发着古旧苍凉的气息，让每一个抚摸它们的人心在颤抖，这时候，就会在老人执着的眼神和熟练的手艺上感受到这种独特技艺的来历。四面墙上贴着鼓皮的屋子飘荡着沤皮子的臭气，阳光照在院子里各处挂着的兽皮上，他和儿子在“庆子”（刮皮子的凳子）前弯腰劳作的背影以及远处苍茫群山升起的寒雾，渐渐把一种神异传递得更远。皮匠，时时让人渴望去感知这种手艺沉淀的文化，触摸历史中隐含的细节。

许多时候，人们认为最珍贵的东西往往却是以最普通和最平常的样子出现在人的记忆中。开始人们怎么也想不到它的珍贵，可是若干年后人们才后悔不迭：为什么当初没有理解它呢……

我曾经在东北平原中部的科尔沁草原与东部长白山林的交界地带各个村庄、小镇去打听，我走访过许多家铁匠炉、马具店、大车店、旅店。他们也告诉过我一些重要的线索。可是，每当我按照村屯和乡下人的指点来到那些曾经接触过皮匠或皮匠后代的村屯或地点时，不是遇到老人的逝去，就是他们的后代早已不去做这个手艺，把熟皮子、制皮革的手艺忘个一干二净。或者干脆鄙夷地对我说道：那种“臭皮匠”生意，不干了；那还是在早，家里老人实在无法生存，才不得不当皮匠啊！

于是，几十年来，我那寻找到一个有东北皮匠手艺的老人的想法仿佛已成为了梦想。

这年冬天天寒雪大，长白山管委会宣传文化中心请我去讲课。一天的课程。我要在当晚从二道白河乘汽车赶到安图，再从那里坐从延吉开往长春的火车，以便第二天早上上班。多少年了，我就是这样在忙碌中度过。

吃过晚饭，天渐渐暗下来。管委会英安臣主任派他的司机王师傅开车送我。

从二道白河到安图镇一百八十公里，全都是盘山道。我们要在中途一个叫小沙河的地方接一个叫赵守梅的人，是管委会工会主席让她为我买的卧铺票。

还是在傍晚，天就阴了。

冷风飕飕地吹刮起来。午后，那明亮的遥远的长白山披着厚厚白雪的主峰，也在这时被乌云遮住，渐渐消失了。二道白河一带已在海拔八百米以上。平时就是晴天，空中也飘着沙粒子雪。那种雪粒在天空太阳的照射下，闪着晶莹的光泽，让人寒冷发抖，现在，周边更加的寒冷和沉寂。

而天一阴一黑，粒子雪仿佛又大又厚。这种雪像雨一样沉重落下，砸得人脸很疼。风刮着雪粒儿，抽得人睁不开眼睛。

为了赶火车，我们冒雪上路了。

汽车开亮大灯，在山路上奔驰。雪粒子“哗哗”地扫在车窗上。王师傅开启了“雨刮”，像扫雨水一样扫着雪粒子。车窗前的玻璃不断被疾速下降的寒霜涂得模糊起来。王师傅一面用抹布擦玻璃除霜，一面接着家人来的电话。家人嘱咐他，长白山的暴风雪要来了，路上要小心，送完我赶快返回。

坐在王师傅驾驶座旁的我没有一点儿睡意。我盯着窗外风雪弥漫的长白山山路，陷入久远的岁月思索之中。

四十年前（1968年），我曾经上山下乡，就在这儿当知青。

如今，我来这里抢救文化遗产。四十年啦！人生能有几多这样的巧合？光阴是这么快吗？当年十九岁的我，现在已是满头白发近六十岁的人啦。岁月真是不堪回首！可是，对于我，似乎几十年来未改初衷，我依然是为东北民族民间文化在开拓着。

其实我只不过是年龄变了。可是内里，却依然如旧，还是当年的那个人。只有一样遗憾，我还没有找到一个像样的比较有代表性的东北皮匠……

因此，我的追求还不能完哪！

汽车经过小沙河，给我买票的赵守梅上来了。

赵守梅是安图县银行的大堂经理。这一天她是到沙河镇银行检查工作，又凑巧为我购买火车卧铺票，我对人家深表感谢，便很自然地聊了起来。这是我多年工作的习惯，搜集信息。

她也是听说我四十年前就在安图下乡，这次又是来为他们讲授长白山文化，所以格外热情，我们彼此便唠起了家庭和工作的一些相关情况。当我问起她爱人的工作时，她说："他现在是一个'臭皮匠'。"说完，不好意思地笑了。

我问："皮匠？"

她说："对呀。"

"做什么物件？"

"鼓。"

"鼓？"

"对呀。"

"给谁做？"

"延边歌舞团……"

赵守梅滔滔不绝地说着。她说她爱人的父亲从前是长白山里著名的皮匠。爷爷开过"皮铺"，就叫"老白山张氏皮铺"。后来，她爱人张海顺的爷爷张世杰故去了，这门手艺也就丢了。再后来，她公公张恕贵总也舍不得丢了这门祖上传下来的手艺，又加上延边歌舞团和延边民族乐器研究所的赵基德所长听说张恕贵家祖上是皮匠，就指定让他做鼓熟皮子，并订下他家熟的鼓皮。有多少张收多少张，不然还得用外汇去韩国买鼓皮。于是，公公就开始专门为延边民族乐器研究所熟皮子制鼓了。这样这个作坊一开业，就不可收了。

因为这些年，特别是改革开放以后，延边朝鲜族文艺活动开展得轰轰烈烈。各家用长鼓、圆鼓的越来越多，张家皮铺根本就停不下来。有几次，张恕贵想不干了，可是人家民族乐器研究所和一些乐器厂的法人就到安图来求张恕贵，劝他：你开也得开，不开也得开。谁让你家是老字号了，谁让你家是熟皮子能手了。赵守梅的爱人张海顺看着父亲、母亲两个人撑着这“张氏皮铺”干活儿太累，心疼二老，再加上确实社会上的文化生活，特别是延边朝鲜族需要“鼓皮子”，于是就经常丢下工作帮父亲熟皮子。

一来二去，他也成了远近闻名的皮匠。

后来，张海顺单位生产不景气，于是干脆离开企业和父亲一块儿干起了自家的皮铺买卖……

说到这里，赵守梅不好意思了：“他呀，下班回来，一身臭气！”接着又心疼地说，“累了一天，可女儿却喊，爸！爸！臭烘烘的，快去洗脸！”

当热心的赵守梅光顾着这样细心地有板有眼地描述时，她完全不知道，这边的我已经彻底震惊了。因为，我已在这位对家庭，对工作，对事业，对爱人热忱描述的女经理的讲述中完完全全地确认到：一位真正的东北民间皮匠艺人已经浮出水面。而且，这位真正的民间皮匠，正是我多年来辛辛苦苦不断在寻找的人物。我仿佛听到一阵阵咚咚咚咚的鼓声，正从古老的岁月远方传过来，传过来……

于是，当晚，我退掉了车票住进招待所，并决定第二天一早就去面见我多年在寻找的“皮匠文化”传承人。

冬季，大雪覆盖了整个长白山。大山腹地的安图县城被风雪弥漫着。皮匠张恕贵的家坐落在县城西南半山腰的一条胡同里。砖房，一个院套，许多大缸摆在院子里。皮匠离不开缸，这是皮匠家的生活气息。

听说有人想了解皮匠一行，张师傅和家人很热忱。一个劲儿地让我快进屋，说外头冻手。

我赶紧随他们进了屋。进屋就是炕，我直接上了火炕。安图县属于延边朝鲜族自治州，张家本来是汉族，可是由于在这一带长久居住，竟然也适应了朝鲜族生活方式，住起了这种一进门就是火炕的居室。不过，这种居室也有它的好处。特别是东北的长白山区，冬季寒冷而漫长，人在户外劳作一天，真想进到屋就上炕暖和一下手脚，于是这种火炕就适应了这里的生活环境，被各族人采纳了。

再说，北方人一冬天干什么活儿都习惯坐在炕上。外边再冷，也都不在乎了。同时，火炕时时放出热量，也起到了加温的作用。

我一坐下来，开门见山说明了我的来意：“就是想听听你们家族关于皮匠生涯的故事。怎么当起了皮匠呢？从什么时候开始的呢？一切，要从头说起。”

“从头说？我先给你看一样东西。”张师傅说着，站起来。他到柜子里取出一个小匣，那是一个纸包纸裹的影集。打开影集，他从里边摸出一个小白纸包；又打开小纸包，里边露出一张黑白照片，上面是一个老头儿……

我知道，可能所有的故事，就从这个老头儿开始了。

皮匠张恕贵在我面前的火炕上给我倒上一碗老茶水，又拉过一条被子让我盖上脚。因为虽然炕热，但外边冷，屋里还是凉。这时，我看见，老皮匠的眼圈儿突然红红的。他的手颤抖起来。他拿着这张照片，仔细地盯着照片上的这个人……在外面长白山风雪的呼呼吹刮声中，在火炕灶坑木柈子呼呼的燃烧声中，在挂在墙上的老铜钟“呱嗒呱嗒”的走动声中，给我讲述了一个惊人的故事。这个故事一下子把我带进一个皮匠世家久远的传奇中去了。

照片上的这个老人叫张世杰，是张恕贵的父亲。

那是清光绪二十五年（1900年）的事。张世杰出生在山东省来熙县一个皮铺世家。父亲张贵和，在来熙一家大皮铺“三盛玉”当“皮裁”。

皮裁，就是皮铺的最后一道工序。把熟好的皮张按不同规格分好，然后开始裁。皮裁要按买者的要求将各种各类皮子剪裁成服饰、鞋脚、衣帽等物件的样子，属于皮匠工艺中懂技术的人。张贵和从小聪明能干，眼睛里有活儿，因此深得三盛玉掌柜吴福德的信任。可是就是这种信任，却给张家招来一场惊天大祸。

原来，从咸丰年（1851年）开始，山东府来熙的三盛玉就为朝廷加工制作各种皮饰。往往是由北方吉林、黑龙江、辽宁和宁古塔一带进送的皮子，运往来熙，再由像三盛玉这样的诸多皮铺为其加工成各式各样的皮物，称为裘皮贡物。这种手艺从明朝时就开始了。

在清代典章制度中，曾经有明确规定，对于皮毛裘物加工和穿戴要求十分严格。上至皇帝，下至庶民，各个阶层什么活动场合穿什么式样的服饰都有详细规定。那时裘皮有细裘和粗裘之分。上乘的貂皮、狐皮、羔皮、猞猁狲皮、海龙皮、獭子皮、虎皮、豹皮等为细裘，是给皇室及主要官员穿用的；而鹿、狼、猪、马、狗等皮张，一律为粗裘，为宫中低层人或平民百姓穿用。

以皇服为例，冬朝冠用熏貂，十一月朔至上元用黑狐；吉服冠用海龙熏貂、紫貂；行冠，冬用黑狐或黑羊皮……上述各种规定十分细致严格。

再说，来熙三盛玉掌柜的吴福德有个二舅叫秦万来，是皇商。此人经常往来于北京和来熙之间，把大量的皮衣、皮饰运往京城，再从京城和北部将各种皮张收购押运到来熙，一年大约有一两个月时间待在来熙。

这一年，快到冬月的时候。有一天，吴掌柜领着秦万来走进了张贵和的作坊。

只见皇商秦万来手里拎着一块香熏紫黑貂皮，说："贵和，给二舅裁一件端罩。"

张贵和接过这块黑貂皮一打量，不觉大吃一惊。

皮匠都认皮子。只见这张皮子，黑中透亮，紫中泛波纹，偌大的一张，用手一抓只是一团，正是前几天张贵和与工匠们用软熏法处理过的一张上等的貂皮。这张貂皮是准备为光绪生母慈安太后五十大寿生日送上的礼皮，怎么到了吴福德二舅手里?

吴掌柜可能也看出张贵和的心思，于是平静地说："贵和，这你就不用管了。朝廷要的貂皮货虽然有数，但这一季成品刚开始点货，你就只管做就是。过了年，再收，再给他们补。另外，二舅也是做一个物件留着，不穿的。"

人家是甥舅关系，再说皇商二舅对他也不薄。二舅每次从京城到来熙，还常常为张皮匠带点儿麻花、糖球、皮影、风筝、字画什么的。于是张贵和想也没想就给对方剪裁皮子了。

从前，朝廷的端罩是以其不同的皮质作为等级标志的。

皇帝端罩，才紫貂为之。

亲王、郡王、贝勒、贝子的端罩，青狐为主。

民公、侯、伯、子、男等品官的端罩，则以猞猁狲兼而用之。

四五品端罩，以红貂皮为之。

五品的端罩，是黄狐皮为之……

于是，张贵和依靠自己非凡的精湛手艺，三天之后，就给二舅做好了这件珍贵的端罩。

可是，他万万没有想到，这已酿下了一场大祸。

再说皇商秦万来。他得了这件端罩心中万分荣耀，皇贡办完之后他穿上这件端罩就进了京城。进京就进京呗，偏偏他又穿着它去参加几个皇商邀他去的在大栅栏一家馆子为一个宫廷亲王祝寿的诞宴。

事情也就凑巧。在这天的诞宴上，朝廷内务府的一个叫李来一的太监也来吃酒。酒过三巡，菜下五味，这李来一一看秦万来的端罩，可就眼热了。李来一询问来询问去，就想高价收买。可偏偏这皇商秦万来根本没把对方放在眼里，并回答对方说出多少钱也不卖。

这人什么也没说，起身就走了。

其实他不知道，这李来一是好惹的吗？这李来一回了宫廷就对内务府的总管呈报了此事。他说山东来熙三盛玉皇商秦万来私破皇规，竟敢偷偷做紫貂香熏端罩穿戴，并且招摇过市，这不是蔑视朝廷吗？

朝廷内务府总管一看这事有利可图，一道密令下到山东来熙府，要求地方上火速查办三盛玉皮铺，把当事人押往京城严加查办。这一来，把掌柜的吴福德吓毛了。二舅秦万来一听信，也吓跑了。还是被上方收买的山东来熙府衙假装好意地给三盛玉吴掌柜出主意说，不如拿些银子，打点一下内务府大员，但面子上也得对吴掌柜处理一下。怎么处理？无非是先收入大狱，关上几年。

收进大狱？这不是要命吗？吴福德掌柜当时吓傻了。他连连问还有别的法子吗？

来熙府衙又给他出了个损招儿：不如先把罪名推到皮铺裁缝张贵和身上，这事可也就一了百了啦。

可是，想想多年来张皮匠对他家兢兢业业，吴福德又不忍心这样做。可是，不这样做又怎么办呢？

当下，吴掌柜的来到张贵和家，“扑通”就给张贵和跪下了。吴掌柜一五一十地把事情的经过说了一遍，后悔当初没听张皮匠的劝。又加了一句：“贵和，眼下，只有你能救我！”

张皮匠说："我替你去坐牢？"

掌柜的说："对对。我这也是不得已而为之。眼下，还有一个办法，就是你先把这个私裁端罩的罪名接下，进大狱。然后，我再设法从大牢里把你赎出来。你好好想想，三天后给我个话。"

回了家，张贵和当晚就起不来炕了。

原来当年，张贵和已是一大家子人。突然飞来这样一场横祸，谁不犯愁？还是妻子来得快。她说："贵和，什么先招后赎，这不过是他吴掌柜的一个缓兵之计。一旦你进去，他们便合伙把你在狱中置于死地。留得青山在，不怕没柴烧。依我看，咱们只有一条路。"

"什么路？"

"三十六计，走为上策。"

"走？往哪里走？"

"往北。出山海关，闯关东去。天下哪儿的黄土不埋人哪！不能在这儿等死啊。再说，我听说关东地大无比，还能没咱的活路？"

妻子的一句话，提醒了皮匠。对呀！现在只有这一条路了。

说走就走，也没有什么家产。

当天晚上，张家一家人收拾了一下细软，然后趁着夜黑风高，一家人就一直往北，下关东逃命去了。

从前，中原的人往往以为东北好混穷，弄点儿啥都值俩钱。还以为东北遍地都是老林子，野菜多，起码饿不死人哪。可是，闯关东有闯关东的苦楚啊。

一首歌谣唱道：

出了山海关，两眼泪涟涟
今日离了家，何日能得还
一张貂皮两吊半，要拿命来换……

张家正是这样啊。

从前闯关东，全是用步量。

这一年，张世杰才八岁呀。

当时，家里人口多。他们哥四个，姐两个，一个姐姐，一个妹妹。全家人拖儿带女走了一年多，终于来到了东北长白山通化。

可就在这一年多的逃荒路上，大姑娘给人当了童养媳，小姑娘实在领不动了，只好送人了。还有张世杰的一个弟弟，只好一个人去讨饭了。一家人几乎是“走丢”了一半。

张家流落的地方是通化快大茂的一个大车店。父亲就给人家看看院子，母亲给人家浆浆洗洗维持生活。在离快大茂不远有一个叫二密河的地方，有一家皮铺，经常来快大茂大车店送马套和鞭哨，张世杰的父亲张贵和有时上前搭话。对方就问：“你会这一桌？”

桌，指“白皮桌”“红皮桌”。这是“皮匠”一行的行话。张世杰知道自己应该守口如瓶。

于是张贵和谦虚地说：“谈不上会，明白点儿。”

一天，正赶上一个猎人从山上带下一张狍皮想做条褥子，不会鞣。张贵和就说：“来，我给你鞣。”只见他拿出两盆子玉米面，撒在皮子上，接着开鞣。行家一上手，便知有没有。只见他一揉一抖，一抖一揉，工夫不大，就把一张老狍皮揉搓成了一张上好的皮张。大伙都看惊了。于是，二密皮铺掌柜的就让他去当“熏匠”。就是专门用谷草熏皮子，做乌拉和马套。

想想总不能瞒着，这手艺也得用上。再说这东北是天高皇帝远的地方，山东三盛玉的人也不知他流落何方。

于是，张贵和就领着家口来到了二密皮铺。

从前，人们找活路还是靠自己的手艺吃饭比较顺手。父亲有了这个活路，全家乐坏了。可是谁想到，天又有不测风云。一天，一辆来送皮子的车，马受惊了，把张世杰的大哥碰伤了。当时也没钱去治，不几天就死了。又一天，张世杰的二哥给人家铡草，把手切伤了，得了破伤风，也死了。这家皮匠说张家给他们带来不吉利，硬把他们全家撵出了皮铺。

一下子死了两个儿子，张世杰的父亲一股急火，不久也一命归西了。

临死前，爹把世杰叫到跟前。爹说："孩子，爹这一辈子摆弄这皮子，福也是它，祸也是它。但这是咱张家唯一的手艺。今后，你别扔了这手艺……"说完，老爹就匆匆地咽了气。

爹一死，娘得了一场大病。

又得给爹买棺材安葬，又得给娘治病，张世杰实在没招儿了。这天一大早，他推开村子里一家大户人家的大门，"扑通"就给人家跪下了。

他说："大叔哇，没别的，求你给我父亲安葬了吧！给我母亲找找大夫吧！"

人家说："说得容易，可你怎么还我？"

张世杰说："大叔，从今往后，我就是你家的小打。我当牛做马，还你的钱。中不？"

"唉！中，中！起来吧……"人家也心软了。

人家见这小孩对爹娘挺孝顺，也就感动了，答应替他安葬父亲，给母亲抓药。从此张世杰成了这家大户人家的小使唤。

小使唤，就是没有具体所指。凡是人家一切事，听人家"使唤"。叫你往东，不能往西；叫你往南，不能往北；叫你上山，不能下水。张世杰从此命都成了人家的了。

北方山野人家，有干不完的活计。

每天一大早，他得先把人家一家人的尿罐子倒了，把人家的洗脸水打来。然后扫院子，接着赶猪上山，然后再放牛。下晌铲地。太阳一卡山，他还要麻溜收猪收牛，喂马管羊。等半夜三星都出来了，他才上炕。炕沿不高，可他已累得上不去了……

可是，为了还葬父的棺材钱，他踏踏实实拼命干。两年下来，真的还清了东家的二百大洋。东家也被他的“皮实”（能吃苦）劲头感动了。

那一年，张世杰十四岁。

突然有一天，东家对他说：“孩子，你真是个好样的，啥苦都能吃。这样吧，你不能一辈子都出苦大力，学点儿手艺吧。”

世杰说：“学啥呢？要学，还是学皮匠活儿。”

东家说：“你不怕苦，就学皮匠。这活儿挣钱！”

“皮匠活儿我父亲活着时也让我别扔。”他终于对人家说了心里话。

“对。东北家家户户，车车马马，都离不开皮活儿。这个手艺走到哪儿吃到哪儿。”

“听东家的。”

“好。我有个朋友在山城镇皮铺，明个儿送你去。”

就这样，在张世杰十四岁那年，他离开了东家，奔往梅河口山城镇侯家皮铺。

那时，皮铺学徒也是拜师投艺，三年出徒。这三年当中要“红皮桌”“白皮桌”都学过才行。所说的“红皮桌”是指用谷草熏皮子做乌拉做鞋；“白皮桌”是指做皮套马具马套。这两样是东北皮匠必须都要熟悉的技艺。

张世杰肯吃苦，心眼儿灵，三年下来，就出徒挣劳金了。

在这一年，大约是他出徒后的两三年光景，有一天，有一个从山东来的姓吕的表弟，在安图县老松江镇开一个皮铺，邀他去。他也想自己试试身手，于是就辞别了侯家皮匠奔往了老松江。

老松江又叫老安图，位于长白山腹地，交通十分发达。这一带，从前是四面八方通往长白山的必经之路，每天南来北往的大车不断，要乌拉要马具的人更是多，一下子让张世杰的手艺得到了发挥。可是毕竟这是给人家拉活儿，他还是想自己什么时候能独立开一个皮铺买卖。

表弟可能看出他的心思，就说：“你真想单挑（指自己干）！”

他说：“嗯哪。”

表弟说：“看你就是一个‘不安分’的人。”

这个“不安分”，是指张世杰的长相。因为张世杰从生下来，就是两个耳朵往外支着，人称“招风耳”。所说的招风耳，民间是指这样的孩子长大了总“惹事”。但是所谓的“惹事”其实也是指着这样的人爱干事，而且爱独立思考问题。这正是张世杰的性格。

在松江镇期间，他一有空就出门拜师学艺。

两江的杨玉林做乌拉出名，会纳底上褶，他就去拜师；敦化大石头马具做得地道，他又去那里拜师学艺。什么蛟河、白石山、老爷岭一带的皮匠，都知道松江张皮匠这个人。一来二去，老松江的张皮匠就出了名了。

后来，他终于离开松江来到明月镇（安图县）开起了自己的皮铺，报号“老白山张氏皮铺”。

他去山里砍回一棵树，在门口支上一个皮铺幌子，一片鞭杆编的花，在空中展开，下边拴一串儿乌拉。风一吹，马灯和乌拉“叭叭”响。这就成了他家皮铺的招牌。

安图，西靠长白山北坡，东靠张广才岭南坡；南是延吉、图们，北是老敖东城（敦化）、蛟河、船厂。整日南来北往的大车把尘土和冰雪末子扬上了天空。空气中整日地飘荡着马粪和草料味儿。大车一跑，大车店和皮铺的生意立刻红火起来了。在安图，光皮铺就有六七家，可是“老白山张氏皮铺”一开张，各家皮铺都瞪上眼睛了。

原来，这张世杰虽然看上去没多少文化，可是他心眼儿灵，祖上传承下来的手艺精绝无比。

他三十岁那年娶了小他十六岁的当地姑娘李桂珍为妻，帮他支起了皮铺的买卖。张氏皮铺从熟皮子到缝乌拉、制马具一条龙日夜开张。他现去船厂托人求著名书法家李修然用老松木板刻写一副“老白山张氏皮铺”牌匾挂在大门上。门口的杆子上挂着一盏裹着破羊皮的马灯，上写“皮铺”二字，日夜亮着。

大车老板子来到这里，往往站在道上敲着墙叫喊：

“掌柜的，来一副马套！”

“掌柜的，来两双乌拉！”

……

张世杰让两个徒弟站在院子里专门“接活儿”。因为客人多，大门口已挤得水泄不通，只好敲墙订活儿。

“好。老把头，你稍候。”

“好。老把头，乌拉你明早大毛星一起，你就来取。赶趟不？”

“赶趟。”

“好。进屋上炕吃饭。”

原来当年，老白山张氏皮铺还管来取活儿订活儿的人吃住。他让家人每天专门煮好高粱米豆饭，炖上大豆腐。所有来他家取皮货、马具、乌拉的人，一律管饭，烧酒自带。这是他家的一个规矩。

张世杰办事，那是让人信得着，实惠。

他只要答应人家，就是他自个儿不吃不喝连夜也得把乌拉给买主缝制好，送去。缝乌拉，这是一个细活儿。人要用脚蹬一种专门的高脚马凳，绳子压着皮子要在人的膝盖上套过去，一下一下地去缝。有不少皮铺的皮匠为了给人赶制乌拉，一宿间就累瞎了眼睛啊！

那年月，张世杰皮铺的名声在长白山大震起来啦。

南来北往的大车老板子，往往从几十、上百里地就开始打听张家皮铺还有多远。

新中国成立后，张家皮铺归到安图县马具社公私合营。马具社也全靠他的手艺。晚年，他回到他的第二故乡五峰村去了。因为他虽然活儿好，但没文化，不会开发票，于是才离开城市去了乡下五峰村。

原来，就在张世杰开皮铺那年，有个大雪天，一大早，他推开门抱柈子烧炉子煮皮子，看见一个老头儿倒在外面的大雪中。张世杰是个好心眼儿的人，就上去踢了一脚，说："进屋！进屋睡。这样一会儿还不冻死你！"这是一个进城赶集的乡下五峰村的人。他喝了点儿酒，就醉在张家皮铺的院门口了。这人进了屋，本来挺饿，也想要点儿吃的。可一想，人家已经让你进屋就不错了，于是他上炕倒头便睡了。

谁知这时，张世杰抱着几个大饼子走了进来，说："起来吃饭。你以为我供不起你呀？"这人非常感激，连忙起来吃完饭就睡了。

可是，这大雪一下下了三天。第四天头上，天放晴了。按理说，这人该走了。

可是他走到门口一想，不行。人家屋里没人，得等掌柜的回来，跟人家打一声招呼再走哇，再说，在人家吃住了三天，也得谢谢人家呀。

他于是就等开了。

也巧，这天张世杰是上集上收皮子去了。

傍太阳一竿子高的时候，张世杰回来了。

他进屋一看这人还没走，就气得说："天晴了你还不走，想让我养你一辈子呀？"

那人说："不是，不是。我是想向你道个谢。"

张世杰说："谢什么谢？你吃点儿睡点儿是应该的，都是咱们东北人嘛。给你！"说完，还扔出一双乌拉。又说："快换上走吧。外边雪大风硬，别冻坏了脚。"

这人换上鞋，千恩万谢地走了。

因为这是乡情啊，这是东北人的心哪！

在东北，在长白山，谁要送你一双鞋，那是一种最亲的举动。这样的情，人是一辈子也不应该忘掉的啊。

说起来也就巧。这人叫老桦头儿，他有一个好朋友姓李，那人有一个姑娘叫李桂珍，那年才十四岁。他家住在五峰村，好多人家来给他姑娘介绍对象也没遇上可心的。可是，自从这老桦头儿去了趟县城赶集，经历了在张氏皮铺吃住的事，他深深地了解了张世杰这个人的手艺和他的人品。于是，他打定了一个主意。

这天，他特意从乡下五峰村赶到城里的张氏皮铺。见到了张掌柜，他说道："你没成家呢吧？"

"没有。"

"为啥？"

"忙生意，顾不上。再说，一个臭皮匠，也没人愿意给。"

"咱们嘎亲（结亲的意思）吧。"

"谁？"

"我磕头弟兄的闺女。今年十四，比你小十六岁。"

"不行。我太大。"

"不行？我看上你了。不行也得行！"老桦头儿急眼了，要打他。

就这样，两个人哈哈大笑起来，算是同意了。

从此两家成了亲戚。老桦头儿成了张世杰的"奇特"的媒人。

当年，五峰是个挺大的农业社，全社和周边许多村屯的大车用的马套，都找张世杰去熟。还有，各家穿的乌拉，都出自他的手。他扔下手艺不干这一行，不行。于是在五峰，他不得不又开起了民间"皮铺"。谁家有个皮活儿，大事小情的，都找张皮匠。

一来二去，他的"皮匠"名声更响了。

后来他死了，就埋在五峰。

在老人家那儿听到这个故事后，我决意要去长白山五峰村。我要去见证一下。我知道，这里有东北重要的皮匠一生珍贵的历程。只有走进那里，才能把这位皮匠珍贵的手艺、传奇的往事挖掘出来，讲给人们。这是一种珍贵的非物质文化遗产的抢救工作。

那时，正临近长白山区最严寒的季节，隆冬。

在东北，隆冬就是三九。“三九四九，棒打不走。”

大风大雪整日地吹刮。雪打着转，在长白山树林子里滚动着。风嗷嗷地叫，打着呼哨。这是冻掉人下巴的季节。

要去自己出生的地方，走进父亲一生最辉煌的历程地，这使得第三代皮匠传承人张恕贵也十分激动。第二天，他和儿媳赵守梅在县里找了一个他熟悉的司机开车，我们便顶风冒雪出发了。

五峰村在安图县明月镇东南三十七公里处。正北是通化的山城镇，正西是安图县老县城松江，就是北纬42° 123′ ，东经123° 42′ 的位置上。车子一出安图县城，暴风雪迎面就刮起来了。几天前的旧雪已经被长白山冬季的严寒冻硬，现在新下的大雪又被风卷起，在厚厚的雪层上飞扬着，这使得天地间朦朦胧胧混混沌沌的，什么也看不见了。

在这里，长白山冬季的风雪会喘息。

这也是这里冬季风雪的特点。先是猛刮一会儿，接着，朦胧的雪雾又渐渐散去，露出厚雪的土路和河道。接着，风仿佛停下来，但寒冷无比。

汽车在弯弯曲曲的雪道上行走着，听着车轮碾轧雪地发出的咔嚓嚓的响声，奔向长白山的原始村屯。不久，一座古村在我们面前出现了。

五峰是延边朝鲜族自治州村屯，所以村口的村碑上用汉语和朝鲜族文字分别标着地名。白雪从远处延伸进村里。里面静悄悄的。乍一看去，就像一座古老的博物馆坐落在东北老林子里……仿佛没有人的存在。

那一根根木烟囱，散发着岁月的沧桑气息，黑黑的，破旧而顽强地立在风雪之中，让人不得不相信这村落的古远……

这儿的人家家户户都使用山里的整棵树当烟囱，已形成民风民俗。被风雪吹干的千奇百怪的树木烟囱竖立着，标明着村落与别处的不同。由于这样的山村完全靠牛马运载生活用品，村子里还有自己的铁匠炉、马掌铺、豆腐坊和油坊，是一种自给自足式的村屯。

铁匠炉和马掌铺的拴马架发着黑色的光泽，高大而沧桑地屹立在寒风之中。这时候，雪反而住了。天放晴了，但仍然寒冷无比。家家人这时都坐在自家的火炕上，没出门。他们都是透过结着厚霜的窗子边角的缝隙向外张望。

就在这时，皮匠张恕贵让车停下。我们走下车来，才发现眼前是一座破旧的院落。里边的一座房子黄泥的墙皮已完全脱落，一些长短和粗细不齐的檩子从泥皮里露出来，表述着岁月的久远。一个与别家人完全一样的树木烟囱，立在那里，冲天的一头已经枯朽开裂……

“这，就是我老家。”

皮匠慢慢地说着时，我看见，有闪亮的泪花从他的眼角淌出。

那泪，后来冻成了冰疙瘩，挂在老人火热的脸上。

我看见，古村老屋旧院把皮匠的思绪拉进自己的怀抱。在这个时刻，让人深感见景思情这句话的含义。在自己“家”的旧址前，谁不动容？

况且，那老屋老院已不住人了。这种存在，正是保留着一种记忆……

皮匠站在那里，慢慢地回忆着他父亲——另一个皮匠。这是最能引起人记忆的地方和时刻，仿佛父亲仍在屋里。

这样的地方，会让往事充分地展开。

那时，他们家人口多。他哥儿三个，妹子两个，他是老三。从他记事时起就记得父亲“鼓捣水”（皮匠），于是他们哥儿三个都是跟着父亲干皮活儿。生产队的皮活儿主要是车马套具。五峰是个大社，有十多辆大车一百多头牲口。队长是个爱面子的人物，常常叨咕：“世杰，好好扎咕车马。”

老皮匠说：“你就看好吧……”

其实就是队长不说，老皮匠也是满心眼子要让他的皮艺展露出去呀！而且，干皮匠这行，也是有瘾，不干不行。这门手艺伴随他一辈子啦。爹被皇商和朝廷所害之事他从小就死记在脑子里。

车马牛套全是皮活儿。先要寻找上等牛皮。在长白山的五峰，什么都缺，就是牛不缺。长白山的黄牛自古就出名：个大，皮厚实，出皮子。那时皮店一是买牛皮，一是去捡去收。冬天，一张张牛皮冻成一团团，像一块大铁疙瘩。听说哪有牛皮，老皮匠就喊儿子们："走，掐皮子去……"

冬季，牛皮冻成团，打开一张牛皮都会累得一身的臭汗。可父亲是个麻利人，他干啥不能等。什么时候进入哪道工序他说了算。为了多给五峰村做车马套具，他春夏秋冬都干，而且在这里，他使得"皮艺"这个词在全村子传开，他使得五峰出去的车马成了皮匠手艺的"流动"宣传车。

老皮匠一旦得到生产队长的默许，你就看吧，生产队院子和更房子就成了他的仓库和皮作坊。这儿整日吱吱地冒着潮气，屋子里不断传出"苏苏"的刮皮子声。院子里的杆子上，墙头上，到处都挂着皮子。更有半成品马套、鞭哨、红缨鞍具，一律挑在院子的皮绳和木杠上。孩子们和妇女们常常奔往这里，喊着，叫着，参观着。

山村生活是寂寞的。皮匠的皮活儿和手艺让生活增加了不少丰富色彩。一转眼，五峰村外出的车马一律换上了由皮匠亲手熟制的崭新的马具。大小鞭子换上新的鞭哨，扎上红缨和大花。一甩鞭，咔咔山响。人们神气极了。

后来，老板子们也养成一个习俗，没有张皮匠的物不出车。

后来，左邻右屯的大车一上路，人们打眼一看，便知道哪挂车，哪支车队是五峰的。

后来，甚至周边的大车店掌柜的也总结出一条经验，离店二里地，一听甩鞭，便知道准是五峰的车来了。为啥？五峰村车老板子鞭子甩出的鞭声不一样。

他张皮匠做出的"皮活儿"，特别是那鞭哨，都选用上等的皮子去切割，再用马鞍山下的河石"撸哨"。就是端一盆石头，把皮条放进去搓。然后，红油加蓖麻子"撸哨"（搓皮条）。等皮条软了，再用土锯去

“码”。码，就是过。一条条在凿子里“走”。然后再挂院子里阴干三个月……

风刮来，那些鞭哨像雨丝一般，在风中飘动。这种鞭甩出的声音，发颤，微微地回响。特别是在冬天，在冷天。

人们都把皮匠的手艺传神了……

可是，信不信由你。在五峰和五峰的周边，有许多人家，至今还保留着当年张皮匠留下的鞭哨。那是一根古老的皮绳儿，尽管只剩下三寸多长了。那种皮绳保持着灰土一样的颜色，传递着无尽的神秘……

在东北，在古老的长白山区，一个合格的皮匠最拿手（最熟练）的手艺就是做鞋。这里所说的鞋，张恕贵告诉我们，就是乌拉。父亲也不例外。

那时，家里人口多，日子苦，上上下下全靠父亲的皮匠手艺维持，也欠了不少的人情。父亲的手，就像干柴棒子扎撒着，上面全是口子。

人情，就是生活的一部分。一个没有人情的人简直就不是个人。可是欠人家人情，就得还。中国人讲究个礼尚往来。老皮匠还人情只有拿出他最拿手的手艺来才行。那就是给人做一双双乌拉鞋。

皮匠说，父亲眼“毒”。

毒，不是狠毒，是指眼睛抓人心。父亲能从对方的眼神里看出人的心愿来。

有一年，皮匠的母亲病了。村里离医院远，就找乡村的赤脚医生来给人看病，赤脚医生是领着自己的女儿小琴一块儿来的。小琴那年也就十二三岁。看完病，皮匠给钱，医生说啥也不收。

临走，皮匠发现，医生女儿小琴恋恋不舍地盯着皮匠家木柜上放着的一双乌拉鞋，眼神中透出喜爱。这双乌拉，是皮匠给邻村马二贵的儿子做的。马二贵和他是好友。儿子要进山拉木头，没有鞋。他利用闲空就给人家做了一双……

现在，他看出了小琴的眼神儿。

皮匠低头又见小琴穿着一双破得已露了脚指头的布鞋。大冷的雪天，姑娘脚指头冻得通红的。皮匠的心中有些酸楚。他于是很随便似的问道：“多咱毕业？”

“秋天考高中。”于是娘俩儿走了。

这以后的一个多月，儿子发现父亲很少说话，只是日夜不停地在做着一双“趟趟马”。趟趟马是乌拉的另一种。也是皮底，但腰高。这种鞋手艺要细，皮料要精。那是一双漂亮的趟趟马。而且儿子发现，父亲把这双鞋做得十分精致漂亮。鞋底上还钉上两个闪亮的钉子；楦子还要挑选光滑的上；鞋腰选用红色的皮子还上了油。而且鞋脸两侧，父亲还特意贴了两朵含苞待放的金达莱。金达莱是长白山里最让人羡慕的花，它漂亮，不惧严寒，常常在冰雪上开出灿烂的样子。

这是给谁做呢？父亲一直不明说。

转过夏天到了老秋，村里孩子们该升学的升学了。这天，父亲突然对儿子说：“三儿（恕贵的小名），走！”

“上哪儿？”

“去小琴家。”

“赤脚医生家？”

“对。听说小琴考上县一中了，要外出上学了，咱们把这趟趟马给她送去。”

爷俩儿去了，送去了这双分外精致的鞋。一下子把赤脚医生全家感动得热泪盈眶。要知道，在中国北方，在民间，一个能给对方送一双鞋的人，该是多么亲的关系，何况是这样一双精致到家的鞋呢？

小琴妈眼里流出大颗的泪花。她哽咽着说：“他张大叔，该叫我怎样感激你呢？”

皮匠说：“这不就外道了吗？一个村住着，还借不上这个光吗？谁让俺是皮匠来着？今后，告诉小琴好好学习。穿坏了这双，大叔我再给她做一双。”

小琴这孩子心里有数。

她穿上这双新鞋上县城上学去了。

后来，小琴学习越来越好。她说，不好好学习，对不起张大叔的这双鞋。

后来，小琴毕了业，考上了县师范，还穿这双鞋。

后来，小琴工作了，在县城当老师，还穿着这双鞋。许多人都羡慕这双鞋，也记住了它的来历。

后来，老皮匠过世了，小琴更舍不得这双鞋。她留着呢，一直到现在，还留着呢……

在老屯，儿子小皮匠讲述父亲老皮匠的传奇时，村邻们一个一个围上来了。

“哎呀，这不是三儿吗？”

“你来干啥来了？”

“快到屋……”

皮匠拿出父亲的照片，递上去，给乡亲们看。其实是为了向我说明父亲在村民们心间的位置。果然，人们接过照片，一个个亲切地指点着说：“呀！这不是你爸吗？看看，你多像他！简直就是一个模子刻出来的一样。”

许多村人，看到老皮匠的照片，都落泪了。往事往往能让人回味他人和自己，走进一种久远的人生的记忆中。

那是一种从人们的心底升起的怀念和情感，同时引发出人们对皮匠在世时那种皮艺红火传播的岁月的留恋和向往。那真是一种奇异的岁月。五峰村的人在皮匠身上沾了不少光。他们外出常常有人打听。哪儿的？五峰的。五峰？那里有个老皮匠在吧？于是，五峰人都一个一个的有些光彩在脸上挂着。一个人好，要是手艺好，心好，就会招人惦记着啊。张恕贵说，他十八九岁那年，父亲渐渐老了，他彻底接手干上了皮匠。可是，父亲的顾客太多，真是干不过来呀。

那时，这趟沟里有二十五个大队，包括亮兵台、柳条沟、老头沟、朝阳川、铜佛寺，许多人背着牛皮从四面八方奔父亲而来，做马具，做皮活儿。那时他记得，经常有人半夜敲门问："老张家有人吗？"

儿子就知道，又是背牛皮做皮件的。但有时已是深秋，天凉了，拿不出手了，就说："天凉了，关板儿了。"

可是，父亲往往从炕上坐起，说："别撵人家走。做吧。谁让咱们是皮匠来着？人家大老远来的。"

父亲熟人多。他这一辈子，就是答对人情，硬累死的。而且他，对"熟皮子"又热心。

常常有这样的情况，人家大车本来不是来找皮活儿的，只是路过他家门口，找口水喝。可皮匠往往端着瓢出来。人家喝水，他却直盯着人家的车马套家什看个不停。看啊，看不够。其实他是在心底"检查"人家那套能走多远。

有一回，是一伙拉大石头的车路过。他给人端水。趁人家喝水，他一眼盯在人家的套上，说："秋不中（不行）了。"

老板子："是吗？"

他说："嗯。"

"秋"，是牲口后屁股一带的套索，很讲究韧性。秋不行，车易跑坡。

老板子说："不能吧。"

他说："过不了老头沟。"

老板子不信："不能的事。"

那人喝完水，扬鞭就走。可是，车一过柳条沟，秋就跑了。一车货差点儿扣山沟里去。后来，南来北往的人，都服气了。

熟皮子，不能没有缸。一年，他家正需要一口大缸。父亲起大早去了安图县的孙家缸窑，他相中了一口缸。可是，没有车往回拉。老皮匠就着急。于是他自个儿找了一个背煤的背架子，一个爪上垫一个小枕头，一个人硬是把这口老缸背回了作坊。他爱自己的手艺，不让他干，他会发疯。一年一年的，许多人背皮子找上门来。给人熟了一年皮子，有时没有工钱，给你一车柴火，或者几麻袋苞米，就算是手工费了。那他也干，因为这种手艺传下来了……

手艺呀手艺，它使老皮匠对它难舍难离。

在五峰村，每一个提起老皮匠的人，都是以怀念的目光打量着他的后代，这使我充分地见证了一个民间老艺人的人品和艺德的魅力。

“能不能别走，你们进屋吃口饭吧。看看，张皮匠给做的皮兜子还在。”

乡亲们对我们一再地挽留。

我和皮匠张世杰的第三代传人张恕贵在各家门口院口走着，站着。我们体会着从前的岁月，让风和村子里的一切都来见证，见证一个岁月的存在。那是一种实实在在的存在。

狗也从柴草垛后探出头来，看看这皮匠的后代领着什么样的“生人”进村。它知道从前的故事吗？那些发生在它住的村里的故事。

鸡们，可爱地蹲在院子里的木架子上。它们倾听着这个山村久远岁月之前的故事，传递着一种历程，也记录着岁月的形态。也许，老皮匠在世时，鸡们正是这样度过那些岁月，鸡们的姿态传承着一种对这里生活的思索。

在一堆土灶前，人们停下了。这土灶跟皮匠从前烧炉子煮皮子时用过的一样。也许是村里别人家的，但是一样的载体，传承着皮匠从前生存岁月的信息，让人进入深深的回忆之中。

那里有一种北方皮艺的气息，浓浓地升起来。那种气息飘荡起来，弥漫在长白山的空间之中，把一种久远的人类珍贵记忆传布开。我们停在这里思考着人类遗产的传承方式和印记结果，我们设法在心底让文化生动并且复活。人的心灵其实就是一台计算机，它一旦启动，就能唤回久远的记忆，并且贮存在心灵的深处，久久地鲜明着，不会模糊和淡去。

张家熟皮子作坊如今离县城他家的住处不远，就在斜对面。那是一个纯粹的皮作坊。远远的，就能看到各种皮鼓面贴在门里门外的墙上。还有一些贴鼓的木板子，也摆在土道两旁，别有一番皮铺的风味……甚至连空气中也飘荡着鼓和皮子的气息。

在冬季，在这个干燥的冬日里，长白山皮匠人家的生活味道在冷风中飘荡，给人一种特别的感受。

我觉得自己被一个故事包围着，也被皮鼓包围着。我也成为这个奇迹故事中的一个情节。民间每一个奇迹的诞生，都会有一个根脉。

春风在旷野上吹刮时，那是熟皮子的季节。风中飘荡出一种苦涩的味道，那是生活本身的味道，是皮铺作坊里飘出的生活气息。四野静静的，只有味道是活的。

东北的早春还十分的寒冷。黎明前，公鸡在黑暗中就开始鸣叫。那声音仿佛在飘荡，更加衬托出夜的肃静。还有，就是声音的远近。许久许久，天放亮了……

在山区，特别是在东北有黄牛的长白山里，山里人养一头牛不易，有时牛生老病死或被屠宰会剩下许多张牛皮，可是由于没有了皮匠，只好白白地看着那些皮张发臭发烂，最后扔掉了。日子是需要皮匠的。

常常有一些老人，背着皮子找上门来。听说张家没有工具，也熟不了，走时往往叹口气，说：“唉！要是你爹活着，他说啥也不能让我把皮子再背回去……白瞎了一张狗皮两张兔子皮！”

五峰村是个热闹村，村里年年办秧歌。

可是那一年，秧歌队的腰鼓坏了一批，硬是没人能修。

村里办秧歌的前几天，他回到了五峰。果然，村里许多鼓都坏了。他记起父亲教他的“修鼓手艺”，两个下晌，几十面鼓就都修好了。村里人乐得直蹦高儿，皮匠又回来了。

张恕贵决定恢复父亲的“老白山张氏皮铺”。他决心一定，就奔了延吉。

延吉，土名烟集岗，是延边朝鲜族自治州的首府，这里就连空气中都飘荡着美妙动人的朝鲜族鼓乐。街头上一响起朝鲜族鼓乐，这里许多人的肩头往往便不由自主地颤动。他走进一家卖鼓的商店，一打听，鼓皮子相当紧张，没有货。

他对人家说：“我会做。”

那人瞅了他一眼，鄙夷地说：“瞎说。”

“瞎说？我家三辈子的手艺。”

那人见张恕贵说得如此认真，就给他介绍到和这个商店合作的一个专门做朝鲜族乐器的工厂。开始去，人家以不信的口气对他说，你说你行，你先做两张试试吧。

“做就做。”张恕贵就回家了。

回家后，他立刻买来大缸，用两张牛皮就熟起来。熟好了，割了，带上样品，又去了延吉。人家一摸一看，连连叫道，真行啊，和韩国的皮张没什么两样啊。但是，这家的用货规模太小，那家老板也看出了张恕贵的心思，于是给他介绍到了当时朝鲜族民族乐器厂的厂长那里。几天后，他带着牛皮去了。对方一看，立刻同意，并直接和皮匠签了合同。因这时，张师傅已从电视中得知，延边的乐器制作已成了国家级的非物质文化遗产了，没有鼓皮子的制作恐怕也算不了完整的遗产吧，于是他和当时民族乐器研究所的赵主任直接谈了此事。人家看了他的“皮货”，直接退掉了韩国、河南、河北几家小作坊的鼓皮货，每年定做三百张鼓皮的合同就和张恕贵签下了。

验皮子是他的拿手活儿。但早春天冷，皮子冻成了一个死疙瘩，要一点点掰开，开验。开验，要用手去感觉皮子的湿度，再用鼻子去嗅皮子的气息。验皮有很多讲究。验好了，才能装回袋子里。一早上，他跑遍整个街道、市场，把验好的皮子，一包包地背提回来。

他拎着背着一包包的皮子在土道上走。小孩都认识他："张皮匠！张皮匠来了。"有时候，妻子、儿媳也帮他去收。作坊里，加温的炉灶已经点上了火。

屋子在一夜间已冻得梆梆硬。在东北，皮匠作坊泡皮子的缸和盆子里的水都生了冰碴。皮匠的第二道工序是泡皮子，泡皮子是需要温度的。

浸泡开始时，先将皮投入到泡缸中，要让皮张沉入水中。这时要放入石灰和硝。它们产生一种化学作用，把皮子上的毛"拿掉"。但是从前，特别是张世杰皮匠生涯阶段，他所采用的是"树胶"脱毛法。这种办法是东北长白山区人的一种独创，在《长白山江岗志略》（清·刘建封著）中，关于各种树所产生的胶脂对不同皮张在浸泡时的作用有更加详细的记述。

树胶脱毛，其实来自于一种古老的原始手法。而这种手法，从前长白山区的皮匠都使用过。除了清安图县令刘建封著《长白山江岗志略》中对这种做法早有记载外，日本和俄国也流传着许多关于长白山树脂脱胶的说法，古时一些文献也记载了清人张云龙去山里寻找"树胶"的经过，可见那时东北已经普遍地选用这种方法。

在中国北方，当严冬到来时，各家皮铺皮匠就开始四处收购皮张了。那时的收购，往往是套上大车或者爬犁，到外村子去收。

收皮子的大车一进屯子，皮匠先喊：

"皮子——！"

然后敲打一种收皮"梆子"。

这种梆子，是一块一尺长的木头，中间空心，有一个木把。左手握着，右手敲打。梆子发出“啌啌”的响声，各家各户就知道收皮子的来了。

许多皮铺的掌柜和村民都熟悉，一般不要现钱。一张普通牛皮从前也就十块八块的，到第二年的开春，皮铺统一给钱，或者给一些“物件”。

物件，主要指乌拉、皮袄、皮筒子、皮套具，也有要一两张熟好的皮子的，自己回来割着使。收皮子还包括农家和山民自个儿背皮子来送。有的是让皮铺给熟个皮张，自个儿用，有的是卖给皮铺，这叫散户。皮张大户主要是屠宰场和屠宰主。这多数是一些清真户和回族牲畜屠宰加工厂，他们的牛皮多。有时，他们自己套车送来，或者通知皮铺自己用车去拉。

到山里收山牲口的皮张称为进山拉“大毛”。那往往得事先套上爬犁，赶上牛马进山去，专门找山里的皮货庄，和那些掌柜的讲价。但一般的情况下，收皮子的皮铺掌柜的愿意自己联系猎户，去他们的家或者窝棚里取皮张。

冬天一到，是皮户们用缸、选缸的黄金季节。各家皮匠奔往窑上，选缸运缸，一片忙碌……

选好的大缸放在一起，等着马车或爬犁来，一块儿运回去好开沤。

提起沤皮子，让人想起“沤麻”。

东北有一首歌谣唱道：

身穿绿袍头戴花，
我跳黄河无人拉。
只要有人拉起我，
一身绿袍脱给他。

这说的是把绿麻投到村边大坑或泡子里去浸泡。泡烂后，才能把麻皮剥下来。

沤皮子和沤麻一样，不同的是，皮子是要用放入硝和碱的水去浸泡。

开始学做乌拉先学会熏皮子，“熏灶”在皮作坊后院的一个河边草地上。熏炉灶是一个炕一样的东西。半米多高，底下空着，往里装谷草。当腰一个烟囱，烟囱底小上大。上边的口是为了薰皮子时用的。这就叫“薰皮灶”。

熏皮子，要用两人双手扯着开熏。

熏皮子绝对是技术活儿。小打两手拉着牛皮，一边一个小人，对准下边的烟囱，不停地翻动牛皮。

这种熏皮灶，灶下直径半尺，往上是烟囱，烟囱平面和灶一样的平。灶是反向搭的，底下是砖，或者泥坯，中间带槽子。用四根棍子，插在两头。

旁边就是谷草垛。皮铺都有谷草垛。

谷草，特别是东北的谷草，经霜发硬，梗粗，皮厚，燃起来后，烟大而冲，光冒烟，不起火。而这种灶，就是升烟。火都让灶的低土槽子压死了。着不起来，只能冒烟。先是“送谷草”。送，就是往熏皮灶的烟囱里加谷草。送时，用双手一拧，对准烟囱，再用木插一顶，草捆才能下去。

其实灶底下不是没有火。而这时的火起不来，只能边烧边在灶的槽子里走动，让烟升上来。熏时，两个小打抻着牛皮，挨排儿移动。这种移动要同步。就是两个人移动，不能一个上前，一个上后，一个上左，一个上右。一旦错了，师傅在后边上去给你一个大嘴巴。熏时，还要均匀。所说的均匀就是让皮子对准那灶口的时间要一致。不能长，也不能短。

长了，熏大了，皮子发黑不行。短了，熏轻了，颜色不一样，好皮子就熏废了。熏时，还分“轻重”。

轻，是指火候烟度没掌握好，没熏上去，皮子发硬；重，是指火候烤大了，烟窜“老”了，皮子变色了。

一张牛皮，要熏一个小时。这是头一遍。一张皮子往往要熏两三遍。一天只能熏六七张皮子。熏皮子，还要有“皮被”。

皮被，是一条厚厚的大棉被，专门给从灶上熏完后拿下来的皮子盖的。这时的皮子比人的“待遇”都好。冬天，人盖麻袋片，熏的皮子也得盖被。

熏大约一个多小时，用手一抓，皮子面暄乎了，这是让谷草烟窜的。这才行了。然后将皮子从灶上抬下来，放在旁边的木床子上，用皮被给它们盖上。盖上，是为了不让“烟劲”消失，也是为了刚刚起暄的皮子不再抽抽回去。如果不盖，风一过，刚熏差不多的皮子又紧了回去，这叫“二皮脸”。再熏时二皮脸的皮子就费事了。

盖被时，要盖严。别让皮子受风，刺气。

这像人一样的娇贵呢。

木床子上，头一遍的皮子一张张摞在那儿，一天一大垛，被也越起越高……

皮灶房的被架子上，常年挂着厚厚的“油”，冬天也不冻。常有野猪、野狗在不熏皮子的冬夜跑来啃柱子。

一头头的野猪，在寒风中“啃柱子”，其实是为了啃食柱子上的油渍。

那“咔哧咔哧”的响声，惊动了东家。掌柜的就喊：“快，去人！野猪啃柱子啦……”

这时，伙计们就会带着火枪，手拿木棒子跑出来，对着寒风刺骨的河岸喊：“噢什——！噢什——！”撵野猪。

有时，野兽更不在乎这一套。

它们仿佛也知道你不能把它们咋地，继续啃，直到把木桩子啃倒了。

这时候，伙计们可就倒霉了，不是挨东家打，就是挨掌柜的骂，有时还被扣去劳金。

熏皮时，抻皮子的两个小打一旦觉得皮子的某一个部位让火烤烟熏得有些大，就会喊：

“掸水——！”

“掸水——！”

这时，负责掸水的小打，左手拿一个葫芦瓢，右手拿一把谷草，往瓢里沾沾水，然后麻溜地往皮子上甩。

只听“吱吱”地响，皮子上升起一股白色的水雾。空气和河岸上，弥漫着浓浓的皮子和水蒸气的气息，把北方的土地和草甸刮遍了。

第二遍熏时，皮子已经是黄色。

二遍只熏半个小时左右就行了。熏好后，还是要立即抬到木床子上，还要用皮被盖上。

二遍熏皮子为啥时间短了，因为这往往是“找火候”。也就是说，只挑皮子没有熏到的地方补熏，往往只熏中央，熏一部分，或一角就行，所以时间短。

熏完二遍，放一天再掀开被子。

这时人们会看到，皮子全黄了。金黄金黄的，这是好皮子。

这时，开始了冻皮子。

冻皮子，是皮匠的技术活儿。

皮匠一般是秋天熟皮子冬天干。

冬天，天冷，皮子色好。夏天再熏也熏不出冬天的颜色。这是因为冬天气候干燥了，气流抽得快。太阳光芒变弱后，风中的湿度正好适合皮子上色。这是大自然的恩赐。东北的冬天是皮子生产的天然好季节。

皮匠，特别是东北的皮匠，非常懂得利用冬天，品尝冬天。

冬天的气味，让东北的皮匠们难忘啊！

寒冷是一种古老的资源。霜是皮子的宝贝。熏好的皮子，要在冬天挂到寒冷的户外去晾晒一下，这是让冬风过一遍。

东北冬天的老风，湿乎乎，冰冷冷的。它一吹一过，皮里子上的虫子卵菌物什么的，立刻走了。连尘土也在冬风的吹刮下走净了。

在冬天的早上，皮匠们将一张一张熏过二遍的皮子挂在寒冷的院子里，让寒冷来“过手”。

这时，皮子们搭在皮铺的院子里，像一面一面的旗子在飘荡着。

皮匠的伙计们要在夜里起来翻皮子。

就是把皮张一张张地翻动一下，换换位置再冻，以便让它冻得均匀，冻得透亮。

这时的皮子，已是一张张又光又平的皮张了，称为“白皮桌”。

白皮桌晾在院子里时，就得日夜用人看守了。因为这时要防备有人来偷皮子或野狗来叼皮子。这时的皮子，其实已基本上成了成品。如果拿走，回去就可以做成成活儿啦。就是个人家也能趁你不备拿回去自个儿用了。常常有过往的行人顺手扯一张走了。再有一些过路的大车老板子，大车什么的，趁皮铺看守不严，顺手扯下两张皮子扔车上，那皮铺的损失可就大了。

为了防止晾冻皮时有人偷皮子，各家皮铺都养几条大狗，看守院子。这几条大狗都有小孩那么高，像牛犊子似的，日夜不拴着，看守着。

所以在皮铺晾冻皮的日子里，各家各户的大人往往都嘱咐各家的孩子：“别上皮铺那院去，狗咬人！”

大约经过五六天，冻皮子彻底干了。这时，另一道工序割皮子就开始了。

割皮子，又分割做乌拉的皮子和割做马具的皮子两种。

割做乌拉的皮子先拿乌拉样子。

乌拉样子，也叫乌拉板子。先把乌拉板子“按”在牛皮上，然后照样子往下割。要沿着样子走刀，一个一只往下割。

一张牛皮，要注意分头刀、二刀、三刀。牛皮上最好的部位，一般都是牛脊骨一带的皮。这被称为“头排乌拉”“二排乌拉”“三排乌拉”，也是指最好的牛皮的皮质位置。

这“几排”的乌拉，价钱高。如果头一、二、三排乌拉二斗红高粱换一双的话，别的部位的一升就能换一双，真是相差天上地下。所以割皮子一定要注意别“走刀”。走刀，就是割串了。把头排割成了三排、四排。四排，就是牛的“尾根”一带，脖子和肚皮一带，都不是大价钱的皮子了。牛皮只有牛胯骨之前是最好的、最匀乎的皮子。割皮子最讲究技术，又叫“手艺刀”。

这手艺刀要会刀功。在哪儿下刀、走刀，都要有一定的规矩。偏刀伤皮子，立刀拉豁口，都不行。要会“吃刀”，也就是按规矩、尺寸，按皮子的肉里子结构去割才行。

割时，不能“偷刀”，就是该是人家的“排”割成了“假排”（部位不对），那不行。那叫“各几刀”（手法和良心都不行）。

割完皮子，开始“片皮子”。片皮子，就是把皮子片割成一样厚薄的程度。片皮，要用片皮刀。片皮刀，一般也有多种。这往往是根据皮子上的不同的部位而设计出来的。如“驴蹄刀”“圆柱子刀”“疙瘩刀”“丁子刀”等等，各有各的用处。也有干脆用镰刀头来片的。

在北方，由于农民种地使镰刀使惯了，所以使镰刀来片皮子也挺顺手。

无论是做乌拉还是做马具，都得片皮子。往往片一寸宽时，先用水阴上。

阴上，就是喷水让皮子软乎，好走刀。片皮子的阶段，其实皮子已变得十分硬，本来硬是好片的，但是由于一些部位难达刀，而且，一种皮件要成条，成小块，成小方不等，所以片时不好使刀。这时就要使皮子洇一洇。洇上，除了喷水外，还有掸水。掸水，是用笤帚蘸水，往皮子上点。喷水，皮匠往往顺手抓起葫芦瓢喝上一口凉水，然后对准要片的皮子喷去，只听“噗”的一声，水在皮子上散开。皮匠们都会这一手。这一喷，或一撣，再待一会儿，皮子就自动软乎了。这时再开片就容易些。片完皮，就开缝了。在从前，所有的皮匠都是从做鞋开始做起。鞋，是人类生活的重要物件，也是鞋匠的主要活计。

东北俗话说：

大姑子多，婆婆多；
小姑子多，舌头多；
小叔子多，鞋脚多。

一个媳妇的一生，就是不断地为别人做鞋的一生，从出嫁之前给爹娘兄弟姐妹做，到进了婆家为丈夫、公婆和大姑子、小姑子、小叔子等等做。她自己从此再穿不上新鞋了。可是在东北，皮匠鞋匠却接过了这个繁重的徭役。

在皮铺里，皮匠首先为他们裁好“鞋皮子”。那是一摞一摞，一打一打的皮件。这是按照乌拉面和帮的大小，裁好整张皮子。鞋铺人带走，自己下料。也有些，就是皮匠自己动手。北方的鞋子，都是由动物的皮张所制，最典型的就是牛皮乌拉。

牛，那是北方人忠实的伙伴。它们老了，于是留下了皮张，又成为人生存不可缺少的生活资源。

一张牛皮，能出上好的三双上等乌拉和二、三等以下的三双乌拉。这还得是像样的牛。乌拉要经过老鞋匠去亲自缝才行。一张牛皮出几双乌拉，要看牛皮大小和乌拉大小。所以，有了牛皮，先要量皮子。量好，便下裁。然后开缝。

缝乌拉，要会“穿皱子”，也叫“拿褶”。乌拉又分大褶乌拉和小褶乌拉。大褶乌拉产于吉林乌拉，小褶乌拉产于辽宁海城。

首先要下料，把皮子剪裁成鞋的样子，然后才能去缝。而缝，更是讲究手艺。还要经过钉乌拉耳子。乌拉的“耳子”必须经过认真的钉，日后才能拴绳子，绑得结实。缝乌拉，要有专门的“凳子”。这种凳子要便于缝的人伸脚踩住拉绳。而拉绳是在上部套在膝盖上，压住皮子。不然，一缝皮子一走，就干不了活儿。

缝乌拉是最讲究技术的活计。褶大褶小，完全看各地的风俗习惯，不过是为了区别而已。但乌拉没有褶不行。褶使得乌拉成形。不然皮子不起弯，卷不起鞋样子。缝好，拿上褶后，就开始刮前脸。乌拉的前脸非常重要。刮好的乌拉前脸透着硬气光滑，圆圆的头，在北方的阳光下显得十分威武。一个手艺不好的皮匠做出的乌拉，前脸粗糙，不吸引人，也讲不出大价。

做乌拉时缝乌拉前脸很关键。如果乌拉的脸不缝紧，穿时一拉，一用劲就“掉脸子”，这种乌拉没人要，卖不出价。缝好前脸，上好耳子，还要钉乌拉钉。这种钉子，是为了防止起“钉脚”。

在东北，冬季外面的气候十分寒冷，人外出，脚下时时打上一个又一个雪疙瘩，被称为“钉脚”。一有这种东西出现，人走不稳。而乌拉上只要钉上了钉子，就会走路抓土，少起“钉脚”。而且，乌拉还要经过鞋匠的不断修整才行。在东北民间这种鞋匠随处可见。但是他们使用的皮子也得完全从像张世杰这样的皮匠手中得来才行。

乌拉的开缝，先要拿褶。吉林乌拉，八大褶。拿褶，手和腿、皮子要“互动”。

缝乌拉要有乌拉凳子。人坐在上面，右撇手缝，皮子按在左腿上，再用“缝套”搭上，压住皮子去缝。左手，与之相反。

缝套，是一个绳套。从前是麻绳，后来用皮扣卡子也行，大约二尺多长，摵成个圈，打成圆，套在人腿和脚上。脚用力蹬着，让缝套拉紧，勒住皮子不走移。

这时，脚劲儿、手劲儿、脑劲儿要同时用。这叫互动。如果人身上的哪一个部位不配合，皮匠就缝不好乌拉。这是一种功夫。

既要有巧劲儿，还要有力气。是脑力活儿，又是体力活儿。一个最快的好手，一宿也只能缝上五六双而已，多了根本干不下来。

缝乌拉最累的就是拿褶。

一双乌拉成不成鞋的样子，首先要拿褶。褶就是皮子的弯度。多少褶能变成鞋样，这在皮匠中是有说道的。而且南乌拉和北乌拉又有不同。所以缝起来，要讲究守规矩、懂道道，缺一样都不行。八大褶缝完，当腰要起一个大褶。大褶一起，乌拉就成样了。

乌拉成了形，就该下楦子了。楦子，是木制，而且，要选长白山上的桦木。

桦木，是东北长白山里独有的一种树，它常年生长在海拔两千米以上的高寒地带，经受着这里常年的冰封雪冻，一百年才长碗口那么粗……

长白山桦树生长在东北恶劣的环境里，在高寒缺氧的气候中生存，经历了亿万年的生长历程，它有点儿像新疆塔克拉玛干沙漠中的胡杨。看上去，它已经死了，可是它的本体虽然倒掉了，却又有新枝从地石中蹿出。它长在长白山的火山灰上，世世代代不死不绝。正如一位哲人说的那样，桦树，它虽然没有鲜花那样醉人美丽的外表和芬芳，但它却比任何鲜花都美丽，尤其在那冰封雪冻的日子里。一到东北的秋冬，桦树的叶子就变金变黄，一片金色，染透了长白山冰雪，把一种坚强留给世界。

而乌拉楦子，就专门选用这种桦木。由于桦木坚硬，木质光滑，不起刺，所以要用此木。

一个皮铺的乌拉楦子往往要几百副。要大大小小各种各样的形状。乌拉哪个部位需要，就砍成什么样的，楦进去。楦进去就是撑进去，让皮子变成鞋样。皮子按照楦子选，楦子跟着皮子走。就是这么个道理。

砍楦子要用砍楦刀，那是一种又弯又长的刀。使时挥动胳膊，一刀下去，将桦木砍成不同形状的楦。然后修楦，就是用刮刀将楦刮滑刮亮，像一块圆圆的石头。百年老乌拉铺的楦儿，简直就像一块又滑又沉的宝石，珍藏在深深的光阴里。

乌拉打上楦，要经过一定时间它才能成形。这是被楦子固定成鞋的样子了。这期间，要炕乌拉。炕乌拉，就是把带着楦的乌拉摆在北方的火炕上去加热去湿。

在中国的北方，那一面面古老的火炕是这里人们的主要生活场地，生活的一切方面其实都离不开这面火炕。它不但睡人，还要炕谷子，炕粮食，炕豆子，炕粉块子，生豆芽，孵小鸡，而且，还要炕皮子，炕乌拉。

炕乌拉时，乌拉要一双一对地摆上，别弄混了“双”和“对”。虽然乌拉不分左右鞋，但是一张牛皮上下来的皮子做成的乌拉穿起来也有不一样的感觉，主要是皮质不同。

皮质会让乌拉的适应度不同，人穿起来左右脚着力和受力也就不同。这些细微的要求，其实是皮匠的一种品质。你也可以不管这些，买的和穿的人也不知，就是发觉，也晚了。但是皮匠有自己的规矩，争取不弄混。而且，还要给在炕上炕的乌拉盖被。盖被，有专人管。时而翻开被，翻翻，串串。看看楦歪没歪，走没走；看看有没有小孩上炕淘气，蹬掉了楦儿；看看有没有耗子来嗑了皮壳子……

大约炕个一天一宿，乌拉就炕好了。这时再“拿楦”。就是选一些不同形状的楦子往里打，一只鞋，五块楦，不挺时再用楔子。这时，乌拉开始钉钉子了。

钉钉子是指在乌拉的底子上钉。在乌拉的后跟上钉两个，圆的。这样一来，这种钉子本身就沾不住冰地土。一旦沾上了，一蹭一踢也就掉了。但是，钉这种钉子有一个说道，不是皮铺给你钉，要由皮铺对门的另一个专门干这活儿的“钉子户”给你钉钉子。

这也有一种规矩，就是不能给你“完鞋”。完鞋，就是完整的鞋。完鞋不是“玩完”了吗?

在北方，人这一生，包括买卖，不能“完”哪！就像买马不配笼头是一样的。笼头得在另一个作坊去配，或者你自己带来，没有马贩子带笼头给你的。你就是买了马，马贩子也得把笼头卸下来，这叫买牲口不带笼头。也是买卖不做完（不玩完）的意思。这表示着人类求生存的强烈欲望和平安、长久的吉祥观念。

一般来取乌拉的人也懂这个道理。炕完了乌拉，他们拿走后自个儿上对面的作坊去钉钉子。然后上耳子。耳子，是指乌拉上的一个皮孔。也有人管它叫“根”，又叫“乌拉提根”。就像今天的鞋拔子，穿不上鞋或穿鞋紧时，要用鞋拔子去提一样，这鞋耳子就起到了提乌拉的作用。

乌拉，一双两个耳子。一只脚一个。

乌拉耳子两根绳，一根四尺。用时，穿在耳子上，绑在脚上，使草和大袜子紧紧裹在一起。不鼓包，不起层，抗走抗跑。

但是，这也有一个规矩，就是买乌拉时，乌拉是乌拉钱，耳子是耳子价，单算。这也有点儿像钉乌拉钉时的规矩和说道。但也说明了卖主尊重人家买主的意愿。因为一个人买了乌拉，他不一定就穿，也可能给别人捎的。回去后他什么时候用，用什么样的绳子和麻线，什么样的套，起什么样的耳子，都不一定，也可能人家过几天再来上耳子。所以，其实这是一种“方便”。把一种生活的“余地”留给对方买主，让你自己随时而定。这也是从前买卖人家特别是皮铺鞋匠的一种人格，也是人品。上耳子，要另付钱。一般的情况下，如果一双乌拉十元钱的话，耳子往往两元至两元五（包括皮条带在内）。

有了乌拉，打完钉，上完耳子，就要絮乌拉草啦。

乌拉草，是东北山上的一种小草。它有皮实、筋道又有韧性的特点，外号叫“拴住驴”。据说这种小草有豆包那么一团就可以将拴驴的绳子绑在上面，驴都跑不了。

这种草，夏秋割下，冬季阴干。用时用一种木头棰子去砸，软乎了垫在乌拉鞋里。从前这种小草没有名，就因为它可以垫在乌拉里取暖所以被人叫成乌拉草了。

从乌拉铺子出来，要想得到这种草，一是自己家秋天割下来留着用，再就是上修鞋铺去买。那时候，大街上修鞋的代卖乌拉草。那些个皮铺的对面，全都是修鞋卖乌拉草的人家。

一家一家的门口，堆着一堆一堆青干青干的乌拉草，旁边是砸这种草的木板子和木槌子工具。一看有人拿着乌拉从皮铺里出来，卖草的铺子小打就在门口大喊：

“乌拉草——！”

然后就用木槌子“吭吭”地砸草。

在北方冬季寒冷的风中，一股清甜的乌拉草的气息飘荡出来，吸引着那一个个拿着新乌拉的人向这儿走来。乌拉草经过砸，再用前三后四，左五右六（指草的垫法）这么一垫，然后穿上一走，心里踏实多了。于是，一个东北汉子就和这双老乌拉开始他一生中的这段旅程了。

张世杰之所以出名，是因为在东北民间，皮子是这里的人们一刻也离不开的东西。皮，是什么？皮，可以就是东北；东北就可以用“皮子”这个名字来表述。为什么呢？如吉林之名，就是乌拉，是一种鞋，它的产地是乌拉。而乌拉，满语称吉林乌拉——沿江靠川之谓，是说松花江边有一个地方叫乌拉（吉林）。有哪一个省份的名字是用“鞋”来称呼呢？只有东北的吉林。这说明了东北与“皮子”已经结下深深的情缘。历史上，在远古时期，东北民族就与“皮子”有着一种特殊的关系。首先，皮子是人们生活之中最实用的东西。如人们生活中所需的衣、帽、鞋，没有一样不是来自于动物的皮张。

东北的冬季十分寒冷，风硬雪大，人们的帽子一定要防寒，所以戴的帽子都是皮帽子。

东北不种棉花，用皮子来做帽子是最常用的一种手法，各户人家和各个“帽铺”都会做并出卖这种只有东北才有的帽子。所说叫“狗皮”帽子，那只不过是对“皮”帽的一种统一的称呼。而其实，各种动物皮张都有。比如常见的狐狸皮、兔子皮、野狼皮、山狸皮等等。这种帽子在东北严寒的冬季真是再好不过的一种头饰了。

冬天，当北方寒冷的老风老雪吹刮来的时候，它们起到了重要的作用。由于这种帽子的下沿毛长，可以直接地挡住人的后脖子，不让冷风寒雪钻进人的脖子里。在冬天，人的脖子如果暖和了，身上的血液便会自由流通，人就不会被冻倒。

我们在东北的每一个人，如果没有一顶像样的狗皮棉帽子，冬天就无法度过去。因此，皮帽子是生活在这里的人的一个必备的物件。

除了狗皮之外，还有其他动物皮张的，如狍皮等，这是非常独特的一种。

鄂伦春族干脆就将狩猎捕来的狍子头直接做成“狍帽”。那也成了一种奇特的北方服饰了。这也是一种“皮活儿”，是属于当地皮匠经过精心的熟制而制成的一种民间艺术品，美妙绝伦，可称为北方民族的奇特的帽子。

在严寒的北方，人为了生存必须要有御寒的衣裤。这里的衣和裤就是皮衣和皮裤。其实，从很早的时候起，生活在这里的北方民族就懂得使用兽皮来制作自己的衣服和裤子，以便度过严冬。夏季就更不用说了。他们往往是自己狩猎时捕到什么动物就使用什么动物的皮张来制作自己的衣裤。一般我们称为“羊皮袄”，其实不仅仅羊皮，应该是多种动物皮张的衣裤。北方的山林里，狩猎者经常能捕获到鹿，因此鹿皮便成为他们经常使用的一种材料。

在北方，一切仿佛都和皮子有关。皮匠熟出了动物的皮张，从而制成神服，去表述人自身的意愿。

在满族族传史料记载之中，选制作神服的皮匠十分严格，首先他要有精湛的手艺。而且，这个人要用三到五年的时间去准备。准备什么？一是皮匠要与族人中的捕猎高手商量如何捕得活兽，并不捕带崽母兽。做飘带，要选黑水獭皮、黄狐皮、花鹿皮、蛇皮青雕皮等等来镶边和做飘带与饰物。等各种动物抓齐之后，萨满再杀牲血祭。这时要有三不许：一是不许划破皮子；二是兽肉全部焚烧；三是不许食用扔掉。而且，熟皮子由身穿萨满神服的萨满亲自进行。动物的皮张要放在阴干处，以防虫嗑蚊咬，变腐变味儿。接下来开熟。

熟制神服饰虽然和一般的皮服饰是一样的过程，但每一个环节——沤、脱毛、脱水、漂白、晾晒、抻皮、裁剪阶段，都要虔诚地祭祀，然后才能由萨满亲自去制作。

萨满神服的制作是一种特殊的皮活儿。

他们用白羊、白马、白兔皮张来制作祭服，并以皮为面。冬季，在茫茫的白雪地上，身穿白色皮子服饰的白衣萨满在奔走，给人一种天人合一的感悟。这一刻，皮匠们的智慧和手艺得到了展示。

从前，在古老的岁月历程中，兽皮是北方先民的主要衣着用料。据史料记载，鄂伦春族“食用皮衣，不知布米为何物”，赫哲族“夏衣鱼皮，冬衣犬、鹿皮”。

以兽皮为衣是北方民族的传统，有久远的历史。这说明，从很早时候起，皮匠这种手艺就已在民间活着并被族人所传承。

在肃慎时代，北方民族先民们即“穴居，无衣，衣猎皮”。这种习惯在萨满文化中更具有稳定性。至今，鄂伦春族、鄂温克族等狩猎民族的萨满服仍是以兽皮为最佳，从这个意义上说，萨满服饰的保留和制作很好地传承了这种皮艺技艺，是一种活态的文化传承。

活态传承下来的文化是对文化遗产最好的保护。鄂伦春族在熟皮子时，他们先把狍子、鹿的肝脏捣碎捣烂，涂在兽皮板上，然后把兽皮卷起来发酵。这表达了他们的心理过程，也是远古人对自然的认识和理解。而且，这又是一种科学的发现。

之所以这样，是为了经过一段时间的等待使皮张潮湿，然后再将皮张上的肉和泥垢刮掉。经这样反复揉搓，皮板会变得非常柔软。其实这是动物自身的血肉对皮张的作用。足见人类的生活习惯与自然的科学规律是统一在一起的。鄂温克族熟狍皮，是先把狍皮晒干，然后再在皮板上墁（抹）泥和小灰（柴草燃后的灰烬），然后闷一宿。事先，他们制作了一种涂料，叫“巴拉德”，是将煮烂的兽肝切碎，放进坛或盆内，盖好后放在热炕上，发酵而成。他们用这种“巴拉德”涂在皮板上，大约经过两小时，皮板膨胀，使油脂、残肉与皮板脱离，再铲掉。待皮子自己干了，再反复揉搓，直到皮子柔软似绒为止。

兴安岭、张广才岭，在长白山和北部一带的山林之间，皮子用具是每个民族家庭中必备的生活用品，它的使用率是最高的。许多皮子手套也被巧手的妇女装饰起来，一个是样式，一个是图案。样式，往往随着皮张的大小、宽窄、松紧也做了松口、宽口或者紧口的不同式样。松口和开口宽口的手闷子，便于人将手伸进去戴上。这对于在院子里外干活儿的人来说，是一种适合的手套样式。但如果上林子进大山，往往又是紧口的手套适用。紧口，是指手套的手入口处做成窄口或用猴筋来抽紧，不灌风，不易松掉。

在北方，几乎没有一个人不是从小在皮子上睡大长大的。皮子是他们生活的摇篮。最常见的就是兽皮褥垫。

东北的老山里，山窝棚、地窨子、地仓子里往往潮湿发阴，而一旦铺这种褥子，什么问题都解决了。山里人白天上山，晚上回来生火做饭，炕洞子里的潮气一时半会儿的出不去，于是在炕上铺上这种褥子垫子，就隔潮防潮了。

还有的时候，一伙人进山，来不及搭炕，特别是那些放山狩猎之人，往往在一个地方住上一两天就走，来不及搭火炕。怎么办呢？于是就选择了用兽皮来垫铺搭铺。砍一捆树枝子，用一些草和树叶铺在上面，再铺上皮褥子，就可以睡了。这种方式是东北老林子里生活的人必须要学会和懂得的道理。

另外，就是睡袋。睡袋是国外早有的。在北美和阿拉斯加一带的印第安人每每外出，就在冰天雪地里铺开一个大皮睡袋，人钻进去一睡完事。其实北方民族也早就使用睡袋了。在中国的北部，在那茫茫的老林子里，生活在这里的民族早就知道使用睡袋了。

无论什么样的冰天雪地，只要将它铺在上面，又隔凉，又隔潮，真是再好不过的山林用品了。

我想起从前“东北土匪”常挂在后屁股上的一块皮子，叫“护屁子”。他们进山打猎，随时往地上一坐。这种东西可以隔冻隔凉。很适用。我说，张师傅，你会做“护屁子”吗？他说，试试吧。不久，一件古老的“护屁子”就做好了。

在北方，在那寒冷的大山林间，其实人类的智慧和天才的创造一时一刻也没停止过，那是因为这些角落里住着勇敢的鄂伦春、达斡尔、鄂温克等民族的猎人。

他们在自己的生活中，其实已经是在时时地创造着，把他们的智慧展现在日常生活的方方面面了。皮子，什么都能做，也能做自己。

我问了张皮匠，难道皮子不能做人吗？

其实在很早的岁月之中，生活在北方的民族就已经用身边的皮子来自己制造自己，塑造自己了。用皮子造出的人，我们称为“皮人”。皮人，其实是皮神和各种皮偶。这是人为自己造出来的神灵或精神上的寄托。在某一点上说，他们比人自己还要高贵和神圣。使用皮子制作出来的“皮人”被称为神偶。

人，不能没有心灵的崇拜。神偶是人心中的偶像，它表现了人类的一种思想和精神，它传承着人类的思想和情感，它表述着人类的行为和性格。我们因此注重对北方民族皮人神偶的研究。张皮匠做的“皮人”非常独特。

皮人的衣裤完全采用常人使用的皮料，一些细节，特别是眼睛、眉毛、嘴巴、耳朵等等一些部位，可以使用一些特殊的皮料。这里所说的特殊皮料，是指那些皮子的角料，硬度、形状都可以根据自己对人物的刻画和造型来分配。

张师傅的各种皮人都是根据人的信仰和皮人本身的存在意义，按它们的功能去分配皮料，造型和制作的。每一样都要有每一样的作用。

张师傅告诉我，离开皮子人就无法生活。

人类在从前，在那没有纸张的年代，是靠什么去传信写信，去表达自己对另一方的思念和情感呢？张师傅说，就是“皮书”。

皮书，就是把文字刻在皮子上，送给对方去读。在我国第一批国家级非物质文化遗产满族说部中，在由著名满族文化学家富育光先生口述整理的《雪妃娘娘与包鲁嘎汗》之中，就记录了北方民族是如何以“皮书”在各个部落之间传递信息的。

写在皮子上的皮书曾经在北方民族的生活之中传承了千百年。皮书让人把皮子的熟制历史推前了若干年。这是人类文明的记忆。在把文字写在树叶或树皮上的岁月之后，将文字写在皮子上就是人类的一种进步，也说明人类开始认识到皮子的作用了。这是皮子进入了文化的时代。随着皮子被更为广泛地应用，各种用皮子制作的图案和花纹相继地出现了。

皮子上的花纹艺术包括画在皮子上的图案和用皮料来制作的花样。皮子上画花纹和图案不易着色，这就要设法去考虑用什么样的颜料去绘制。那时，北方的民族常在矿物质中选取一种颜料，用石头碾碎，调剂成色料。用这种色料涂在皮子上，画上花纹，不易褪色。从前北方民族，如蒙古族、鄂伦春和达斡尔族皮艺艺人都曾经这样做过。还有些人选择用草甸上的植物在皮张上绘制出图案，这也要求其易着色，不掉色，且鲜明。

北方草原的植物中就有一种称为“靛”的植物，平常百姓用它来当颜料，从事布匹的印染。后来经过人们的尝试，也选靛来在皮子上画制花图。

今天，在北方民族保留下来的诸多皮艺品上，还有用这种植物染料着色绘图的痕迹，为我们提供了使用原始色彩来进行皮艺创作的优秀作品。除此之外，就是使用皮料本身对花色和图案进行表现和加工的皮艺作品了。这也是北方皮艺的一个重要门类。这种皮艺表现的，主要是“皮花”。

皮花，是一种贴在皮子上的艺术品。一小块一小块不同的皮子，有的涂上颜色，有的干脆就利用皮子本身的颜色，贴在皮张上，去表达人们的思想。这样的皮花，被称为是自然原色皮艺。

我在张师傅的木柜中发现了许多这样的皮件。

在北方松花江流域的民间艺术中，大量的皮艺作品是属于这一类。而这些皮件，都是经过熟制和加工之后的皮子。所以，一定是先有皮子的熟制，然后才能出现皮花的贴制和表现。而对皮子进行艺术加工和艺术创造的最为典型的代表作当然应该是“皮人”，也就是皮影了。皮影是利用皮子来表达人们的思想和生存观念的一种艺术，材料是皮子，更是一种精致的皮子。

我问：“张师傅？你会刻‘影’吗？”他说：“刻刻吧。”

于是，他以驴皮，真的给我刻出皮影，精致极了。

制作皮影的皮子，必须是经过细心的熟制、晾压，然后才选出来的精皮。

这种皮子，利于上色，画花纹和生活原色，突出去表演人物的喜怒哀乐，以达到塑造人物的需求。皮影的皮子，要便于上色。这种皮子，已将许多矿物、植物的染色料应用在上面。同时又是选用上等的皮子，然后才能绘制皮影。张皮匠已把皮影用皮的效果发挥到极致。他会做女旗人影和女萨满头楂，大师兄保护神和祭祖场面。

还有一种皮艺，称为打皮声，这是一种皮艺音乐。将一张皮子切割成不同形状，周边用木棒固定起来，抻直，拉平。然后经太阳一晒，和风一吹，它们便干爽起来。这时，使用的人用两根小棍在皮子上面敲打，使之发出声音，称为打皮声。

满族先民使用的连体单皮鼓，形状像一个屏壁。虽然不圆，但连成一片。是一种古老的皮鼓。再在“鼓”上面刻画上各种人物、动物的造型，再一发出声音，简直就是“皮子”自己在述说着自己的经历。这种艺术，既是皮子的艺术，也是音乐的艺术；是北方民族在熟知皮子特性的历程中迈出的极其重要的一步。

其实很早的时候，人类就被一种姿态所吸引，那就是“动”。动，就是走动和舞动。走动，是人生存的行为。去自然界中求生，我们称之为奔波。在那些奔波的岁月中，有了人的喜怒哀乐，于是人们又去表达，那便是舞动。舞动最先始于对老天和祖先的祭祀，是“皮匠”刻录了这种精神生活的舞动。

岁月使人类记下了无数的舞动，静止的和动态的。舞动是人生存活动的重要部分。特别是人要对自然和祖先的神灵进行祭祀的时候，这种动作就更是不平常了。而这时，人便会发现，人们的手里离不开一样东西，就是在今天，人的生活也没有离开这东西，那便是一面圆圆的，敲打起来“咚咚”“当当”作响的东西，人类称之为“鼓”。

鼓是人类生活和自然中飘荡着的一切气息的源头。许许多多美妙而动听的声音，许许多多庄严和神圣的舞动，许许多多美妙绝伦的舞姿，都是发自这里，来自这里。这一点从此开始让人相信，鼓是人类生存形态的最早的存在。而鼓，又有诸多种类。如北方萨满所使用的单鼓、抓鼓、木鼓；如朝鲜族舞蹈中的腰鼓、长鼓、圆鼓；还有民间生活中的各种大鼓、小鼓、秧歌鼓和手鼓等等。真是太丰富了。

各种鼓，带在人们的身上，走入生活的深处，进入人类生活的历程。是皮匠用鼓把人类生活之中的许许多多难忘的经历记录下来，又传播下去。

但是，无论什么样的鼓，也离不开形成鼓的重要的因素——皮子和皮艺。皮子蒙在鼓上，并能够发声，这才叫鼓。就像制成鼓的木制造型需要制鼓艺人去发明创造，鞔鼓的皮子的制成也需要一种精湛的手艺去使皮子从原始动物的皮张一点点地变成这样一张能蒙在鼓上的皮张，从此开启了皮子的新的历程。人类经过漫长而艰辛的探索，今天才终于盛开了一种熟练的手艺之花，也才使制鼓的技艺得以传承和使用。

“咚咚”“当当”的鼓声其实是在讲述着人类生存的真实而丰富的故事，因为熟皮子制鼓不是一件容易的事。

据《瑷珲祖风遗拾》所载（著名民族学家富育光先生藏书），制作鼓（被称为神鼓）有很多崇拜礼节和禁忌，其中很重要的一条就是萨满要先用占卜的礼节确定出神鼓皮张的方向。

当萨满确定了鼓的皮张方向后，要由萨满委托内助神人几名，由萨满领着按占卜方向出发。不管前方是山是河，是森林是峡谷，都要一往无前。不许回头，不能回心转意。

这时，凡是遇见的第一种野兽（除貉、兔子、狐狸、狸子、刺猬、山羊、獾子、狼等小动物放过外）都被视为是神灵赐予的神鼓皮张，而且必须要猎得。

猎得做鼓的野兽一律使用陷阱来完成。这是因为，毒箭、丝套、树网、天王闸、坐脚、镩等等猎具虽然能猎得野兽，但同时也弄坏了动物的皮张，而制鼓的皮张是决然忌讳伤着皮毛的。

从前，在古老的山林里，遇到犴子、鹿和野驴等，捕捉比较容易。可有时见到了熊、豹、雄性野猪的踪影就得必须经过细心的布置才行。人们为了取得制鼓的野兽的完整皮张，必须学会将野兽平安活捉的手法。

常常为求得神鼓皮，氏族成员要奋勇参战，群智斗兽，人声兽吼，常常使北方的山林威风四起，场面惊险。做陪祭的小鼓，要根据野兽的身子大小，不浪费皮张。有时用犴羔、驯鹿崽皮革，兼捕獾、狼、猞猁、巨蛇等，有时也用一岁半兽龄的兽。据富育光先生记载，东海窝集部女真先民为海祭、江河祭还要专门做鱼皮鼓。他在先人讲述的长篇叙事歌《乌布西奔妈妈》中介绍，鱼皮鼓种类很多，有大抬鼓、祭神抓鼓、海祭小鼓等，多用鲸鱼、鳇鱼及海象、海豹韧皮鞔鼓。后来，人们才渐用牛皮、牛犊皮、马皮、蛇皮、犴皮、鹿皮等。为了制鼓，将兽类捕捉之后，要就地宰杀剥皮子，将血、肉、骨埋于地下，人不食。而且，人要对“兽坟”（埋兽尸骨的地方）叩头跪拜致谢。这时，萨满要敲鼓祭祀。众人围着兽或兽坟手舞足蹈，口中念念有词。大意是说：

兽啊兽啊，
请原谅人们这样吧
这是山神让我们这样做的
这是地神让我们这样做的
别怪罪我们吧
而你已经成了神的佣人
住在鼓上吧
我们会世世代代感谢你祭祷你

然后，由萨满将兽皮扒下。他们把兽皮先铺在林间草上让风吹日晒，萨满和捕猎者搭起帐篷来守候。次日才迁回驻地。

临离开之前，萨满还要叨念：

走吧，野兽

和我们一起走吧

和我们一起回家

我们的家，就是你的家

我们的舍，就是你的舍

我们的吃食，也是你的吃食

同时，将兽的爪、趾、喉骨、牙、膀胱、大小胸、雄性生殖器、尾椎骨等，放在晾皮楼中晾干。

每家都有这种“晾皮楼”。

那是一种用树杆子搭架起来的木楼，以便让风和日光从缝隙中穿过，将皮等物件吹干。也有将皮子四边绷在木框上晾晒的。

从前，制鼓的皮张多用雄性野兽的皮子，以为这样人会雄勇善斗，把雄畜的能力带入了鼓中——也有雄雌并用的。在中国的民间，鼓无处不在，各个民族都有。做鼓，必须用皮子。所有的皮匠，只要你称得上是皮匠，不会做鼓是不行的。做鼓的皮匠都会期望鼓更动听。

在北方，赫哲族称鼓为“温替思”，这种鼓先是用鹅蛋粗的一卷长布，裹上柳木，成为一个刮子，这是一种三角形的刮子。然后，用水去煮软乎了。这时，鼓的周边已变成了二尺多长，上大下小鸭梨形状的鼓架。再用鳇鱼鳔胶把接头粘好，拿到外面去晒。晒干以后，再顺着圆圈外缘开一条小槽。这种小槽可放石子，以便鼓敲打时助响。

此时，要在鼓圈弧上下左右钻上四对小孔，穿上皮条。要把四根皮条集中到木圈的中心，拴绑在鸭蛋大的铜或铁制的环上，以便握鼓之用。接着，要把一张夏季的狍皮用木灰把毛全部沤掉，让它成为光滑的皮革，并趁着皮张潮湿，再用鳇鱼鳔胶把它粘在鼓圈上。做这种古老的皮鼓，粘皮革时一定要粘匀，并留有一定的松紧度，以防干后“炸鼓”。炸鼓，就是粘连太紧，当皮一绷紧，木质受不住那种收缩力，于是撑坏了皮子鼓帮。更为神奇的是，粘皮子之前就要把小石子放入鼓圈的小槽内，不然以后就装不进去了。这种鼓做好后，人击鼓时鼓会合着石子的撞击发出“当当”和“沙啦啦”的响动，使鼓有一种苍远和厚重的声调。把动物的皮张变成鼓，是人的一种心理智慧过程。许多时候人们忘记了很好地归集这种体会。

在这种久远的岁月之前，皮匠的手艺已经在各族中成为他们日常生活的主要内容了。我们从满族剪纸作品所遗留下来的作品结构上完全可以看出从前使用皮艺材料所遗存下来的痕迹。作品脸谱上，人物夸张的线条和纹路，十分清晰地带有皮张刻画人物时的特点。如虎神脸谱上的虎头纹、虎的胡须，都把那种气氛用一种粗犷的风格表述了出来。这是皮艺的特点。用纸表述，如果变细变雅，就失去了皮艺脸谱文化的原始风貌。

皮匠张恕贵说，一团皮子卷在包里，他一看形状，就知是什么动物；上手一摸，就知是什么季节“下来”的皮张。下来，就是捕获下来的意思。当然，在距离一张皮子不出五米远他便能从皮子飘来的气息中知道它是珍贵还是一般，进而判断出其收与不收的价值和处理情况了。

比如鼠皮，鼠皮是自然皮张之中上等的皮质。它柔软，耐用，细腻，高贵，历来被人崇爱，尤其是一些有身份的男女贵客，这是由于鼠的生性与自己的皮毛其实有关。在东北，有这样一种说法：鼠年能放山。把鼠这种动物的精巧和灵活记录得活灵活现，因此也使人们在渴望得到和使用它的皮张时有一种精神追求和实用追求。

其实世上最为高贵的就是虎了。这种高贵包括它的皮毛和独特的性格。

虎在冬天被猎人在雪地上追赶时，往往会跑向结冻的河面。到了冰上，它知道猎人是追不上它的。这时，它也在观察猎人。一旦猎人借助于“划子”或“冰扎子”（一种狩猎者专门在冰上行走的工具）追上来时，它便在猎人到自己身边之前，一头撞向冰面，使自己的胡须和皮子破损。它是不愿让自己完整的皮张落在猎人手里。

因此，从前皮铺在收购虎皮时，都要仔细地检查，是否撞坏了头皮，是否少了倒了胡须。虎的胡须又称虎针，是一种珍贵的药材。据说有“长生不老”和“隐身”的作用。传说有一个猎手得了一根虎针，没处放就插在自己的帽子上进城了。于是，奇怪的事情也发生了。他走到哪家摊位前拿东西都没人管没人问。开始他不知道怎么回事，后来才发觉是神奇的虎针起的作用，于是引来了一系列的传奇。最后隐身到员外的小姐闺房和小姐解闷，最终成为了夫妻。这样的故事是让人知道得到一张完整的虎皮的不易。

狗皮是东北民间最常用的一种皮张。在东北，狗是比较普通的一种动物，也是人的家畜，因此，人的生活原料很大一部分是来自于这种动物。首先是狗皮的帽子为最多。当然也有用狗皮来制作褥子和垫子等等物件的。但都要经过很好的熟制才行。熟好的狗皮常常被上山的山民卷起来背上山去。山地里潮湿，窝棚里有水。可是一旦铺上这种皮张，腰立刻不疼了。也有的人家男人喜欢弄一块狗皮“腰搭子”，缠在腰上，护腰不受风。

荷包和烟口袋的用皮多选鹿皮。在山里行走，抽烟人带烟料必须防潮，鹿皮有防潮隔潮的作用。而且，制作起来也容易穿针走线，绣花制朵，这是姑娘和媳妇们喜欢用的皮料。

山民们外出，翻山过岭，有时还要骑马走上几天几月，需要带水。这种装水的工具袋子也多用鹿皮。装水起鼓，装得多。用完一团，收起来方便。这些都是鹿皮的良好作用。

鹿皮是山里人经常使用的一种皮张。从前在长白山和张广才岭一带，猎人们将诸多的野鹿捕来，然后使其皮张制作成各种物件。

狍子皮的最大优点是隔凉防潮。但熟狍皮时，千万要记住用玉米面子去搓毛里子，然后一定要把玉米面的渣子抖尽，不然时间长了，皮里边起虫子。那种虫子专门去嗑狍皮的孔眼和毛根。一点点地，毛就会脱落，皮子成了“筛子眼”，整个狍褥就得扔掉了。

捕貂，东北称为“撵大皮”。

冬季，长白山兴安岭的山上落了头一场雪，捕貂的猎人该出发了。

他们先在貂出发的地点建一个“小院”，院子里挖上一口陷阱，然后开撵。

整个冬天，猎人在后边追，貂在前边跑。夜里貂睡，猎人也睡，白天再追。

转眼冬天过去了。这时，山上雪开始融化，草地上泥泞了，貂自动地回到它冬季出发的地方，一下子掉进陷阱里。

貂皮是历史上最为珍贵的一种动物皮张，它主要是能抗寒。

当年，貂皮是很金贵的，官府收貂皮税每张碎银二钱八分七厘，民间能卖到十多吊。貂皮的贵重之处在于冬暖夏凉，适合做老爷们儿的帽子和太太们的围脖。而有权有势的朝廷命官，都希望用貂皮做大氅，雨水霜雪打在上面，又滑落下去，不湿一点儿里子。另外，貂皮柔软轻飘，穿起来不沉不压身，美俏绝伦。

貂的故事吸引人，是因为它的皮毛有特点。还有一种说法，说貂皮是皇帝的“痰桶”。原来，皇帝都爱戴个貂皮套袖。来人来客，谈话时来了口水，往哪儿吐，直接就存在貂皮袖里了。说着话，趁人不备一甩，走了，不沾水。这是把这种皮张的功能夸神了。

皮匠说，记得有一年，上冻了，来了哥俩。

他们背了两张牛皮，对我爹说：“张皮匠，没别的，我们哥儿四个靠爹和叔叔两人上山拉套，拖木，三天后就进楞场。能不能快点儿给出四双乌拉？”

我当时就火了。这不是要人命吗？再说，你今天背的是皮子，三天后就出乌拉，种地还得先打籽呢，变戏法也没这种变法，皮子还没熟哇。

爹也看出了我的心思。他说："三儿，别说了。谁还没个为难遭灾的时候。咱先把三源浦齐凤山送来的那两张皮子给他用上。等熟好再还齐凤山。他不等用。这边等着穿。"我爹就是这样的人。

于是我爹回身对那哥俩说："你们能不能等？时候得长点儿。"

"等几天？"

"明天。"

"明天？"

"对。明天早上带走……"

"大叔哇……"

这哥俩，当时"扑通"就给我爹跪下了。

爹二话没说，让娘点上马灯，支起架子就割皮子，开缝。爹说："你们上山不易，拿八双吧！山上活儿费鞋。"

一宿缝八双，这在当年是个奇迹。

缝乌拉这种活儿，没技术的人干不了，没体力的人也操不下来。一家人挑灯夜战，给这陌生的兄弟俩缝乌拉。

就见父亲甩开铲刀割皮子。

割皮子，有乌拉样子，把牛皮铺上，把样板子按上，"唰唰"开割。一只乌拉有数的，一斤一两重。一张牛皮，有头刀、尾巴棍子刀、偏沿子刀之分。然后挨着是二刀、三刀，四刀到了牛腚门了。在牛胯往前，是最好的乌拉，最匀乎。

割下皮子，开始片。

片，专门用镰刀。这种刀铁把，头前片出一寸宽时，先用水把沿儿洇上。然后开始缝。

父亲那一宿缝乌拉，为了赶活儿，我只好给他喂饭。他连吃一口饭的空儿都不给自己，因为人家哥俩头七点要赶去三源浦的大客呀。

父亲缝乌拉就像耍马戏。只见他迅速拿了八大褶，把乌拉圆顶刮好。当腰打一个褶，两边起八个褶。这种乌拉一共十七个褶。

这一只缝完了，拿个楦楦上。

乌拉楦，我家好几百副，桦木做的。桦木硬，不起刺子，光滑。都是父亲上山拉桦木，回来砍的。用什么样楦，其实当皮子裁出时，已分出大小了。

大号用大楦，小号用小楦。

父亲缝，一家子人给他打杂。

这个递水，那个递针；这个递皮子，那个递绳子……

火炕烧得热热的。做好的乌拉一双双地摆在上面。上面还放上被，是为了尽快把鞋给烘干，不然人家穿上冻脚。乌拉这玩意头一天做出冻脚，那是没干透，以后越穿越冻脚。要焐个一宿一天才行。可是时候不够了。爹就叫娘："快！灶坑里的柴火要跟上！"

于是娘和姑姑们前屋后屋地抱柴火烧炕。

一双乌拉，你做好后，都是对门的另一个皮铺才能专门给上钉、上耳子。要另付钱。

可是，现在父亲已顾不上这些"说道"了。我妈也急眼了，说："老头子，你不要命了？你不要命，儿女们还要呢！"

可是，爹一声不吭。他说一不二呀。只是吩咐家人："快！上钉子。少废话！"

"快！上耳子！抓紧做！"

……

天，渐渐地亮了。

在西屋等着的兄弟俩，眼泪一双一对地往下掉。

这边，我娘也含着泪给人家客人捞水饭，炒鸡蛋。

这天，太阳刚刚冒红，爹一宿没合眼，终于缝出了八双乌拉。他用脚布包上，递给了那兄弟俩。

这哥俩“扑通”给爹跪下了。

他们说：“大叔，收下我们做您老的义子吧！”

我爹哈哈大笑说：“唉，唉！好，好！”

后来，那兄弟俩走了，赶回东山里了。

我爹眼睛累得眯了半个多月才睁开。

世上什么都好
就是皮匠遭罪
走些个千山万岭
好像充军发配
污缸中连捞带拧
臭水里连洗带褪
眼睛让碱烧稀烂
双手让硝拿得皮脆
好饭端起来不是好饭
好水喝起来总也不对味儿
下辈子如果再托生
说啥也不干这手艺

送灯，是五峰村古老的习俗。俗话说，年节了，人过，鬼鬼神神也要过。人一是迎它们，二是送它们。这迎和送，都是用“灯”和秧歌。

送灯，要“走”。不走不行。

正月十五，长白山里的五峰大雪纷飞。地上的大雪一米多深。远处响着鞭炮，百姓排队去送灯。不送不行，为了村里太平，天下太平。

灯，由村里选出的灯官端着。那是一盆用糠和油拌在一起的米粒一样的“灯”。灯官一手端盆，一手拿勺，一勺一勺地舀出来，往地上一放，就点着了。

就是“放灯”。

这叫手里拿着灯，地上踩着灯。

一放放到村外。再由村里往村外走。

灯官边放边喊着：

祖先哪，
山神哪，
土地呀，
城隍呀，
过节了，过年了，
今天是灯节，
给你送送亮。
天上地上亮堂堂，
山上老林亮堂堂，
村庄人家平平安安，
多保佑我们平平安安吧……

灯，一直送出屯子。越远越好。

别人不出屯子，只是扮好相，穿好彩衣，等着灯官回来。

灯官的身影一点点小了，远了。

灯，像“线”一样，从村子，伸向远方，一点点地消失在正月十五茫茫的大风雪中。

而这时，村里的雪路上，也是灯。

大道上三五米就放一盏。天上，地上，远方，灯连成一片。

这时，本村的秧歌队开始扭了。他们先去别村扭，别村的秧歌队来五峰扭。这叫互送“秧歌”，也是一种村俗。

正月十五送秧歌，牛车到村不进村，在村口上等着，秧歌队的人要下来，扭进村。到别村送秧歌，也是牛车在村外等着，秧歌队扭出村子才能坐车。这是一种风俗，也是一种情义。

老皮匠张世杰后来老了，做鼓修鼓的活儿就由他的儿子张恕贵来完成。他们平日一边做鼓一边修鼓，正月十五，和大伙一块儿去送灯，扭秧歌。

多大雪，都要扭秧歌送灯。

村里人都去，一个人也不行落下。要送灯啊，不管多累多冷。灯车拉着“灯米”，灯车跟着灯官。三五米一车，三五米一车。屯子长，灯也多。屯多长，灯多长。晚上一看，天下太平。

可是有那么几年，因为老皮匠死了，张恕贵又搬到安图去了，于是村里鼓坏了，没人修，秧歌起不了。人们想皮匠啊。

张氏皮铺第三代传人张恕贵的妻子李淑珍对皮匠的评价是这样：

“皮匠是‘大行业’。这一行，和‘铁匠’，都是大行业。人活着，谁家不出个车，挂个马，走走道。走道都是皮子。什么？鞋呗。我自从到了他们张家，这理也就懂了。”

她接着讲起了故事：“那年，我们住在五峰，和老爷子在一块儿（指张恕贵的父亲张世杰），他皮匠的手艺，也真叫人风光啊。记得从前人们说，谁家的闺女手巧，没结婚前就得自个儿缝缝剪剪，打上包袱去嫁人。这是指闺女没出门，可手艺要传出去。不然上不了轿。俺老公公就好比一个巧手的媳妇一样。那年月，在五峰流传着这样一套嗑：你也说，我也说，张皮匠的手艺够一说；结婚没有他拉花，说啥也不上喜车。这是一首歌谣。其实也是一个真实的故事。

“有一年，闺女们闹着要上村南头老郭家去喝喜酒，原来是他家有一个女儿，秋天二十六的日子准备办喜事。可是忙乎来忙乎去，一切都准备齐了，却突然想起来，送她的马车还没挂拉花。挂拉花，又叫‘扎咕’喜车。平时五峰村送姑娘、接媳妇都是我公公出手去打扮喜车。大伙心里也有数，别村也羡慕。如今没他的手艺这怎么行呢？

“也是偏巧，我公公那些日子正在山里黑林子山场伐木，给人做饭。闺女哭闹着，非要改日子。她爹可毛了。这日子咋能改呢？人家男方人也请了，猪也杀了，信儿也送了。可是闺女发誓，没有我公公给扎咕（打扮）喜车，就是不去，宁可这辈子烂在家。这一下，爹没主意了。老头儿于是连夜骑上马就进了山，到一百多里外的山窝棚把我公公接回来。当夜，公公立刻动手，给这姑娘的喜车扎咕得别提多漂亮了，就连马套的每一个扣上都系上花，而且，马脸两侧还打上一片一片的‘云卷’。这下子把闺女乐得一下子跳上了喜车……

“公公的皮活儿，那真是叫得响啊。他只要一出手，便是一个‘杰作’，真不愧叫‘世杰’。我看，公公的皮匠手艺那是世界杰出！你就说他用皮条打的各种扣吧，什么‘左老婆扣’‘勒死狗扣’‘步步紧扣’‘搭悠扣’……样样叫绝。他熏的皮子也绝，什么‘虎皮脸’‘芝麻皮儿’‘黑狐狸串’‘老虎抖拉毛’……真是应有尽有……”

寻找了多少年了。终于，我在这长白山深处的村子里找到了皮匠的痕迹。我又追着这个痕迹，找到了第三代传人张恕贵，见到了第四代传人张海顺，见到了由他们亲手熟的皮子做出的鼓在生活和舞台上“咚咚”敲响，见到了那由于他们做的鼓而继承发扬的乐器制作技艺被评定为人类非物质文化遗产的证书和牌匾。

于是我又来到从前皮匠在这儿熟皮子、熏皮子的一座残旧的土灶前。

如今，这些岁月已经远去。剩下的，就是这座覆盖着白雪的土灶，还有，那几辈子都在传承着这个手艺的张恕贵大爷。但是，终于也算寻找到了。一种珍贵的记忆从此不会在世上丢失了。

但是，这种记忆的传承如今非常困难。

工业文明和现代化城镇化使得许多古朴的东西逐渐走向衰弱，最后灭亡也是一种趋势。我们并不强求它的存在，但是那种曾经的存在应该而且必须要记录下来。记录应该是一种科学的珍贵保留。想一想人类便会明白，其实在从前，在皮匠的手艺登峰造极的岁月，这种文化和生存活动该是多么的生动。

首先是皮艺的能力扩展到自然的每一个角落，自然中几乎没有一种动物不与皮匠有着深深的联系。那是一种生活与生存的联系，由此展示了人类认识自然的深度和广度。动物这种生命在人类选择它和它选择人类的双重依赖中是皮匠文化使它们结合并保留下来了。皮艺使得人类和自然生活充满了自己的丰富多彩。

人类生活文化的多样性很重要的方面是表现在人类的生存过程之中，而生活过程的哪一方面缺少过皮艺和皮匠呢？无论是衣食住行，还是走入自然的工具，防雨御寒，生活娱乐，文化的多彩，声调的美妙，几乎生活和生存艺术的一切方面，都在皮艺文化中得到充分的展现。这时人们才充分地认识到了传承的重要。

传承被人认识和发展完全来自于生活的认同。一开始不是认同，而是生活。那是一种自然的使用过程。一个过程加上一个过程，甚至加上若干个过程，于是这就认同了。认同之后才产生了传承。传承是人对一种被肯定的东西的总结。这其中被肯定的东西往往是最精彩也是最需要传承的东西，那就是技艺。

人类在久远的生存历程中曾经有过与动物相互依存、相互残杀的历史时期，人们在同大自然进行搏斗的岁月中创造了灿烂的渔猎文化，也使自己的智慧得到了充分的发挥。

让逝去的和久远的东西和眼前与未来的存在连在一起，看看是什么样子。

什么样子呢？一切都很自然。皮匠的坟在山里孤零零地堆着，堆着。白雪盖着它，盖着它。

可我知道，在遥远的镇里，坟中埋葬着的人的后代已把他的技艺接了过去。样子也出来了，响动也出来了，咚咚的鼓声正响亮地传向四面八方。一切其实并未远离。这是东北最后一个皮匠传承下来的鼓声在民间敲响。

多少年来，我在北方民间文化的深处“走”。这种走其实是一个人、一个人，一种职业、一种职业地去了解掌握和归集着东北民间文化。那些人有土匪、妓女、木匠、车匠、铁匠、油匠、慰安妇；那些职业有伐木、淘金、打猎、打狼、驯鹰、捕鱼；还有会喊森林号子的，会搭火炕的，会放河灯的，会挖参的，会剪纸的。我写的每一个人，开始都是一个自然的人，但现在已变成了一个“村落”，一个综合的北方“文化村落”。

当我把多年来挖掘和构建的“村落”组合起来一看，我突然感受到，东北这块古老的土地，其实它并不荒芜和苍凉。在那无垠的草和黑土的深处，原来饱藏着那么多的丰富和生动。而且这是一个个具体的东北，是一个可触摸的东北，是一个可亲近的东北，是一个可走进的东北。它是有形的，活态的，有血有泪，有声音有话语的。就比如我如今写的这个“皮匠”吧，当了解到皮匠为儿女们缝乌拉而差点儿累瞎了眼睛时，我开始真正地默认自己要去爱爹娘，爱一片土地，那就是东北。

白山道骨

清，光绪二十二年（1896年）农历四月十八，中国北方船厂北山，正在举办民间传统的庙会，南来北往之人，云集这里，把北山围得水泄不通。吉林是个古文化之地，松花江从长白山奔流而来，到吉林的这个地方打了个八卦图形放缓下来，那正是船营区三道码头，人们再打眼一看，眼前就到了吉林北山。吉林北山，那是有名的圣山，清朝年间就有“千山寺庙甲东北，北山庙会盛千山”之说。这里的庙会之所以出名，皆因北山的寺庙出众。这北山，古称九龙山，从南面松花江上打眼一看，此山虽然不高，但恰似一条苍龙正要腾飞。于是便有堪舆家算道，此地要出龙啊，清代帝王康熙信以为真，便命人在山腰上挖断了龙脉，修一座桥称为鸾配桥，又将龙潭山的龙以“龙井”锁住。从此，吉林便没有龙盘了，天下太平了。而其实，有龙无龙，那是和帝王争天下的事，百姓过的是日子，而北山庙会却一下子成了百姓必去的盛会了。由于帝王以为北山是“龙”，你就是挖断了脉，它也是一条龙啊，是龙便有灵，有灵必求便是庙，于是从明末清初开始，吉林北山庙宇越建越多。首先建的是关帝庙，玉皇阁，三宵娘娘阁，接着便是龙王庙，药王庙，娘娘庙，财神庙，老郎庙（唱戏人的祖师爷唐明皇），坎离宫（出自《易经》。坎为水，离为火。因吉林乃船厂造船，有木城之说，历史上着了七次大火，所以建坎离宫以避火），又称火神庙，更有狐仙堂和十不全堂，据说十分灵验。所以一到庙会，早有买卖人家到北山买来庙地，头十天半月便占上地方，不然到时候就进不来了。到庙会正日子这一天，不但城里城外的买卖人家占据了山上所有庙前庙后的地方卖货，就连树林里也被翻跟头打把式的，卖艺的，玩鹰架鸟的，唱戏的，吹糖人的，拉洋片的，做小葫芦、风车的，穿龙尾的，做扳不倒、小荷包的手艺人所占据，而各寺庙里，那更是人山人海，烧香的，许愿的，剃头的，跳墙的，抽签的，算卦的，看命的，占卜的，应有尽有。这吉林船厂本来就是水陆码头，各种馆子都有，一到了北山庙会，更了不得了，各种地方小吃的掌柜的早把作坊搬到了山上，各种小吃、手艺、绝活儿在这里显露，人们常说的一句话是，这里是要啥有啥，要活人脑现砸……当然，这只是一种比喻，不过，庙会是民间百姓聚会的地方，啥事都可能发生，人间百态，时时展现，让人目不暇接啊。这日正午时分，坎离宫前，人山人海，原来，这里有老道坐罐。

老道坐罐，那是民间道教的一种化缘方式，往往一方有难，或天灾人祸，疾病肆虐，老道便会以坐罐求乞善款，救助一方百姓。老道往往坐在一个笼子里，称为罐。那笼子里钉着许多钉子，每颗钉子都标着价码，那些钉子都是对着老道的眼睛、耳朵、太阳穴、脑门等人身上的关键部位，笼罐只要稍微一倾斜，钉子便会扎在老道身上。如果谁看着老道可怜，你便可以出钱买老道罐中的某某颗钉子，并将其拔下来。

今日此时，坎离宫道人德源老人正坐罐求财。永吉口前以东一个村屯的木帮人家上山伐木、运木，不幸走排起垛，数十人伤亡，他是在为村民求乞药资。

德源老人，已经八十二岁了，他聚精会神地端坐罐中，数根利钉，紧紧贴着他的眼睛、耳朵、太阳穴，叫人看了心疼，于是人们纷纷向罐内投钱，以表善良之心。

就在此时，只听有人喊道："不好了，浪人来了！快躲开！"

大家再一看，只见几个日本黑龙会的浪人也来逛庙会，他们一看坎离宫前人多，热闹，也奔这儿来了。到了老道坐罐的笼子前，他们感到很新鲜，先是围着笼子转了一圈儿，然后又纷纷议论，认为这老道坐罐是假的，是故弄玄虚。其中一个家伙根本不知尊重中国教派，于是他双手抓住那木笼，拼命上下、左右摇晃，顿时，几颗钉子一下子扎进了德源道人的耳朵和眼中，德源道人苦叫了一声："善哉……"

血，已顺着老人的脸淌了下来。

几个家伙一见，他们这是闯事了，于是撒腿便往山下跑，可参加庙会的老百姓不答应。大伙一齐喊："抓住他们！别让他们蹽了！这帮坏犊子！"

"抓呀！抓住他们！"一时间，山上山下，一片怒吼。

这时节，就见从山下走来一位少年。这少年，也就十三四岁的样子，他个头不太高，穿着一身破旧的衣衫，但长得十分清秀，有股仙风道骨的气质，他胳膊上挂着一个长条猪腰子筐，一条小手巾盖在筐上，正在大声吆喝："卖冰了！大块的冰！凉爽可口！"

原来，这是一个卖冰的少年！

当年，在吉林北山庙会上，有一种独特的吃食——那就是松花江里的冰。每天都有许多这样的孩子，也有老头老太太，他们将冬天在松花江里取下的冰贮存起来，等到夏天天气热了，特别是一到庙会时，便会挂着冰筐到庙会上来卖，这冰块儿又便宜又凉快，百姓和游人都愿意买。卖冰人虽然挣不了几个钱，但对于那些穷苦人家的孩子挣个书本钱、穷人家挣个油盐钱，多少也是个出路。这个少年，也和北山庙会上许多卖冰挣点儿小钱的孩子一样，他叫于祥和，家住山下不远的韩统领胡同，爹娘身板都不好，正赶上庙会，于是他也挎着筐，装上冰块儿，到庙会来卖。

说来也就巧，他挎着筐正从泛雪堂往坎离宫的台阶上爬，就听上面的人们喊："快抓住这帮坏蛋，他们伤害了德源道人！"

于祥和正低头认真地往坎离宫上爬，这里台阶又高又陡，他已快爬到顶上了，忽听众人这么一喊，再一看，一帮人正追赶着三个家伙，他也就明白是咋回事了。正好此时，三个家伙中的一个正慌慌张张地路过他的身边，于祥和心急脚快，他只灵巧地一抬脚，一下子绊在了那人的小腿上。那小子光顾往台阶下奔跑，这一绊，使得他的身子不由自主地飞了起来，只听"呱唧"一声，这小子一下子摔出去二十多米远，身子倒吊在一棵歪脖老柳上！

这棵歪脖老柳，是吉林北山有名的老柳树，已有二百多年的树龄了，它斜着长过来，横在奔往坎离宫的台阶上，经常有穷得过不下去的人在这棵树上上吊。现在，那家伙一下子倒吊在了树上，老百姓一见，都哈哈大笑起来，这可是罪有应得！少年于祥和心里也很得意，他自己又去庙会继续卖冰去了。

可是，他万万没有想到，这就惹下了大祸。晚上，他一进家门，就见父亲从炕上抬起头来说："小子，你惹祸了吧？方才，黑龙会的人来了，到处抓你，说你把他们的人踢伤了？他们来人了，而且，要找咱家算账！"

"找我？"于祥和说，"我这是为民除害！"

于是，他把事情的经过一五一十地说了一遍，又加了一句说："爹！他们这是倒打一耙！"

爹说："这个世道，上哪儿说理去？你还是出去躲躲吧。他们说明个儿还来抓你！我一个孤老头子在屋里，他们乐意咋地就咋地吧！"

"可是，上哪儿去呢？"

爹说："先上风门你弟弟他们家石井沟、三家子那边躲躲！等过些日子，如果黑龙会的人不来追你，你再回来。快走，快躲躲去吧！别再让我着急，上火！"

于是，就在那天夜里，少年于祥和告别了自己的亲人，他带着自己平时爱不释手的一部老子的《道德经》，离开了居住几辈子的北山下的韩统领胡同老宅，直奔四十五里之外吉林风门山下的石井沟逃难去了。

风门，其实就是今天吉林市的丰满。丰满，那是日后日本人修丰满电站起的名。风门，是指这里是名副其实的风口，两座大山，东山子和西山子，中间有个峡谷，正好是松花江的江道。松花江从长白山天池发源，一路靠落差，飞流而下，经过无数道恶河、哨口、险滩，最后到达一道险滩落差之地——风门，再流入吉林市，江水就变得平坦了。从前，这儿叫阿什哈达摩崖，曾是明代的古船厂。后来明代船厂逐渐北迁，进入城里的三道码头。所以当年，这风门、石井沟、三家子、江南屯、烂插石、大孤家、小孤家、腰岭子一带的村屯，都是吃排饭的村屯，就是专门进“南山”（指吉林风门以南的蛟河、敦化、安图、浑江、通化、和龙、龙井、延吉、图们、珲春等地方）去伐木、放排为生，而于祥和的弟弟于德和，正是在石井沟村、大三家子村干木帮活儿，是靠吃排饭的老住户。

弟弟于德和比于祥和小两岁，从小由于家过继给风门石井子大三家子老刘家。老爷子叫刘景玉，一见于祥和避难来到刘家，就对他说：“孩子，没啥干的，咱们还是进南山，当木把伐木去吧！”

当年，所说的进南山，就是指吃排饭，干山场子活儿和水场子活儿，伐木、放排。

当地的人家，从前，不是种地就是当木帮。

于祥和是一个心软的人，春天穿稻梗子种地，犁杖一下去，稻梗子里往往穿出一窝一窝的小蛇、蛇蛋。别人都不管，可于祥和看不下去，他就把那一窝窝的蛇捧起来，再埋上。从小，他就是一个善良的人。而且，于祥和很孝顺。他每天早晨起来，都是先把老人夜里的尿壶倒了。老人就对孩子们说，你看看人家于祥和，你们就不能学着点儿？

那时，弟弟也经常问哥哥，“哥哥，哥哥，你这些孝，都是从哪儿学来的呢？”

他说：“不用学，这是天经地义。”

“什么是天经地义呢？”

于祥和说：“比如，给老人涮尿壶，这就是天经地义。古时的《二十四孝》里，就有《涤亲溺器》，说的是北宋大诗人黄庭坚如何每日为母亲洗涮尿桶的事。”原来人家于祥和从小就懂得很多道理。

那时，于祥和来到石井沟屯，人们就发现了他的与众不同。他平时不善言辞，却总是遥望南山，沉默寡言，仿佛心中有许多话要对人说。

石井沟东南，有一座山，人称猪山，传说山上有一窝猪，一只老母猪领着一帮小猪，天天往山上爬，传说一旦爬上去，这猪就成精了。于是有一天，一个南方蛮子给破了这个猪道，从此，这儿的猪再也上不到山顶了。可是，于祥和却不信。有一次，这个村的人请他去种稻子，又提起猪山的事，他领着这家人家上山查道，果然找到了古道。后来，这个村的猪，变得特别好养活，人们都说于祥和有眼力。一来二去，人们发现他看待什么事都很有道理。于是村落里有什么大事小情处理不了，就都说，找于祥和问问吧。

石井沟旁的大三家子，一共有三大姓人家，都是大户人家，一家老赵家，一家老徐家，一家老胡家，虽然都是屯邻，但他们也时常闹些矛盾。有一天，老徐家和老胡家因为夹杖子砌墙闹起了矛盾，老徐家说老胡家侵占了他家的地垄，老胡家说老徐家侵占了他家的过道。相持不下时，他们一块儿说：“走，还是问问于祥和吧！”

两家一同找到了于祥和。于祥和就对两家的当家人说：“你们口角争纷为一墙，让他几分又何妨？万里长城今犹在，不见当年秦始皇！”他的开导，一下子说亮了人们的心，从那时起，人们都觉着于祥和将来一定能出息，说不定能出息成个大人物。

于祥和的到来，给古老的石井沟带来了新的思想和知识，大伙感到，一股文化之风吹进了村，可是，这里的人唯一的出路，依然是进南山，当木帮。为了躲避船厂黑龙会的人追捕他，他和老人商量好，决定和弟弟在老人的带领下进南山，进长白山去吃木头饭。在从前，进南山，吃木头饭，这是最苦最要命的活计。木帮之人，每年冬天头一场雪一落地，就要开进山里，搭地窝棚，在山里住上四个月不下山。大树伐倒，木帮才完成了山场子活儿的三分之一，接下来，就该拖木头下山了。

于祥和与弟弟于德和都在红石砬子木把头宋老三的木营子吃饭。兄弟二人和木帮们，伐完了树，接着开始拖木。拖木是伐木的第二道工序，就是把山上伐倒的大树，用马、牛、驴拖下山来，称为组套。那往往是要命的活儿！拖木的牲口是自己带上山的，可是，由于山高坡陡，牲口常常被山坡上起刺子的木根子插死，这称为伤马！一旦伤马伤牲口，这一季，你就等于白干。而且，人也可能随时被砸伤砸死。往下拖木、运木，还要打冰壳，修雪道，就是在山上的木场子修上箭子（也叫件子）道，然后再在山上将大树一棵棵地滑到江边或沟底，等待春天一开化，桃花水下来，把木头冲到江边，再穿排流放到吉林船厂的风门口，石井沟和三家子一带。

打冰道，放冰沟，这更是要命的事。木帮们干这活儿，常常不是被砸死，就是被冻死，冻掉手，冻掉脚，这些苦难，这些遭遇，都是家常便饭。接着，就开始当木帮的第三道工序，放木排了！

放木排，是指在南山（长白山）里，将伐下、抬下的大木，穿成木排，顺着松花江的落差，流放到吉林城的风门口，然后再由各个木帮把头把大木卖给这里的木柜，再由他们倒手卖给地方上的木贩子，他们去从事各种生意！

清代和中华民国前期，这些木材一律为朝廷和官府所有，木帮们吃的是朝廷和官府的饭。后期，当俄国人、日本人侵占了东北长白山后，许多山里的木营子、木场子都被他们侵占，吃木帮饭的穷人，也都成了他们的苦力。就在于祥和与弟弟于德和进山吃木帮饭时，宋老三已被早期进入长白山的日本船厂土木株式会社所收买，他们是不得不为宋老三卖命。

放木排，流送木头，更是玩命。那些大木，从上游的抚松两江口，穿成排，顺着松花江直流而下，要经过白山、红石、旺起、候石、阎王殿、老母猪哼哼、金龟子、城墙砬子、蜂蜜砬子、烟囱砬子，直到风门（丰满），六六三十六道恶河（险滩），最后才能到达船厂。有多少木排，还没有放到吉林，就早已“起垛”（木排撞在江崖上），早已人死排亡了！而于祥和与弟弟于德和正是年年伐木，拖木，再领着木把们把山里的木头从两江口放到船厂来……

这一年，于祥和与弟弟于德和二人，带领一副老排从两江口下来。排到了老恶河（今红石电站处）就起了垛！那时，正好家里的人催于德和回去成亲，弟弟死活不走。

哥哥于祥和就劝他说：“弟弟你快走吧！别把咱俩都扔这儿！”

“可哥，你呢？”

“别管我！你快走！”

于是，哥弟两人含泪分了手。

弟弟走后，于祥和领着木帮们和宋老三斗智。

他大胆去拜见老恶河后驴屁股沟的挑垛能手肖炮，请他出山“挑垛”，一下子处理了这次危难，给宋老三木营子节省了五百挑垛大洋，可是，却伤了（砸死了）黑子等两名木把。木排到了旺起甸子，黑子娘找到宋老三，死活要他赔自己儿子的命！

宋老三四处地躲。于祥和找到宋老三说：“老太太不易，就这么一个儿子，你多给她一份大洋工钱！”

宋老三死活不同意，并问于祥和，世上有这个说法吗？

于祥和就说：“你已触犯了天条。”宋老三说：“何为天条？”没想到，于祥和大义地说道：“三眼能观天下事，一鞭惊醒世间人。谁没家口？谁无爹娘？给你干活儿的是你的劳工，可劳工们身后，还有他们的爹娘，难道说，你只管一方？”

宋老三被问得哑口无言，但他推说这是日本土木株式会社的令，并叫来了当年船厂日本土木株式会社的头目。这小子当然与宋老三一个鼻孔出气！说我们只管员工，不管员工以外，你要愿意管，你来管。

“好，我来……”

宋老三和日本株式会社万万没有想到，于祥和就这么痛快地应承下来。但他们又没有办法，因为这是人家于祥和自己的那份工钱。可是，宋老三和日本人万万没有想到，于祥和这样做，一下子激起了木帮们的心，人们从此一下子团结起来，工人们再也不好管了，而且，木帮们谁也不愿意上宋老三的木营子干活儿了。一点点的，日本人也有点儿看不起宋老三。这样一来，宋老三对于祥和又恨又怕。他这才觉得，这小子，不是一般人。

“天下何时变大同？伐倒的树木再栽成？长白大山有山祖，碧天之上尽芙蓉。吾当寻得黄杨在，寻遍天下把理争！”于祥和经常在山上念此话。

这一年，在长白山里当木帮的于祥和，越来越觉得自己不能只当木帮，自己要找一个问尽天下道理的地方，可这个地方在哪儿呢？就是在那一次，他们在旺起甸子处理挑垛后事，他把自己的劳金（工钱），分给了黑子娘，又把弟弟于德和那份工钱，打给了船厂牛马行钱庄，并给弟弟留了几句话，装在信里，让钱庄转交给弟弟。

转过年来，春天的长白山上，开始泥泞了，残雪开始融化了，木帮们开始下山了。有一天，钱庄把钱送到了石井沟于德和的家里，还有一封信。可是，哥哥呢？

问谁谁也不知道。

“哥哥，哥哥，你上哪儿去了？”

弟弟于德和捧着钱和信，失声地痛哭起来。

于祥和去了哪里呢？

清，光绪二十五年（1899年），冬月，天，十分寒冷，天上飘着小清雪。

山东青岛崂山（早年叫崂米基山）下一个叫青山村的小庄子，一个姓高的老头儿，早起背着个粪箕子出去捡粪。天还没太亮，老人走着走着，只听“扑腾”一声，被什么东西给绊了个跟头。他爬起来一看，是一个人，摸摸胸口，还有口气儿。老高头二话没说就把人背回了家。

老高头想，不用说，准又是一个出家的！

原来在崂山这一带，常常有此事发生，总有上崂山出家问道的，村里人也养成了习惯。一遇到这些人，不用问，就是一个救。而且，青山村里的许多人家，和崂山上的道长、道观的道人都很熟。就说这位高老汉吧，明永乐年间高氏便迁来，因此青山村老名又叫高家洼，因崂山道教寺庙出名，各姓氏人家纷纷迁来。到明万历年间，这儿又改名叫“大地铺子”，皆因这里古木参天，绿树成荫，山清水秀，加之崂山那些美丽动人的传说，不知吸引了多少青年慕名而来，其中特别是王生得道的故事广为流传，其实，那只不过是蒲松龄笔下《聊斋》中的一个神奇传说而已。

相传，崂山寺庙中，有许多仙风道骨的得道高人，他们能与天上的神仙共生共在。有一个叫王生的青年，他非常羡慕这种生活，于是便告别了家人，上山求道。他来到山上，拜见了师傅。

师傅对他说：“出家学道，很苦，你能挺得住吗？”

王生说：“放心吧！师傅，我能挺得住。”

他又问师傅：“得几年，能成道？”

师傅说：“多则一生，少则也得十年八年！”

王生说好。于是，师傅就让他先去砍柴。砍啊，砍啊，一晃两年过去了，王生也不见师傅有什么法术，心里有些着急。这一天，正是八月中秋，王生伺候师傅和一位老者下棋。下了一半，就听老者对师傅说：“我们这样，未免有些寂寞，何不请嫦娥下来助兴呢？”

只听师傅说：“好吧……”

说完，就见师傅拿一张纸来，以手撕了撕，竟然成了一个美人，然后师傅将纸人在油灯上晃了晃，就见那纸人一点点地化作了嫦娥，而且变成了真人，在他们面前唱着歌跳起舞来。至夜深，师傅吹了一口气，那嫦娥升起不见了。这使王生十分惊讶。

翌日，王生实在忍不住，便对师傅恳求说，自己已来两年多了，也没有学到什么，师傅能否教他一点儿小法术，也好回家去见自己的江东父老。

师傅问他：“你学什么呢？”

他说：“学什么都行。”

于是师傅就说，学钻墙术吧。师傅指着院子里的一堵砖墙说：“记住了我告诉你的口诀，念后，钻过去就是了。”

王生记住了师傅的口诀，果然一下子就从墙里钻过去了。

他非常高兴，告别师傅就下山了。到了家，见了家人，他迫不及待地告诉家人他学到了法术。家人问是什么法术，让他做给大家看看。他对着家里的院墙，口中念念有词，然后一头向墙撞去，只听“嘣”的一声，王生头上起了一个大血包，他昏倒在地，家里人都嘲笑起来。

但是，千百年来，这个美丽的传说，不知吸引了多少人啊！眼下，这个奔崂山而来的人，难道也是步王生的后尘吗?

而现在我们知道，这个千里迢迢奔崂山而来的人，不是别人，正是于祥和。他在吉林船厂南山木场子干活儿，种种世事，使他怎么也找不到生活的答案，难道世上永远是穷者该穷，富者该富吗？能不能找到世上的道？道，究竟在哪儿？于是他处理完长白山宋老三木场子的活计，决定云游天下，寻道学道。他想到山东青岛崂山是天下最大的道场，于是他就奔这里来了。这一走，就走了两年哪。当他累得几乎昏死之时，多亏青山村的高大爷搭救了他。

第二天，当他喝完高大爷为他做的小米粥，清醒之后，高大爷首先问他："你来崂山，出家的吗？"

于祥和说："正是。"

"听说过古时王生得道的故事吗？"

"听说过。"

"是如王生学法术而来吗？"

于祥和说："不是。"

"那你来学甚？"

"吾来学道……"

"道？"

"对。"

"什么道？"

"唉，我家乡东北，关东山、长白山，那儿的百姓，太苦了！为何他们那么苦？这是什么道理呢？难道天下就没有理可讲了吗？我要为大家找这个理！为百姓求这个道！"

说到此处，于祥和已是满眼的泪花……

青山村的高老汉一听，十分感动，老汉眼里闪着炯炯的亮光，他知道，自己遇到高人了，说不定日后这个人会出息成一位出名的道人。于是青山村的高老汉连忙说："好样的！好样的！我明天，一定先领你去见三清道人……"其实，青山村的高老汉说的，一点儿也不假。

原来在当年，崂山寺庙周边的村落，都有一个不成规矩的规矩，遇上来进庙、出家的，他们往往先是盘问你一番，一旦你是专门来崂山只为了学点儿法术，为了求取点儿功名的那些人，村民们往往也答应你，然后，他们会领你或指点你到离三清殿挺远的一个叫"门殿"的地方。那儿的小道士们也都明白，这些人不过是来崂山沾沾道气而已，但村民和道士们都不点破，而且还照样在“门殿”里接待你，让你照样吃斋饭、干点儿道观里的杂活儿，然后直到你自己现了原型，罢了。但是，对于那些真心学道之人，乡亲和道士们决不屈待。

不用说，当年于祥和来到崂山，在青山村被高大爷看重，并引带他，第二天，他就顺利地见到了三清观住持金山派第二十一代传人匡常修。这位宫内高道，一见于祥和是由青山村德高望重的老人高大爷亲自领来，本身已经格外看重和器重，再一打量于祥和，果然气度不凡，于是，师傅立刻让小道童给于祥和安置在一间靠近他的道房，从此经常与于祥和谈道论道。当得知于祥和是满怀救乡救土，寻找如何解救关东父老、长白山山下的黎民百姓于水火的雄心壮志后，金山派大师匡常修便指让得力徒弟为这个一心寻求为人解难的道徒开些小灶。

当年，金山派主攻的道教理念和技法，主要包括两个重点。一为金山派丹法。主张先性后命，先要除情去欲，摄心守念，明心见性，称其为“内丹”修道。内丹，其实是苦练心志，苦练其根本。而内丹，其精神包括武术和医学，这是一个深邃的学科，探研人类运动和医学的关系。二是先后天三宝论。天地人，为三才，三才皆有三宝。天有三宝，日月星；地有三宝，水火风；人有三宝，神气精……

千百年来道教的这些理念，既指导实践，又来自于人对自然和生活的观察与实践。并指出人有三心，欲感为人心，静心为天心，照心为道心。接下来，要修炼人心初入静，这乃是不忘初心。人的初心，是最重要的心志。再接下来，要心息相依。而且，还有采药火候……火候，这乃是“道候”，是指人能准确地看懂人间世事。

若干年后，在古老的长白山里，在茫茫的东北原野，当人们看到于祥和沉静地行走在无尽的大地上，我们应该想到，中国的道教，锤炼了人心，许多人类优秀的文化，就是通过中国道教一系列的功夫的普及，把生命的许多理念保护下来，传承下来了。如中医所讲的气足开关，人脉俱通，日后让于祥和发挥得淋漓尽致，以致人人感到他是神。

其实，他依然是人，是一个苦于思考其他人命运的人。

道，中国的道，讲究游，称为云游……

云游，其实是去进行广泛的社会实践，也是学道和布道的一部分，这正是中国道教的显著特点。当于祥和潜心在崂山修道的那些年头里，他的家乡东北已发生了重要的变化，如果说当年在吉林北山庙会上，日本浪人打了、伤害了为灾民化缘坐罐的老道，大伙一愤怒，他们吓得还赶紧跑，而此时，日本已全面地发动了侵略中国的战争，他们不但占领了关东，占领了长白山，而且四处建机场，修工事，建据点，对村落实行归屯，以此隔断当年东北的抗日力量。

这一天，他跟师傅说："师傅，我已来崂山许多年了。我还想出去云游一次……"

原来此前，他曾出游过一次，并在海参崴的盐锅沟建过道观。

师傅说："去哪方？"

他明确地说："还去东方……"

东方，乃有日和水，乃有冰和雪。那里就是森林和大海……

师傅告诉他，修来的所有道，只有用于道，才能说明他学到了道。师傅说："你去开创新的道吧。要立道场，要为道场而思考。道场，要有观，人，才能归而聚之……"于祥和牢记师傅的嘱咐，就直奔东方而去了。

民国十一年（1922年），于祥和千里跋涉，来到了今延边珲春的马川子乡，他在那儿建了一座道观。这儿从前是重要的交通要道，当地许多村人都是满族和朝鲜族，其中有一个大地主，姓韩，名希三，他对百姓很刻薄，却极力讨好日本人。于祥和利用自己的道观，常常采些中草药，给百姓熬药治病，金山道中的炼丹制药功能，一下子用上了。和百姓和穷人联系一多，一下子得罪了韩希三，他总是看这个于祥和不顺眼，于是，韩希三勾结日本驻珲春总领事斋藤固，勒令于祥和离开这里，但百姓不愿让他走。于是，大伙和他一起把道观又迁到了马川子东边的烟囱砬子……

很巧，这烟囱砬子其实是延边红枪会、大刀会的根据地。在烟囱砬子，他迅速成了人们的主心骨。正好，有一个叫韩贵良的长工，率领长工、短工分了韩希三家的粮仓被人抓住了，韩希三一定要将他处死，于祥和便把韩贵良藏在自己的道观里。可是，一个叫尹永唤的家伙，还是告了密，韩希三联合珲春总领事馆的日本人派兵来抓他，然后将他们两人押进了韩希三家的大牢，等待秋后看斩。

于祥和在马川子交了许多道友，有不少就是红枪会、大刀会的人，在将于祥和与韩贵良押往珲春领事馆的路上，道友们埋伏在地里，一下子冲出来，拼命救出了他，而韩贵良却被押往领事馆，处死了！

韩贵良死得很惨很惨，韩希三用他家的铡刀亲手将韩贵良的脑袋给铡了下来！

大伙就劝于祥和说："你快逃生去吧！这一带，日本人的势力大，你再找一个适合你生活的地方去吧。"于是，于祥和告别了马川子和烟囱砬子的乡亲们，沿着珲春，往东北走去。

那时候，从今珲春往西北吉林船厂走，是一条长长的驿路，而从船厂，经龙潭山，梨树沟，窝集口（森林的口子），拉法，白石山，漂河口，额穆，塔拉，直奔烟集岗（延吉），再经密江，进入大海口，称为海参崴，也是这条古道。古代，这本是中国人的一条驿道，人们来这里捞海参、叉海带，所以叫海参崴。可是，在1858年的《瑷珲条约》和1860年的《北京条约》之后，这里彻底被俄国人割去了，于是，这条驿道也只能通到图们江边上了。于祥和离开了珲春，他很是心酸，眼瞅着中国的领土一点点地都让外人给吞了，自己能做点儿啥呢？

由珲春往回走，他依然走的是来时的古道，这时节，他想"家"了，可是家里人怎么样了呢？他本是打算先到风门的石井沟去一趟，看看弟弟于德和如今怎么样了。

走啊走啊，过了烟集岗，就到了老头沟和亮兵台，再往前，就是额穆了。

额穆，古称敖东，再一看那山景，果然有些不同，而且，敖东那六鼎大山，古称莲花山，真是一个风水宝地呀！进了官地，往前便是塔拉驿站，再往前，出现了一个较大的村子，叫岗子……

岗子？他一下子想起来了。当年，他和弟弟于德和伐木、放木排，进山拖木，还在这个岗子村子里住过，而且，岗子村子里的许多人家，老李家、老张家、老徐家、老唐家的人，还都和他挺熟悉，而且曾经约他来此。

自古道，事若传奇，人必传奇，人若传奇，地必有奇。岗子这个地方，就是一个充满了种种传奇的地方啊。相传一次乾隆帝东巡来到了岗子驿站。他一见此地山势奇伟，沟谷畅通，遍野山花烂漫，心下十分喜爱，便对领道尹说在此建一座寺庙。当时领道尹问询帝王，建什么庙呢？乾隆帝沉思片刻说道，德智配三才仰不愧天俯不愧地者，精魂照万古生而为英死而为灵者，自古乃关公，就建关帝庙吧。乾隆皇帝走后，当地大户康家就按照皇帝的旨意开始建关帝庙了。

在中国民间，关帝寺庙其实很多，但岗子村的关帝庙却与众不同，它是康家按着当年沈阳盛京（奉天沈阳）故宫式样所建造起来的一座古寺，寺内墙壁上所绘的所有壁画，十分古朴，讲述的都是与盛京故宫一样的历史故事和历史人物。关帝庙建成后，香火格外旺盛，但随着岁月的推移，北方连年战乱，大庙渐渐荒废了。有一年，康家后代康大人去青岛崂山上香，那日天很早，天刚刚放亮，他见一个老道人在山门里打扫庭院，便上前攀谈，一问才知，这位道士叫于祥和，和自己是同乡，也是吉林人，感到很是亲切。那时，到崂山访道之人很多，而且都要住上三五天，周边村落人家都住满了，那于道士便邀康大人住在自己的道房中。

夜里，二人攀谈方才得知，原来这于道士是个爱国爱道之人哪，他十几岁便离家云游四海，后来立观传道。

清末民初之际，战火纷飞，百姓流离失所，于道长领着弟子们含泪离开了原本的道观。途中，不断遇到被外国军队驱逐的百姓，于道长便把老老少少的百姓扶上牛车，他领着弟子们徒步而行。遇有外国军队欺负中国妇女，他便领着弟子们以身体保护着。每天都与外国人交手，常常打得血肉横飞，他的好几个弟子，就是为救逃难的百姓死于途中啊！他的肋骨，在这次迁徙中被外国人打折了三根，是弟子们背着他，才能回来啊！经过种种磨难，历经千山万水，回归本土，于是，这才迁徙到了从前在此布道的青岛崂山道观。

康大人听至此，也落下泪来。那时节，于道士已四十多岁了，但体魄很好，满面红光，虽然风尘仆仆，但衣冠简朴而整洁。这时，康大人突然想到，自己家乡的关帝庙日前业已空落，正缺一位经历过种种磨难的圣人大师而至呀，何不请他归乡？于是便诚心诚意地邀请，说出了自己的想法。

康大人说：“师傅，您想不想安归故里？”

于道士问：“哪里？”

康大人说：“吉林乌拉。”

于道士说：“那敢情好。可是，有落脚之地吗？”

于是康大人便将敦化岗子当年乾隆皇帝路过驿站，旨意建关帝庙，如今由于战乱，寺庙多少有些荒废的情况，一五一十地说了一遍，又加了一句，“可岗子之地，人杰地灵，师傅如能前往，这乃是一方百姓的福分哪！”

是他思乡心切？还是康大人的诚意邀请感动了他？总之，于道师答应了，而此时，也正好是他从珲春马川子、烟囱砬子离开后的第一次归来，于是他奔向了岗子。

当年，康大人和乡亲们乐坏了，在长白山正处于五花山的时节，山林里枫红似火，天蓝似水。大地通亮的日子，于道师坐着康大人派来的一辆老黄牛拉的车，从南天门东牟山口，来到了岗子村……

那阵子，大庙庭院已空空落落，寺庙大门轻轻地开启，吱扭一声，飞起成群的蝙蝠，遮住了血红的夕阳。村民们都到村口，庙口接他。于道师下了牛车，人们才瞅见，他的道衣腰带子上，还拴着两个小布口袋，这是什么呢？那是两个由粗棉衣的袖头子改造缝成的小布袋，捏起来软软的，拎起来沉沉的，于老道告诉乡民，这是两袋土。一袋，是从珲春对岸的海参崴带回来的土啊！他作为一个民间道人，根本不知道什么《瑷珲条约》《北京条约》，只知道这海参崴是中国人的领土，中国人世世代代在这儿插海参，拧海带，所以才叫海参崴呀，所以，当他路过被俄国人占领的驿道时，抓起几把土，又撕下棉袄袖子扎了个小口袋，把这土装上了。另一个布袋，装的是马川子、烟囱砬子的一把土。现在，他要把他千里迢迢带来的两把土，埋在他今后生活布道的地方了。埋土仪式，又称葬土。大伙都被于道师的诚举所感动，康大人特意杀了一口猪招待全屯百姓，庆祝于道师到来。接着，于道师领着道友和村民们开始收拾古庙，修房，抹墙，栽树，种草，使古庙焕然一新。他为岗子古庙重新起名为武圣观，并由康大人去吉林船厂找著名书法家王修然写“武圣观”三字而悬挂。

他有了这个落脚之地，最先要感谢的是岗子的村民百姓。武圣观开光布道那天，四方百姓都来祭望，从此，武圣观的香火更加旺盛了。自从于祥和道长任武圣观住持以来，武圣观在中国东北民间各个传统节日都有自己的活动内容和仪式。如每至春节（北方称过大年），武圣观都要舍面，舍馒头，每天四百斤，连舍五天。头几天，于道长就领着道友们和面，蒸馒头。自从于道长任住持，各方道士都来投奔，一时间，武圣观道士已达四十多号人，有大有小，有老有少，但只要观上有活动、仪式，大家一起动手。如和面、蒸馒头就是这样，馒头蒸好，装在一个个新编的笸箩里，由道士们抬着，放在舍房的大案子上，等待人们来领。

舍房，是专门给乡土百姓舍衣物、食物、药物的房舍。

那时，武圣观于道长设置了许多道教的传统节日，并与中华民族的传统节日相结合，如正月初一天腊日，五月初五地腊日，七月初七道德腊，十月初一民岁腊，腊月初八王侯腊，所有人间生命，帝王将相，平民百姓，都可以归腊而祭。

腊，乃自然岁时，一腊乃一草，一岁，也为生命之起始，腊乃由自然上升而归至道然，即天道，地道，心道，人道，这也是先祖老子的道可道，非常道，称之为道法自然。武圣观所有布道举措，皆是为民去灾祈福。

一时间，岗子村武圣观名声大震，倍受百姓信赖。

民国十一年（1922年），岗子村及周边村落发生瘟疫伤寒，许多人家，一家家地得病，又一家家地死去，十分恐怖。于道长便对众道说："天灾人祸，锤炼我道之德，从今日之始，吾道抗灾赴命……"

于是他带领众道士，上山采来新鲜的中草药，又派人去吉林船世一堂，同济堂，买来大量草药，由他配方，在道观门口，支起十口大锅，日夜不停地带领弟子们熬制解毒汤，免费舍给十里八乡患病的百姓村民。人们排着长长的队伍，等着领药领汤，一时间，声名远播。来领药的人众，东北各地都有啊！北至齐齐哈尔，依兰，哈尔滨，双城，肇源，西至兴安盟，呼伦贝尔，王爷庙，老扶余，双辽，三岔河，前郭尔罗斯，农安，南至沈阳盛京，铁岭，开原，东丰，西丰，侯家岗子，狐狸套，东至珲春，马滴达，图们，延吉岗（延吉），龙井，和龙，朝阳川，老头沟。人们从四面八方赶来。

那些日子，岗子村周边十多里地的空中，天天都飘荡着武圣观于道长带众道士熬药的气味儿啊！老百姓闻着药味儿连连夸，武圣观办了大事啊！于老道真是好人善人哪！就连打哈拉巴要饭的乞丐也来讨药，他们打着哈拉巴唱道：

打竹板，往前看，
眼前就是武圣观；
武圣观，真是善，
支起铁锅一大片；
又是煮，又是熬，
上好的草药一大瓢；
左一瓢，右一瓢，
一瓢一瓢又一瓢；
什么病，也没跑，
喝上一瓢你就好！
傻子我也要一瓢，
先给师傅道个好！
道个好！

那时候，武圣观，岗子村，由于于祥和的到来已成了一个热闹之地，繁华之地。熬药剩下的药渣都不扔，倒进了岗子的水井里，从此，岗子村民再不得病。而且听说那井水都是中药，周边村落的人，没讨着药的，甚至把岗子村的井水都挑回去，当药喝！据说治好了不少人。故事都传绝了，但那真有此事啊。从此，岗子村武圣观就越来越出名了。

岗子村本来就是古驿站，现在武圣观又出名了，于是这个村就成了一个繁华的地方了，各种买卖、作坊都在这里相继开业，戏园子，烟馆，典当铺，大油坊，成衣铺，商店，大车店，铁匠铺，绸缎庄，果子铺，绣花铺，应有尽有啊。每逢庙会，你看吧，那真是人山人海，热闹非凡，头半个月就有买卖人家来占庙地，盖房子，搭棚子，吃住在棚子里，等待庙会期间做买卖。等庙会一开，整个岗子那是人挨人，空插空，朝圣者络绎不绝。住持于祥和上晓天文，下知地理，对每一位来者，他只要看上头一眼，也便知晓对方的心事、家庭、身体情况、性格所然、来此目的，以便及时破解和帮助。按今天的话说，那就是心理咨询与化解。

我国古代的道教，就是心理教化，它是人类自然与心理的一种融合。

有一天，是四月初八，武圣观内早已是人山人海，人们来这里都是来参加庙会的各种道场，另外也是想见识一下大名鼎鼎的于道长。

院子里，有进香的香炉，送替身的壁炉，跳墙的木凳，坐罐的木笼子，为民间百姓提供了一个释放生活苦恼，心情郁闷的场所，这也是民间庙会的实用性。就比如说那跳墙吧，是指人从凳子上迈过去，道教认为这样人就过了一道坎，从此你就放下过去的一切郁闷，好好生活，一往无前。可是，能这样吗？暂且不论，只是这个机会和过程，往往转换了人的生存处境，在实际中使人产生了一种生活的勇气和能力。人的心情，往往需要转换。

来庙上跳墙的，往往都是一些小孩，七八岁，或十来岁，由大人领着前来。跳完墙，买个替身，火化后就领回去了，也有的大人再让理发师给孩子剃剃头，各种头型，说法不一，但起码孩子轻松愉快了。

于道长忙完这边忙那边，这时他从大殿出来，一抬头，打眼就看见了一个小女孩，也就六七岁的样子，个头不高，胖乎乎的，大眼，圆脸，很灵气的样子，十分可爱，只是此时满脸愁容，欲哭无泪，正由一个女人领着，那女人也是一脸苦楚，看来是娘俩，女人在木凳前站着准备等孩子跳墙。于道长细细观去，看出她家有大难。跳完墙，那孩子刚要走，于道长叫住了她们娘俩，把她们领到了自己的道舍。

到了道舍一问，果然是这样。原来她们正是一对母女，小女孩叫关淑琴，父亲关凤仪不久前上山伐木，林中突然蹿出一只老虎，还领着一只小虎，他躲之不及，让老虎咬伤，山场子上众人将他抬回家，不久便故去了。男人死后，小琴母亲悲痛欲绝，多次寻绝路，被人救下，后经人劝，才勉强带着孩子活下来。此次庙会，她领孩子来跳墙，是想给她一个新生的念头，得好好活着啊，可她自己还没有从悲痛中解脱出来。于是，于道长便开导她们娘俩。于道长说："人生在世，难免会遇上种种意想不到的事情，遇上也就遇上了，千万不可因事而退，要因事而思。因事而退，那是弱者，因事而思，那是智者，现在你很年轻，孩子又小，你切不可失却生之渴望，你若失却，孩子命运也会转换，你不是你一命，而是多命在你手中，不可退行，顺其生活自然。"又留二人在道观吃了一顿道士便饭。经过于道长的开导，母女二人的心情改变了，好多了。临走时，突然，那小女孩小琴管于道长叫了一声师傅，跪下就磕了一个头。

于道长说："快起来，孩子。"

小琴说："你收不收我？你不收俺，俺就不起来。"

"这……"

开始，于道长有些犹豫。因为每天，来武圣观投师入道的太多，都想拜于道长为师，究竟收谁，他要细心分辨思索，再说，女道人很少，且不能因为一次投奔便收啊。可是，想想对方的处境，小琴母亲还年轻，一个女人支撑不起一个家，定要再迈出一步，找人家，如果再找一户人家，必得再生孩子，小琴就会有两父一母的弟弟或妹妹，她的生活并不一定幸福。思来想去，于道长说："孩子你起来吧，我收你。不过……"

小琴说："师傅，只要您答应，什么都行。"

于道长说："好吧，暂且收你。三年后正式入徒。"

"好，谢师傅。"

于是，这母女两人心情愉快地离开了武圣观。

后来，正如于道长的分析，小琴母亲为了女儿，经人介绍，又找了一户人家，又生了一个女孩。小琴呢？她一连三年，年年去庙上拜师，听于道长给她讲古今中外，天文地理，人生处事的名种知识，小琴一点点地成了一个心有大志的人。三年后，也就是她管于道长喊过三年师傅之后，于道长正式收她为徒了。你知道这小琴是谁吗？

原来，她就是敦化金鼎大佛的建筑者佛性法师。她小时候拜于道长为师后，开始一步步走上了修行之路。她虔诚好学，一心要办大事，她先后在多座寺庙当住持，解救天下黎民，人们称她佛性法师。就在她的晚年，她结识了台湾星云大师，在他的资助下，终于修筑了敦化六鼎山大佛，成就了人间盛事。可是，岗子村人人都知道，著名的佛性法师是于道长的徒弟，是他非常器重和佩服的一个徒弟。今天，人们来到敦化，当看到金碧辉煌的金鼎大佛，人们必然会想到佛性法师，而同时，也必然会想到岗子村武圣观的于道长于祥和这个传奇老人。

岗子村家家都知道，于老道会炼丹，会熬制各种药粥，药膏，以便除去村落山民们的各种疑难杂症。炼丹常常是在深夜里，当三星出齐了，夜深人静了，于老道便来到房后的一块空地处。那儿有四棵青松，常年郁郁葱葱，而且四松对称，空地呈四方形，于老道的丹炉就在中间。他炼的是去毒丹，接骨丹。

一种丹，往往需要炼七七四十九天。

许多人起早上山干活儿，都以于老道关丹炉的声音为钟点。因为于老道关丹炉要熄火，每当熄火，丹炉会发出“嘣”的一声响，然后再过约一袋烟的工夫，鸡就叫了。

于老道，他是村上屯落不可缺少的人哪！

人吃五谷杂粮，啥病没有啊！

有一天，从延吉岗来了一挂牛车，赶车的叫黑子，车上拉着一老一少两个女人，年岁小的女子叫小芹，年岁大的是小芹她妈，赶车的小伙黑子是小芹的对象。小芹天生丽质，是南北二屯的大美人，二人从小就形影不离，是双方爹娘指腹为婚的天生一对。可是，眼瞅着小芹十八啦，黑子二十啦，小芹却得了一种怪病，身上长了七个疸，人称“人面疮”。

这人面疮，顾名思义，那疮是由痘而来，痘渐渐烂后，就变成了疮，那疮长得似人脸，有鼻子有眼，人吃饭，它张嘴，人喝水，它淌汤，而且奇痒无比，散发着一股恶臭的气味儿，人一见她，都远远地躲着走。

小芹爹娘也曾领着小芹四处投医，可是没有人能接手。

小芹多次寻死，都被人救了过来。

这时，他们听说敦化官地岗子村有个于老道，此人不但人好，而且能治各类奇异杂症，就抱着死马当活马医的想法，从几百里远的地方投奔于老道来了。

那时，正是伏天，记得牛车一进岗子村，一股恶臭的气味儿随风飘来，牛车上虽然铺着皮子，可是小芹身上烂的黄水直往下滴，岗子人都是善良的人哪，大家有的帮着推车，有的劝小芹别哭，有救，有的赶紧去告诉于老道。

此时，于老道已扎着围裙迎出来。他立刻让黑子把小芹扶到一间空屋子里，村人山民都知道，那是于老道专门设置的一间医屋，平时空着，或放些杂物，屋里有一铺火炕，如果有来人去客的，或远道的香客，便可以在此吃住。

小芹刚刚进了医屋，于老道上前一看，立刻从一个黑色的葫芦里倒出几粒丹丸，让小芹服下，那是他炼成的麻药丹。然后，他让人从深井里打上一桶水来，他手拿一只葫芦瓢，舀了一瓢水，大喊道："小芹，闭上眼睛！"

小芹刚刚闭上眼睛，只听"哗"的一声，小芹没觉得疼，腰上的烂皮已被于老道麻利地除掉，扔在地上，狗都不吃！

于是，小芹和她妈就在医屋里住下来了。黑子和于老道他们住在一起，天天伺候和护理着小芹娘俩。每天，就见于老道从他炼成的丹膏里抠出一块，均匀地涂抹在小芹的伤疤上，第二天早上再以露水洗去，然后再抹。一连治疗了七天，于老道说好了，回去吧。

黑子和小芹双双跪在于老道面前，不停地磕头，感恩。

小芹身上已好得利利索索的了。

黑子忍不住地问："道师，我俩能成婚立家吗？"

于老道笑了，点点头说："能！能！说不定还能生个胖小子呢。"据说，小芹和黑子回延吉就结婚了，第二年，果真生了个胖小子。孩子满月那天，两口子抱着孩子到岗子村武圣观来感谢于老道，村里许多老人都看到了。

岗子一带，尽些个山山岭岭，来往的车辆也多，爬犁也多，特别是一到年节，从蛟河去往延吉、太平川、亮兵台、老头沟、安图的车马爬犁就多起来了。从船厂，经蛟河、敦化，去往珲春出海口的驿路，就经过这里。那时，岗子这里也热闹，不但有驿站，商号，甚至还有妓院，一些常年在外跑买卖做生意的人，就住在这里的大车店和驿站里。

有一年冬天，天下着纷纷扰扰的大雪，从蛟河苏尔哈来了一挂拉黄豆的大车，准备到珲春衙门去送贡。由于拉的是重载，结果车一过老爷岭，便一下子扣过来了，当时把老板子张大鞭的左腿压折了，但是，货还得送啊！于是，掌包的赶车，老板子张大鞭躺在车上直哼哼，一动不敢动。这一天，张大把的贡车来到了岗子驿站，住下了。

这事，让于老道听说了。

于老道知道，这种伤，你越不动弹，伤越不易好，而且病人是越疼越不敢动弹，一点点的，骨伤之处便长就全了，这就更不易好了。这可怎么办呢？再说，人家也没找你看病，这属于不懂啊！思来想去，于老道突然有了一个办法，他决定去试一试。

那时，南来北往的车马人客已住满了岗子驿站的南北大炕，而腿受伤的张大鞭就睡在驿站屋里火炕的头一个位置上。这时，天黑了，驿站的人都准备睡下了，于老道出现了。他故意地在驿站门外转来转去，然后一点点地靠近了驿站的住房，听听，里边张大鞭正在哼哼。

于老道故意地打听："什么人在哼哼？"

烧炕的老田头说："一个老板子，腿骨折了。"

于老道说："那你也不能哼哼啊？"

老田头说："于老道啊，这你就不对啦，你想想，他疼，能不哼哼吗？"

于老道说："那也不能哼哼！"

老田头说："为啥？"

于老道故意提高了声音说："他哼哼，别人咋睡觉？"

其实，于老道和烧炕的老田头说的话，张大鞭早听个清清楚楚，他心里这个气呀！你真会说话，你等着，我现在就去收拾收拾你！

想到这里，张大鞭不知怎么的就坐起来了，接着就溜下了炕，他顺手抄起炕墙下立着的一把斧子，就掀起门帘子奔了出去，手里举着利斧，嘴里骂着："老家伙，看斧！"接着，一斧子朝于老道砍去！

谁知，于老道边劝边退，这就来到了驿站的大道上了。

看看老板子就要追上了，于老道突然蹲下了，只见他隔着棉裤往张大鞭的伤腿上麻利地一撸，又一拧巴，只听"咔吧"一声，对方伤折的腿骨便接上了，张大鞭刚想张口骂他，于老道又顺势将三粒红色的接骨丹投入他的嗓子眼里，当张大鞭忍不住咽下去时，于老道说："大鞭呀，你还骂我？我如果不激你一下子，你也起不来呀！这叫生气接骨法。人一生气，气血相融，血便会自动贯通，血一活，这就便于接骨。"

"啊？原来是这样接骨！"张大鞭这才知道自己错了。他后悔地连连说："哎呀！道长啊，都是俺不对，俺不对呀！"说完，连连给老人磕头。可是于老道，却唱着一支道场歌，头也不回地走了，走到他简陋的道观里去了。

在武圣观的西墙外，有一片奇特的小园子，里面不种菜不种庄稼，却种着种种不知名的草，可是村里的老年人知道，那根本不是普通的草，而是草药，是于老道从山上特意移过来栽种的一些中草药。于老道可离不开这些草啊，叶呀，根呀，花呀！有一些植物，人们认识，比如有一种植物，高约三十到六十厘米，地上的秆光滑无毛，叶子是对生或互生，草顶上的叶却是卷卷着，开出的花，专生在叶子间，花一落，就结一种果子，像一个小铃铛倒挂着，老百姓叫花钟，长圆形，顶端很尖，外面污紫色，内面有小方格状的黄色斑点，在五、六月间，花开得十分好看，结果后，风吹果摇，秧上的小钟摇来摆去，十分好看。到秋天，果实熟了。于老道说，这叫平贝母。平贝母是民间百姓经常用到的中草药，如果着急想用，现到山上去找来不及，所以他干脆把平贝母从山上采来，栽种在自己的药园子里。平贝母的用途很广，对肺结核、百日咳、痰喘有特效，而更奇特的是，这种草药对溃疡病、淋巴结核、乳腺炎，特别是痈疮，有独效，那次治延吉黑子媳妇小芹的人面疮，主药就是它呀！

可是，在于老道的药园子里，大多的草药人们不认识。

“不认识，别乱动啊！”于老道常常开玩笑地对大伙说。他园子里还有百步闪和醉马草，还有白附子，那些草，碰上可了不得。这些草，都有自己的故事和传说，就比如那白附子吧，那是一种巨毒草，于老道告诉大伙，在古时候，它是进贡中原的贡品，它与海南的乌树制成的膏，涂在兵器上可以见血封喉，而他采来白附子，则是为给山民止血……

许多时候，人们的手脚，常常被农具、山石、树枝刮破，如不立刻止血，易得破伤风，所以于老道一出手，便立刻治愈了。还有一种草药，叫鹿脸，长着一片一片圆长形的叶子。提起这种草药，还有一个故事呢。

从前，岗子村有两户人家，平常两家门挨门墙挨墙地住着，处得很是合得来，可是这一年，发生了一个让人不愉快的事，靠西头的那户人家，总丢鸡蛋，听到院里鸡的下蛋声，主人到鸡窝捡蛋，可是蛋却没了，鸡窝还热乎着呢，这是怎么回事呢？一来二去，两家人家就产生了怀疑。丢鸡蛋的那家想，是不是让邻居家的小孩给偷去了？另一家人家想，你说你丢鸡蛋，谁看见了？这不是无中生有吗？于是两家矛盾加深了，从此再也不像原先那么和气了。

有一次，两家人家去武圣观请香，别人见他们连话都不说，就提起了这件事，恰巧让于老道知道了。于老道想，这事有点儿怪呀，怎么能光偷鸡蛋呢？是不是有什么原因呢？于是他决定留心一下子，看看究竟是怎么回事。一连三天，于老道偷偷躲在墙头外盯着鸡窝，他发现，每当鸡下完蛋，立刻就有一条大蛇爬来，一口吞掉鸡蛋，然后爬到房外的一棵碗口粗的树上盘过去，身子一勒，那鸡蛋被勒碎了，于是蛇爬下树，溜进草丛里走了。

于老道终于看明白了，原来是这么回事啊！

第二天，于老道从河沟里捡了一个与鸡蛋一样颜色、一般大小的石头，偷偷等在鸡窝后边，当鸡刚一下完蛋，他立刻将石头换了鸡蛋，果然，那条大蛇又来偷蛋了，它一口吞下石蛋，爬出了院子。和以往一样，它又爬上树去勒蛋，可是怎么勒也勒不碎那蛋，那蛇只好拖着鼓着石蛋的肚子向山上爬去，于老道紧随不舍地跟在它的后面。只见那条大蛇爬到了一片长着圆叶小草的山坡，开始吐着信子去舔那种草的叶子，舔一会儿，勒一勒肚子，勒勒肚子，再去舔。大约过了一袋烟的工夫，奇迹发生了。只见大蛇肚子上的包一点点小了，最后，蛇肚子上的包一点儿也不见了。等蛇爬走后，于老道赶紧走到那片草丛中，采了许多这种草，带回他的草药园栽种上了。后来于老道才知道，这种草叫鹿脸，是治胃病、消化不良的最佳草药。在于老道的草药园里，像鹿脸这样有故事的草药多着呢。

于老道的道观里，有一个专门的医屋，有来治病的可以在这儿住，这个屋里，还摆放着许多大大小小，涂着黑、红、黄、绿各种颜色的葫芦，那都是一些装着各种药的葫芦，是于老道的宝葫芦啊！

有一天，有几个孩子上山采蘑菇，一个孩子不慎被毒蛇咬了。

当年，岗子村这一带蛇特别多，人们上山干活儿，种地，出门，常常被蛇所伤，当年也没什么专门治蛇伤的医师啊，所以一有人被蛇所伤，人们不知不觉地都去找庙里的于老道，他不但能治各种各样的病症，而且人又善良，所以人们都愿意求他。

这时，孩子们站在山坡上一齐朝庙里喊："有人让蛇咬了！"

于老道向山上一望，答道："别动！俺立刻来！"

只见于老道走进屋，背起几个不同颜色的葫芦，就向山坡上跑来。

那时，被蛇咬的孩子躺在草地上，已经昏迷过去了。于老道赶到这里，只见被蛇咬的孩子脚脖子上已又红又肿，于老道立刻拿起一个涂着绿颜色的葫芦，从里面倒出一些绿色的黏液，滴在孩子的脚脖子上，然后用嘴中的气去吹，只见那黏液在孩子的脚脖子上慢慢地流动，被蛇咬的红肿皮肤渐渐地消肿了……

这时，昏迷的孩子睁开眼睛醒了过来，于老道又从一个涂着红颜色的葫芦里倒出三粒丹丸，那是于老道平时炼出来的去毒丹，是一些金黄色的小粒儿，他装在自已的葫芦里，一遇有急病，随时服用。此时，他让那被蛇咬的孩子服下去，然后一拍他的后背说："采你的蘑菇去吧。以后可要小心你的脚下，别往深草里踩！"

孩子爬起来，说了声谢谢爷爷，就和小伙伴们采蘑菇去了。

从此，大伙都觉得于老道的药葫芦很奇特，他熬制了各种专治蛇咬蛇伤的药膏，他在葫芦上涂上颜色，是为了记住什么颜色的葫芦里都装的什么药。其实，于老道的蛇伤药，是他在山上采的一种叫蛇舌草的植物所熬制的。蛇舌草，是一种草本植物，它高约四十至六十厘米，喜欢生长在林下或林子背阴坡的潮湿地方，越是阴凉，越是阳光照射不到的地方，它们生长得越是旺盛，由于草叶尖部细而发卷，很似蛇的信舌，因而得名蛇舌草。可是，还有一种长在海拔六百至一千三百米高处的悬崖峭壁上的蛇舌草，那才是最有药性的，而且采药的季节多在八月中秋下霜之时才为最佳含药性期，此时，这悬崖上的蛇舌草已经枯黄，叶子由翠绿色枯成金黄，而且一片一片地贴在了崖石上，但山顶已十分寒冷，那蛇舌草叶已片片冻在石头上，采药人必须耐心去采才行。

那时节，东北长白山，早已是秋霜降地，太阳一出，又把冰霜晒化，悬崖上又湿又滑，一次于老道在这个季节爬崖采药，结果从山崖上掉了下来，他躺在山沟里起不来了。天黑了，道观里不见他，这才发现他是采药没回来，道士们上山去找也没找见。后来，于老道一个人躺在山沟里昏迷了一天一宿，才被一个放牛的老人发现，一看，哎呀，这不是于老道吗？你咋在这儿呀？他说："俺是去采药，结果从山上掉下来了。"放牛老人很感动，于是给救回了家。可是，不管多难多险，于老道从未停止去采蛇舌草和各种中草药，而且，他知道各种草药都是在什么季节、什么时辰去采，才能保住药性。比如拉拉秧这种草药，必须在下雨天才行，还有的草药要在冬天下雪后，人扒开大雪去采呀！他的蛇舌草熬制的治蛇咬伤药，不知道救了多少被蛇咬的牲畜和大人小孩，山乡里没有这样的人真是不行啊。岗子村里的人对他真是感恩不尽哪！后来，村里的山民，百姓，如果有人被蛇咬伤，只要看到了于老道背着各种颜色的葫芦而来，大伙便会心中有底地说："有救了，有救了。"

武圣观，主要供奉的是中国民间传统的圣人关羽。于祥和到这里做住持以后，他处处为民着想，每日带领道士们采药、煮粥，为百姓除病解忧，深受一方百姓拥戴，也为官府认可，都认为他是一个有德有义有能之道人。运用德与义为百姓成事，便为能。而德与义，又正是关帝武圣人崇尚之座右铭，加上于祥和本来就是四处讲门，即关帝的德、义之门，武圣观，推动中国民间的德、义之行，为乡民、百姓讲德，讲义，施善，施礼，他把德与义，上升为中国人的忠义神武，振守边疆。当年，武圣观中的核心人物有四个人，住持于祥和于老道，还有他的三个师弟，一个叫程诚江，一个叫李天贞，一个叫姚会臣（据说还有一个叫董继武的，也常用毕兴同之名。武圣观的道士，必须经常改名，以适应世道之变化。如道士何志轩，入道后改名何信轩等等）。当年，于道长将几个师弟分散开，以便于布门布道。他分派程诚江去往张广材岭传门布道；姚会臣坐镇官地，塔拉一带，也经常去住黑石一带布道；李天贞带一些道士去往老虎洞（又称仙人洞）习武练功，修行内气，以备天下大乱时，能保天下太平。

单说师弟李天贞，身子十分刚健，他在离村子十七里地远的仙人洞里修行，所说修行，就是天天练武功，以备救世防身。于祥和道长派出的一些年轻道士，组成了一个大刀会组织，天天由李天贞领着，在洞里和山上秘密操练，单等世态有变。李天贞所练的是轻功加攀爬术，十几米高的山崖，他手一搭就能上去，许多人使用的大刀和扎枪都是村里的铁匠打制的，也有一些青年加入了大刀会。这一年是民国二十年（1931年），东北沦陷了，大批日本侵略军布满了东北全境，老百姓的日子已过不下去了。转眼到了1932年，大批日军从延吉开进了敦化。这批日军是从海上开过来的。那时，朝鲜已成了他们的殖民地，他们轻而易举地从日本海到达了东北的珲春，再从那里进入了延边的朝阳川，再一看敦化这地方好，就进行勘探，要在这儿建敦图铁路、飞机场，牢牢控制住东北。日本人建铁路，首先是逼着许多村落搬迁，并屯，建一些大屯子，叫“归屯”。归屯的目的有三个，一是把老百姓都集中到一起，他们好管控，好使用；二是以此来切断百姓和抗联的联系，使百姓无法给抗联送粮、送盐、送药、送情报，以便他们以三光政策消灭抗联；三是村庄合并，腾出地方好供他们建机场，修铁路。老百姓急坏了，祖辈生活的地方，为啥要腾给日本人哪？而且，村民们已得知，日本一些连队先期开进了敦化的官地镇，准备在三天后开进大桥镇，以便在这儿开工建通往图们的火车站，大量的物资，都已堆放在大桥镇的一个叫黄土腰子的铁道工地上了。

黄土腰子，那儿原本是一个村落，被日本人强行迁走了，现在那个货场子四周是玉米地，还有一个小山岗和树林子，中间的一块空地上，堆积的建筑材料如山。消息传开，村民们议论纷纷。当年，村民们议论也只是议论啊，自古道，人无头不走，鸟无头不飞，干啥事都得有个领头的，谁领头呢？大家一齐想到了一个人，那就是于老道。生活中，自从于祥和来到了岗子村，他已是人们的主心骨，这样的事，也正是于祥和天天记在心上的事。于是他找李天贞等人，建立了抗日同盟会。李天贞那年刚刚四十出头，据说老家是河北正定，十岁和父亲闯关东来到了东北，父亲在长白山里当木帮伐木、抬木，不幸被横山倒砸伤，不治而亡，扔下了十几岁的小天贞被武圣泉的于老道收留在身边。于老道的武圣观，一下子成为一处秘密的"抗日指挥所"了。于老道走南闯北，他带着贫民，广结善缘，防身除恶，集合了诸多乡土武力。在于老道的影响下，李天贞也处处为民着想，时时为国担忧。眼看日本人占领了东北，于老道就和李天贞、姚会臣、程成江等人，去拜见了那时是中国国民救国军的王德林。

王德林从前是东北军的一个营长，中国国民救国军前身是原东北军第十三旅第七团老三营，后由王德林率领在延边汪清小城子举旗抗日，王德林为总司令，孔宪荣为副总司令，地下党李延禄为参谋长。那时，日军大肆囤积物资，准备开工建敦图铁路起点站的消息也引起救国军的注意，他们决定制止日军的这种狂妄侵略。但当时，王德林的救国军只有一千多人，而守备大桥黄土腰子工地的日军是两个连队，共三千人左右，战胜敌人，救国军人力不足，于是他想到必须要联合地方武装一同抗日，于是大家立刻提供了岗子村武圣观的道士们也正在组织大刀会的消息。

这一天，救国军派军中一个家在敦化又熟悉大刀会的叫张鹏的头领到仙人洞找到了李天贞。他把抗日救国军部队当时只有一千多人的情况说了一遍，然后又加了一句关键语："李道士，没别的，现在国难当头，就是要请你们武圣观的人出山，配合我部行动，粉碎日本人在咱这儿建火车站的念头！请你们大刀会出兵，咱们联合袭击日军……"

李天贞一听，说："首长你放心，我道士也好，村民也好，现在日本人都欺负到咱们头上来了，吾土吾民这一身武功不用，还待何时？你先回去，待我与师哥于祥和商量一下，日后听信。”这天夜里，李天贞由仙人洞匆匆返回了武圣观。

当年，岗子村的武圣观早已成了一处秘密的抗日据点。这天夜里，于祥和见师弟李天贞连夜赶来，走得满头大汗，有些吃惊。因平时师弟不轻易下山，今日匆匆忙忙下山，必定有事啊。

师哥于祥和问：“师弟，你来有事？”

李天贞说：“大哥，有事！有急事……”于是，他把救国军张鹏来找他搬兵的事一五一十地说了一遍，又加一句，这次战役非常重要，沙河子的戴营他们，一家子二百男人，也全部出动，计划从牡丹江一线赶来，咱们一定配合好。

那年秋天的一天，也就是这个时候，日本开辟机场的四个连队二百多人骑马持枪经敦化的官地，直奔塔拉和岗子而来，准备开往黄土腰子铁路工地。塔拉，从前和岗子一样也是一个老驿站，在清代，它和岗子驿（现岗子村）组成一条四方通达的大道，这儿北起黑龙江的牡丹江，南达经过这里去往珲春出海口的海参崴，东到张广材岭的凤凰山，西至寒葱顶子山场的南大门，这里有一大片开阔地，进入东北的日本人也一眼看中了这片地，相中了这里的开阔与平坦。那时，这片地种着的是北方平原的高产庄稼苞米，长的是郁郁葱葱，马上要掰苞米棒子收割秆棵了，可是，当秋风吹刮着密密实实的即将丰收的庄稼时，日本人来了。日本军的先头部队大摇大摆地走在秋高气爽的苞米地边上，突然，一阵排枪从左边的苞米地里射将出来，他们还没有反应过来，又见右边的苞米地里蹿出一支奇特的队伍，突然地杀将上来，他们口中齐喊：“刀枪——不入——！刀枪——不入——！”只见这些人，上身赤裸，前胸和后背上都画着一个红色的符号，看不清是什么，一律白腰带，手持红缨大片刀，日本人还没看清是怎么回事，脑袋瓜子已滚落在地上了。不用说，这些神奇的刀客，就是岗子村武圣观于老道派出的人马，领头的就是于老道的师弟李天贞。

原来，就在昨天夜里，居住在仙人洞的于老道的师弟李天贞下了山，在师哥于祥和的安排下，召集了二百名村民和道士，他给大家上符念法，以朱砂在每一个要上阵的人前胸和后背上写上咒语，他告诉大伙，这就可以刀枪不入了。他在自己身上也写上符，告诉大伙，砍下一个鬼子的头，就立刻进苞米地！果然按着他的话来了。左边的苞米地由延边救国军的枪队先动手，他们枪一响，武圣观的大刀会立刻出手，直取鬼子的脑袋。

这仗打得苦啊！在鬼子措手不及时，日本人的第一、二连队已损伤大半。这时，鬼子的一个军官冷静下来，因为他看见苞米地里一些持大刀的人，手里并没有枪，而且身上写着符，他明白了，这是中国的“土八路”（日本人对不是军人的中国抵抗力量的叫法），于是他对手下的兵丁下令道：“土八路的，不要怕。向右边的苞米地靠近，统统的拼刺刀！他们的正规军的也就不敢开枪了。等我们的增援部队一到，统统的消灭他们。”

多年来，日本人为了侵略中国，他们中的许多人专门研究中国文化，他们也明白，在中国近代史中，清政府疏于抵抗，中国民间就会起来一些抵抗组织，什么红枪会，救国军，大排队，提灯会，大刀会，小刀会，红灯照，在他们看来，不过都是一些乌合之众而已。于是，这个叫牛岛的日本军官率先退出三八大盖枪里的子弹，推上了枪刺和刺刀，大叫一声上。日本人的这一招，把李天贞大刀会的弟兄们逗乐了，好啊，老子天天在岗子村的武圣观里头修炼，俺们这一身的武艺，今儿个算派上用场啦，一见鬼子端着刺刀上来了，大刀会的弟兄们也一字排开。弟兄们先是选择的一对一，李天贞当然选择的是气势汹汹的牛岛。大刀会的刀手们，一个个咬牙切齿地舞动着在村边沙河崖的磨刀石、磨锄石上磨好的片刀，逼了上来。在岗子村落里有一条小河，叫沙河崖，是牡丹江的一条支流，那条河岸边，有个叫老船口的地方，这儿有许多长的、方的、圆的、扁的、高的、矮的各种颜色的石头，平时村民们管这些石头叫“磨石”，磨石又叫磨刀石，就是用来磨刀杠刀的好磨石，平时谁家杀猪宰羊，刀老了，不快了，就都到这儿来磨刀，就连等船过河，下地干活儿的人，往往也是边等渡船边在这些石头上磨锄头等干活儿的工具。家乡的磨刀石，蘸着家乡的河水磨出的刀，锋利极了，刀刃上闪着刺眼的白光。此时，大刀会弟兄们手中的大片刀，都是前两天在老船口的磨刀石上先磨过的。现在，鬼子送上门来了，大刀会弟兄们的手已痒了。见了鬼子，大刀会的弟兄们摆出一个个奇特的武术阵式，把日本人看得眼花缭乱。日本人往往是举枪直奔对方的心窝而刺，但是，武圣观的道人往往是来一个“仙人摘桃”，或是“隔山取物”，只轻轻一闪，早已躲过枪锋，然后来个“骗脚勾”，把对方勾倒或使他们站立不稳时，随手只见刀光一闪，日本人的脑袋已搬了家！没有扑上来的日本兵看明白了，这是中国人的武术！武术他们领教过，没冲上来的日本兵也看懂了，他们甚至互相交流，那是“仙人摘桃”，那是“金鸡独立”，那是“骗脚勾”，咱们交手时防着点儿，但是有牛岛的逼阵，他们还没总结好，只好咬着牙冲上来……

北方的青纱帐苞米地里，在宽敞的塔拉驿站和岗子驿原野上，一场血腥的肉搏战开始啦，随着大片刀的挥舞，还有鬼子特制的白刃带血槽的枪刺的刺进，砍掉的胳膊腿，还有喷着血的人头，不停地在空中飞滚而过，鲜血已喷红了北方乡间的土道和苞米地，那一穗穗成熟的苞米上，滴答着血水，金黄的玉米，顿时变成了鲜红的玉米，土道上，苞米地里，除了死尸以外，双方伤残之人在地上哼叫哭喊不止。日本人万万没想到，他们的伤员没人管，而大刀会的伤者，都有村里男男女女的来送汤、送水、运走……

那时，延边救国军的战士们也无法再开枪了，因为李天贞的大刀会人马已与日本人混打在一起了，双方几乎就是近距离肉搏。什么刀枪不入啊？其实哪里有刀枪不入啊？只不过是为抵抗武器强我百倍的侵略者的一种精神胜利法而已，日寇的一把把引进德国先进技术制造的三八大盖钢枪枪刺，照样刺进了大刀会弟兄们的血肉之躯，那是一场惨烈的北方乡野的血战啊！

许多大刀会弟兄们在临死之前，趁日本人上前拔刺刀时，往往还拼死扭住对方，开口就咬。有个叫二黑子的弟兄，他的双腿被扎裂，他装死躺在苞米地垄沟里，当日本人去追另一个大刀会弟兄路过他脚边时，他用粗壮的胳膊抡刀就砍，三个日本兵压倒在他身上的同时，日本人的三把刺刀也穿透了二黑子的胸膛，二黑子嘴里喷放着血，长声叫道："娘——！二黑子走了……"他倒在了日本兵的尸体下。

还有一个叫于献民的大刀会刀客，他的胳膊已全让日本人的刺刀扎烂了，握不了刀啦，但他的双腿好使，没受伤，他对李天贞喊："师傅，下辈子俺还是你的徒弟！"然后，他竟然用牙紧紧咬住了刀背，让那锋利的刀刃向外，只见他口叼钢刀，甩动着两条血胳膊，疯了似的冲向敌群。

鬼子吓傻了，慌忙本能地举起刺刀躲避，可是，于献民口叼大刀转身发力，连着砍倒了三个鬼子，敌人的好几把刺刀同时刺穿了他。

苞米地里的血战，牵动着岗子村每一个人的心哪，人们站在房上，爬在树上，向那刀闪枪鸣的青纱帐的原野焦急地眺望，血光照红了平原和天空。

武圣观的院子里，成了战争指挥所，于老道不断指挥人们送水！送药！快！

这些场面，岗子村里今年八十多岁的唐明兰大娘，那年她才三四岁，她听老人断断续续地讲过村子里发生的这些悲壮的往事，记得非常清。而九十多岁的村民马成厚老汉，简直就是参与者，他那年十三岁，他和爹，二舅，还有于老道等人，他们专门往苞米地里给大刀会的人送煎饼、苞米馇子粥，他咋能忘啊？难怪今天，人们说着说着这些故事，就哭了！人们忘不了于老道和大刀会的弟兄们啊！马大爷依稀记得，当鬼子冲进家乡大片苞米地进攻时，延吉救国军也在这边与他们对抗，而身后，李老道的大刀手又从另一边蹿了出来。鬼子觉得事态有变，于是牛岛下令改变策略，三八大盖枪重新推上了子弹，同时派人回敦化要求总部火速增援。其实，救国军与岗子村的大刀会早已制定了一个作战方案，他们已商量好，大刀会都是有功夫的能手，他们每砍下鬼子的一个脑袋或砍伤一个对手，就迅速以“窜垄”（人在庄稼地的垄沟里如鱼游泳一般窜行，这是一种轻功）方式转移前行，迅速转换到另一片地里，让鬼子怎么也打不着大刀会的人，而此时，救国军的战士便可以开枪击敌。可是鬼子发现了这个规律，于是改变了攻击方式，双方近距离枪刀并用。战斗越打越猛，鬼子伤亡很大，而抗日救国军和大刀会伤亡更大。这时，战斗已打到下晌了，鬼子实在没见过这种战术，决定撤退。敌人决定撤向黄土腰子。李天贞他们，率人追到了黄土腰子岭。这儿，敌人更多，人们冲来，敌人要撤退，一见鬼子要撤，李天贞急了，他突然蹿到苞米地头上，大喊一声：“弟兄们，刀枪不入，冲啊！”就在这时，一颗子弹飞来，正从他口中穿进，只见他鼻口喷血，慢慢地倒下了……

提起李天贞被打死的情形，村里当年的老人马成厚记得极其清楚，他是和父亲一起给埋伏在苞米地里的大刀会和救国军送姜汤时亲眼所见啊！他曾经埋怨死者：“天贞哪，你们都已胜了，你咋还喊话？结果子弹从你嘴里穿过呀！你别说话，鬼子不会发现你呀！唉！你呀！”他对大刀会首领李天贞的死，极其惋惜。

他是敦化抗日的主心骨之一，记得就是因为于祥和和他的武圣观为据点的抗联根据地不断地组织人马，一批批地输往前线，终于，鬼子、汉奸注意到他了，按今天的话说，他也渐渐地感觉得到，敌人开始向他“收口”。

一天，敦化日本守备队长早岛询问手下人：“此次攻击，谁的幕后指挥？”

下人说：“听说是个老道。”

“老道？”

"武圣观的老道！"

早岛下令："烧了它烧了它！看他还向何处去？"

那时，日本人以为，只要毁掉这岗子的道观，老道们就一点点地散去了，因为没有地方可居住，可活动，也就更谈不上聚众活动，救助伤员了。敌人三天两头地来，这也引起了于祥和的沉思，他们要干什么？后来得到百姓的口信，日本人要烧掉武圣观。

道观，无论如何要留下，要保下。

1944年秋天的一天，他决定回家去看看，多年没回家了，这一天，于祥和回到了风门下的石井沟，再一看，十分的心酸。原来，风门之地，已被日本人改名为丰满了，而且，大坝还在修建中，他们抓了周边村落的所有农民去修大坝，弟弟于德和被人抓去干苦力。弟弟听说哥哥回到了石井沟，就来看他，怎么？还用两个人搀着呢？

一见哥哥于祥和，弟弟只叫了一声："哥……"立刻昏倒在地，口吐白沫。

于祥和一见，"弟弟这是得了什么病了吗？"

弟妹说："是得了羊角风！"

"怎么得的？"

"被日本人抓去修大坝，监工头子用洋镐把往人头上打，打的！"

还有一个姐姐，也是让日本人的狼狗吓的，不几年，人就没了。

于祥和来到了亲人们的坟头，痛心地哭了一场。他感怀那无情的光阴，这么快便把人折磨老了……

他这次回到家乡，其实他是回来最后一次告别亲人。走前，他曾和师弟们商量，现在，万恶的日本人要毁咱们的道观，他必须以身救观。他决心以自己的死，避免更多人的伤亡，留下这座抗日的根据地武圣观。人生是短暂的，而古观是永存的。当时，于祥和对自己的儿子于勇泉说，父亲是个淡泊名利的人，他交代儿子说："你从今后，不要再到道观里来了，来了，你也看不到我了。”

儿子觉得父亲这次回来说出的话有些不一样，于是就在不久后，儿子于勇泉就到武圣观去看父亲，儿子问父亲：“您还有什么要交代的吗？”

父亲说：“儿呀，要记住，到什么时候都要帮助别人，别打扰人，更不能做一些害人的事……”

儿子说：“父亲你放心，俺记住了！”

1945年的正月，天很冷，雪又大，农历二月二十五寅时，于祥和对师弟程诚江说：“诚江啊，我要走了……”大伙简直不信。可他自己穿戴好，大步地走向生前他给自己准备好了的一个玻璃塔罐，他走进去，稳稳当当地坐在里边，他为了保护抗日的根据地不被破坏，为了留住抗日的火种，他以自己的死，去保住中华民族的根，他渐渐地闭上了眼睛，就这样走了。

他走的那天，听说消息的人们都来了，百姓排起长队来向这位刚刚六十三岁，穷其一生追求道教、爱国爱教，并以武圣祖训待人为人的老者做最后的告别。大家见他坐在那玻璃罐中，样子十分的安详，就好像他只不过是在打一个小盹儿，一会儿就睡醒，再去为世人操劳……

如今，他坐在冰冷的玻璃罐里，深埋在岗子村道观院子里的西南角地下已经七十五个年头了。他在那里静静地坐着，一年年，一岁岁。冬季的风雪，落在上面，盖在上面，那里一片白茫茫；夏季风飘雨落，野草绿了，那儿一片绿苍苍。岁月就这么讲述着一个发生在北方大地上的故事。

黑鱼捎书

清，同治十二年（1873年）年腊月，几十挂大车浩浩荡荡地由东北船厂以北六十二里处的乌拉街出发了。

车上装满了东北长白山、松花江最好的特产，什么鳇鱼、白鱼、东珠、蛤什蚂、人参、貂皮、鹿茸、鹿胎膏、松子、梨膏、白肉血肠、蜂蜜、白小米、灵芝、不老草，甚至还带上了给京城皇亲大人、贝勒和格格们抽烟捅烟杆儿用的灯芯草……那真是要啥有啥，都是咱东北的好东西呀。来到年啦，这是北方民族敬献给中原朝廷的贡品，孝敬从北方入主中原建立了大清朝的官员们，这是上北京去送贡啊。

赶车的老板子，一个个脸上带着神气威武的表情，打牲乌拉衙门总管迈图，先给每一个赶车的老板子点上烟，让他们抽几口，又给押车的“锅什哈”（护卫）倒上酒，让大伙喝了。大伙喝完壮行酒，头车老板子红缨大鞭一甩，只听叭的一声，几十挂大车就上路了。

长话短说。这伙去京城送贡之人，在乌拉采捕营总管双喜的带领下，晓行夜宿，一路上，马倒换马，人累换人，就是贡车不许停。经过苏瓦延（双阳），伊巴丹（伊通），昌图，开原，铁岭，盛京，入兴城，山海关，最后来到京师东直门的贡品胡同，签署完交接手续，再将贡品按编号，送往故宫内务府，一一查收，验货，这才算完事。然后，各押车赶车的老板子，一律放假三天，第四天头上，还得往回赶，得在腊月二十三小年之前，赶回家乡，年三十晚上还要上坟祭祖啊。

在京师送贡的人放三天假，干什么？到哪儿去？其实每一个打牲乌拉送贡人心里都有数。

这京师，来一回不易呀，也不是每年你都能来上，得轮换着，有的人，一辈子只来过一回，有人一辈子也没来过，所以，得挑京师最繁华最热闹的地儿逛逛啊。再说，来一回京城，村里的姑娘媳妇，大爷大娘，这个要捎一瓶梳头油，那个要捎一盒英女霜，更有老头要一双“内联升”的千层底，还有人要一顶“马聚元”的毡帽头儿，更有人要绿玛瑙的烟袋嘴儿，有人要天津卫王麻子的剪刀！要带什么的都有。京师最繁华最热闹的地方，当然就该数着是前门，大栅栏，灯市口，珠市口，还有天坛，琉璃厂，地坛和天桥了，好地方多了！就得到这些地方去踅摸，干脆，先可前门大栅栏来吧！于是第二天，这次领贡的总管双喜便领着大伙，去逛前门大栅栏了。这时，谁也想不到，发生了一件奇怪的事。

那天，快到晌午了，双喜领大伙，正在前门大栅栏，东看看，西看看地逛着，就见迎面来了一个小伙。

只见这小伙，年岁也就在三十多岁的样子，穿一身青布棉袍，头上戴一顶圆顶瓜皮小帽，帽子上系一粒紫红色东珠，肤色黝黑，长得十分标致。他见了大伙，笑眯眯地打招呼，“哎呀！是不是关东乌拉街地面上来的？”

一个叫小友子的打鱼楼村的小伙计热情地搭话，“是呀！您是……”

那青衣黑小伙说：“哎呀！咱们是乡亲哪！”

乡亲？小友子高兴了，这不正应了古语那句话：久旱逢甘雨，他乡遇故知，洞房花烛夜，金榜题名时。既是乡亲，得唠扯唠扯！于是，小友子准备和小伙子唠几句。谁知，他刚要搭话，却被同来的一个岁数大些的车老板子富平大叔给拉住了。

老板子富平大叔悄声对小友子嘱咐道："快走！别瞎搭话。你认识人家吗？你没听老人说吗？出门在外，见人只说三分话，不可乱操一片心？你知道他是谁呀？再说，这叫京师，这不像咱们关东，更不是咱们乌拉街，这京城地方可大啦！离咱关东地面几千里地呀！瓜子里嗑出臭虫，啥仁（人）没有？快走快走，别理他，别找麻烦！有一点儿事，咱们出门在外的，惹不起呀！"

小伙计一听，对呀，还是老人有经验，于是丢掉那青衣黑小伙，掉身就走。

谁知，那青衣黑小伙却说："唉唉，别走！别走哇！谁让咱们是乡亲来着？人不亲，土亲，土不亲，水亲……"

啊？乡亲？土亲？水亲？

是啊，在当年，土亲水亲这句话，那可真的是价值千金哪。是啊，在这千里之外的京城，竟能遇上乡亲，怎么能转身就走呢？再说，人家啥也没求你，就说说话，有啥不中呢？

于是，双喜这伙人，就都停住了脚步。

大伙抬头再一看，哎呀，心都软了。

原来，见大伙要走，只见那青衣黑小伙，早已是眼泪汪汪。好像受了委屈一般，大颗的泪花，从他风尘仆仆的眼角里流落下来，他仿佛有许多话要说，他抽泣着，一副极度思念家乡的样子，让人极为感动。只听那青衣黑小伙抽泣着说："唉，乡亲们哪，几十年啦，我跟阿爸和额娘，离开家乡，四处漂泊，流浪，再也没回到过故乡！爹和额娘死之前，一再嘱咐，人，哪怕是异类，也不能忘祖啊！不能忘了娘啊！不能忘了养育我的父老乡亲哪！后来，我离开了家乡，离开了故土，我随军机大人南征北战，从此就再也没回过故乡……"

青衣黑小伙说得可怜巴嚓的。

于是大伙就问，你是哪个屯子的？家里姓啥？家里还有啥人吗？

小伙说他家是乌拉街弓通村的，家姓于，住在弓通村东南的大苇泡子边那儿，再往西，就是他小时候爹常领他去玩的空门哨。这一说，说得有鼻子有眼，有名有姓。而且，青衣黑小伙还从棉袍贴身大襟里，掏出一封信。那信是用信封封着。他对伙计们说："这信，就请你们带回去，转交给弓通屯的乡亲们，就说俺想他们啊！"

小伙子说的不由人不信。于是，那个年岁大的车老板子接过信，塞进钱褡子里，告诉他放心，信一定送到，走了。只见那青衣黑小伙眼含着泪水，站在街头上千恩万谢地不断挥手，最后消失在京师茫茫的人海中了。

这个事，从始至终，采捕营总管双喜，一直在一边看着，但他一直没吱声，也没插话。

他有些奇怪，这次来的送贡的人中，虽然没有弓通村来的押车采捕人，可是弓通村周边的泡子沿村，韩屯，打鱼楼，大小口钦，尖山子，甚至乌拉街以北的五官屯，沙河子，珍珠门，法特哈，都有人来。而且，那弓通村是他二舅姥爷老傅家的祖屯，小时他常常过江去玩，上树掏鸟窝，撸榆树钱玩儿，折柳条做叫叫，一到大冬天，还去看雾凇，弓通屯他太熟悉了，可是，哪有一家老于家呀？

这不是叫人奇怪死了吗？

其实，就在那青衣黑小伙滔滔不绝地、含泪描述他思念家乡的心情的时候，其他几个来自于乌拉街采捕营保镖的锅什哈几个人，也感到奇怪纳闷，他们也是许多人家的亲戚、朋友，都是弓通人，可是，都没听说过弓通有姓于的，这不是天大的怪事吗？

这天晚上，大伙从街上回来，在客栈里吃完了饭，没事了，就都集中到年岁大的收了人家信的车老板子富平的屋里，大伙又不知不觉地议论起此事来。

越说大伙也就越加奇怪。是啊，这弓通村和周边的村子都挨着，绝对没听说过弓通屯有姓于的，可是，大伙又都口口声声听到那青衣黑小伙说他姓于，而且好几个村里的地点东大泡、空门哨都对，这不是奇怪了吗?

“有了！”这时，打鱼楼村的小友子提议，“这事好办！”

大伙说：“咋好办？”

小友子说：“他不是留下一封信吗？”

大伙说：“是呀！”

小友子说：“看看信，不就知道他写给谁?写的啥了吗？”

大伙一想，可也对。于是，保存信的富平大叔，解开褡裢，从里面把那封信拿了出来。

可是再一看，那信封，是封着的。

那是一个一掌长的黄宣纸信封，中封皮上，一个红框，红杠下边，是三道天蓝色水波纹，其他与一般的信封没什么两样，再翻看信封前后，没有收信人……

想看里面的内容，只能撕开才行。

这时，老五叔富平忍不住举起信封，冲灯光照照，以期能看出点儿什么来。可是，虽然有灯光照射，也还是看不出里边的内容，但朦朦胧胧之间，仿佛有一些亮晶晶的小星星似的东西，在闪闪发亮，隐隐约约地能看见里边是有一封信的样子，但写的是什么，根本看不出来。

此时，小友子急了，他一把夺过这封信，说：“唉！费这些事干啥呢?看我的，咱们把信封撕开，看看不就得了吗……”

说着，他要去撕信。

谁知，就在此时，只听一声断喝：“慢——！”

原来是这次贡车的头领双喜大人，他一下子制止了大家。

双喜头领说：“拆不得，拆不得，这信拆不得呀！你们想想，咱们拿人心比自心，如果有人让你给家人捎个信儿，半道上人怀着好奇之心把信打开偷看，这好吗?这不是咱打牲乌拉之人干的事！再说，咱们乌拉地面的百姓，是讲信义之人啊！这张纸，撕开容易，给人糊上可就难了。使不得！使不得呀！”

双喜统领的话，大伙都赞同。

于是，老五叔富平把信递给了双喜，说：“大柜呀，这信还是你揣着吧，回去也好有个交代！”于是，双喜接过此信，宝贝似的装进了他的褡裢里。

在京城三天的假期一忽而过，贡夫们在故宫后府领了赏，接着便赶着车，装上在京师给乡亲们和家里人买的各种京货，往家赶哪。又是晓行夜宿，归心似箭，走了近半个月，在临近小年腊月二十三晚上接神前，大车轰隆隆地进到了乌拉地面。各村的人互相告别，赶快回家报平安，准备过年哪！

古语说，腊月里，过得快，正月里，过得慢。是指腊月里盼年，又忙年，一会儿就过年了。特别是说，过了腊月二十三，哩哩啦啦没几天儿，二十四，写大字，二十五，扫房土，二十六，烀猪肉，二十七，杀年鸡，二十八，把面发，二十九，贴倒酉，三十守一宿。等过了初五到初七，家家都消停了，就都开玩了。在正月里，东北农村的各路二人转、戏班子，也都在嘎善达（村长）的带领下，走村串户地搭起台子唱起戏来，还有许多满族人家，这时节，就开始说根子啦。

说根子，又叫讲古，是满族先人留下的一个习惯，乘着过年，乘着族人都来看老人，老人便打开话匣子，开始说根子。说根子，也叫说根本，有的说古代的英雄故事，有的说中原和东北的传说，可是更多的，是老人讲自家祖先的故事，这在族人中，称为乌勒本。

而正月里，也适于族人互相串门，谁家讲乌勒本了，族人都想去听。而且，各族之人，也可以围在开讲的老人身边，可以问，追问，寻问，问什么都行……

而且，族人有个规矩，在年当中，后人问什么，老人也不能不搭理、不回答，也不行生气，要一本正经地、耐心地讲给子孙。

而此时，事也凑巧，弓通村有个年事已高，威望震十村的张三爷张万奎，他年年过年都给大家开讲，而且今年已开讲五天了，帖爷爷张万奎是村里德高望重的张新华的太爷，人称乌拉帖爷。这帖爷，既是一个官职，又是一种威望，那时乌拉地面上所有民间仪式，什么红白喜事，大小道场，出征上战场，凯旋再归来，都得请帖爷爷张万奎出场，生活中，他更是一个博学多才，通古达今的大学士，谁家有个大事小情，为难遭灾，他张万奎一到，一切难题迎刃而解。眼下，他张万奎帖爷正给弓通的老老少少村民们讲发生在康熙年间弓通村老户采捕鳇鱼之事，名字叫“鳇鱼贡”。故事讲得差不多了，也快结尾了，只听屋门“吱扭”一响，走进一个人来，这人手里拿着一封信……

这人是谁？不用说，大家也应该知道了吧？

他，就是泡子沿村的双喜。年前，就是他押车，率领打牲乌拉的采捕丁们，渔丁，珠丁，参丁一众，亲往京师，送贡有功。回来后，又得到打牲乌拉衙门总管的奖赏，这个年，他过得挺好啊，可是心中，总是在惦记着一件事，那就是在京师碰上的姓于的小伙让他们捎信的事。这不，年也过一半了，又听说弓通的帖爷张万奎正在开书，何不趁这个节骨眼儿，把信递上去，连打听打听，这弓通村有老于家吗？这老于家到底是咋回事？

所以，帖爷张万奎正在收尾“鳇鱼贡”，双喜推门就走了进来。

帖爷抬头一看，问道：“双喜，你手持何物？”

双喜答：“信。”

“给谁？”

“给弓通村民。”

“啥样人捎来的？”

“一个穿青衣的黑小伙……”

“姓甚？”

“姓于。”

“啊？！”

帖爷张万奎，吃惊地睁大了眼睛。

突然，帖爷张万奎一拍惊堂木，叫道：“哎呀！它，终于出现了……”

大伙一惊，齐问：“谁？谁呀？”

帖爷张万奎说：“这可是个从古至今非常奇特的事！”

大伙就求帖爷，给大伙讲讲吧。

帖爷张万奎说：“好吧！那俺就从这封信，从老于家，给大伙讲起吧。”

双喜记得，当时呀，帖爷张万奎命人给他找来一把单鼓，他要正经八百地把这个故事讲下去，而且，这是一个挺长的说部，能说三天三夜也说不完哪，得一点一点地说，从根从蔓上说。村落里的人可高兴了，大正月里正闲着，听帖爷张万奎讲故事吧。

消息一下子传开了，不但弓通本村子的人来了，就连周边的人听说了，都纷纷地赶来了，于是帖爷张万奎说：“也好，我也准备准备，你们去通告大伙，我午时三刻正式开书！”

于是，双喜从帖爷家马棚里牵出一匹马，立刻去往各村，通知富庆，又告诉小友子骑马去通告打鱼楼、尖山子等村所有此次去往京师送贡品经历过此事的采捕营的人，等大伙赶到时，帖爷正在打扮自己……

帖爷张万奎，他不但是一个有文化的人，他还是一个有身份的人哪，只见他为了讲这个故事，正在梳头、漱嘴，然后慢慢地穿上一件新旗袍，系好了腰带子，这才虔诚地抓起了单鼓。大伙知道，这准是一个先祖的故事，不然他帖爷张万奎也不能这样敬重啊！

他一这样，大伙也惊醒起来了！

那时，帖爷张万奎家是南北大炕，帖爷坐在炕头上，北炕和地上，全坐满了人，连外屋的灶口、锅台上都坐满了人，抱孩子的妇女和辈分大的靠前，老少爷们靠后，专门有两个小子给帖爷伺候局，往炕上递茶水。这时，只见帖爷“噹，噹，噹噹噹！”地打起了单鼓，这是开说的叫鼓，全屋立刻肃静起来了。

那时，正是正月寒冷的季节，外头，突然刮起了大风，下起了大雪，那是炮烟雪，老北风吹刮着大雪，在北方平原上滚动着，发出呜呜的吼叫，风雪不时地吹打在帖爷张万奎家的窗棂上，发出哗哗又沙沙的响声，屋里，帖爷的讲唱声变得非常神秘，古远和苍凉……

人生在世命凭天，
别把那报应循环忘在一边；
借人家一升要还个满，
借人家五两把半斤还；
为什么东庙烧香西庙还愿？
为的是报答老娘那一天！
娘养儿那一天如同半死，
又好似去见阎罗一样般！
一岁两岁娘怀抱，
三岁四岁不离娘身边；
五岁六岁贪玩耍，
七岁八岁讨人嫌；
就是他长大走到天边，
也忘不掉娘生养的苦辛酸啊！

噹，噹，噹噹噹……张万奎边打单鼓边唱的几句开场白，已使在座的许多抱孩子的女人，忍不住抹起了眼泪。

张万奎继续说道，说起来呀，那是道光年的事了，咱弓通村哪，还真有一户老于家。那老于家是老两口领一个姑娘过日子，老头叫于万久，那年已六十多岁了，姑娘叫于翠云，那年十六七岁，还没出门子。由于这老两口是四十多岁上才得了这么个宝贝女儿，就别提是对她多疼爱了，那真是含在嘴里怕化了，顶在头上怕掉了，拿女儿当儿子养，指望她今后像儿子一样，或招个养老女婿，一家人不是能好好地过日子吗。

这女儿翠云哪，也真是个好丫头，她不但长得好看，大眼睛，高挑的大个，脸上有白似红，是个美人胚子，谁见了谁喜爱，而且这于翠云不但平时爱说爱笑，她还是个特别孝顺的丫头，对爹娘照顾得可周到了，家里的大事小情，全靠女儿去打点，三口人日子过得也算平顺。老于头于万久是给打牲乌拉衙门看守鱼圈的，平时他家就住在咱弓通村东南那大泡子边上。

那时，咱这一带，有好几个鳇鱼圈。

鳇鱼，必须得圈养。那都是在夏天，由各村采捕丁把鱼打上来，先放进鱼圈里，等冬天，一上冻，人们再凿冰捕鱼，然后打好包，往北京送贡。老于头于万久家的后边，是个大泡子，从前，那泡子叫东大泡，那泡子又大又深，夏天，泡子里长满了荷花，而且，那泡子挺奇怪，如果泡子上起了雾，第二天保准就晴，如果泡子上升起一块黑云，第二天保准就下雨。一来二去的，那些打鱼的、跑船的，经常到于万久家打听天气情况。

总来问人家刮风下雨，也是个麻烦事。

可老于家人不嫌麻烦，乡亲们来问，于家人总是有问必答。老于头常常对老伴和女儿说，这弓通村民，是咱的亲人哪，当年我逃荒路过乌拉街弓通村，是好心的乡亲们收留了我，这才有了今天，咱可不能忘了村里乡亲们的情啊。

说起来，老于头全家人也真都是善良人。他虽然是个看守鱼圈的，可是对小动物啊，小猫小狗啊，他都挺宠爱。记得有一年夏天，天特别热，又干旱，已经一个多月没下雨了，他从鳇鱼圈回来路过一片苇甸子，只听里边扑腾扑腾直响，是什么东西呢？他怀着好奇心走进去，一看，原来是一条一尺多长的大黑鱼，可能是从江里顺水游进了苇甸子，后来水少了，它回不去了，那鱼已干渴得直张嘴，眼看就奄奄一息了，好心的于万久赶紧脱下小褂，把这条黑鱼包上，抱回他家后边的东大泡，放进泡子里去了……

从那以后，这泡子仿佛有了灵气，不但年年荷花开得好，而且升云升雾，就能预测第二天的风雨阴晴，老乡们想知道第二天的阴晴，老于家人不但及时告诉乡亲们，而且还想出了一个特殊的办法。有时，老于头看守鱼圈没回来，他都细心地嘱咐女儿，要把他专门制作的一个风招子、雨招子，挂出去，让乡亲们心里有数。

那风招子、雨招子，是老于头一家人善良的心哪！

那招子是老于头上乌拉街集上买回的两块油布，老太太亲手裁好，做了两条鱼样的招子，巧手女儿翠云用彩笔画在鱼招子上，一白，一黄，插在他家院墙的杖子上。如果挂白鱼招子，就说明第二天是晴天，如果挂黄鱼招子，就说明第二天阴天有雨。

这一带江边上的村屯，都是打牲乌拉衙门的采捕丁，家家成天围着江沿转，对阴天下雨特别留意，自从有了于家的鱼招子告知风雨，什么事都解决了。

这一下子，乡亲们方便了，可老于家人麻烦了，他家人得天天盯着东大泡子上的气候变化，三口人，忙来忙去换招子，乡亲们也是感恩不尽。

乡亲们为了感激好心的于家人，于是村里家家户户也形成了一个规矩，谁家要是有了什么好吃的，或园子里新下来的小黄瓜、嫩豆角，或江里打上来的新鱼、新虾，谁家路过他家院子，就往他家杖子上放上一包，他家也知道，这是乡亲们的情意，于是，不论是老于太太还是丫头翠云，早上出去一看杖子上有什么菜，拿下来进屋就做。

这是多好的民风啊！

可是，万万想不到，接着就出事了，出大事了！

古语说：

天地茫茫最有情，
人间情字最分明；
情多总觉千金少，
情重谁怜一命轻？
仇与情争生意死，
恩将情补死犹生；
恩仇二字归情字，
但得情平气也平。

话说，松花江边的乌拉街一带，自古以来最难的就是捕鳇鱼，送鳇鱼又是贡品中头一号重贡重差。辽金以来，这项贡务就成了北方各州各县各村各屯的一大重负，像一座大山，压在咱关东人的肩上。你想啊，从辽东吉林打牲乌拉各地，远到黑龙江的各个大小江口、河口、岔子口，只要得了鳇鱼，就要记数，然后按季节，运至京师内务府。到内务府太常寺、光禄寺缴上贡鱼，人家按收到的数目、质量，再定级、定等，然后给你开一张收讫，这就是皇贡完成的凭据，也叫“收帖”。地方上，各衙门和打牲乌拉衙门，按此收帖，审核你是否完成了月贡、年贡和其他贡。

朝廷的贡，又分为岁贡（年贡）、月贡、季节贡、节日贡，还有特别的如天祭、地祭、四方神祭等等多种。所以，把鱼打上来才等于完成了一半任务还不到，得先把鱼放在鱼圈里养着，要有专人看管鱼圈，叫守圈丁。这人从把鳇鱼打上来，就要兢兢业业地把鱼引进入圈，然后看守着鱼圈，等到冬天再凿冰捕鱼，送往京师。

那时，离弓通二十八里远的泡子沿村，有一户老关家（瓜尔佳氏）是捕鳇鱼的能手和大户，那一年，刚过端午节不久，关老爷子就领着儿孙们在松花江和嫩江交汇处的老北沟一带，打上来两条大鳇鱼，一条一千七，一条一千三。打上这么大的鳇鱼，在当年，那是大喜事。当消息传出，打牲乌拉衙门的贺喜船就来了。当年，只要采捕丁捕到五百斤以上的大鱼，打牲乌拉衙门都要来贺喜。

贺喜船，往往直接划到出鱼的江口，先是验鱼，然后向采捕达（打鱼丁）交付朝廷的“赏”。这些赏包括稻米八斗、布帛七匹，还有一定的银子。这些银子和赏物，都是打牲乌拉衙门代朝廷而发，而其实，那时的打牲乌拉衙门本身就是朝廷，它不归地方管，它比江宁织造以及苏州、杭州的织造局的品级都高，它是三品，而江宁织造等才五品！

当时，吉林打牲乌拉衙门的验鱼官员骁骑校，一看老关家的人捕到的这两条大“阿金”（当地满语，鳇鱼爱称，叫阿金）正以长绳拴在江边的树上，那大阿金一看到衙门来人，又听到庆贺的鞭炮和锣鼓声，它们立刻甩动巨大的尾巴，“啪——！啪——！啪——！”地连拍三下江面，那浪头掀起一房子多高！

骁骑校惊奇地叫道：“好鱼！好鱼！”

老关家人脸上带着骄傲的神气，说：“这都是托大人的福啊！”

骁骑校说：“先别高兴得太早！你们一定要好好养着这鱼，留着冬天送往朝廷。等我回去先呈报给打牲乌拉总管大人，先给你们记上功！”

老关家哥三个和老爷子立刻答道：“知道了。”

于是，关家老玛发（瓜尔佳氏老爷爷）告诉儿孙们，一定选一个好一点儿的鱼圈，把这两条大鱼养在里面，待上冻送贡。

儿子说：“爹你放心，卧子我们早选好了！”

三个孙子也说：“爷爷你放心，鱼圈俺们早选好了！”

关老爷子老玛发说：“在哪儿呀？”

儿子说："就是嫩江入松花江回水的那个地方。那儿有一个五里地长的大暗沟，两头一堵上，是天然的鱼圈，多大的鳇鱼，都能养活。小鳇鱼也能养成大鳇鱼，地场老大了。水又深，汀又大，里边有各种鱼虾，真是一个天然的大鱼圈哪！"

关老玛发一听，对儿孙们说："好！你们赶快行动吧。两头的堵，一定要打牢！而且，要时时派人死看死守，不得疏忽大意！"

儿孙们答道："是！是！"

然后，关老玛发又对一直站在一旁的骁骑校说："大人你放心，我关家人以性命担保，到冬天一定按质按数交上这两条大阿金！"

交代完了，骁骑校也高兴地返回衙门禀报喜事去了。

这样的大鳇鱼，在中国清末年代，那是天大的喜事，而且，送到京师，不但打牲丁和采捕人有重赏，打牲乌拉总管衙门上上下下的官员，都要得到重赏，弄好了，还备不住连升三级呀！

"可是……"

讲到这里，帖爷张万奎又手举单鼓，"嘡，嘡，嘡嘡嘡！"地敲开了。并唱道：

孝女归途满目愁，
储君去国一天愁；
残云剩水斜阳里，
断梗飘蓬古道头；
忽见大水拦去路，
暗惊野渡少横舟！

帖爷接着又讲，那个夏天松花江和嫩江流域雨特别大，端午节刚过不久，这连雨天就来了，关老玛发领着儿子要回村落里去住，临离开江沿，父子两人嘱咐孩子们，一定要把鱼圈关好，千万别出什么闪失。

瓜尔佳氏的三个儿子对父亲和爷爷说："您放心吧，玛发。"

可是，他们万万没有想到，祸就出在这哥三个贪睡上了……

瓜尔佳氏族的这个鱼圈，正处在松花江与嫩江交汇不远的一个叫葫芦套的地方，这个鱼圈，南北是一个高岗，正东是一片高台甸子，过了甸子是三岔河的南河道，正西是松花江正流，他们打的两条大鳇鱼，加上五条半大的，共七条，都养在这个圈里。当时，老瓜尔佳玛发就曾经对儿子说过，一定要加固东岸，因那一侧虽然是草甸子，但土质松软，特别是雨季水一泡，容易出豁口，他嘱咐儿子到船厂买回五十根粗大的松木，牢牢地插在葫芦套鱼圈东口，这才把鱼牵进了圈。

在北方，特别是松嫩平原那一带，到冬天，那是八百里瀚海，可是一到夏天，大小河沟子都在这种甸子上穿过，草甸经不住水泡，加上这雨季一到，天好像漏了，大雨瓢泼落下，一直下了半个多月不开晴……

这天夜里，泡子沿村突然响起了"嘡嘡嘡！嘡嘡嘡！"的锣声，有人在喊："不好了！甸子上起亮子了……"

"各位父老乡亲，各位妈妈，玛发，色夫，阿古，别嫌我张万奎说话啰唆！说到这起亮子，我不能不多说两句。"帖爷张万奎又打了一气单鼓说开了。

这起亮子，就是北方平原草甸子上发大水的一句行话。在咱们松花江边，在东北平原草甸子上，如果连天雨下个五天以上，这甸子上非起亮子不可！这亮子，就是指平地水一墙多高，而且像墙一样在甸子上平推，因为，那干旱的沙地草甸不渗水，水一大，立刻堆积起来，在甸子上山一样地推过来，人们远远望去，如一道白墙，只需转眼之时，村落、房屋一扫而光！太吓人了呀！

在村子里，瓜尔佳氏老玛发听到起亮子的锣声，他忽悠一下从炕上坐起来，他心里想，坏了，鱼圈能不能被冲破？他立刻派人到大儿子家去打听，家里人告诉他，你别担心，孙子们都守在那里，不会出事的。可是，老玛发还不知道啊，就在那天傍晚，葫芦套鱼圈其实已经出事了，当草甸子上的水亮子一漫过鱼圈，正东方一下子冲出了一个足有十多米宽的大口子，那圈完全是让水给撕开的，木桩子也被大水冲得东倒西歪！只顾贪睡的哥三个吓得跳到水里去找鱼，可是，哪里还有什么鱼的影啊！

孩子们吓的，不敢告诉家里，急忙领着人还雇了一些人，满甸子找鱼，想等找到了或有了一点儿线索，再告诉家人。可那时，亮子还没退，大雨还在瓢泼似的下……

第三天，老玛发再也坐不住了。他坐着船，冒着风雨赶到鱼圈窝棚，一看，窝棚早没影了！窝棚里不见儿子、孙子们，只有一个看窝棚的不认识老人。

老人问："人呢？"

那人说："都找鱼去了。"

老人说："鱼跑了？"

那人说："已跑三天啦！"

老人一听，"咕咚"一声昏倒在大水里。

消失很快传到了打牲乌拉衙门，衙门总管发下死令，如果找不到丢失的大鳇鱼，冬天送不上贡，关家全家人满门抄斩！而且，衙门立刻派出捕快，到泡子沿村就把已经九十二岁的瓜尔佳氏老玛发押来，投到了打牲乌拉衙门的水牢里……

这事出得太突然，打牲乌拉衙门总管把瓜尔佳氏老玛发的儿子也抓到了衙门，告诉他，如果三天后再没有鱼的下落，对不起，你也投进水牢，现在给你三天空，你先领家里人去找鱼。这等于下了最后通牒。

老关家人什么招法都想遍了，有人出主意，找萨满来算一算这鱼究竟在哪方。

关家立刻派出人，到九台五官庄的莽卡，现请出老石家锡特克里氏大萨满，老石家的头辈太爷来办场子，观天象、地象、水象、土象，香烧了三天，神跳了三天，老石家大萨满告诉关家，鱼是没丢，但得有人去“领鱼”。而且，此人得姓于！

这姓于之人去领这鱼？可是此人在何方？老萨满没细说，只是笑了笑，望了望东南。

东南？东南那是老白山哪！而且，那是老关家，老石家所有满族先人的祖山哪，再说如今朝廷已不去老白山祭祀圣山了，朝廷将船厂以西的温德亨子山定为小白山，以使人在船厂代祭老白山。而萨满说，这领鱼的人得姓于，鱼在江河里，姓于的人得会行船走水，这个人，是谁呢？

大伙正在苦苦思索中，这天晚上，儿孙们到大狱里去看老玛发，又提到了萨满给掐算看找鱼的事，只听老玛发一拍大腿说道：“哎呀！有一个人！”

儿孙们问：“谁呀？”

“弓通的于万久啊！”

大伙一分析，一想，哎呀！正是。这于万久，不但会使船走水，而且，人也善良！再说，他也是看守鳇鱼圈的，这么大的水，人家的鱼圈咋就没跑鱼呢？一定有经验，有说道。再说，那年他于万久逃荒来到乌拉地面，正是这里的乡亲们收留了他，如今乡亲们遇到了这么大的难，他也不会不帮忙的，起码可以详细打听一下，下大雨，起亮子那天，风是从哪个方向先刮起来的？鱼是随水走，水是随风去，这些方面的经验，老于头于万久他该知道，而且肯定也会帮忙的呀……

于是，哥三个不顾天黑雨大，连夜就奔了弓通。

四野漆黑一片，他们赶到弓通东大泡子边上老于家时都后半夜了，他们哥三个，进了屋，“咕咚”就给人家跪下了，可是磕了半天头，再一看，老于头于万久没在家，只有女儿翠云和翠云娘坐在炕上，做针线活儿，织着渔网什么的，翠云娘告诉他们，丈夫正在鱼圈窝棚看守着呢，雨太大了，怕鱼圈有个闪失没回来。可他们，必须得见到于万久才行啊！

天黑雨大，道路泥泞，再说，他们也不知道具体方位。

于是，翠云跟她娘说：“娘，俺领这几个哥哥去吧……”说完，她下炕穿上鞋，领着这三个老关家人就走了。

说故事，讲传说，说起来今天我也有点儿不相信，那晚上，天漆黑一片，又下着瓢泼大雨，道路泥泞无比，可是，翠云姑娘在前边带路，后边的三个大小伙子硬是撵不上她，还是翠云走一会儿，便停下来等这哥三个一会儿！

这当时呀，翠云也觉着奇怪，今个我咋这么有劲儿？或许是他们哥几个多日寻找丢失的鳇鱼，找得太累了吧？

天快亮时，他们一行人赶到了于万久的鱼圈窝棚。

进了窝棚，这哥三个又是“咕咚”跪倒，鼻涕一把泪一把地哭述他们家的遭遇，并传达在狱里的老玛发的旨意，一定求于万久老人帮一帮，给找找鱼，领领鱼！又加了一句：“爷爷说了，这鱼，只有你才能领回来！”

于万久是一个老实又善良的人哪！他见不得别人有苦受难，于是立刻答应人家，一定尽力去办，哥三个听了，这才千恩万谢地走了。

他们走后，女儿翠云说：“爹，你不应该答应他们！这鱼，顺水跑了，上哪儿找去？谁知道它们藏在哪儿？”

老爹于万久也打了个唉声说：“孩子，谁说不是呢？”

女儿说：“那你咋答应？”

老爹说：“翠呀，谁让咱们是乡亲来着？”

“乡亲又怎样？”

“乡亲，乡亲，人不亲，土亲，土不亲，水亲。想当初，咱家逃难，还不是乡亲们收留了咱们？有恩不报非君子，图恩不报是小人！”

这句话，让女儿无话可说了。

这时，老爹从地上拿起一条水岔，慢慢地穿上，然后对女儿翠云说：“走，我先把你送回家去，你和你妈在家，我去给人家找鱼……”

天刚放亮，爷俩就到了家。于万久把女儿交给老伴，他孤身一人推开门，向着狂风加暴雨的荒野上走去了……

望着爹的背影，女儿翠云哭了。

她冲着黎明前寒冷的雨幕，自言自语地说道：“老天哪，你要有眼，就帮帮我爹吧！帮帮乡亲们吧，哎，如果老天有灵，我宁愿遭罪，多大的罪都行！”

说完，她哭着走回自己屋里，上炕躺下睡去了。

朦朦胧胧中，翠云出去帮爹帮乡亲们找鱼，她抹着眼泪，走啊走啊，忽见前边有一个大泡子，泡沿上的高岗上很开阔，老关家找来了萨满，正在跳神烧香，算鱼在何方，看热闹的人，人山人海，但大伙谁也不吱声，当老爷升起二竿子高时，萨满老人穿好神服走上高岗，他身后跟着八个打单鼓的鼓手，各持一面皮鼓跟在后面，前面的供桌上，摆好了黑猪和各种祭果，当大伙刚一站好，突然，就见老萨满双手一扬，腰身猛劲儿扭动起来，八个小萨满手中的皮鼓“咚咚”作响，他们腰上的腰铃“哗哗”响了，老萨满的祭歌苍凉地起来了……

关家呀备下呀，
乌猪一口酒一缸，
男女老少来到地当央，
今天不把别的算，
就是帮着查一查，看一看，
老关家的大阿金它在何方？
嘡！嘡！嘡嘡嘡——！

那皮鼓，打个地道，那腰铃，也要得脆亮。

这种世面，过去翠云和爹娘也看过，不过，仿佛这会儿不一样，但究竟不一样在哪儿，她又说不准。就听老萨满的神歌响亮地飘来：

阳间请客得清客舍，
阴间请客得搭神棚，
撒谎不把神棚搭，
夜晚请来的各路神灵哪里存？
搭神棚，垒神棚，
先得江神来验棚，
你帮着把棚来搭好，
我这里给你来接风。
江神听了心欢喜，
急忙走出水晶宫，
江神爷站在十字路口，
大江小岔看得清，
阿金靠山它靠不住，
阿金走水它专找坑！
水大流急它不怕，
就怕平地起大风！
起大风，起大风，
刮得江河直哼哼，
叫声爷们快点灯，
江岸林丛路不平，
往东去，东不平，
那你只能往西行，

往西去，西不平，
那你只能往南行，
往南去，路不平，
那你只能往北行；
东西南北都不通，
只有水猛往前冲。
我叫你，你答应，
祖神见怪咱应承。
关家诚心来供你，
你咋叫人不安宁？
我今喝了乌拉酒，
立刻打马就出征！
你往西，我往西，
你往东，我往东，
你往南，我往南，
你往北，我跟踪；
四面八方有玉柱，
火眼金睛到处盯……

当萨满念道这句话，突然，翠云真的看到人群里有一双眼睛在盯着她，那双眼睛很大，很有神，这是一个小伙，脸色黑黢黢，又油光光，而且，好像对她一笑，又点点头，好像招呼她过去，好像有什么话要跟她说，翠云于是离开人群，就跟他走了，走啊走啊，来到了一个大水泡子的地方，哎呀，这个地方太好了，泡子里开满了荷花，不过，她怎么觉得这个地方这么熟悉呢？

再一看，哎呀，这不是自己家里东大泡吗？你看，自己家的小院、小房还在旁边呢？突然，就听“嘡！”的一声锣鼓响，她一下子醒来，原来是做了一个梦。

可是，奇怪的是，当翠云又睡去，这个梦又来了！而且一模一样。

翠云感到很奇怪，但她还得帮娘做饭，等爹找鱼回来好吃饭。乡下人，一般都是两顿饭。太阳升起二竿子高了，她扎上围裙，上房后抱柴火，准备烧火做饭。

柴火垛在房后不远的大泡子边上。她弯下身，抱起柴火往起一站，一下子就见一个小伙站在她的身旁，翠云吓得忙问：“你是谁？”

小伙子说：“翠云，你不用害怕，咱们是邻居，而且，咱们见过面。”

见过面？翠云觉得他很面熟，但一时又想不起是在哪儿见过，突然，翠云想起来了，是几次在梦里见到的人。那小伙子和气地说：“别让爹爹着急，我能帮助找到鱼……”

什么什么？你能帮爹爹找到鱼？

翠云简直不敢相信自己的耳朵……

但是，那小伙告诉翠云说：“不过，你先不要告诉老人，这几天，我先找找试试……”

翠云说：“那你得告诉我，你为什么要帮助我家？”

小伙子脸一下子红了，他说：“你别问了，俺是为了报恩……”

翠云想说，我家和你有什么恩呢？她刚想问，又一想，人家主动来帮着找丢失的鳇鱼，自己还要这么追问人家，多不好，于是连连说：“谢谢！谢谢！”抱柴火走了。

快晌午，爹爹疲惫不堪地回来了，吃完饭又走了，可是，他发现女儿好像变了一个人似的，一劲儿安慰爹，别跌倒了。

几天夜里，小伙子总是深夜来到翠云的屋里，告诉她事情的进展。只见小伙子身上青一块紫一块的，脸上还有被石头、树枝子刮的血痕，翠云很感激小伙子，也忍不住心疼地落下泪来，并给小伙子擦伤口。小伙子告诉她，这些鱼，不但要找，还得往回赶它们，要钻些石洞子，江底树根子林丛，别着急，很难啊！于是，翠云更心疼小伙子了。然而每次醒来，发现都是一场梦。但是手上，还真有一片一片的血迹！一连三天过去了，翠云天天在自己屋里，在梦中，与小伙子生活在一起，翠云见小伙子心眼儿好，就发誓说："不管你是人是妖，如果你真能帮助乡亲们和爹爹找回鳇鱼，我宁可嫁给你！"

可是，小伙子羞愧地说："你千万别这么说！"

翠云说："谁也管不着，这是俺自愿的……"说着，翠云流下了幸福的眼泪。

小伙子给她擦着眼泪，起身说："我得走了！"

于是，翠云难舍难分地送至门口。

第四天头上，小伙子夜里又来了，他这回虽然伤痕累累，脸上却带着笑容。他告诉翠云，走失的鳇鱼找到了，它们在离你父亲鱼圈不太远的空门哨里……

空门哨？这个地方她知道。小时候，她常和爹娘去那里捞小虾，还挖野葱、曲麻菜、小根蒜，哎呀，这可太好了，赶快把这个好消息告诉爹吧！

这天晚上，爹爹又从大风大雨里回来了，而且已弄得浑身是伤，女儿高兴地对爹爹说，鱼有下落了，在空门哨里呢！

老爹于万久气得骂道："你别瞎猜想，我天天路过空门哨，一点儿迹象也没有！"

女儿翠云笑笑说："不信，不信你就找找看？"

老爹于万久根本不信，这准是一个小孩伢子瞎说。第二天，他又路过空门哨，突然听到哨里有扑腾水的声音，再一看，我的妈呀！老关家的两条大阿金真在里边，而且，拴着它们的一条杠子还在，头上还戴着笼头，那是鱼圈的人为了保护鳇鱼鱼唇特戴着的物件！两条大鱼完好无损。

好消息一下子传开了，老关家丢的鳇鱼找到了，关老玛发也从打牲乌拉衙门的大狱里放出来了，这场丢鱼风波终于过去了，乌拉衙门总管特意举行了庆功宴。宴席上，又重新给老关家的老老少少披红戴花。席上，老玛发说："哎呀！咱们忘了一个人！"

衙门总管问："谁呀？"

关老玛发说："于万久啊！"

关老玛发打发儿子："快去把你于大爷请来，敬他两杯酒！"

儿子们去了，上弓通请于万久。事也凑巧，于万久不在家，上船厂买网具去了，于是关家老玛发嘱咐儿子、孙子记住了，等到冬天凿冰捕鱼往京师送的时候，再报答人家吧！一定别忘了请人家于万久来家喝一口庆功酒，这功劳簿上，应该给人于万久记上一笔呀。

讲到这里，帖爷张万奎的单鼓又击响了。他唱道：

孟秋冷露透罗帏，
雨过天凉暑气微，
七夕年年牛女会，
穿针乞巧满香闺。
海棠花溅佳人泪，
万木秋生楚客悲！

一转眼，东北就到了鸿雁哀哀鸣霜天，几场秋雨几场寒的季节了，于万久老两口到是没有发现女儿有什么变化，就是有一点，娘发现女儿换衣裳了。平时，丫头爱穿粉地带小碎花的对襟小袄，可不知为什么，她偏让娘给找了一件娘过去穿过的一件旧布衫穿上了，并说秋天了，穿大点儿的衣衫暖和，娘也没在意。可是有一天，出了一件意外的事。

那时，弓通村的水井在东大泡北边的村口，早上翠云去井边挑水，碰上了村里的一个二婶，那二婶眼盯着翠云，可就忘了挑水了！女人，尤其是过来的（结过婚、生过孩子）女人，二婶打眼一看，不对呀？翠云那不是显怀了吗？老于家啥时候办的事？姑爷是谁？咋不告诉村民一声？大伙也好讨口喜酒喝喝。

消息迅速在屯子里传开，未嫁女翠云显怀了！在生活里，其实消息最不灵通的往往是自个儿的爹娘，都到这个时候了，村屯里都开锅了，老两口还蒙在鼓里，而且，屯民们还不断有人来串门，可是往往不见翠云。终于有一天，老爹于万久从外面回来，他进到自己屋里，把门关上，问老伴：“都是你办的好事，你咋不看着点儿闺女？”

老伴不解地回问：“咋地啦？出啥事了？”

于万久跺着脚说：“咳！快看看吧！咱闺女显怀啦！”

“啊？”老太太一听，这消息把她吓得昏了过去。

爹娘再也忍不住，二老一个拎着木棒子，一个捏着笤帚疙瘩，就来在了女儿房里。女儿翠云正在炕上做鞋，是一双男人的布底鞋，她做得很仔细，很好看……

于万久气得，一棒子打在女儿的背上，骂道：“不要脸的东西！我今个非打死你不可！说！他是谁？”老太太也举起笤帚疙瘩，舍不得往细皮嫩肉的女儿身上打，只是一劲儿敲打炕沿，笤帚疙瘩都打碎了，说：“丫头哇，你快说，他是谁？”

女儿说：“说了你也不认识！”

“谁认识？”

“俺爹认识……”

“啊？我认识？”这一下把老爹于万久造愣了。于是，爹就追问女儿：“我咋认识？到底是谁？”在爹娘再三逼问下，女儿只好实话实说。她告诉二老，就是找鱼那些日子里，天天夜里总有个黑小伙来，天天辛辛苦苦地去帮爹找鱼，弄得浑身是伤，最后，终于帮爹找到了鱼。说到这里，女儿翠云没有任何后悔地对二老说："你们想想，这事就是换成你们自己，能知恩不报吗？啊？爹，娘，你们说话呀？"

女儿这一问，倒把爹娘问了个哑口无言。

半天，于万久说："怎么，这事你赖到我身上来了？"

老太太气得骂老头子："就是你，你这个老不死的！孩子这还不是为了你吗？"

这时，女儿翠云反而安慰二位老人，说："爹，娘，事已至此，你们也别犯愁，也别害怕，我一人做事一人当。再说，这也是我自己主动愿意的，不是人家强迫的。爹娘养俺一回，我也没啥能耐报答你们的，为了能帮爹找到鱼，我这样做，也算尽了女儿的一番孝心……"

可是，这事好说不好听啊！老两口急得直跺脚问女儿："可是，他人在哪儿？你总得让我们见见他的人影啊？"

当年在乡间，未婚先孕是最敏感的风波，这还了得？这不但败坏了家风，也败坏了乡土名分，就是你家里忍了，乡邻们也忍不了，一定要弄个水落石出！那时，弓通村有乡老会，其实就是村里一些有威望的岁数大的老人，村里一有些难办的、解决不了的事，往往就请他们坐在一起，叫"议事"。经过村里乡老会老人所议，大家认为，老于家一家都是好人，闺女翠云是被邪恶所误，要驱去她身上的邪气，也要让外村和世人看看咱们的正气。正气不旺，邪气便生，邪气生成，必须根除。

当年，除邪气除魔魅必办法事道场，在乡间，就是由萨满驱邪赶魅。

那时，弓通村那场驱邪赶魅的道场就是定在弓通村的东大泡沿上，也就是于万久家正北方向，乡老会请来的是本村著名老萨满张氏的头辈太爷。那场香会大呀，周边村屯的人都来了，现杀的整猪，摆上各种新鲜供果，点上高香，八个小萨满击鼓跟唱。可是，奇异的事情发生了！

当年，那本已是秋霜降地之时，可东大泡里的荷花全开了！

不但荷花开了，泡子里，本来已结了薄冰的水面，开化了，现出了清波细浪！

萨满的祭祀，也出现了转折。

三通鼓下来，张氏头辈太爷、德高望重的老萨满德尔哈爷叹了一口气，他满头大汗，坐在地上，以实言相告乡亲们："乡亲们啊！这杆子我搬不动了……"

大伙都吃了一惊！老萨满德尔哈爷什么杆子没搬过呀？什么堂子没放呀？什么案子没设过呀？当年，船厂北山庙会设坛，龙潭山祭龙，苏尔哈祭江，鹰屯祭雪，那是他的拿手好艺，可是今天，他怎么搬不动了呢？这真是奇特了呀？

可是，德高望重的老萨满郑重地对大伙说："乡亲们哪，自古道：古庙无灯凭月照，山门不锁待云封，小榭凉亭微风起，荷花出绽绝俗空。不是鬼魅，咱们弓通，咱们乌拉，咱们关东，要出大灵了！千江有水千江月，万里无云万里天，哪有秋霜来漠北，分明春风拂江南。从今往后，咱要守护好咱这东大泡！这是咱的灵泡！神泡！"

老萨满站起身，径直往村里走了。

大伙一看，也一个个地回去了。

再一看，天上一片祥云，在泡子上边，飘着，飘着。

第二年正月，二月二龙抬头那天，翠云生下了一个胖乎乎的小子，就是皮肤有点黑，十分可爱，生下来就会喊娘。孩子长得大，翠云可遭了罪，痛得她爹一声妈一声地叫，满眼流泪。乡亲们都来慰问，来看翠云，这个拿一筐鸡蛋，那个拿一盆小米；这个拿一对猪爪，那个拿一只老母鸡，都是给翠云下奶的，屋里屋外挤满了人啊。翠云她对儿子说："儿呀，你记住，你是这片乡土的人，到多时也别忘了乡亲们的情啊！是乡亲们救了咱们娘俩，你长大后，就是走遍天涯海角，也别忘了给乡亲们通个信，捎个信，永远别忘咱弓通，别忘了咱关东……"

故事说到这里，只见帖爷张万奎举起手里的单鼓，噔噔地敲了两下，又唱道：

好心惊动天和地，
惊动南海观世音，
老母正在古洞坐，
眼跳耳热不安稳。
手掐指纹算一算，
黑鱼星遭困在弓通，
我不搭救谁搭救？
我不爱神谁爱神？
老母翻身离了座，
驾起祥云奔关东。
老母祥云来得快，
转眼来到咱弓通，
眼前一个莲花泡，
莲花泡内彩气生。
老母仔细再一看，
并非无名无姓的人，
大水冲了鳇鱼圈，
黑鱼星帮着去找寻，
老母眼看黑鱼伤，
送上仙药抖精神。
吾若有心做坏事，
不怕五雷来击身！
小女她本有爱意，

以身相报她恩人。

她恩人本我恩人，

我本不该成情人！

我今本应遭天谴，

请老母抠下我的鳞！

老母听后转身起，

一片彩云归西方。

故事说到此，帖爷收了鼓。但是，他还有这个传说的结局。后来，于万久老两口还是觉得抬不起头，于是，在一个月黑风高的夜里，全家离开了弓通村，听说是搬到船厂那边去了。后来，那孩子长大了，十分出息，由于水性好，能骑马射箭，听说是与吉林将军一起南征北战，屡建战功，后来到京师为官，便留在了关内。可是他心中，永远没忘养育他的家乡水土和父老乡亲啊。

如今听说，吉林市乌拉街的弓通村决定将东大泡开发起来，在泡子边上修建黑鱼亭，在村里建工匠一条街，让文化惠民，让当地这些生动有趣的故事流传下去，流传千古，因为现在，村里虽然没有姓于的，可是，东大泡还在，黑鱼精的故事家喻户晓，人人皆知，这正是地域文化和旅游开发的生动资源，也让人了解到东北吉林，长白山地域，松花江两岸，那千百年来流传下来的渔猎文化，是多么生动，丰富多彩，鲜明具体，并活态存在。

这就是吉林物质和非物质文化遗产的生动现状。

后　记

《刀客》要问世，我的心反沉下，重重地落地了，我深深地打量它，审视它，这几乎是我一生在东北行走的收获留存，这是对我东北生涯的总结和概括。我记录东北，东北也记录我，所以它不是小说，不是。它究竟是什么？还是叫“记忆故事”吧。这是《作家》主编宗仁发起的，也是在《作家》上开的栏目。我以二十多年光阴一篇篇发出来，这里有《作家》杂志的文学气质，也有我自己的性情，许多是民间传承，刻在地域深处。这是我挖掘出的一口口文化深井，冯骥才说这是文化的源头记录，也倒可称地域散文，但我还是觉着仁发起的“记忆故事”贴切，而且我很适合也很爱这个体裁，于是从那时起便刻意走进这个体裁，越发得心应手。

能够把我一生的文化积累结集出版还要感谢时代文艺出版社的社长陈琛和编辑王金弋，他们实现了我的夙愿，还要感恩老友王公为我绘制封面图画，这简直用缘分二字最好。我与王公老师交往多年，且他不但为《作家》杂志设计封面，还多年为我主编的《民间故事》做封面，于是乎我的作品落在他手里仿佛是历史等待许久，也是一种必然，我专等他来动手了。还要感谢冯骥才、贾平凹、徐克、李东烈、陈耀辉，他们才是了解我的人，他们似乎早就看到我这书定能问世，也应该问世。这本书一出版我的心也就算落地了，多少岁月流传飘荡的故事，也算有了着落，多少年我的艰辛奔波也算有了归宿，从此它们也许会成为传说，因为它们本身也是来自于传说。

写下以上的话，纪念它。

2020年6月21日（夏至）于长春上院